나를 죽인 자와의 동거

이 도서의 국립중앙도서관 출판예정도서목록(CIP)은 서지정보유통지원시스템 홈페이지(http://seoji.nl.go.kr)
와 국가자료종합목록 구축시스템(http://kolis-net.nl.go.kr)에서 이용하실 수 있습니다.
(CIP제어번호 : CIP2020005071)

나를 죽인 자와의 동거

지은이 | 심상용

발행일 | 2020년 3월 2일
발행처 | 부코
ISBN | 978-89-90509-53-6   03810

출판 등록번호 | 제22-2190호
출판 등록일자 | 2002.08.07

홈페이지 | www.booko.kr
트위터 | @www_booko_kr

전화 | 010-5575-0308
팩스 | 0504-392-5810

주소 | 서울 서대문구 북아현동 3-68 부코빌딩 501호
메일 | bxp@daum.net

저희 출판사는 여러분의 소중한 원고를 기다리고 있습니다. 메일로 투고해주십시오.

나를 죽인 자와의 동거

심상용 장편소설

부코
www.booko.kr

목 차

1장. 죽인 자와 죽은 자

1. 한서경

나는 지금 필사적이다. 무엇에 필사적이냐고? 오로지 살기위해서다. 지금 내 뒤를 쫓고 있는 자는 나를 죽이려 한다. 그가 왜 날 죽이려 하냐고? 그는 킬러이기 때문이다. 나를 죽이려 안달이 난 어떤 이에게 고용된 킬러 말이다. 아마 그는 우리나라에서는 최고의 킬러가 아닐까 싶다. 나를 죽이고 싶어 하는 그에 모든지 완벽해야한다는 성격과 간절함이 아마도 최고의 킬러를 고용했을 것이라는 나에 지극히 주관적인 생각이 반영된 것이지만 말이다. 천둥과 번개를 동반한 장대비가 내리는 이 밤중에 난 그런 최고의 킬러에게 쫓기고 있는 것이니 어떻게 필사적이지 않을 수 있겠는가?

나 역시 학창시절에는 주먹 꽤나 썼던 사람이었다. 공부도 공부였지만 운동, 싸움 어떤 것 하나 뒤지지 않는 만능 재주꾼이었다. 하지만 지금은 다르다. 다르다는 이유는 강산이 2번이나 바뀐다는 20년이란 세월 때문은 분명 아니다. 그냥 나를 죽이려 뒤 쫓는 녀석의 눈빛, 포스, 아무튼 풍기는 아우라가 마치 한 마리의 포효하는 맹수와 같았다. 그런 맹수가 나타났을 때 우리 지혜로운 선조들이 이르시기를 자신을 과신하지 말고 무조건 삼십육계 하라하지 않으셨던가. 난 그런 선조들의 지혜로운 가르침을 충실히 이행하는 것이다.

그럼 킬러까지 고용해 날 죽이려하는 자는 누구이냐고? 내가 모셨던 회장이라는 사람이다. 아마 이름만 대면 모르는 사람은 있어도, 한 번 들어본 사람은 없단던 총수그룹의 총수, 나총수 회장이다.

한때 나총수 회장은 날 참으로 신뢰했었다. 물론 내가 그의 신뢰를 얻기 까지 상상 조차할 수 없을 정도의 고통을 감내했기 때문이었지만, 어쨌든 그런 고진감래 끝에 그는 나를 무척이나 신뢰하고 좋아했었다. 그런 그와 내가 어쩌다가 죽이지 못해 안달 난 사이가 되었단 말인가?

15년 전

전국 고3 수험생의 열망 서울대, 특히나 기업경영을 꿈꾸는 자들이라면 서울대 경영학과를 간절히 원할 것이다. 나는 그 서울대 경영학과를 2년 전에 졸업했다. 그때만 해도 서울대졸업장만 내밀면 누구나 우러러 볼 것 같았고, 어느 회사든 단박에 들어갈 수 있을 것만 같았다. 그런 자만 때문이었는지 몰라도 동기들은 모두 취업을 위해 고군분투를 하고 있었지만 난 태만한 4학년을 보내고 졸업을 하였다. 물론 졸업장만 내밀면 어디든 들어갈 수 있다는 그 생각은 아직도 내 머릿속을 지배하고 있는 자만과 오만의 한 부분일 것이다. 졸업 후 2년이 넘도록 백수로 뒹굴 거리고 있는 작금의 현실에도 말이다.

"이으그, 한서경! 안 일어나? 빨리 일어나! 지금이 몇 시야?, 어? 언제까지 그러고 살래?"

또 시작 됐다. 아침마다 똑같은 엄마의 한탄 섞인 괴성소리에 난 잠에서 깨어난다. 벌써 6개월 째 하나도 달라지지 않은 우리 집만의 풍경일 것이다. 엄마도 내가 졸업하고 처음에는 저렇지는 않았다. "우리아들 너무 조급해 하지 말고 천천히 네 적성에 맞고, 대우도 좋은 곳을 찾아봐" 이렇게 자상하고, 서울대 졸업생의 엄마처럼 품격 넘치던 엄마가 언제부턴가 지금처럼 달라지기 시작한 것이다.

"아! 쫌!"

나는 잔소리 좀 그만하라는 의미로 한 것 짜증을 모아서 단전에 집중시킨 뒤 폭발시켜 본다. 하지만 돌아오는 것은 등짝 스매싱이다. '아! 쫌!'이라고 하지 않았다면 등짝 스매싱을 맞지 않았을까? 등짝 스매싱을 맞고 나면 갑자기 뜬금없이 이런 의문이 떠오른다. 내일은 하지 않아볼까? 매일 같이 등짝 스매싱 후 이런 생각을 하지만 이미 짜여 진 프로그램처럼 매일 엄마는 온갖 괴성을 지르며 날 깨우고, 난 어김없이 '아! 쫌!'이란 단어에 온갖 짜증을 압축시켜 내 뱉고, 그러고 나면 엄마는 어김없이 등짝에 손을 날린다.

"야 이놈아, 서울대 나오면 뭐하나? 인간 구실을 해야지! 넌 도대체 직장을 구할 생각이나 있는 거냐?"

여기까지가 엄마의 항상 같은 레퍼토리다.

"아 알았어, 구할게 구한다고! 구하면 되잖아! 서울대 나온 아들 대충 아무 일이나 구해서 할 테니까 나중에 딴소리 하지나 말라고."

그렇게 엄마에게 어깃장을 놓고 나서, 난 외투를 집어 들고는 막 잠에서 깬 부스스한 얼굴로 집을 뛰쳐나오다 시피 벗어난다. 여기까지가 우리 집만의 정상적? 아침 레퍼토리다. 하지만 그날은 짜여 진 프로그램에 버그가 발생하고야 말았다. 난 그 짜여 진 레퍼토리를 벗어나 기어코 한마디를 더 했던 것이다.

"이놈에 집구석 도대체 나한테 해준 게 뭐있다고, 내가 도둑질이라도 해서 감방이라도 들어 갈 테니까 잘 먹고 잘살아라!"

그날 내가 왜 그런 말을 했는지 지금까지도 난 이해가 가질 않는다. 아마도 6개월간 똑같은 레퍼토리가 그날따라 식상했기에 조금 바꿔보려 하는 마음이 생겼는지도 모르겠다. 아무튼 나로서는 엄마에게 강력한 초필살기를 선보였다고 생각하며 충격을 받을 엄마를 떠오르며 내심 마음속으로는 쾌재를 불렀다. 하지만 그 초필살기에 눈 하나 깜짝할 엄마였다면 6개월간 백수 생활하는 아들을 보며 속 알이만 하고 있었을 것이다. 나에 그 오판은 되로 주고 말로 받는 형국이 되어버렸다. 한마디로 엄마에게 충격을 주려 했지만 충격은 내가 먹고야 말았다. 현관을 나가는 내 뒤통수에 엄마는 가장 강력한 반격을 날린 것이다. 가장 강력한? 아마 엄마에게는 가장 강력한 것이 아닐 수도 있다는 생각이 지금에 와서 들기는 하지만. 그 만큼 엄마의 멘탈은 강력함 그 자체였던 것이다.

"도둑질?.... 고작 도둑질로 감방에 1년만 살고 나와서 또 속서길거면 차라리 강도짓을 해! 한 5년 감방에서 푹 썩게!"

난 현관문의 손잡이를 돌리려다 흠 짓 멈추고야 말았다. 아니 솔직히 말한다면 내 의지로 멈춘 것이 아닌 손에 힘이 풀렸다고 하는 것이 옳을 것이다. 역시 우리 엄마는 독하다. 누가 '여자는 약하지만 엄마는 강하다'고 했는가? 난 그 말에 절대, 절대! 동의 할 수 없다. '여자는 약하지만 엄마는 독하다'로 바꿔야 맞는 말이다. 난 현관문 손잡이를 돌리던 손에 힘을 더 이상 줄 수가 없었다. 아~~~ 그녀는 과연 내 엄마가 맞는가? 혹시 계모가 아닌가? 언젠가는 반드시 유전자 검사를 꼭 해보고야 말테다. 그 순간 오만 생각이 머릿속을 헤집고 다녔다. 하지만 그 엄마에 그 아들이라 하지 않았던가.

"좋아. 나중에 누가 후회하나 보자!"

난 힘이 풀린 손에 온 몸의 힘을 모았다. 그리고 천천히 손잡이를 돌렸다. 문이 스르르 열리고 밖으로 한발을 내 딛는 순간, 그날따라 난 다시 돌아올 수 없는 요단강을 건너는 느낌이었다.

그렇게 그 날도 난 어김없이 밖으로 뛰쳐나왔다. 평소와 다른 것이 있다면 이번에는 진짜 엄마를 이기고야 말겠다는 다짐을 반복하며 나왔던 것이다. 뭐 평소에도 그런 다짐을 하지 않은 것은 아니었지만 그날 내 마음은 평소와는 분명히 달랐다.

그렇게 어김없이 집을 나왔지만 어김없이 갈 곳은 없었다. 'PC방이나 갈까?' 하고 주머니를 뒤지니 2천원이 다였다. 그 2천원을 보니 갑자기 배가 고파지는 것은 왜일까? 제 아무리 서울대생의 뛰어난 머리라지만 주머니 속에 2천원을 이리 굴리고 저리 굴려 봐도 배를 채우고 시간을 때울 만한 계산은 되어 지지 않았다.

아~~ 젠장! 그러고 보니 현관문에서의 충격 때문에 신발을 제대로 신고 나오질 않았다. 11월의 매섭고 차가운 공기가 발등을 휩쓸고 지나간다. 욕실 슬리퍼다. 젠장! 하필 욕실 슬리퍼가 왜 현관문 앞에 있었단 말인가. 엄마의 소행이 분명하다. 엄마가 항상 하던 말이 있었기에 난 엄마라 확신할 수 있었다. '춥고 배도 고파봐야 소중한 것도 알고 하는 거다.' 근데 확신하면 뭐할 것인가? 다시 들어갈 집구석도 아닌데. 아니지, 잠깐 들어가 조용히 신발하고 외투만 바꿔 입고 나올까? 외투도 초가을에나 입을 법한 아주 얇은 니트를 들고 나온 것이다. 집 나온 지 5분도 지나지 않았는데 다시 들어가는 건 아니잖아. 난 그렇게 마음을 다시금 붙잡고 매일 가던 공원으로 발걸음을 향했다.

집에서 걸어서 20분 거리에 한적한 공원이 있다. 난 매일 집에서 나와 갈 곳이 없을 땐 그 곳으로 향한다. 그렇게 보면 갈 곳은 매일 없었고 그러기에 난 매일 그 공원에 출근을 했다고 봐도 무방할 것이다. 그 공원에 가면 나만의 전용 벤치가 있다. 난 그 벤치를 벤츠라고 부른다. 그리고 그 벤치에 앉아 기사가 딸린 벤츠 S600의 뒷자리에 앉아 '김기사 출발해!'라는 상상을 하곤 한다. 그래서 그 벤치는 내게 있어서는 벤츠 못지않을 만큼 포근한 장소였다. 가장 포근한? 곳, 뭐 벤치가 다 거기서 거기겠지 라며 남들은 말하겠지만 난 그 자리가 내 엄마의 품속인 것 마냥 항상 그 벤치를 찾았다. 뭐.... 다들 그렇게 집착하는 물건이나 장소가 하나 즘은 있지 않나?

나 역시 그 벤치가 집착의 물건이자 장소였던 것이다. 하지만 그날 내 전용 벤치에는 처음 본 아저씨 한 분이 앉아 있었다. 그는 근처로 다가간 나를 전혀 신경 쓰지도 않고 생활 정보지를 뚫어 져라 보고 있었다. 난 그가 괘씸했다. 감히 내 전용 벤츠에 앉아 본 주인이 왔는데도 비켜줄 생각을 하지 않다니! 이보다 괘씸할 수가 있겠는가. 비켜! 하며 으름장을 놔볼까? 아니면 정중히 비켜 달라 해볼까. 그의 앞에서 여러 생각을 했지만 난 그에게 그 어떤 말도 할 수가 없었다. 그저 그가 자연스럽게 일어나길 기다리며 난 그 근처를 어슬렁거리고만 있을 수밖에는.

다행히 그는 얼마 지나지 않아 나에게 자리를 양보해 주었다. 아마 그 주위를 어슬렁거리는 내가 무서웠겠지 ㅋㅋㅋ. 난 얼른 그 자리를 차지하고 두 다리를 벤치에 올리고 눕는다. 마치 조수석에 다리를 꼬아 올리는 것처럼. 한 낮에 따사로운 햇빛이 내 얼굴을 살포시 감싸준다. 햇빛도 따스했지만, 그가 앉았던 자리가 그렇게 따뜻할 수 가 없었다. 내가 그에게 비켜라 하지 않은 이유가 바로 여기에 있었던 것이다. 그가 충분히 내 자리를 따뜻하게 대펴놓을 수 있을 때 까지 난 인내하며 그렇게 추위와 싸우며 기다렸던 것이다. 바로 이런 걸 빅픽쳐라 하는 것이 아니겠는가.

아무튼 그는 내가 추울까 싶은지 보던 정보지 까지 두고 부랴부랴 일어나 내 눈에서 사라져갔다. 난 그 정보지를 들고 몸을 덮었다. 그런데 젠장! 생활정보지다 보니 목과 가슴만 겨우 덮어진다. 이왕이면 일간지를 볼 것이지 생활정보지가 뭐람.

몸을 덮을 수 없다면 얼굴이라도 덮을 요량으로 난 그 정보지를 얼굴로 끌어올리려 했다. 그 순간, 한 광고 문구가 내 눈에 확연히 들어왔다. 난 그 광고가 내 운명이라 생각하며, 그리고 드디어 엄마에게 내 강한 의지를 보여 줄 수 있다는 생각으로 몸을 일으켜 그 광고를 유심히 살펴봤다.

『가족같이 일하실 회계업무에 자신 있는 분을 모십니다. 월 급여 140만. 일요일 휴무, 일 8시간, 여성분 대 환영! - 총수금융』

가족같이도, 급여 140만원도, 일요일 휴무도, 그 어떤 광고문구도 내 눈에 들어오지 않았다. 내 눈에 쏙 들어온 문구는 바로 '총수금융'이었다. 총수금융은 이 일대에서 악명 높은 대부업체로 빌려준 돈은 저승까지도 따라가 받는다는 소문이 돌 만큼 악질 중에 최악질이었다. 나는 그들의 악명을 익히 잘 알고 있었다. 얼마 전 친구가 총수금융에 100만원을 빌려 썼다가 된통 혼 줄이 난적이 있어서이다. 한 달 만에 100만원은 이자가 붙어 680만원이 되었다. 그 친구는 도저히 감당할 수 없어서 친구들 집을 전전하며 그들을 피해 다녔다. 하지만 그들은 그 친구의 도피 행각을 넋 놓고 보는 이들이 절대 아니었다. 그들의 악명이 괜히 붙은 것이 아님을 그들은 그 친구에게 증명해 주었다. 총수금융의 건달 두 명이 그 친구의 부모님까지 찾아가서 아들의 신장을 떼겠다고 겁박하는 바람에 그 친구 부모님은 울며 겨자 먹기로 은행에 대출을 내서 겨우 빚을 갚아 줬다고 한다. 그 뒤 그 친구의 소식은 들을 수 없었다.

아무튼 그런 악질 건달 대부업체에서 사람을 구한다니 엄마에게 본때를 보여줄 절호의 기회라 난 철없는 생각을 했던 것이다. 난 생활정보지를 바닥에 버리고 욕실슬리퍼를 고쳐 신고는 힘찬 걸음으로 그곳을 향해 걷기 시작했다. 욕실슬리퍼가 바닥에 끌리는 소리가 경쾌하게 내 귀에 울려 퍼졌다. 그 순간만큼은 매서운 공기도 내 발등을 시리게 하지는 못했다.

주소를 찾아 내가 간 곳은 외진 골목 끝에 자리한 3층 건물의 2층에 있었다. 나는 건물내부로 진입해 곧장 2층으로 올라갔다. 회색 철문에 조그맣게 '총수금융'이라는 간판이 눈에 들어왔다. 난 떨리는 손으로 조심히 문손잡이를 돌리고 안으로 들어갔다.

안으로 들어서자 달랑 책상 하나와 그 앞에 여럿이 앉을 수 있는 소파가 전부였다. 소파에는 누가 봐도 건달로 보이는 덩치 둘이 앉아서 짜장면을 흡입하고 있었고, 그 뒤로는 딱 봐도 건달 조무래기처럼 보이는 신참이 부동자세를 취하고 서 있었다. 흡사 형님들의 짜장면을 누가 뺏어 먹기라도 할까 지키고 있는 듯 보였다.

"저.....기....."

덤덤히 말하려 했지만 떨리는 목소리는 어찌할 수가 없었다. 내 목소리에 소파에 앉아 짜장면을 흡입 중이던 덩치들이 동시에 짜장면을 물고 있는 체로 소리가 나는 쪽으로 고개를 돌렸다. 그중 덩치가 더 큰 오른쪽에 있는 건달이 입에 물고 있는 짜장면을 단숨에 빨아들이고 서는 오물오물 씹어 삼키더니 날 위아래로 쭉 훑어보고는 입을 열었다.

"돈 빌리로 왔소?" 전형적인 전라도 사투리 억양이 내 공포심을 더욱 끌어내고 있었다.

"아........" 그의 한마디에 심장이 왜 그리도 쪼그라드는지 난 말을 제대로 할 수가 없었다.

"신장은 두 짝 다 붙어있고? 두 짝 모두 붙어있음 200만원까지는 가능하제."

"아니....그게 아니고....." 당당히 문을 열고 들어오기 전까지와는 완전 다르게 난 계속 주눅이 들어만 갔다.

"그람? 돈 갚을라고? 이름이 뭐다요?" 말을 제대로 하지 못하는 나 때문에 그의 얼굴이 점점 더 일그러져만 갔다. 그의 험악하게 변해가는 얼굴에 비례해 난 더 주눅이 들어가고 있었다.

"아따 시벌! 꿀 먹어브렀냐? 왜 말을 못허냐?" 짜증이 잔뜩 났는지 그의 말투가 확연히 바뀌고 있었다. 난 어떤 말이라도 하지 않는 다면 여기서 죽겠구나 싶어 떨리는 목소리로 얼른 준비한 말을 내 뱉었다.

"빈대시장에.... 구인....광고를 보고...." 내 말이 끝나기 전에 끝까지 짜장면을 먹던 왼쪽편의 건달이 입가를 손바닥으로 훑더니 일어나 나에게 다가 왔다. 난 본능적으로 뒤로 한걸음 물러났다.

"씨벌! 니는 글씨도 못 읽어부냐? 분명 '아가씨 대환영' 이라고 해놨는디, 니가 불알이 없던가, 불알이 있다믄, 오늘 그 불알을 때브러야 쓰겄다. 알아들었냐? 아그야." 그는 실소를 머그문체 내 머리에 손을 올리고 쓰다듬었다. 지금 와서 고백하기가 쪽 팔리지만 난 그 순간 오줌을 지릴 뻔 했다.

"요새끼 봐라, 겁내게 쫄아 붓시야. 새끼 귀엽네. 일단 앉아봐라" 큰 덩치의 건달이 소파에 앉길 권하자 난 총총걸음으로 소파로 걸어가 군대에 있을 때 이등병처럼 각을 잡고 앉았다.

"그래 몇 살이고?" 큰 덩치가 물었다.

"28살입니다." 사람이란 참 이상하다. 머리보다 몸이 모든 것을 기억하고 있는 것 같다. 각을 잡고 앉으니 자동으로 목소리 역시 군기 잡힌 목소리가 되어 나왔다. 둘은 그런 내 모습에 재미있다는 듯 킥킥 거렸다.

"아 씨발! 우리보다 형이구만 3살이나 많아 부러야." 큰 덩치가 킥킥거리며 말했다.

"그믄, 씨벌놈아 형이라고 불러브러라!" 작은 덩치가 큰 덩치의 등을 손바닥으로 툭 치며 말했다.

"그래야 쓰겄제? 우리나라가 무슨 나라여? 동방예의지국 아니여? 형이 라고 불러주까?" 큰 덩치가 그 큰 얼굴을 내 앞으로 바짝 들이밀며 말했다. 가까이서 그의 얼굴을 보니 더 험악하게 생긴 것이 오금이 저려왔다.

"아닙니다. 괜....괜찮습니다." 그러려 하지 않는데도 그에 험악한 얼굴이 바로 앞에 있으니 내 목소리는 계속해서 이등병의 군기 잡힌 목소리가 되어 나왔다. 아니 그보다 더욱 군기가 잡힌 목소리였다.

"그래 그럼 면접을 봐야 쓰겄제. 그래 시방 하고 있는 일은 뭐여?" 자세를 고쳐 잡은 큰 덩치가 물었다. 그러자 작은 덩치가 큰 덩치의 머리를 툭 치며 말했다.

"이런 무식한 새끼야! 시방 놀고 있응께 일자리를 구하로 온 거 아니겄냐!" 그러자 큰 덩치가 머리를 긁적이며.

"아! 그라제 놀고 있은께 면접이란 것을 보로 왔겄제. 그람 학교는 어디 나와 브렀냐?"

"서울대 경제학과를 졸업했습니다." 또다시 난 큰 목소리로 대답했다. 완전 자동이었다.

"머시여? 서울대라고 해부렀냐?" 큰 놈의 눈이 휘둥그레지며 말했다.

"아따야, 그 들어가기가 겁나게 힘들다는 서울대를 나와브렀시야? 요새끼 대갈빡은 좀 돌아가는 갑다야? 허허허" 큰놈이 작은놈을 보며 헛웃음을 지어 보였다.

"근디 서울대를 나왔은, 그 머시냐? 그…. 그래… 거기… 삼성이나…. 현대를 들어 갈 것이지 머단고 여기를 기어왔다냐?" 작은놈이 물어왔다.

"삼성이나 현대의 기업문화가 저와는 맞지 않는 것 같습니다." 사실 가고 싶은 회사이긴 했지만 딱히 둘러댈 말이 없어서 그렇게 말하고야 말았다.

"쓰벌놈! 니도 자존심이 있는 갑다야, 못 들어갔다고는 말은 못 하는 갑제?" 그는 싱글싱글 웃으면서 나의 아픈 가슴을 깊숙이 후벼 팠다. 아무 대답도 하지 못하고 있을 그때 내가 들어왔던 그 문이 덜컹 열리며 누군가 들어왔다.

"형님 오셨습니까?"

나를 보며 싱글싱글 웃던 큰놈과 작은놈이 동시에 일어나더니 허리를 90도로 꺾고 팔을 축 늘어뜨리며 들어오는 그에게 인사를 했다. 난 일어나서 그 들과 같은 인사를 해야 할지 아니면 그대로 앉아있어야 할지, 어떻게 하는 것이 지금의 상황에 맞는 것인지 알 수 없었다. 하지만 몸은 본능적인 반응으로 일어나려 하고 있었고, 머리는 그냥 앉아있으라는 이성적인 명령을 몸에 하달하였는지 내 자세는 일어난 것도 앉은 것도 아닌 엉거주춤한 상태로 멈춰버렸다. 이 상태로 난 어쩔 줄은 몰라 하고 있었다. 하지만 들어온 '형님'이라는 그는 날 전혀 의식하지 않은 것 같았다.

"오늘 수금 해라는 거 확실히 해부렀냐?" 형님으로 불리는 그는 외투를 벗어 자신의 책상으로 보이는 자리에 있는 의자에 무심하게 던지며 말했다.

"그…..그게…..아직" 큰놈이 지금까지 의기양양하던 모습과는 다르게 물에 빠진 강아지처럼 벌벌 떨며 말하고 있었다. 난 그 모습에 내심 통쾌함을 느꼈다. 그 통쾌함을 느끼는 것도 잠시 엉거주춤한 자세 때문에 허벅지에 뻐근함이 느껴져 왔다. 하지만 움직일 수가 없었다. 괜히 움직였다가 모든 시선이 나에게 집중 된다면 좋을 것이 없다는 판단에 난 더 참아보기로 했다.

"뭐여! 이런 쓰벌넘들이 밥 맥여 주고 재워주고 했으믄 밥값을 해야제, 히히덕거리고 놀기만 하고...... 엎드려뻗쳐! 씨벌넘들아!"

그의 말에 큰놈과 작은놈은 찍소리도 못하고 그의 명령에 따라 신속하고 재빨리, 누가 빨리 엎드리는지 시합이라도 하는 것처럼 엎드려뻗쳤다. 큰놈과 작은놈이 엎드리자 그는 책상 밑에서 야구 방망이를 들고 성큼성큼 다가 왔다. 그때 까지도 그는 엉거주춤한 자세로 있는 날 전혀 의식하지 못하고 있는 듯 보였다. 난 그가 날 의식이라도 할까 싶은 마음에 그대로 그의 행동을 바라만 보고 있을 뿐 움직이지 않으려 갖은 애를 써야했다. 허벅다리가 더욱 더 뻐근해져 옴이 느껴졌다.

"야이 씨벌넘들아! 내가 오늘 수금 건, 뭔 일이 있어도 받아야 된다고 했냐? 안했냐?" 그는 그렇게 말하며 야구 방망이를 높이 쳐들어 올렸다. 그리고 힘껏 큰놈의 엉덩이를 내려치려는 찰라, 나와 그에 눈이 마주쳐버리고 말았다. 그 순간 온힘을 다해 부여잡고 있던 다리에 힘이 풀리면서 난 그만 소파에 털썩 주저앉고 말았다. 한동안 나를 빤히 쳐다보고 있던 그는 내가 아무 말도 없이 바닥만을 쳐다보고 있자 야구방망이를 손에 든 체 나에게로 다가왔다.

"일나!(일어나)" 나는 순간 벌떡 일어났다. 그러자 그가 피식 웃더니.

"그짝 말고, 우리 아그들 말이여." 그제야 큰놈과 작은 놈이 일어났다.

"아.....예" 나도 그를 따라 억지웃음을 지어 보였다. 그는 나를 위아래로 훑어보더니 큰놈에게 '이놈은 뭐하는 놈인지'를 눈빛으로 물었다. 그러자 큰 놈이 얼른 뛰어와 그에게 나에 대해서 보고 하기 시작했다.

"면접보로 왔다고 헙니다. 나이는 28살이고... 이름이... 뭐였드라.... 한....."

"한서경입니다." 그가 내 이름을 기억하지 못하자 난 내 이름을 아주 또박또박 말해주었다.

"그려.... 한서경이고, 서울대 경영학과를 졸업했다고 하든디요." 큰놈의 보고에 따분한 표정을 짓고 있던 그가 서울대 경영학과라는 말에 고개를 휙 돌려 날 보더니 다시금 위아래로 훑어보았다.

"참말로 니가 서울대 경영학과를 졸업해브렀다고?" 그는 의심이 가득한 눈빛으로 내게 물었다.

"네..." 난 자신 없이 대답했다. 그 자신 없는 대답에 그의 믿음이 더욱 낮아지고 있는 듯 보였다.

"증명할 수 있냐? 그러니께 거 머시여... 졸업.....졸업장 말고 서울대를 졸업했다고 증명해 주는 거 있잖여?"

"졸업증명서......"

"그려...그려... 졸업증명서.... 니 서울대 맞는 갑다. 똑똑 하구만. 일단 앉아 봐라."

졸업증명서라는 한마디에 그의 의심하는 눈빛이 조금은 풀린 듯 보였다.

"니가 참말로 서울대 경영학과를 졸업했으믄 내가 조건하나 걸지. 받을래 말래?"

조건을 얘기도 전에 딜을 하는 전형적인 조폭스타일을 그는 과감 없이 선보이고 있었다.

"조건이.....?" 난 조심스레 물었다.

"받을래 말래?" 역시 조폭이었다.

"받겠습니다." 난 될 되로 되라는 듯 푸념한 체 대답하고야 말았다.

"그려 박력이구만! 남자여... 남자! 허허허" 그렇게 웃다가 한순간 언제 웃었냐는 듯 얼굴표정을 싹 바꾼 그가 계속해서 말했다.

"니가 진짜로 서울대를 나왔으믄 월급을 250을 주지, 만약 아니라면 신장하나 때서 놓고 가라!"

"예?" 나보다 큰놈과 작은놈이 더 놀란 듯 입을 쩌억 벌렸다. 나는 신장 때문이었지만 아마도 큰놈과 작은놈은 파격적인 월급제안 때문에 놀란 듯싶었다.

"뭐시여? 작어? 아따 이 쇄끼 딜을 좀 할 줄 알구만. 그래 300백 준다. 콜?" 그의 말에 큰놈과 작은 놈의 이미 끝까지 벌어진 입이 더 벌어졌다. 나는 그냥 말없이 고개만 끄덕였다. 어차피 내가 서울대를 나온 것은 기정사실이기에 손해 볼 것이 없다고 생각했기 때문이었다.

"좋아! 그람 시방 니가 나온 학교에 전화해서 팩스 요청해! 그 뭐시냐...그래... 졸업증명서" 그는 메모지에 팩스번호를 적어 주었다. 난 그의 말에 따라 학교에 전화를 했고 팩스로 졸업증명서를 보내 달라 요청했다.

"팩스가 들어올 동안 한 가지만 묻자!" 그가 팩스를 기다리는 것이 지겨웠던지 내게 말을 걸어왔다. 나는 아무대답도 하지 않았지만 그는 내가 동의한 것으로 생각했는지 그 질문을 나에게 던졌다.

"앞으로 말이여, 이 대부업이란 업종이 말이여 어찌 될 것이라고 생각하는지 서울 대생의 머리로 한번 예측을 해보란 말이시."

'어떻게 되기는? 시발놈들아! 협박 질이나 일삼고 고리대금이나 삥 뜯는 니들은 다들 감방이나 쳐 들어가 평생 콩밥이나 실컷 쳐드셔야지.' 라고 말하고 싶었으나 그 말을 했다가는 여기서 살아 돌아갈 수 없다는 것을 잘 알고 있었기에 난 입에 발린 소리를 할 수밖에 없었다.

"아이엠에프 이후 전국적으로 대부업이 급증을 하였습니다." 난 말을 계속 할 수가 없었다. 큰놈이 갑자기 내 말을 끊고 끼어들었기 때문이었다.

"아이엠에프? 그게 뭐시여?" 두목도 궁금했는지 큰놈을 제지하지 않았다. 그때 작은 놈이 큰놈의 머리를 손바닥으로 딱 소리가 날 만큼 강하게 내리 쳤다. 큰놈이 이번에는 아팠는지 작은놈을 째려 봤다.

"무식한 놈아! 아이엠어보이 하믄 뭐시여?" 작은놈이 째려보는 큰놈의 눈빛을 아랑곳 하지 않고 말했다.

"나는 소년이다?" 큰놈이 긴가민가한 표정으로 머리를 긁적이며 대답했다.

"요새끼... 요새끼.... 똑똑한 새끼.... 그람 내가 질문하나 해보자. '니 학점은 몇점이냐?'하고 내가 물었을 때 니가 학점이 A다 치자 그럼 우츠게 대답해야 쓰겄냐?"

"아이엠....에이?" 큰놈이 자신 없게 대답했다.

"그려! 임마! 역시 니는 하나를 가르치믄 열을 알아 불구만, 그람 F학점을 맞아브렀으믄?"

"아이엠에에프!" 큰놈이 이번에는 자신 넘치게 대답했다.

"딩동댕! 역시 니는 내 친구로 손색이 없시야!" 작은놈이 뿌듯해하는 표정으로 큰놈의 어깨에 손을 올렸다. 난 웃음이 터져 나오려는 것을 허벅다리를 꼬집어가며 억지로 참아야했다. 더 어처구니없는 것은 두목의 표정이었다. 두목은 작은놈이 자신의 부하로서 뿌듯했는지 잔잔한 미소를 머금은 체 지긋이 작은놈을 바라보고 있었다. 그러면서 자랑하듯 내게 말했다.

"야가 내 오른팔이여"

"그라믄 니가 지금 학점이 에프를 맞았다는 것이 아니여? 씨불랄 서울대 나옴 머단다냐? 학점은 에프인디?" 큰놈이 나에게 비웃음을 날리며 말했다.

"씨벌놈아! 아가리 안 닥치냐? 그래도 서울대여. 니가 서울대 문턱이라도 밟아 봤냐?" 두목이 큰놈에게 역정을 냈다.

"그려 계속 혀봐! 근디 니가 에프학점 맞은 것이랑 대부업이 늘어난 것이랑 뭔 상관이 있다냐? 암튼 에프학점을 맞아가꼬 어쨌단 말이여?"

'니들 같이 무식한 놈들이랑 말을 섞을 바에 나가 죽는 것이 낫겠다.' 라는 생각과는 다르게 난 고분이 계속 말을 이어갔다.

"대부업이 증가하면서 많은 대부업체들이 고리대금을 갈취하고, 그 과정에서 협박과 폭력을 일삼으면서 피해자들이 속출하고 있는 상황입니다." 난 이 말을 하는 도중 살기를 느낄 수 있었다. 작은놈과 큰놈이 날 죽일 듯이 노려보고 있었기 때문이었다.

"총수금융은 그렇지 않았지만, 다른 대부업체들에 그런 만행으로 총수금융처럼 선량한 대부업체까지 그런 비판을 받으니 저로서는 가슴이 아프기 그지없습니다." 오로지 살기위해 난 그 말을 해야만 했다.

"그라제. 우리처럼 선량한 대부업이 시상에(세상에) 또 어디 있단가? 돈이 급하게 필요한 사람 신장만 두 짝 다 있음 아무조건 없이 빌려줘서 급한 불 끄게 해줬는디, 그랬음 당연지사 돈을 빌려간 사람들은 감사의 표시로다가 이자 쪼메 얹어서 갚는 것이 사람 사는 도리 아니겠어? 그것을 전문용어로다가.... 머시냐....그... 인지.... 인지..." 큰놈이 인지상정이란 단어가 생각이 나질 않았는지 말을 끝내지 못하고 있었다.

"인지상정" 난 갑자기 그가 안쓰럽게 느껴져 대신 말해주었다.

"그려, 그려, 인지상정이제. 확실히 서울대 나온 놈은 머시 달라도 다르구만!" 큰놈이 손뼉을 마주치며 말했다.

"계속혀봐!" 두목이 말했다.

"피해자가 속출하고 있는 만큼 정부에서는 상황이 더욱 악화되기 전에 이런 대부업체에 대해 조만간 칼을 뽑아들 가능성이 아주 높은 상황입니다." 나는 또 말을 끝까지 하지 못했다. 이번에는 작은놈이 끼어들었다. 큰놈, 작은놈이 번갈아가며 누가 더 무식한지 뽐내고 있는 것 같은 착각이 들 정도였다.

"아니, 씨불럴, 정부놈들이 먼 조폭도 아니고, 그러니께 칼을 뽑아가꼬 우리를 쑤셔분다, 그말 아니여? 성님! 그람은 우리도 준비해야지 않겠습니까? 밑에 있는 아그들 연장 준비해가꼬 서울로 올라오라 해부까요?"

"그 말이 아니라...." 난 갑자기 몸에서 힘이 쭉 빠져가는 것을 느꼈다.

"그은... 그게 먼말이여?" 두목이 물었다.

"그러니까, 정부에서 대책을 세운다는 것이죠. 가령 법으로 이자를 받을 수 있는 최고치를 낮춘다거나, 불법적으로 운영하는 대부업체를 강력하게 단속하고, 협박이나 갈취를 하는 경우 엄하게 처벌한다는 것이죠." 난 될 수 있으면 쉽게 설명하려고 나름 애를 썼지만, 그들의 표정은 알쏭달쏭한 표정으로 일관하고 있었다.

"그렇다고 치고, 그니께 대부업을 계속해서 허기가 힘들어 블것다 이말 아니여? 그람 인자 우리는 우째야 되는디?" 두목의 눈빛이 걱정스러운 눈빛으로 변해가고 있었다. 내친김에 난 갈 때까지 가보자 하는 심정으로 결연하게 입을 열었다.

"대부업은 이제 정부의 강력한 규제와 단속으로 사업을 확장하기 힘든 사업 중에 하나가 되었습니다. 사장님은 그에 맞추어 이제 뜨는 해를 찾아 사업을 하셔야 됩니다."

"요런 씨벌놈이 누구 밥줄을 끊을 라고 환장을 해부렀냐?" 작은놈이 눈을 부라리고 성큼성큼 내게 다가왔다. 난 순간 이제 맞아 죽겠구나 싶은 마음에 본능적으로 팔로 머리를 가리고 몸을 한 것 웅크렸다. 하지만 그는 내 몸에 손 하나 대지 못했다. 두목이 팔로 작은놈을 가로 막았기 때문이었다. 그는 분이 풀리지 않은 듯 한동안 씩씩대고만 있었다.

"그려.... 그렇다면 니가 생각하는 다른 사업이라는 것이 머여?" 두목이 물었다.

"해외 관광지에서는 지금 부유층을 대상으로 클럽이 빠른 속도로 유행을 하고 있습니다. 한국은 이태원이 앞으로 외국인들이 필수로 찾는 관광지가 될 것입니다. 그쪽에 클럽을 운영한다면 많은 돈을 벌 수 있을 것이라 생각됩니다."

"이태원이믄 땅값도 솔찬(상당이 높을) 할긴디, 클럽은 먼 돈으로 차린다냐? 그라고 우리가 나이트클럽을 안 해본 줄 아냐? 광주에서 째깐하게 해봤는디, 장사는 뒷전이고 허구헌날 나이트클럽 묵을라고 조폭들 우르르 몰려와 쌈박질이나 하는디, 먼 돈을 벌었냐고?" 작은놈이 말했다.

"사장님께만 조용히 말씀드리고 싶습니다." 이미 엎질러진 물 다시 담을 수는 없는 법, 이왕 이렇게 된 거 난 더 강한 패를 꺼내들었다. 까지 것 죽기 아니면 까무러치기 아니겠는가. 내말이 통했는지 두목은 나를 빼고 모두들 내보냈다. 큰놈과 작은놈은 두고 보자는 눈빛으로 날 쏘아보며 마지못해 밖으로 나갔다. 그들이 나가는 것을 확인한 두목이 먼저 입을 열었다.

"아그들까지 내보낸 것을 본께 니 사업구상이 어마무시 한갑다. 그려 그 어마무시한 사업구상 한번 들어보자. 그려 먼저 클럽을 차릴 자본금은 어디서 충당 헐거여?"

"지금 빌려준 돈을 원금만 회수한다면 얼마나 되는지...." '원금만' 이라는 말에 그의 눈빛에 살기가 서렸다. 그 살기에 난 말을 끝까지 할 수가 없었다.

"허허참! 니가 간뎅이가 배 밖으로 단단히 튀어 나와구만, 수 십 배로 받을 수 있는 돈을 원금만 받아라고야? 클럽 한다고?" 그의 목소리가 커졌다. 난 여기서 멈추면 죽는 것은 매 한가지라 생각하며 떨리는 목소리를 최대한 진정시켜가며 말했다.

"지금 당장이라도 정부가 칼을 뽑는다면 원금조차도 회수할 수 없을지 모릅니다. 여기서는 최대한 빨리 발을 빼고, 자본금을 마련해 불법적인 것이 아닌 합법적인 사업을 해야 돈도 벌고 명성도 얻을 수 있지 않겠습니까?"

"씨발, 건달이 먼 지랄났다고 명성은 명성이여." 두목은 그렇게 말하고 있었지만 명성이란 말에 입고리가 살짝 올라갔다.

"한 10억쯤 되제. 내가 가지고 있는 돈 까지 합하믄 한 15억은 될 것이여." 기분이 좋아진 두목은 묻지도 않는 것까지 술술 말했다.

"그 정도면 은행 대출을 끼고 충분할 것 같습니다." 나는 대충 말했다. 지금 말하는 것이지만 내 사업구상은 오래전부터 머릿속에 생각하고 있었던 것이 절대 아니었다. 그냥 그 순간 살기 위해 즉흥적으로 떠오른 것들을 아무검증 없이 내뱉고 있었다. 하지만 두목은 순진한 건지 무식한 건지 서울대를 졸업했다는 이유하나만으로 내 사업구상이 앞으로 대한민국을 선도할 사업이라 굳게 믿는 눈치였다. 아마도 순진한 것 보다는 무식하다는 것이 맞을 것이다.

"근디 말이여, 요 동네 사람들이 징허게 독해부러야. 신장을 땐다고 배에 칼까지 들이 밀어도 돈을 안 갚아브러. 차라리 죽이라 근디 독한 고것들이 빠른 실내에 갚을 것이냐 이 말이지." 두목은 점점 더 내 말에 깊은 신뢰를 들어내고 있었다.

"돈을 빌린 사람들에게 한 달의 기한을 주십시오. 한 달 안으로 원금을 갚든지 한 달이 지나고 고액의 연체료를 합산해서 수 십 배로 갚던지 선택하라 한다면 분명 다들 무슨 수를 써서라도 원금을 한 달 내에 갚으려 할 것입니다." 두목이 내 말에 신뢰를 보이니 나 역시 조금 편해진 듯 말이 술술 나왔다.

"근디 말이여.... 클럽을 해가꼬 그렇게 큰돈을 빨리 만질 수 있것는가?" 핵심은 역시 돈이었다. 두목은 두목답게 핵심을 파고 들어왔다.

"세계에서 열손가락 안에 들어가는 클럽이 사용하는 방법이 있습니다." 난 어디선가 주워들은 얘기를 그대로 내뱉고 있었다.

"그게 머시단가?" 두목이 내 말을 한마디라도 놓칠까 바짝 귀를 기울이며 다가왔다.

"마약입니다." 세계에서 열손가락 안에 들어가는 클럽이 마약을 유통하는 지 난 알지 못한다. 하지만 돈을 좀 번다는 외국 관광지 클럽들 내에서 마약이 유통된다는 말을 어디선가 주워들은 적이 있었기에 그 주워들은 얘기를 진실인 것처럼 말해버렸다.

"마약? 우리같이 조그만 조직은 그거 만졌다가는 한순간에 골로 가버릴 수가 있다는 거는 모르는 모양이구만" 두목이 조금 전 기대하는 반응과는 다르게 얼굴이 굳어지며 발끈한 모습을 보였다.

"그러니까 클럽으로 조그만 돈을 만지면서 조직을 키워나가고 조직이 어느 정도 커졌다 싶을 때 마약을 유통하자는 것입니다. 때에 따라 관할 경찰서 간부나 국회의원 한두 명쯤에게 약을 처 놓으면 안전하게 마약을 유통하면서 큰돈을 금세 만질 수 있을 것입니다."

"허허, 요놈 보게, 역시 서울대를 나오믄 머가 달라도 다르구만." 두목은 그렇게 말하고는 큰소리로 "아그들아 그만 들어와!"라 말했다. 문이 열리고 나가던 큰놈과 작은놈 그리고 들어 온지 얼마 않되 보이는 지금 것 단 한마디도 없던 신참이 들어왔다.

"야들아, 내일부터 이짝으로 출근 할 것 인께 서로 인사들 혀. 이름이 머시라 했는가?"

"한서경입니다."

"그려 한서경이라고 혔제? 서로 인사들 혀! 등치가 제일 큰놈은 망치라 부르믄 되고, 등치가 좀 더 작은놈은 도끼라 부르믄 되, 그리고 쩌짝에 있는 둥 없는 둥 서 있는 놈은 도라이바(드라이버)여, 서로 형제처럼 잘 지내 불고, 아참! 그리고 이짝 건달들 세계에서는 나이로 형님이 아니여, 무조건 들어온 순이니께 서경이 니가 다들 형님으로 모셔브러라. 알겠쟈?" 두목은 한명, 한명 손으로 집어가며 말했다. 만약 밖에서 안의 상황을 모르는 사람이 듣는다면 공구 통을 열고 연장 명칭을 설명하는 줄 알 것이라며 나는 생각했다.

"예, 알겠습니다." 세상에서 가장 무식한 원, 투, 쓰리를 형님으로 모셔야 된다는 자체가 자존심이 상했다. 더군다나 나이도 어리지 않는가. 하지만 나는 마지못해 대답할 수밖에 없었다.

"망치야 머더냐?(뭐하냐?) 막둥이 데리고 가서 낼부터 출근 할 수 있게 양복 두어 벌 사 입히고, 도끼랑 도라이바는 지금부터 돈 빌려 쓴 것들 한 바퀴 돌틴께 채비하고, 그리고 씨벌놈들아 서울에 올라 온지 2년이 다 되가는디 아작도 사투리를 쓰고 지랄들이냐? 인자 우리도 합법적인 사업을 할 것이니께 느그들도 다들 사투리부터 고쳐브러야 되지 않겠니?" 두목은 '니'자를 한껏 올리며 말했다.

"예, 알것습니다." 셋이 동시에 대답했다.

그날 난 망치가 사준 양복을 들고 집으로 들어갔다. 엄마는 한사코 무슨 양복인지 캐물었지만 난 대답하지 않았다. 아직은 얘기할 시기가 아니라고 생각했기 때문이었다. 엄마는 아무런 얘기를 하지 않는 날 의심의 눈초리와 걱정스런 눈빛으로 주시했다. 엄마에게 그런 걱정을 안겨 준 것으로 1차는 성공했다고 난 자평했다. 차차 시간이 어느 정도 지나고 내가 어디를 다니고 있는지를 알려줄 것이다. 엄마의 성격상 그렇게 큰 충격을 받지는 않겠지만 그래도 소심한 복수는 될 것이라 생각했기 때문이었다. 하지만 이런 내 생각은 보기 좋게 빗나가 버렸다. 내가 엄마에게 건달들이랑 같이 일한다는 말을 했을 때, 엄마는 어떠한 충격도 받은 듯 보이지 않았다. 최소한 내가 느끼기에는 그러했다. 엄마는 무덤덤하게 말했다.

"건달들이랑 일을 하더라도 불법적인 건 절대 하지마라. 특히 마약을 많이 하던데 넌 절대 마약에는 손대지 말고, 남자라면 이것저것 많이 경험해 봐야 되는 거니까 네가 알아서 잘 하겠지." 난 또다시 지금 내 앞에 있는 엄마가 계모가 아닌지 의심이 되었다.

어찌되었건 난 엄마에게 소심한 복수가 끝나면 그만둘 생각이었지만 복수도 실패했고, 그만두지도 ·못했다.

"갈 때 가드라도 손모가지는 나두고 가야제. 근디 니가 총수금융에서 그동안 했던 것도 있고 하니께 새끼손가락만 나두고 가라! 도끼야 도끼가지고 와라!" 내가 그만 둔다고 했을 때 두목이 한 말이었다. 난 큰맘 먹고 '그래 새끼손가락 하나 없다고 크게 불편하지는 않겠지'라 생각하며 새끼손가락을 테이블에 올려놨다. 곧이어 도끼가 도끼를 가져왔다. 두목이 도끼가 가져온 도끼를 받아들고는 내려치려는 순간 나도 모르게 "형님 잘못했습니다. 앞으로 이 목숨 다할 때까지 형님과 함께 하겠습니다."라고 말해버렸다. 쪽팔린 얘기지만 그때 오줌을 살짝 지렸다. 다행이 소변의 양이 겉옷을 적실 정도는 아니어서 아무도 몰랐지만 난 그 당시 그만큼 무서웠었다.

"진작 그래야제? 우리는 가족이여, 가족! 피가 섞인 가족보다도 더 끈끈한 것이 있어가꼬 끊을 수가 없당께. 않그냐? 도끼야, 망치야?"

"그라지라 형님" 망치가 대답했다.

"씨벌놈아 내가 사투리 쓰지 말라고 몇 번을 야그 해부렀냐? 엎드려 뻐쳐라" 두목이 도끼를 책상에 내려놓고 대신 야구방망이를 집으며 말했다.

"그라지요. 형님" 망치가 재빨리 '요'자를 높이 올리며 수정해 말했다.

"그래 울매나 듣기가 좋아브니? 서울말이 겁나게 듣기가 좋아블지 않니? 인자부터라도 우리도 시방처럼 서울말만 써블지 않겠니?"

그렇게 난 새끼손가락을 내 손에 그대로 붙어있게 하는 조건으로 총수금융에 남게 되었다. 그때부터 난 이왕 떠날 수 없다면 총수금융을 진정한 기업으로 만들어볼 생각이었다. 불법적인 사업들부터 모두 정리했다. 그렇다고 불법을 전혀 저지르지 않은 것은 아니었지만 눈에 보이는 즉, 들어나 있는 사채업 같은 불법적인 사업은 모두 정리했다.

모든 일은 일사천리로 진행되어갔다. 총수금융에서 돈을 빌려간 사람들은 한 달

이내에 원금만 상환하는 조건을 부여하니 대부분 원금을 상환했다. 대부분의 사람들이 100만원에서 500만원 사이의 소액대출이다 보니 모두들 원금을 값을 여력은 되었다. 그 100만 원이 한 달 이후에는 700만원이 되는데 원금만을 갚는 것을 거부할 사람은 없었다. 그렇게 원금을 모으니 10억이 금세 모였다. 장사가 잘 되지 않는 주점도 2곳 모두 정리하고 바다이야기도 정리했다. 한창 돈을 잘 벌어들이는 바다이야기를 정리할 때가 가장 잡음이 심했을 뿐 모두들 내 말을 잘 따라 주었다.

"바다이야기는 안 되부러야. 절대 않되! 그것이 얼마나 돈을 벌어다 주는디!" 바다이야기를 정리하자고 말했을 때 두목은 완강하게 거부했다. 가만히 앉아서 많은 돈을 벌게끔 해주는 바다이야기를 정리하는 것이 아까운 것이 당연할 것이다. 그렇다고 불법이 눈에 훤히 보이는 바다이야기를 그대로 둔 채 사업을 키워나갈 수는 없었다. 언젠가 부메랑이 되어서 돌아올 것이 뻔히 보이는 데 말이다.

"형님! 형님은 형님 이름처럼 앞으로 기업의 총수가 되고 싶으시죠? 대기업 총수 말입니다. 한마디로 회장이 될 것인데, 이런 작은 장사가 지금당장 돈이 된다고 해서 연연해서는 안 됩니다. 과감하게 지금 정리하십시오. 크게 내다 보셔야죠."

끈질긴 설득 끝에 결구 두목은 바다이야기를 정리한다는 것을 승낙했다. 한참 인기가 있는 바다이야기는 고가에 인계할 수 있었다. 덕분에 대출을 받지 않고도 이태원에 클럽을 차리는 데 큰 어려움이 없었다.

이태원 클럽을 오픈 후 처음에는 반응이 시큰둥했다. 그런 시큰둥한 반응이 한 달하고 보름 째 이어지면서 난 자동으로 죄인이 되어가고 있었다.

"요런 써글놈, 서울대 나왔다고 묻고 따지지도 않고 믿어 붙었는디, 시방 이게 머시다냐? 앞으로 일주일 동안 요 모양 요 꼴이면 저 새끼 신장이랑, 눈깔, 간, 땔 수 있는 것은 전부다 때 부러라잉!" 두목은 진짜 내 장기란 장기는 모두 적출 할 요량으로 망치와 도끼에게 말했다. 난 두목이 그럴 인간이라는 것을 잘 알고 있었기에 어떻게든 클럽이 잘 될 수 있는 방법을 찾아야했다. 살기위한 몸부림이었다. 그렇게 생각해 놓은 것이 관광 비자를 가지고 있는 관광객 외국인은 무조건 기본 맥주와 안주를 무료로 제공하는 나름 파격적 이벤트를 실시했다. 하지만 반응은 별 달라질게 없었고, 초바늘 한 칸 한 칸 지나갈 때 마다 내 초초함 역시 커져만 가고 있었다. 그렇게 일주일이 지나가고....

"야! 저 새끼 신장이랑 눈깔이 땔 틴께 장선생한티 연락해 놔라!" 두목이 명령했고, 망치가 어디론가 연락을 하더니 "장선생 나 망치요. 다름이 아니고 물건하나 있으니께 후딱 와가꼬 작업 좀 해야 되 것소." 라고 말하고는 도끼와 함께 지하에 있는 아주 습한 장소로 날 강재로 끌고 갔다. 그 곳에는 의료용 침대 한 개와 갖가지 의료용구들이 한 가득이었다. 딱 봐도 소독은커녕 씻기나 제대로 했는지 모를 만큼 지저분했고, 바닥은 타일로 되어있었는데 피가 튀어 메말라 붙어있었다. 한마디로 끔찍 그 자체였다. 이런 곳에서 신장을 하나 때어주고 살아남는 다해도 금방 패혈증으로 죽을 것 같았다.

"신장 한 짝이랑 눈깔이 두 쪽 때고 몸뚱아리는 중국으로 싸게 넘겨브라잉!" 뒷 따라온 두목이 말하고는 다시 올라가버렸다. 난 망치와 도끼에 의해 강재로 의료용 침대에 눕혀 진채 팔다리가 묶이고 옷이 모조리 벗겨졌다. 몸부림을 쳐 봤지만, 덩치 둘의 힘을 어찌할 도리가 없었다. 두려움과 공포가 온몸을 감싸며 밀려 왔다. '아 씨발, 이렇게 죽는 구나' 그렇게 한참을 누워있으니 장선생이란 사람이 들어왔다.

"왔소. 신장 한 짝 이랑 눈깔이만 파고, 중국으로 넘길 것 인께 어디 딴데는 다치게 하지 마시쇼." 도끼가 들어오는 장선생에게 말했다.

"이만하면 A급인데 왜? 다른데도 작업 좀 하지?" 장선생이 아까운 눈빛으로 날 바라보며 말했다. 그 눈빛이 돼지를 부위별로 보는 도살장 임부 같아보였다.

"요세는 시체처리하기도 힘들고 괜히 욕심 부리다가 탈나니께 그냥 거기까지만 하소" 도끼가 장선생을 노려보며 말했다. 그 눈빛에 장선생이 주눅이 들었는지 마지 못해 대답하고는 의료용구를 챙기기 시작했다. 난 그 모습을 그저 두려움이 가득 찬 눈빛으로 바라 볼뿐 아무것도 할 수 없었다. 그런 내 눈빛이 재미있다는 듯 장선생은 날 한번 위아래로 훑어보더니 옅은 비웃음을 지어 보였다. 그리고는 매스를 집더니 내 배에 갔다 대었다. 쇠의 날카로운 차가움이 내 배위에서 전율을 일으켜 댔다. 난 눈을 질끈 감았다. 눈가에 맺혀있던 눈물이 옆으로 흘러내렸다. 그 때 누군가 지하실로 내려왔다.

"야! 풀어줘라!" 두목의 목소리였다.

"예?" 망치와 도끼 그리고 장선생이 거의 동시에 두목에게 되물었다.

"풀어줘라고!" 두목이 다시 말했다. 한 번 얘기한 것을 다시 얘기하는 것을 무척이나 싫어하는 두목이었지만 목소리에는 그런 짜증이 섞여 있지 않음을 난 단박에 알 수 있었다.

"예" 망치가 대답하고는 날 풀기 시작했다.

"장선생 미안하게 됐소. 대신 다음에는 더 좋은 놈으로 준비해 줄 틴께 그때 까지만 참고 있소. 망치랑 도끼는 올라오고. 서경이도 옷 입고 올라 오그라!"

다들 두목을 따라 올라갔지만 난 한참동안을 일어 날 수가 없었다. 그 자리에 누워서 얼어 붙은 듯 꼼짝도 못하고 있었다. 그리고 생각했다. 언젠가는 반드시 이 수모를 수 백 배로 갚아 줄 것이라고.

이제 와서 말하지만 난 그 생각을 끝내 이루지 못했다. 무엇보다도 난 그 때 그 수모를 잊고서 내 생활에 심취해서 살고야 말았다. 내가 복수를 긴 시간 동안 하지 못한 이유는 그게 가장 큰 이유였다.

아무튼 난 한참을 그렇게 있다가 옷을 주섬주섬 걸치고는 습하고 꿉꿉한 지하를 빠져 나왔다. 두목과 망치 그리고 도끼가 지하에서 올라오는 날 보며 웃고 있었다. 난 그 웃음의 의미를 그때 까지는 알 수 없었다.

"역시 서울대는 다르긴 다르고 만, 하마터면 내가 큰 실수를 할 뻔 했시야. 않그냐? 아그들아." 두목이 일어나 내 어깨에 손을 올리며 말했다.

"근께요. 안 그래도 내가 우리 서울대 동상은 먼가 할 줄 알았당께요." 망치가 두목의 말을 뒷받침했다. 방금 전 까지만 해도 내 배를 갈라서 신장을 꺼내고, 내 눈을 파내고, 시체처리가 힘들다는 이유로 나머지 장기는 중국에 넘기려 했던 사람과는 전혀 다른 모습에 난 어리둥절할 수밖에 없었다. 그런 내 마음을 알았는지 두목이 내 어깨를 두 번 토닥이더니...

"킹앤퀸에 줄을 쫙 서 붓단다." 킹앤퀸은 이번에 차린 클럽명칭이었다. 오픈한 후 두 달 동안 내 속을 그렇게 타게 만들더니 이제야 그 빛을 본 것이다. 난 오늘 하루 킹앤퀸 때문에 지옥과 천국을 오가게 된 셈이었다.

"다들 형님들 덕분이죠." 난 살기 위해 그렇게 말 해야만 했다. 그리고 마음속으로 꼭 이날을 기억하겠다면 다짐했다. 하지만 그 다짐은 금세 사그라들고 말았다.

그날 이후 클럽은 상상이상으로 잘되기 시작했다. 일단 내 아이디어가 정확히 적중했다. 서울에서 킹앤퀸은 거쳐야 될 관광코스로 자리 매김하기 시작했다. 외국인들이 늘어나니 한국인 또한 그런 외국인들과 연을 맺을 수 있을까 하는 마음으로 킹앤퀸을 찾기 시작했다. 한국인으로서 자존심이 상했지만 그땐 그랬다. 아직 선진국 문턱에 있는 한국은 선진 외국인이라면 동경의 대상이었고 따라해야 할, 따라가야 할 대상이었다. 그랬기에 자연히 한국인과 외국인이 동시에 즐길 수 있는 곳으로 킹앤퀸이 자리 잡기 시작했다.

단 1년 만에 킹앤퀸을 기반으로 우린 클럽을 두 곳 더 늘렸다. 그렇게 늘린 클럽역시 미어터져갈 만큼 장사가 잘되었다. 두목말로 '겁나 미어터져 불구만!' 이었다.

그 클럽을 기반으로 나총수 사장의 사업은 날로 번창하고 있었다. 총수금융은 프리앤캐쉬로 이름을 바꿔 법정최고이자를 준수하는 합법적 금융회사로 탈바꿈하고, 그 기반으로 몇 년 뒤 건설업까지 진출했다. 자꾸만 폭등하는 아파트 값에 의해 건설업은 날개를 달았다. 잠깐 미분양 사태로 힘든 시기도 있었지만 어찌 됐든 아파트 값은 지속적으로 상승했고, 그만큼 나총수 사장의 총수건설도 커져만 갔다. 이렇게 계열사가 늘어나니 나총수 사장은 회장으로 직급을 변경하고 진정한 총수 그룹의 총수가 되었다.

총수 그룹이 커져 가면서 모든 사업체를 총괄할 사람이 필요했다. 아는 사람은 다들 알겠지만 솔직히 말한다면 나총수 회장의 머릿속은 돌로만 가득 차 있다. 한 마디로 돌중에 단현 으뜸인 대리석에 필할 만큼 단단하지만 화강암처럼 텅 비어있는 돌대가리 중에 단연 최고라 할 수 있다. 그렇다고 그에 오른팔, 왼팔이라 할 수 있는 도끼와 망치도 나총수를 버금가는 돌대가리였고, 다행이 그 사실을 나총수 회장도 잘 알고 있었기에 모든 사업체를 관리하는 것은 내 몫이었다. 그룹을 총괄하는 동시에 난 사회지도층과도 밀접한 관계가 되어갔다. 난 그들에게 충분할 만큼의 돈을 주고 그들은 총수그룹의 뒤를 봐주는 커넥션이 자연스럽게 형성되어갔다. 그렇게 사회 지도층과도 밀접한 관계를 형성하면서 내 생각과 배포, 강단들도 동시에 커졌다. 다시 말하면 소위 대가리가 커진 것이다. 서울대를 졸업한 자만심과 나총수 회장의 신임과 내가 이 회사를 키웠다는 자만심 그리고 사회지도층과의 커넥션이 만들어낸 자만이 만나니 걷잡을 수 없는 오만이 되어갔다. 망치와 도끼도 어느 순간부터는 우습게 보이기 시작했다.

그런 자만과 오만은 자연스럽게 내면 밖으로 표출되어져 갔다. 그렇게 커버린 날 나총수 회장은 점점 더 경계하기 시작했고 신규사업부분에서 날 배제하기 일 수였다. 하지만 난 아무도 모르게 미래를 위해 보험을 들고 있었다. 그 사실을 나총수 회장은 절대 알 수 없을 것이다. 불법로비, 지금은 정리되었지만 한때 클럽에서의 마약유통, 총수금융시절에 저지른 살인 및 살인교사, 인신매매, 그리고 돈세탁을 통한 불법비자금, 뇌물을 공여한 것 까지 나총수 회장을 한 방에 훅 보낼 수 있는 증거물을 내 신장이 떼어질 뻔 했던 그 때부터 수집하기 시작했다. 절대 사용할 일이 없을 것이라 믿었던 증거품들을 사용할 때가 왔던 것이다. 이만한 보험이면 나총수 회장도 이젠 날 어쩔 수 없을 것이라 믿으며 난 더욱더 거침없는 날뛰는 망아지가 되어가고 있었다. 하지만 내가 관과하고 있었던 것이 있었다. 그들이 만만하게 보이다 보니 그들이 한때 잔인하고 포악한 조폭이었던 사실을 난 망각 하고 있었던 것이었다. 그랬다. 총수그룹이 합법적인 사업을 한다 해도 그들은 물불 가리지 않는 뼈 속까지 조폭이었다. 사람의 목숨을 개나 돼지의 목숨보다 하찮게 여기고 장기밀매, 인신매매, 살인을 스스럼없이 저질렀던 사람들이었다. 난 그 사실을 망각한 체 그들을 그저 돌대가리, 멍청한 인간들 정도로 업신여기고 있었던 것이다.

나총수는 조폭출신답게 자신의 눈에 거슬리는 사람을 제거 하려는 습성은 기업의 총수가 되어서도 그대로 나타났다. 그 대상이 내가 되어서야 난 그가 조폭근성을 못 버리는 뼈 속까지 조폭임을 깨달을 수 있었다. 그들은 대체적으로 멍청했기에 날 죽이려 하는 것 또한 고전적인 수법을 사용했다. 맨 처음에는 트럭을 이용해 뺑소니로 위장하려는 수법을 사용했다. 하지만 정확한 타이밍을 맞추기란 여간 힘든 것이 아니다. 교차로를 내차가 지나가는 순간 정확히 내차 옆을 들이 박아야 했지만 그 순간을 맞추기는 영화에서나 가능한 일이었다. 몇 번의 실패 끝에 그들은 방법을 바꿔야만했다.

다음 방법은 감전사로 위장 하는 것이었다. 내 오피스텔에 몰래 침입한 그들은 내 욕실 바닥에 나선된 전선을 흘려놨지만 물이 닫는 순간 차단기가 떨어져 난 잠깐의 찌릿함만을 느꼈을 뿐 아무렇지도 않았다. 차단기까지 손 봐놓는 다는 생각까지는 하지 못한 정말 바보 같은 방법이었다. 세 번째는 강도를 위장한 방법이었지만 두 번이나 생명의 위협을 느낀 난 보디가드를 채용했고 강도는 그 보디가드에게 제압되어 도망갔다. 그들의 방법은 모두 실패였고 나를 죽이려는 그 멍청한 시도는 나의 분노를 사기에 충분했다.

더 이상 총수그룹에 머물다가는 날 죽이려는 그의 시도가 언젠가는 성공할 것이기에 난 총수그룹을 떠나기로 결심했다. 그 결심과 함께 난 나총수 회장의 불법파일을 온 천하에 공개하여 나총수를 바닥으로 추락시켜 복수를 할 것인지, 아니면 그 파일을 이용해 어마어마한 거금을 뜯어내 내 팔자를 고칠 것인지, 그 둘 사이에서 고민했다. 그 고민은 오래가지 않았다. 그리고 결정을 내린 그날 난 나총수 회장의 모든 불법증거를 3개의 USB에 담았다. 그리고 그중 하나는 내 몸에 지녔고 다른 하나는 아무도 모르는 곳에 숨겼다. 그리고 마지막하나는 나총수 회장에게 보냈다. 한통의 편지와 함께...

『나총수 회장, 날 죽이고 싶어 안달 난 사실 내가 모를 줄 아시오. 트럭사건, 감전 그리고 강도침입까지, 그때마다 당신은 내 안위를 걱정해주는 척 했지만 난 그 모든 것을 당신이 꾸민 사실임을 알고 있소. 한 가지 말해줄까... 날 죽이려는 시도는 좋았으나 대부분 멍청하기 짝이 없는 방법이었소. 당신의 그 멍청함 덕분에 난 살수 있었지만 말이오. 당신의 그 멍청함을 난 항상 격멸했지만 그 멍청함이 이렇게 고마울 때가 있을지는 정말 몰랐소.

당신이 날 죽이려 한다는 것을 알고 난 고민했소. 총수그룹을 떠나야 하나? 아님 계속 남아있어야 하나? 그런 단순한 고민은 당연히 아니지요. 언젠가는 당신이 날 죽이려 할 것을 난 예측 하고 있었기 때문에 난 이미 오래전부터 당신을 떠날 계획을 착실히 준비하고 있었소. 솔직히 그 시간이 이렇게 빨리 다가올 것이라고는 생각하지 못했지만 당신을 떠날 준비를 하고 있었단 말이오. 당신보다 똑똑한 내가 언젠가는 당신을 꺾고 당신보다 더 높은 위치에 앉지는 않을지 내심 불안해하는 당신의 눈빛 속에 당신은 역시나 뼈 속까지 조폭임을 새삼 느꼈지요. 그런 당신이 날 신임할 것이라는 허황된 희망은 이미 버린 지 오래였기에 내 고민은 다른 것이었소.

그 고민은 바로 당신을 파멸 시킬 것인지, 아님 내가 벌게 해준 당신의 어마어마한 돈 중 일정부분 빼어올 것인지, 그 둘 중 하나를 선택해야하는 고민이었소. 그리고 난 어제 결정을 내렸소. 당신을 파멸시키고 싶은 마음은 굴뚝같았으나 15년간 쌓인 그놈의 정이란 것이 무섭더이다. 그래서 그 정을 봐서라도 당신을 파멸시키지는 않겠소. 대신 내 권리는 찾아가야겠소. 난 내가 원하는 그 권리를 찾지 못한다면 당신을 파멸 시키는 것으로 노선을 갈아탈 생각이지만 당신은 내 권리를 마지막 예우로 지켜 줄 것이라 믿기에 이 USB원본이 세상이 공개되는 날은 없을 것이라 생각하오.

그럼 USB재미있게 보시고, 본 다음 내 권리를 챙겨줄 생각이 있으시면 010-xxxx-xxxx으로 직접전화 주시오. 기다리겠소.

아참. 난 이미 먼 곳으로 숨었으니 날 찾아 어쩌려는 생각은 이미 접으시면 좋겠소. 만약 그런 행보가 보이는 순간 이 USB는 온 천하에 공개 될 것이오. 내말 명심하길 바라겠소.』

편지와 함께 도봉한 USB를 퀵을 통해 보내고 난 오피스텔을 빠져나와 서울의 한 재개발지역에 숨어들었다. 그리고 1시간 뒤 대포 폰인 그 번호로 전화가 왔다. 난 목소리를 낮추고 전화를 받았다.

"USB는 잘 봤습니까? 회장님!" 아무도 알지 못하는 전화번호이었기에 난 회장임을 알 수 있었다.

"내가 호랑이 새끼를 키웠구마잉. 진즉부터 니가 날 엿맥여 불라고 이런 것을 준비하고 있어브렀시야." 회장이 분노에 찬 목소리로 내 지를 줄 알았는데, 그의 말투는 의외로 차분했다.

"서로 자 잘못은 일단 접어두고 내 권리를 챙겨주실 것인지에 대해서 먼저 말합시다. 회장님!" 난 빨리 이 상황을 매듭짓고 싶었다. 무엇보다 이곳에 몇 시간 있지 않았지만 무너질 듯 위태롭고, 어디선가 귀신이 나올 것 같아 오래 있고 싶지 않았기 때문이었다.

"니가 원하는 게 머여?"

"회장님 비자금 중 반을 주십시오."

"머..... 머시라고..... 비자금 반을 달라고 야? 그기 얼맨 줄 알고 하는 말이냐?" 회장은 놀랐는지 목소리가 떨리고 있었다. 난 그 사실을 금방 알 수 있었다.

"천 오 백 억" 난 또박 한 자 한 자 정확히 말했다.

"요런 미친 새끼가, 요 때까장 키워줬음 감사할 줄 알아야제, 머시여 1500억을 달라고야?" 1500억이란 말에 확실히 목소리가 바뀌었다. 역시 돈에 사람을 죽이는 조폭다웠다.

"그럼 저도 회장님을 파멸 시키는 방법으로 선회할 수밖에는 없겠죠. 회장님 뜻 잘 알겠습니다." 난 그렇게 말하고는 전화를 끊으려 했다.

"500억으로 해불자!" 끊으려는 전화기의 수화기로 나총수의 목소리가 들려왔다.

"1000억으로 합시다. 그래도 2000억이 남는데 잘 생각하십시오. USB가 공개되면 2000억은 구경도 못한 체 평생 감방에서 썩을 수도 있습니다." 난 그가 1500억까지 줄 인간이 아닌 것을 잘 알고 있었기에 거래에서의 우위를 점하고자 1500억을 불렀던 것이다. 내가 생각하고 있던 돈은 700억에서 800억 사이정도였다. 딜을 시작했으니 바로 800억을 부르는 것보다는 1000억을 먼저 부르는 것이 800억 정도에서 거래가 성립되게 하는 가장 기초적인 방법이었기에 1000억을 불렀던 것이다. 그런데 그런 내 생각과는 달리 나총수는 그 거래를 받아들였다. 이상하리만큼 너무 쉽게 거래가 성립되었다.

"좋아, 그럼 우츠게 줬으면 하는디?". 난 나총수 회장이 너무 쉽게 거래를 받아들인 것이 꺼림직 했지만, 너무 깊게 생각하지 않으려 했다.

"5만 원 권으로 만 장 준비하시고, 나머지는 깨끗하게 세탁된 수표로 준비해 주시죠. 부피가 너무 크지 않게 돈 가방 2개정도로 압축해서. 전달 방법은 다시 말하는 것으로 하고 돈이 준비되면 다시 연락하시오." 일단 5억 정도는 현금으로 가지고 있어야 한다는 생각이었다. 깨끗이 세탁된 수표라 하지만 큰 액수의 수표를 마음껏 사용하다가는 꼬리가 잡힐 수도 있기 때문이었다. 난 그렇게 딜을 성립하고 전화를 끊으려 했다.

"USB는 하나만 있는 게 확실하제?" 끊으려는 전화기의 수화기로 다시 나총수의 목소리가 들려왔다.

"그건 걱정 안 하셔도 됩니다. 하나뿐이고 내가 잘 가지고 있으니까 돈을 전달 받을 때 드리도록 하죠." 그렇게 말한 후 난 전화를 끊었다. 생각한 것 보다 어렵지 않게 거래가 성립되어 그날 난 편히 잠들 수 있었다. 하지만 그 편한 잠은 나에게 는 잠시 뿐이었다.

우르르 쾅! 천둥번개 소리에 난 잠에서 깨어났다. 무너질 듯 위태로운 건물의 천 장에서 물이 세어 내 얼굴로 떨어졌다. 하필 이럴 때 비가 내리니 한편으로는 서 러웠지만 이제 곧 1000억이 생긴다는 생각으로 서러운 마음을 달랬다. 천장에서 떨어지는 물방울을 피해 자리를 옮겼다. 그리고 다시 잠을 청하려 하는 순간 가까 이서 누군가 다가오는 소리가 들렸다. 난 최대한 숨소리를 죽이며 바닥에 귀를 대 고 그 소리에 귀를 기울였다. 바스락 거리는 소리가 일정했다. 동물의 발자국 소리 로 볼 수 없을 만큼 일정하고 무게감이 있었다. 순간 난 나총수 회장과 전화를 너 무 오래했다는 생각이 머릿속을 강타했다. 멍청이들로만 꾸려진 나총수 회장의 팀 이 내 위치를 추적할 방법까지 생각지 못할 것이라 안일한 판단을 한 것이었다.

발소리는 점차 가까워지고 있었다. 난 주위에 있는 손에 잡히는 아무 물건이나 하나를 잡아들고는 품속에 숨긴 체 잠이 든 척 하고 그를 기다렸다. 가까워진 발 소리는 바로 앞에서 멈추었다. 난 실눈을 뜨고 그를 바라봤다. 시커먼 우의를 입고 우의에 달린 모자를 둘러쓰고, 얼굴을 온통 복면으로 가린 낯선 사람이 내 앞에 서서 속주머니에서 칼을 조심스럽고 아주 천천히 꺼내 들고 있었다. 칼을 꺼낸 그 는 한쪽 무릎을 꿇고는 칼을 머리위로 올려 내 가슴을 향해 내려찍으려는 순간 난 본능적으로 손에 잡고 있는 물건을 그의 머리를 향해 휘둘렀다. 하지만 그는 매우 날렵했다. 내가 휘두른 각목을 몸을 뒤로 저치며 피했던 것이다. 하지만 그는 각목 을 피하려고 한 나머지 몸에 중심을 잃고는 뒤로 넘어졌다. 난 그 기회를 놓치지 않았다.

난 있는 힘을 다해 일어나 뛰었다. 무너질 것 같은 그 건물을 빠져나와 좁은 골 목을 달렸다. 금세 정신을 차리고 일어난 그가 뒤를 쫓아왔다. 난 살기위해 필사적 으로 삼십육계를 시전 했다. 하지만 막다른 골목 때문에 온몸에 기를 모아 시전 한 삼십육계는 금세 가로막히고 말았다. 난 아무건물이나 들어갔다. 재개발 지역의 건물은 모두 열려있었기에 쉽게 건물로 진입할 수 있었다. 건물로 들어선 난 옥상 으로 올라간다면 분명 길이 있을 것이란 생각으로 옥상으로 올라갔다. 5층짜리 건 물의 옥상에서 다른 건물 옥상으로 쉽게 건널 수 있을 것이라 생각했지만 건물과 건물의 간격이 너무 넓었다. 멀리뛰기 국가대표 선수가 아닌 이상 일반 사람인 내 가 뛰어 건널 수 없는 거리였다. 어디로 가야할지 망설이고 있을 때 옥상 문이 열 리고 그가 천천히 내 곁으로 다가오기 시작했다. 내 머리를 흠뻑 적신 빗방울이 얼굴로 흘러내리며 내 시야를 자꾸 가려 그의 모습이 흐릿하게만 보였다. 눈만 빼고 얼굴을 온통 가린 그의 살기 띤 눈빛은 날 공포로 얼룩지게하기 충분했다.

2. 킬러

난 지금 필사적이다. 내가 필사적인 이유는 내 의뢰인이 요청한 임무를 완벽히 수행하기 위해서이다. 내 임무는 저 앞에 도망가는 녀석을 죽이고, 그가 지니고 있는 USB를 찾아 내 의뢰인에게 전달하는 것이다. 오늘은 누군가를 죽이기에 딱 좋은 날씨이다. 폭우에 천둥번개까지, 비명을 질러도 폭우소리에 묻힐 것이고, 자잘한 증거도 폭우가 씻어내 줄 것이기 때문이다. 의외로 일이 쉽게 풀릴 것 같았다. 하지만 저 녀석이 자고 있는 척 하며 날 기습할 줄 꿈에도 생각하지 못했다. 하지만 곧 잡힐 것이다. 내가 누구인가 우리나라 최고의 킬러가 아니던가? 물론 자칭이지만 말이다. 여하튼 난 저놈을 반드시 죽일 것이고, 몸속에 지니고 있는 USB를 내 의뢰인에게 전달할 것은 변함없는 사실일 것이다. 그리고 난 이번을 마지막으로 은퇴를 할 것이다. 저놈이 그렇게 대단한 놈인지는 사실 잘 모르지만 내 의뢰인은 내가 킬러생활을 은퇴할 수 있을 만 한 거액의 돈을 제시했다. 그래서 사실 저 녀석이 어떤 놈인지 궁금하기는 하지만 의뢰인의 비밀 보장을 위해서는 난 내가 죽일 타겟에 대해 기본적인 인적사항 외에는 알 필요가 없다. 그냥 죽이면 끝인 것이다.

5일 전
난 킬러다. 자칭 우리나라 최고의 킬러. 영화 속에서 킬러들의 생활을 보면 매우 부유하다. 엄청난 크기의 오피스텔에, 고급외제차, 셀 수도 없을 만큼 많은 명품선글라스와 명품시계 등의 악세사리들... 수임료를 현금으로 지급받기에 셀 수 없이 많은 현금. 하지만 현실은 영화와 너무 상반된다. 난 그런 영화를 볼 때면 영화사에 따지고 싶은 충동을 느끼기도 할 만큼 자괴감에 빠지기도 한다. 아무튼 현실은 궁핍하고, 쥐뿔도 없고, 왜 이일을 해서 이렇게 처량하게 살아야 하는지 모를 만큼 킬러들의 생활은 여유롭지가 못하다. 나 역시 마찬가지다. 반 지하 단칸방에 매일 라면으로 끼니를 때우고, 선글라스는 부업으로 하는 대리운전 중 술에 만취한 한

차주의 차에서 훔친 선글라스가 전부이고, 명품은커녕 그 흔하디흔한 아디다스 추리닝도 없는 신세.

킬러들이 부유하게 살았던 세상은 아무리 생각해도 이제 올 것 같지가 않다. 물론 과거 내 선배들의 경우에는 그런대로 1년에 2건에서 3건의 의뢰를 맡으며 먹고사는데 지장이 없을 정도의 돈을 만지고 살았다고 한다. 하지만 세상이 변하면서 이제는 복수의 방식이 달라지고 있다. 돈이 많은 사람들은 고소, 고발 등의 방법으로 복수하고 싶은 사람을 괴롭힌다든지 또는 파멸시키는 방법을 택하고 있고, 권력을 가진 자들은 검찰을 움직여 먼지 털이 식 수사로 대상 또는 대상의 가족들을 난도질 하는 방법을 사용하고 있다. 그렇다고 모든 사람들이 그렇지는 않다. 때론 증거인멸이 필요하다든지, 죽이고 싶은 충동을 억제하지 못한다든지, 재산이나 상속을 노린 살인청부는 들어오고 있지만 가뭄에 콩 나듯 아주 간헐적으로 청부가 들어오고 있는 실정이다. 그도 시장의 공급과 수요의 법칙에 의해 청부업자는 많고 의뢰는 적다보니 덤핑이 많이 되고 있기에 실상은 1년에 1건의 청부를 맡아도 궁핍하게 살 수 밖에는 없다.

그렇게 1년에 1건의 살인청부를 해도 먹고 살기 빠듯한데 난 벌써 2년째 단 한 건의 청부도 맞지 못했다. 마지막 의뢰 건이 가물가물할 정도로 오래됐다. 내가 이 지경인데 다른 청부업자는 말해서 뭣하랴.

요즘 청부업자들의 고민은 하나같이 고용불안이다. 이렇게 일거리가 없다보니 전단지 돌리기부터, 대리운전, 배달대행까지 할 수 있는 것은 다하고 있지만 살림살이는 나아질 기미를 보이지 않는다. 닥치는 대로 다하고 있으나 설상가상으로 경기까지 나빠져 하고 있는 대리운전도 솔직히 지금으로서는 재미가 없다.

오늘도 난 일어나 어김없이 라면을 끓여 먹는다. 지겹다. 벌써 12일째 매 끼니를 라면으로 때우고 있다. 후르륵 입으로 빨아들인 라면이 결국은 목구멍에서 걸린다. 머리는 살기위해 먹어야 된다고 말하고 있지만 몸이 거부하고 있는 것이다. 정확히 말한다면 위가 '이제는 라면은 그만!' 이라고 외치는 듯 헛구역질이 나온다. 눈물이 나오려 하지만 명색이 킬러가 울면 안 된다는 심정으로 꾹 참아본다.

그때였다. 낯선 전화 벨 소리가 들려온다. 난 내 스마트 폰을 집어 들어 본다. 화면이 꺼져 있다. 내 스마트폰에서 울리는 전화벨소리가 아니었다. 그럼 어디서 울리는 것인가? 내 핸드폰이 아님은 방금확인 됐다. 그럼 윗집 핸드폰 벨소리인가? 윗집 핸드폰 소리가 이렇게 잘 들렸던가? 윗집 핸드폰 소리는 가끔 들리긴 하지만 이렇게 크게 들리진 않았다. 그럼 누군가 내 집에 왔다가 나두고 간 것인가? 아니다. 5개월째 여친 외에 내 집에 발을 들여 놓은 사람은 없었다. 여친은 일주일 전 헤어졌고 그녀는 전화를 두고 가지 않았다. 설령 5개월 전에 누군가가 두고 갔다면 분명 배터리가 방전 되었을 것이고 지금처럼 요란스럽게 울려댈 수는 없을 것이다. 그럼 뭐지? 이리 둘러보고 저리 둘러봐도 요란스럽게 울려대는 핸드폰을 찾을 수가 없었다. 그러다 문득 아~~ 난 킬러였지. 내 대포폰...

그때서야 대포폰이 있다는 것을 기억한 난 대포폰이 놓인 옷장 속 깊이 숨겨둔 서랍장을 열어 본다. 여섯 개의 대포폰이 각각의 충전기에 꽂혀있었다. 그중 한 대의 폰이 요란하게 울려대고 있었다. 너무 오랫동안 울리지 않은 핸드폰이 드디어 오늘 울렸다.

난 핸드폰을 꺼내 떨리는 손으로 전화를 받는다.

"네 감사합니다. 1477, 1477 앞뒤가..." 아! 젠장! 대리운전을 너무 오래 했는가보다. 난 재빨리 멘트를 바꾼다.

"돈만 있으시다면 당신이 원하는 누군가를 감쪽같이 사라지게 해 드리겠습니다."

"너무 오래 쉬어부렀소? 아따 그래가꼬 개미새끼라도 죽일 수 있당가요?" 감히 내 자존심을 건드리다니. 그런 상대편에게 '너부터 죽여줄까?' 라고 말하고 싶었지만 먹고 살기위해 참아야 했다. 일단은 무조건 친절, 친절만이 살길이었다.

"말씀만 하십시오. 깨끗하게 치워드리죠." 난 목소리를 일부러 더욱 내려 깔았다. 조금 더 킬러답게 보이고 싶었기 때문이었다. 상대방은 그런 내 목소리에 바로 반응했다.

"인자 목소리가 죽여불구마잉! 좋아브러. 글믄 시방 이짝으로 와 보시쇼. 자세한 얘기는 만나서 해불드라고." 싸가지 없는 목소리에 난 짜증이 났지만 다시 한 번 먹고 살아야 한다는 생각으로 짜증을 억눌렀다.

"어디로 갈까요?"

"그짝이나 울덜이나 커피숍 그란데는 안 맞는 거 같고, 대현동 358번지에 보은 짓다 만 건물이 하나 있은께, 그 건물 지하2층으로 오소. 기다리고 있을 랑께 퍼득 채비해가꼬" 그렇게 자신의 말만을 남긴 체 그는 전화를 끊어버렸다. 반말도 아니고 존댓말도 아닌 그의 말투가 내 기분에 거슬릴 법도 했지만, 2년 만에 들어온 의뢰에 그런 생각을 할 수가 없었다. 아니, 그냥 아무생각 없이 그저 뛸 듯이 기쁘기만 했다.

난 최대한 빨리 채비를 하고 그가 말한 그곳으로 갔다. 행여 늦는 바람에 의뢰자의 기분을 상하게 하여 간만에 들어온 의뢰를 놓치기라도 할까 싶은 마음에...

그가 말한 곳에 도착하니 그가 말한 대로 건설사가 부도가 났는지 7층까지 올라가다가 만 건물이 흉물스럽게 서있었다. 난 본능적으로 주위를 살핀 다음, 날 보고 있는 사람이 없다는 것을 확인 한 후 건물로 들어갔다. 2년을 쉬었지만 본능은 살아있음에 나름 뿌듯해 하면서....

건물 안은 밖의 모습보다 더 흉물스럽기 그지없었다. 바닥은 온통 쓰레기가 널브러져 있었고, 벽면은 흉측한 그림과 살벌한 글로 얼룩져 있었으며, 이미 건물을 고양이들이 점령한 듯 여기저기 고양이들이 자신의 영역을 침범한 침입자를 날카로운 눈으로 경계하고 있었다.

난 지하로 내려가는 통로를 발견하고는 곧장 2층까지 내려갔다. 어두운 지하에 들어서자 멀리 희미하게 불빛이 내 시야에 들어왔다. 난 직감적으로 저기다 싶은 마음으로 그 곳을 향했다. 그곳은 흰색 천으로 구역이 나뉘어져 있었고, 그 천에는 3명의 실루엣이 드리워져 있었다. 내가 더 가까이 가자 그중 한명이 말했다.

"거그서 스탑!" 전형적인 전라도 사투리였다. 난 한발자국 내밀던 발을 뒤로 다시 물렸다.

"서로 야그를 길게 나눠서 좋을 거 없을 것 같으니께, 바로 본론으로 말해 불드라고." 그는 처음부터 반말이었다. 난 프로답게 참았다.

"자네가 당대 최고의 청부살인자여브러?" 가운데 있는 사람이 말하는 것으로 보였다. 서로 일면식도 없는 상태에서 아무렇지도 않게 반말을 하는 인물은 대부분이 사회지도층 인사들이다. 대기업회장, 검찰이나 경찰 고위간부, 정부 고위인사 등의 사회지도층 말이다. 내 경험상 나온 추측은 틀린 적이 없다.

"살인청부자..." 난 틀린 부분을 고치며 다시 생각했다. 좀 무식한 것 같다. 그렇다면 사회지도층은 아니고 그냥 돈이 많은 사람 같다.

"청부살인자이나, 살인청부업자나 고놈이 고놈아녀!" 왼쪽에 앉아있던 사람이 벌떡 일어나며 커튼 밖으로 튀어나올 듯 으르렁 거렸다. 난 다시 생각했다. 그냥 돈만 많은 사람이 아니라, 돈이 많고 성질이 더러운 사람 같다.

"맞습니다. 우리나라에서는 아마 최고라 자부할 수 있습니다. 누구를 없애드릴까요?" 난 우쭐해하며 말했다.

"울매여?" 왼쪽에 벌떡 일어났던 놈이 다시 앉으며 말했다. 하지만 난 알아들을 수 없었다.

"네?" 난 목소리를 더욱 내리깔고 물었다.

"울매냐고?" 뭔 말인지 도대체 알아들을 수가 없다. 킬러의 자존심에 못 알아들었다고 할 수도 없고 난 그냥 대충 대답했다.

"목을 맬 수도 있지만, 대부분 이 칼로 죽입니다." 난 안주머니에 꼽혀있는 칼을 보여주며 말했다.

"아따! 먼 스님이 찬송가 부르는 소리를 해분다냐? 사람하나 죽이는데 울매냐고?" 왼쪽에 있는 놈의 목청이 높아졌다.

"야이 씨벌놈아! 사투리를 쓰니까 못 알아 들어분거 아녀? 표준어를 쓰라고!" 가운데 놈이 왼쪽 놈에게 핀잔을 주더니 다시 나에게... "킬러양반 미안혀, 우리 아그들이 사투리가 심해가꼬 못 알아 들어분 모양이구만, 그려 사람하나 죽여부는데 울매니?" 하며 마지막 '니'자를 크게 올려 말했다.

'네 말이 더 알아듣기가 힘들다.' 라고 말하고 싶었지만 난 또 참았다.

"아! 사람마다 조금씩 차이가 있습니다. 죽여야 할 대상이 의뢰인에게 어떤 존재인지에 따라, 그리고 죽여야 할 사람이 어떤 사람인지에 따라 다릅니다. 먼저 어떤 사람인지를 말해줄 수 있겠습니까?" 그때서야 그 말을 알아들은 난 최대한 나에게 유리한 쪽으로 이끌려 바로 가격을 말하지 않았다. 가운데 있는 사람이 오른쪽 사람을 보고 고개 짓을 하자 오른쪽 사람이 일어나 커튼 앞으로 다가왔다. 그리고는 그의 투박한 손이 불숙 커튼 사이를 뚫고 나왔다. 그의 손에는 사진 한 장과 쪽지가 쥐어져 있었다. 난 다가가 그의 손에 있는 그 사진과 쪽지를 받아들었다. 가까이서 보니 커튼 밖으로 조금 밀려나온 그의 팔에 용꼬리로 보이는 문신이 보였다. 그 문신을 보며 난 다시 생각했다. 돈 많은 성질 더럽고 무식한 조폭이라고....

이름 한서경, 나이 43, 주소 대치동 무지개오피스텔 1305호, 차량 벤츠 S350 54가 0000. 난 대상자의 인적사항을 살핀 후 그의 사진을 봤다. 그저 평범한 중년의 사나이였다.

"5억" 그의 사진을 보고 있던 난 놀라 뒤로 자빠질 뻔 말았다. 내 귀를 의심하게 만드는 말 5억! 솔직히 요즘 1억이면 사람하나 죽여주는 세상이었다. 킬러들은 많은데 의뢰는 없으니 사람하나 죽이는데 과거에는 2억 정도였으나 덤핑으로 1억으로 낮아진 것이 꽤 오래되었다. 간혹 꽤 오랫동안 청부를 받지 못한 어떤 킬러들은 7천에 사람을 죽여준다는 할인 행사를 하기 까지 했다. 그만큼 청부업자들의 경기가 좋지 못하다는 반증일 것이다. 그런데 밑도 끝도 없이 5억이라니 분명 죽여야 할 대상자가 범상치 않은 인물일 것이라 난 생각했다. 이왕 이렇게 된 거 조금 더 끌어 올려볼까 하는 대범함이 내 가슴속에서 용솟음 쳐댔다.

"이 사람을 죽이려 시도한 적이 있습니까? 솔직히 말씀해 주셔야 합니다. 그래야 깨끗이 처리해 드릴 수 있습니다." 커튼 안쪽에서 한동안 대답이 없었다. 아마 고민하는 듯 보였다.

"시번(세번) 있었제, 그라고 나서 고 새끼가 눈치를 까브렀는가 보디가드를 댈꼬 댕겨불등만" 고민 끝에 가운데 사람이 말했다.

"죽이려 하는 사람이 당신들이라는 사실도 눈치 챈 것 같습니까?"

"당신들? 요런 어린놈의······" 다시 왼쪽 놈이 발끈했다. 하지만 가운데 있는 사람이 그를 제지했다.

"고거까지는 울덜도 모르제, 어째? 힘들겄어? 안 글믄 딴 사람한티 맽껴불고" 자꾸만 질문하는 것이 못 마땅했는지 가운데 사람이 자리를 일어나려 했다.

"우리나라 최고의 킬러입니다. 어려울 일이 있겠습니까? 하하하. 다만···." 쇠뿔도 단김에 빼라하지 않았던가? 사람 욕심이 끝도 없다는 말이 있듯이 난 어쩌면 가격을 더욱 올릴 수 있을 것이란 생각에 더욱 그를 조이기 위해 말끝을 흐렸다.

"좋아! 7억. 대신 허벌라게 빨리, 글고 깔끔허게" 그의 외침에 난 '역시 내 생각이 정확했어, 저놈들은 돈 많은 성격 더럽고 무식한 조폭이 맞아.' 라 생각했다.

"감사합니다. 아주 깔끔하게 처리해 드리겠습니다." 난 그렇게 대답하고는 그 자리에 그대로 서있었다. 그렇게 내가 가만히 서있자····

"머시여 안가? 빨랑가서 그놈을 잡아 족치던, 죽이던 해야제?" 가운데 놈이 재촉했다.

"지금 선금을 주신다면 일이 더 빨라질 것 같습니다." 내가 직접 선금에 대해 말해야 하나 싶었지만, 궁한 놈이 손 벌리는 법 아니겠는가?

"아! 그려. 선금" 가운데 놈이 말하자, 오른쪽에 있는 놈이 일어나 커튼 앞으로 다가왔다. 그리고는 커튼 사이로 한 개의 서류가방을 내밀었다. 난 그 가방 받아들었다. 묵직한 게 얼마 만에 들어보는 돈 가방인지 만감이 교차하는 순간이었다.

"4억이여, 쓰기 편하라고 5만 원 짜리로 채워놨은께 인자 우리 계약은 성립된 것이고, 선상은 고 잡것만 잘 처리해" 그렇게 말하고 셋은 자리에서 일어났다. 커튼에 비친 그들의 그림자가 점점 더 커지면서 희미해지더니 이내 사라져 버렸다.

난 한참을 돈 가방을 바라보며 그 자리에 얼음이 된 듯 가만히 서있었다. 이게 도대체 얼마 만에 만져보는 돈 가방이란 말인가? 돈 냄새가 그리웠다. 너무 그리웠다. 난 그 그리움을 참지 못하고 가방을 열어볼까 하는 충동을 강하게 느꼈다. 하지만 보는 사람은 없다 해도 킬러로서의 자존심이 있기에 그 생각을 떨쳐버리고 돈 가방을 들고 건물을 빠져 나왔다.

집으로 돌아온 난 가장먼저 돈 가방을 열어보았다. 가방을 열자 향기로운 돈 냄새가 온 방안에 퍼져나갔다. 난 꼭 엄마 품에 안긴 아이가 된 느낌이었다. 나에게는 돈 냄새가 바로 엄마냄새였던 것이다. 가방 안에는 오만 원 권이 빼곡히 들어차 있었다. 정확히 100장씩 80묶음, 4억이었다. 이게 다가 아니다. 조만간 한서경이라는 녀석을 죽이고 3억이 더 플러스 된다. 그럼 총7억이 된다. 잘한다면 이제

이 지긋지긋한, 고용불안으로 하루하루를 보내야하는 킬러생활을 때려치우고 조그만 가게라도 차릴 수 있을 것이다. 그리고 보란 듯이 새 삶을 살 것이다. 새 여친도 만들고, 고물 자동차도 새로 바꾸고 말이다. 흐흐흐

다음날부터 난 한서경이라는 사람에 대해 조사하기 시작했다. 적을 알아야 백전백승이라 하지 않았던가? 그에 대해서 잘 알고 있어야지만 그를 죽이는 방법을 정할 수 있었다. 가령 가족과 함께 살고 있는지, 유단자가 아닌지, 그가 사라졌을 때 어떤 파장이 일어날 것인지를 파악해야지 그를 죽이는 방법을 정할 수 있기 때문이다. 난 최고의 킬러답게 하루 만에 그에 대해 대충 파악했다. 돈만 주면 사람하나 신상파악 하는 것 즘은 식은 죽 먹기나 다름없었다. 난 파악한 내용을 메모지에 옮겨 적었다.

『한서경, 나이 43, 서울대 경영학과 졸업, 육군 11사단 병장제대, 현재 총수그룹 총괄기획사장을 역임하고 있음, 총수그룹의 초창기 멤버로 총수그룹의 발전에 지대한 영양을 미치고 현재는 총수그룹의 실세중의 실세. 강남 대치동의 오피스텔에서 홀로 거주 중. 양가모두 살아계시고 부모님은 5년 전 강원도로 귀농. 형제 없음.』

난 쭉 써내려간 메모장을 다시 한 번 살폈다. 눈에 확 들어오는 부분이 있었다. 바로 그가 총수그룹의 초창기 멤버이며 현재 총수그룹에서 회장 다음으로 실세라는 점이었다. 그 부분이 그를 깨끗하게 죽이기에 가장 큰 걸림돌이었다. 대한민국 재계서열 30대 그룹인 총수그룹의 실세가 하루아침에 사라졌다면 아마 세상이 떠들썩하지 않겠는가?

일단은 그 문제는 차차 생각해보기로 하고, 난 한서경의 동선을 파악하기 위해 그를 미행하기 시작했다. 꼬박 3일 동안 그를 미행한 결과 문제점이 또 발견되었다. 보디가드가 24시간 그를 밀착경호하고 있다는 것이었다. 3일 동안 단 한 시간도 아니, 단 1분도 경호원이 그의 곁을 떠나지 않았다. 심지어 화장실을 가도 경호원은 그의 곁을 지키고 있었다. 경호를 피해 그를 죽일 타이밍을 당분간 얻기가 힘들어보였다. 그들이 5억을 제시했던 이유가 여기 있었던 것이라 난 생각했다.

그때 서랍장 안의 대포 폰이 울려댔다. 난 한서경을 죽이려 하는 자 일거라 생각하며 전화를 받았다.

"네"

"어째? 깨끗허게 처리 할 수 있겠당가?" 죽이려는 자도 한서경의 이런 부분을 잘

알고 있었던 모양이었다. 그러니 이렇게 확인 전화가 오는 것이리라.

"두 가지 문제가 있습니다." 난 이참에 돈을 좀 더 끌어올려 볼까 생각하고는 과감히 패를 던져봤다. 물면 좋은 것이고 물지 않으면 그만이라는 생각으로...

"머신디?" 입질이 온다.

"첫째는 총수그룹의 실세중의 실세라는 점입니다. 아마 한서경이 사라진다면 그룹 차원에서 어떻게든 찾으려 할 것입니다. 그럼 언론에도 보도될 것이고, 언론을 의식한 경찰도 어떻게든 사건을 해결하려 눈에 쌍심지를 켜고 수사할 것입니다." 말을 마친 난 미끼를 물기를 기다리는 낚시꾼처럼 상대방의 말을 기다렸다.

"고건 신경 안 써도 되고, 다른 하나는 머시여?" 쉽사리 물지 않는다. 다른 미끼를 던져 보자.

"경호원이...."

"머시? 고건 그때 다 말해 부러잖여. 그때 그 짝도 그 부분에 대해 다 알고 의뢰를 맡아 분거 아니냔 말여?" 상대방이 약간 흥분하고 있었다. 이때 확 잡아당기면 고기는 물게 되어있다.

"그렇죠. 다만 24시간 한서경을 감시한 결과 경호원이 단 1분도 떨어지지 않습니다. 여의치 않으면 경호원까지 죽여야 될 수도 있겠습니다."

"그렇게 혀서라도 처리해 부러야제." 물었다. 이제 당기면 되는 것이다. 하지만 당길 때 무조건 당긴다면 고기는 미끼를 놓고 말 것이니 살살 당겼다, 풀었다를 잘해야 된다.

"경호원 한명 더 죽이는 것은 일도 아니지만, 사실 위험 부담이 커지기 때문에...." 날 살짝 당겼다. 그런데 웬일인가? 고기가 쑥 딸려오는 것이 아니겠는가.

"그냥 쉽게 가드라고, 1억 더 얹어 줄틴께 그냥 다 죽여브러, 글고 퍼뜩 좀 처리해 불드라고." 그렇게 말하고 그는 전화를 끊었다. 역시 난 밀당의 귀재라 홀로 자찬하며 전화를 끊고는 서랍에 넣었다. 그날부터 난 한서경을 24시간 감시하며 그를 제거할 최적의 기회를 엿보기 시작했다.

다음날 오후가 넘도록 한서경은 집에서 나올 생각을 하지 않았다. 경호원이 한서경의 집을 지키고 있는 것으로 봐서는 분명 한서경은 집에 있다는 말이었다. 난 한서경이 집 밖으로 나오기를 한없이 기다릴 수밖에 없었다. 집 밖으로 나와야지만이 기회가 생길 것이기 때문에 마냥 기다리는 방법 외에는 뾰족한 방법은 없었다.

어두워 질 즘이 돼서야 한서경이 집 밖으로 나왔다. 그는 경호원과 몇 마디 얘기를 주고받더니 경호원과 동행하지 않고 홀로 오피스텔을 나섰다. 한서경은 자신의 차를 타고 오피스텔 지하주차장을 빠져 나갔다. 난 오늘이 절호의 기회가 될 수도 있겠다는 생각으로 그의 차를 뒤따랐다.

서울 시내를 한참을 달린 그는 어느 한적한 공용주차장에 차를 주차한 후 걷기 시작했다. 비가 오기 시작했지만 그는 우산도 쓰지 않은 체였다. 나 역시 주차를 한 후 트렁크에 있는 우비를 입고 그를 놓치지 않을 정도의 거리를 두고 뒤따랐다. 그는 한참을 그렇게 걷더니 무너질 듯 위태롭고, 귀신이 나와도 이상하지 않을 만큼 폐허가 된 재개발 구역으로 들어갔다. 그리고는 자신을 보는 이가 있는지 주위를 살피더니 자신을 감시한 이가 없다고 판단한 듯 어떤 건물 안으로 들어갔다. 난 바로 뒤따라가 그를 처리할까 생각했지만 다른 누군가를 만나는 것 같다는 느낌에 조금 기다려 보기로 했다. 조심해서 나쁠 것은 없었다.

어둠이 깔린 하늘에는 구름까지 온통 뒤덮고 있었고, 가로등 불빛조차 없는 재개발지역은 세상에서 소외된 듯 외로움까지 느껴지고 있었다. 거칠게 떨어지는 비소리가 그 외로움을 더욱 증폭시키고 있었다.

난 한서경이 들어간 반대편 건물에서 한 시간정도 그를 기다렸지만, 그 건물로 들어가거나 나오는 사람은 아무도 없었다. 한참 전에 들어갔던 한서경도 그 건물에서 나오질 않고 있었다. 난 속주머니에 있는 칼을 어루만졌다. 칼은 그 자리에서 자신이 할 일을 기다리고 있다는 듯 내 손을 반겨주는 것 같았다. 비상용으로 준비해온 허리춤에 찬 권총도 확인했다. 역시 그대로였다. 난 몸을 일으켜 완벽한 살인을 위해 몸의 근육을 푸는 준비운동을 했다. 한자세로 오래있어서 그런지 근육이 꽤 뭉쳐있었다. 그런 근육이 조금씩 이완되어지기 시작했다. 이제 모든 준비는 끝났다. 그가 있는 건물로 최대한 조용히 침입하여 그의 심장을 노리고 단번에 그의 목숨을 끊으면 된다. 인적이 전혀 없는 곳에서 비까지 내려주니 그야말로 누군가를 죽이기 딱 좋은 장소와 날씨였다. 여기서 천둥번개까지 더한다면 금상첨화였지만, 그래도 이정도면 완벽 그 자체였다. 그때 주머니에 있는 핸드폰에서 진동이 울려댔다. 난 전화를 받지 않으려 하다가 전화한통 받는 시간은 될 것이라 생각하며 목소리를 최대한 낮추고 전화를 받았다.

"네"

"한서경 그 개새끼 시방 어디 있단가?" 의뢰인의 목소리가 심하게 격양 돼있었다.

"지금 제 근처에 있습니다." 난 지금 죽이려 한다는 말을 하지 않았다. 왠지 말하지 않는 것이 좋을 것 같다는 생각이 들었기 때문이었다.

"나가 2억 더 줄 것 인께, 오늘 처리해 불드라고. 할 수 있겠는가?" 급한 놈이 화장실 찾는 법 아니겠는가? 격양된 목소리에서 난 의뢰인의 다급함을 느낄 수 있었고, 그 느낌에 의해 말을 아낀다면 좋은 결과가 있을 것 같다는 내 예상은 적중했다.

"노력해 보겠습니다." 노력해 보겠다는 의미는 지금은 때가 아니지만 해보겠다는 의미였다.

"꼭 이여, 꼭! 글고 그 새끼가 가꼬 있는 USB가 있을 것이여. 지가 가지고 있다고 혔은께, 고것을 좀 갔다 줘야 쓰겄네."

"네 알겠습니다." 난 대답을 하고 전화를 끊었다. USB라? 얼마나 대단한 USB길래 10억의 수임료를 주면서 그를 제거 하려는 것인가? 난 잠시 엉뚱한 생각이 들었지만 이내 그 생각을 털어버렸다. 지금 내게 가장 중요한 것은 한서경을 죽이고 그가 지니고 있는 USB를 내 의뢰인에게 전달하는 것이었다. 그러고 잔금 6억을 챙기면 그만이었다. 6억을 생각하니 입가에 미소가 절로 지어졌다.

난 비옷에 있는 후드를 뒤집어쓰고 내가 있던 건물에서 나와 한서경의 건물 쪽으로 걸어갔다. 일단 한서경의 동태를 살피기 위해 건물 바깥쪽에서 그가 있는 곳을 찾았다. 창문이 깨져 있는 그 건물에서 그를 찾기 까지는 별 어려움은 없었다. 그가 스마트 폰을 보고 있었기에 그 불빛이 날 이끌었기 때문이었다. 한동안 버려진 침대 매트리스에 누워 스마트 폰을 보던 그는 폰을 끄고 잠을 청하려 했다. 난 지금 들어가 그를 죽이는 것 보다는 더욱 깔끔함을 위해 그가 잠들기를 기다렸다. 20분이면 충분하리라. 그렇게 생각하며 난 그가 잠에 빠져들기를 기다렸다. 짧지만 길게 느껴질 수밖에 없는 20분의 시간은 의외로 비에 휩쓸려가는 종이배처럼 순식간에 지나갔다. 그가 충분히 잠에 빠져들 시간이라 생각하며 난 아주 조용히 발걸음을 땠다. 거친 비 소리에 내 발소리가 완전 묻혔다. 이보다 더 좋은 기회는 없을 것이다. 하늘이 날 위해 이렇게 거친 비를 내려주니 난 이 비에 죄책감도 씻어내 버릴 수 있을 것만 같았다.

난 떨어져 나갈 듯 아슬아슬 매달려 있는 현관문에 도착했다. 굵은 비방울이 사방을 때리는 소리가 컸지만, 그래도 조심해야 했다. 난 조용히 현관문을 열었다. 그때 온 세상이 아주 잠깐 밝아졌다. 번개였다. 난 잠시 현관문을 붙잡고 기다렸다. 천둥이 뒤따라 올 것이기에 그 천둥소리를 보내고 다시 움직이고자 했던 것이다. 번개가 번쩍 거리고 2초정도 지나 천둥이 뒤따라 왔다. 소리가 워낙 컸을 뿐만 아니라 번개가 지나가고 천둥이 금세 뒤따라 온 것으로 봐서는 번개 구름이 이 근처에 있다고 난 생각했다. 정말 하늘이 날 돕고 있는 것 같았다.

천둥이 지나가고 난 다음, 난 다시 발걸음을 옮겼다. 거실을 천천히 지나 그가 자고 있는 방문을 열고 그의 곁으로 다가갔다. 그는 미동도 없이 잠에 깊이 빠져 있는 것 같았다. 최소한 킬러의 본능은 그렇게 말해주고 있었다. 난 속주머니에 있는 칼을 꺼내들고 그의 옆으로 바짝 다가가 한쪽 무릎을 꿇고 그의 심장을 겨눈 칼을 높이 들어올렸다. 비명도 지르지 못하게 단 한방에 끝낼 생각이었다.

그 순간 그가 눈을 떴다. 그의 눈이 내 눈과 정확히 마주쳤다. '속았다'라는 느낌이 들었지만 방법을 바꾸기에는 너무 늦었기에 난 있는 힘껏 손에 들고 있던 칼을 그의 가슴을 향해 내리 꼽으려 했다. 하지만 그가 더 빨랐다. 그가 몸으로 감추고 있던 각목을 내 머리를 향해 날렸던 것이다. 운동으로 다져진 덕분에 난 본능적으로 녀석이 휘두른 각목을 가까스로 피할 수 있었다. 하지만 각목을 피하기에 급급한 나머지 몸에 중심을 잃고 말았다. 내가 고꾸라지자 녀석은 몸을 일으켜 있는 힘껏 뛰어나갔다. 난 곧바로 몸을 일으켜 녀석을 놓칠세라 녀석이 나간 방향으로 뛰었다. 이번 기회를 놓친다면 다시 기회가 오지 않을 지도 모르기 때문에 어떻게든 그를 잡아야 했다. 억수같이 쏟아지는 비가 내 시야를 자꾸만 가려댔다. 10억이 한순간에 사라질 수도 있는 순간이었다. 그런 생각이 들자 정신이 번쩍 들었다. 10억이라는 돈은 눈에 들어가는 빗물마저도 식염수로 만들어 주었다.

43살이란 나이가 믿기지 않을 만큼 그는 빨랐다. 온힘을 다해 그를 쫓았지만 도저히 그와의 간극을 좁힐 수가 없었다. 다소 통통한 그였지만, 그는 좁은 골목을 자유롭게 지나갔으며, 널브러진 장애물도 훌쩍 훌쩍 뛰어넘어 갔다. 인간이란 극한의 상황에 닥치면 엄청난 괴력이 생겨난다는 증거가 바로 내 앞에서 죽을힘을 다해 뛰어가고 있었다. 솔직히 내가 먼저 지칠 판국이었다. 그렇게 지칠 만하면 난 10억을 떠올렸다. 그러면 다시 힘이 솟아났다. 그렇게 끝날 것 같지가 않던 쫓고 쫓기는 싸움이 막다른 골목이 끝낼 수 있게 해주었다. 최소한의 내 생각은 그랬다. 막다른 골목에 다다르자 당황한 그는 여기저기 다른 길을 찾고자 했다. 하지만 그가 더 이상 도망갈 만한 곳은 내 눈에는 보이지 않았다. 난 그와 10m정도 떨어진 지점에서 멈춰 숨을 골랐다. 누군가를 뒤쫓아 전속력으로 뛰어본 것은 아마 2년 만에 처음이리라. 물론 꾸준히 몸 관리를 하고 있었지만 극한의 상황에서 살기위해 뛰는 놈을 따라잡기란 여간 힘든 것이 아니었다. 목구멍에서 끈적하게 나오는 침을 모아 옆으로 뱉었다. 그리고 굽힌 허리를 펴고 칼을 더 힘껏 움켜쥔 체 그에게 천천히 다가갔다. 이리저리 두리번거리던 그가 내가 다가오는 것을 느끼고는 뒷걸음질을 쳤다. 이제 그와 나, 둘 사이에는 떨어지는 빗방울 외에는 아무것도 없었다.

번쩍! 또 다시 주위가 순간적으로 환해졌다. 그와 거의 동시에 천둥이 뒤따라왔다. 번개와 천둥이 거의 동시에 울린다는 것은 번개구름이 아주 가까이 있다는 증거일 것이다. 뭐 번개구름이 근처에 있든 말든 지금 중요한 것은 그것이 아니니 난 저 녀석을 죽이는 데만 집중하려 했다. 하지만 번개가 치는 순간 그 녀석은 무언가를 발견한 듯싶다. 그리고 벽이라 생각했던 곳으로 뛰어 들어간다. 그 곳은 벽이 아니라 조그만 쪽문이 있었던 것이다. 어두워 잘 보이지 않았던 쪽문이 번개로 인해 그 녀석의 눈에 띄었던 것이었다.

'씨발!' 난 욕설을 내뱉고는 그 녀석을 따라 쪽문으로 들어갔다. 쪽문을 들어서자 도망에 열중 중인 녀석의 뒷모습이 보였다. 녀석은 철제계단을 타고 5층짜리 건물 옥상을 향해 올라가고 있었다. 난 바로 녀석을 뒤쫓았다.

옥상에 올라서자 먼저 옥상에 오른 녀석은 건물 아래를 바라보고 만 있었다. 주변 건물은 모두 2층 내지는 3층이었다. 더군다나 건물 간격도 뛰어 건널 수 있을 만큼 가깝지가 않았다. 사람이 뛰어 건널 수 있는 높이도 간격도 아니었다. 그런 건물의 옥상에서 이제 더 이상 갈 곳은 없을 것이다. 조금 전처럼 번개가 그 녀석을 도울 일도 없을 것이다. 이제 정말 끝내자. 난 허리춤에 찬 총을 꺼내 들었다. 웬만해서는 총을 사용하지 않으려 했으나 저 녀석을 쫓느라 너무 지쳤기에 총을 쓰기로 생각했던 것이다.

3. 한서경

더 이상 갈 곳 없는 건물옥상에 서있는 죽음의 공포에 얼룩진 나, 그 위로 떨어지는 굵은 빗방울, 그리고 내 앞의 킬러 이런 순간에는 어떤 선택을 해야 옳은 것일까? 죽은 척 해야 하나? 내 앞에 있는 녀석이 곰이 아닌 이상 통하지 않을 것이다. 건물 아래로 뛰어내릴까? 저 녀석 좋은 일을 스스로 하는 결과만 가져오겠지. 나총수가 주기로 한 돈의 2배를 준다고 하며 협상을 시도해볼까? 킬러로서의 신뢰가 있으니 통하지 않을 거야. 죽기 아니면 까무러치기는? 좋아! 어차피 죽을 거 죽기 아니면 까무러치기로 덤벼보자. 칼만 뺏는다면 승산이 있을 수도 있다. 그래도 어렸을 땐 꽤 쓸 만한 주먹을 가지고 있었잖아.

난 그렇게 생각하며 나름 방어와 공격을 동시에 할 수 있는 자세를 취했다. 나름 고등학교 때 싸움을 많이 하면서 터득하고 대학교를 다니며 과학적으로 발전시킨 자세라 할 수 있다. 그 자세에 겁이 났나? 킬러가 다가오는 걸음을 멈추었다. 자세로 기선을 제압한 것이라 난 속으로 자찬하며 그가 물러나길 내심 기대했다. 하지만 그는 물러나지 않고 잠시 뜸을 들였다. 아마 어떻게 싸울 것인지 생각하는 모양이었다. 어떤 자세를 취할까? 쿵푸자세를 취할까? 킥복싱? 무에타이, 태권도, 택견? 어떤 자세든 들어오기만 해라. 과학적으로 발전시킨 이 자세를 절대 뚫을 수는 없을 것이니. 제 아무리 우리나라 최고의 킬러이다 해도 과학이 접목된 나에이 자세를 뚫기는 쉽지 않을 것이다. 난 그를 향해 더욱 강한 눈빛을 쏘며 그가 다가오기를 기다렸다.

그런 그가 칼을 속주머니에 다시 집어넣었다. 남자답게 주먹으로 싸울 생각인가 싶었지만 내 생각이 틀렸음을 난 그의 다음 행동을 통해 알 수 있었다. 칼을 속주머니에 집어넣은 그는 허리춤에 무언가를 꺼냈다. 바로 총이었다. 우리나라에서는 불법무기지만 돈만 있으면 어렵지 않게 구할 수 있다는 그 총을 꺼내 내 머리를 겨냥했다.

총을 꺼내들 줄은 꿈에도 생각하지 못했다. 뭐 생각했다고 달라질 건 없지만 마음에 준비는 할 수 있었을 것이다. 내 머리를 겨냥하고 있는 총 끝의 동그란 구멍이 내 눈에 들어왔다. 저기서 총알이 나온다면 과연 내 머리까지는 얼마나 걸릴까? 0.001초? 아니, 아마 그보다 더 빠를 것이다. 총알이 튀어나오면서 따라 나오는 불꽃이 내 눈에 도달하고 눈에 도달한 빛이 내 뇌에 전달되기도 전에 총알은 내 머리를 뚫고 지나갈 것이다. 피할 방법은 없어보였다. 그냥 망연자실 이제는 죽음을 받아들여야 했다.

권총을 내 머리를 향해 겨눈 그는 천천히 노리쇠 당겼다. 난 그 자세로 얼음이 된 듯 움직이지 못하고 눈을 질끈 감았다. 녀석이 방아쇠를 언제 당길지 모르기에 내 공포는 그가 방아쇠를 당기기 직전까지 계속되었다. 그리고 한 발의 총성이 내 귀에 들려왔다. 근데 소리가 총알보다 빨랐던가? 소리가 들리기 전 총알이 먼저 내 머리를 뚫고 지나가야 되는 것이 아니던가? 그렇다면 내 뇌에는 구멍이 뚫렸을 것이기에 결국 총성을 듣지 못해야 정상이 아닌가? 그럼 빗나간 것인가? 그때 다시 소리가 들렸다.

'탁' 그러고 보니 소리가 이상했다. 내가 너무 긴장하고 있어서인지 소리가 일반적인 총성이 아님을 깨닫지 못하고 있었던 것이다. '탁, 탁' 이번에는 연속적으로 들려왔다. 난 눈을 뜨고 녀석을 봤다. 빗방울이 눈을 타고 내려와 그의 모습이 흐릿하게 보였지만 당황하고 있음이 분명했다. 난 그를 비웃었다. 그가 우리나라 최고의 킬러라는 말은 취소해야겠다. 아무튼 총알이 불량인지, 총이 불량인지, 아니면 화약이 비에 젖어서 불발이 일어나는 것인지는 내게 중요하지 않았다. 분명한 것은 지금이야 말로 하늘이 내게 주신 절호의 찬스라는 것이었다.

　난 전력으로 그를 향해 돌진했다. 나에 돌진에 더욱 당황한 그는 총을 버리고 들소처럼 돌진해 들어가는 날 맞이하기 위해 자세를 취했다. 한방에 끝내자는 심정으로 난 주먹을 쥔 손에 온몸의 모든 기운을 집중시켜 그의 얼굴로 날렸다. 하지만 그는 한 발짝 뒤로 물러나며 가볍게 내 주먹을 피하더니 오른발을 들어 내 얼굴을 향해 날렸다. 그의 발이 움직이는 것을 난 알았지만 피할 수는 없었다. '피해야겠다.'라는 생각과 동시에 그의 발이 내 얼굴에 강타했던 것이다. 그만큼 그의 발차기는 빨랐다. 옆으로 고꾸라지며 한 바퀴를 뒹군 난 재빨리 정신을 가다듬고 일어나 그의 다음수를 준비했다. 하지만 그는 아무런 동작도 취하지 않고 그 자리에 그대로 서있었다. 온통 허점을 보이고 있는 그는 아마도 나에게 다시 들어와 보라는 것 같았다. 난 몸을 일으켜 세우자마자 그에게 다시 돌진했다. 한 마리 성난 황소처럼 머리로 들이받을 기세로 그에게 돌진 했지만 그는 투우사처럼 날 옆으로 살짝 피하며 다시 오른발을 들어 내 배를 그대로 올려 찼다. 난 배를 움켜쥐고 그 자리에서 그대로 주저앉고 말았다. 그는 내가 한참을 주저앉은 상태 그대로 내버려 두었다. 배의 고통이 점점 줄어들자 난 다시 몸을 일으켰다. 그는 내 행동을 이해할 수 없다는 듯 고개를 절레절레 흔들더니 속주머니의 칼을 꺼내들고는 내 가슴을 향해 칼을 내리 꼽았다.

4. 킬러

　그는 자포자기했는지 눈을 감았다. 난 노리쇠를 당기고 그에게 공포감이라도 덜주고자 곧바로 방아쇠를 당겼다. '탕' 소리가 나고 불꽃과 함께 총알이 총구를 빠져나가 그의 머리에 구멍을 뚫어야 했는데.... '탁'소리와 함께 아무 일도 일어나지 않았다. 나는 총을 살폈다. 분명 총알도 있었고 노리쇠도 뒤로 당겨져 있었다. 겉보기에는 아무런 문제도 없어보였다. 난 다시 그의 머리를 겨누고 방아쇠를 당겼다. '탁' 어김없이 전과 같은 소리가 들려왔다. 역시 총알은 발사되지 않았다. 녀석이 감고 있는 눈을 뜨고 날 바라봤다. 썩은 미소와 함께......

　당황한 나는 두어 번 방아쇠를 당겼다. 하지만 역시 총알은 나가지 않았다. 분명불법무기거래상에게 이 총을 구입하며 시현을 해 봤었다. 당시에 문제는 없었다.

무기상은 물에 젖어도 사용이 가능하다고 내게 말해주었다. 무기거래상이 분명 날 속인 것이리라. 이 일만 끝나면 젤 먼저 그 무기상부터 죽여주리라.

그 녀석은 내가 당황한 그 때가 기회다 싶었는지 날 향해 전속력으로 달려왔다. 하지만 난 킬러다. 이 나라의 최고의 킬러답게 그 녀석의 주먹을 한걸음 뒤로 물러나며 가볍게 피하고 오른발을 녀석의 얼굴로 날렸다. 내 발차기를 피하지 못한 녀석이 바닥에 쓰러졌다. 난 녀석의 반응이 궁금해 기다렸다. 주먹에 온몸의 기운을 모아 날 공격하려는 것은 칭찬할 만했다. 하지만 그런 공격은 공격 후에 방어로 전환하기가 힘들다는 기본적인 것조차 모르는 달리기에는 소질이 있을지 몰라도 싸움에는 전혀 소질이 없는 놈이었다. 난 그 사실을 이번 한 번의 공격으로 알아차릴 수 있었다. 녀석은 몸을 일으켰다. 그리고 다시 달려들었다. 이번에는 황소처럼 머리로 들이 받으려 했다. 싸움을 할 줄 모르는 자들이 주로 하는 방법이었다. 난 옆으로 살짝 피한 후 녀석의 배를 그대로 올려 찼다. 녀석이 이번에는 배를 잡고 고통스러워하며 주저앉았다. 그가 고통스러워하는 모습을 보니 왠지 녀석이 가엽다는 연민이 느껴졌다. 하지만 그런 하찮은 연민 때문에 녀석을 살려둘 수는 없었다. 대신 녀석을 고통 없이 보내주는 것이 내가 그에게 해 줄 수 있는 최고의 예우라 생각하며 난 속주머니의 칼을 꺼내 들었다. 한동안 주저앉은 체 고통에 몸 부림치던 그가 천천히 몸을 일으켜 세웠다. 그가 일어서자 난 단 한 번에 고통 없이 녀석을 보내 주기 위해 그의 심장을 향해 정확이 칼을 내 질렀다. 내 지른 칼이 그의 심장에 정확히 꼽혀 그가 최대한 고통이 없이 가주길 바라면서.....

하지만 내 칼은 그의 심장에 꼽히지 않았다. 그가 칼날을 맨손으로 잡았기 때문이었다. 그의 손에서 시작된 피가 칼날을 따라 흐르며 칼끝에서 바닥으로 떨어지고 있었다. 하지만 빗물은 그의 피를 한 방울도 남기지 않고 씻어내고 있었다. 어차피 칼자루는 내가 쥐고 있었다. 칼날을 손으로 잡은 용기는 가상했지만 고통만 더해질 뿐 죽음을 뒤집을 수는 없었다. 난 칼을 쥔 손에 더욱 힘을 주어 그에게 밀었다. 칼끝이 점점 더 그를 향해 다가가고 있었다. 그는 다른 한손으로 칼끝을 막았다. 정확히 팔목의 뼈를 이용해 칼을 막으려 한 것이다. 칼끝이 그의 팔목을 뚫고 들어갔다. 그가 고통을 참아내려 이를 악물었다. 칼이 팔의 연약한 살을 헤집고 들어가자 기다렸다는 듯 칼이 뚫고 들어간 자리에서 피가 줄줄 흐르기 시작했다. 피비린내가 날 법도 했지만 빗물은 피 비린내도 함께 씻어 내리고 있었다. 칼은 그의 팔을 어느 정도 뚫고 들어가더니 딱딱한 물체에 막혔다. 난 순간 칼을 위로 들어 올리려 했다. 그의 팔에 꼽혀있던 칼끝이 그의 팔에 붙은 살 더미를 위로 찢으며 올라갔다. 악다문 그의 입에서 이번에는 단말의 비명이 들려왔다. 그의 목을 노렸지만 칼은 조금 더 올라가 그의 눈높이에서 멈추었다. 난 두 손으로 그를 향해 칼을 밀었다. 그가 이번에는 두 손으로 칼날을 잡았다. 힘의 균형이 잡힐 듯 했지만 이내 무너지고 칼끝이 그의 눈을 향해 점점 가까워 져갔다. 금방 끝나리라. 난 온힘을 모아 더욱 그를 향해 칼을 밀었다. 칼끝이 그의 눈앞까지 다가갔다. 그의 눈빛이 공포로 얼룩져 심하게 떨리고 있었다.

그때였다. 번쩍! 무언가 우리 둘의 사이를 강타했다. 난 그게 무엇인지 알 수 없었다. 이미 내 몸은 공중으로 붕 뜨더니 저만치 날아가고 있었기 때문이었다. 바닥에 내동댕이쳐진 난 그 녀석을 보았다. 그 녀석은 그 자리에 그대로 서있었지만 온몸에 힘이 빠져있는 듯 축 쳐져 있었다. 그리고는 그대로 무릎을 꿇더니 앞으로 고꾸라졌다. 난 그 모습을 마지막으로 의식을 잃어버렸다.

얼마나 지났는지 알 수 없다. 아직 세상은 어두웠고 비도 계속 내리고 있었다. 정신을 차린 난 몸을 천천히 일으켰다. 그리고 그가 쓰러져 있는 곳으로 다가갔다. 그의 몸은 처참했다. 머리는 한 올도 없이 다 타버렸고, 옷도 군데군데 불이 난 것처럼 타 있었다. 얼굴과 팔, 옷이 가리고 있지 않은 부분의 살점들은 시커멓게 그을려 있었다. 끔찍하게 변한 그의 모습은 번개를 맞았다고 밖에 설명할 방법이 없었다. 그의 처참하게 그을린 살점위로 빗방울이 연신 떨어지고 있었다. 난 의뢰인이 말한 그 USB를 찾기 위해 그의 몸을 뒤졌다. 그의 몸을 만지자 흐물흐물해진 그의 살점이 벗겨지며 뼈가 들어났다. 제 아무리 킬러라도 이런 처참한 죽음 앞에서 아무렇지도 않을 사람이 어디 있겠는가? 내 얼굴이 심하게 구겨지고 있었다. 그렇다고 USB를 그냥 나두고 갈 수는 없었다. 난 그의 옷 주머니를 모두 뒤졌다. USB는 바지 주머니에 들어있었다. 난 USB를 챙기고, 주위를 정리했다. 증거가 될 만한 것들은 모두 치웠다. 이미 빗물이 그 증거물을 말끔히 치워서 치울 만한 것은 없었다.

돌아오는 길에 그의 혈흔이 묻어있을 수 있는 비옷과 장갑, 칼을 처리했다. 집에 돌아왔을 땐 빛이 어둠을 밀어내고 있을 때였다. 집에 돌아오니 긴장이 풀려서인지 피곤이 몰려왔다. USB를 의뢰인에게 전달하고 나머지 잔금 6억을 받아올까 생각했지만, 지금 이 상태로는 어디를 가는 것은 무리였다. 더군다나 의뢰인이 어떤 인물인지도 모르는 상황이기에 나머지 6억을 달라했을 때 어떻게 나올지도 모른다. 그러므로 몸의 컨디션을 최상의 상태로 의뢰인을 만나야 한다는 것이 내 오랜 킬러의 경험상 습득한 철칙중의 철칙이었다. 난 먼저 몸을 씻고 잠을 청하기로 했다. 번개의 강한 전기가 내 몸에도 영향을 미쳤는지 머리가 어지러웠다. 난 자고 일어나면 괜찮겠지 하는 생각으로 잠을 청했다.

2장. 뜻하지 않은 동거

5. 한서경

날카로운 칼끝이 눈을 파고 들어온다. 난 비명을 질렀지만 아무도 날 봐주지 않는다. 모두 내가 보이지 않는다는 듯, 내 비명소리가 들리지 않는다는 듯 그 누구도 죽어가는 날 신경 쓰지 않았다. 시커먼 얼굴에 눈 만 보이는 날 죽이려는 놈은 비웃음 가득한 눈빛으로 칼을 잡은 손에 더욱 힘을 주어 칼을 더욱 밀어 넣는다. 난 고통에 비명을 지르는 것 밖에는 아무 것도 할 수 없었다.

비명을 지르며 난 깨어났다. 너무 생생한 꿈이 내 몸을 땀으로 온통 적셔버렸다. 난 내 눈을 만졌다. 눈은 멀쩡했다. 앞도 너무 잘 보였다. 난 그때서야 꿈이라 인지하고 안도의 한숨을 내쉬었다. 그리고 주위를 둘러봤다. 여기는 어디인가? 먼저 꿉꿉한 냄새가 내 코를 자극했다. 누워있는 축축한 침대에서 야릇한 홀아비 냄새가 진동을 했고, 주위 벽면에 얼룩덜룩한 곰팡이에서 역한 냄새가 피어올랐다. 내가 왜 여기에 누워있는지 도무지 기억이 나질 않았다. 기억을 더듬어 보자. 그러기 전에 급한 불부터 끄는 게 우선이었다. 난 침대에서 빠져나와 화장실로 갔다. 부엌이 붙은 방1개에 현관 그리고 그 옆에 화장실이 있었다. 코딱지만 한 집에서 화장실을 찾는 것은 그리 어려운 일이 아니었다. 난 화장실로 들어갔다. 화장실에도 곰팡이가 어김없이 인테리어를 꾸며주고 있었고, 방향제 역할을 톡톡히 하고 있었다. 아마 변비가 심한 사람들이 이 장소에서 볼일을 본다면 자신이 피워 올린 냄새가 곰팡이 냄새에 모두 묻힐 것이란 생각이 들었다. 난 그 곳에 들어가기가 불쾌했지만 지금 내 상황이 그럴 상황을 따질 만큼 여유롭지가 못했다. 난 오만가지 인상을 쓰며 화장실로 들어갔다. 그리고는 최대한 빨리 바지를 내리고 그놈을 꺼냈다. 소변을 보기위한 남자들만의 고전적이며 성스러운 행동이었다. 그 순간 난 고개를 빠끔히 내미는 그놈을 보고 소스라치게 놀랄 수밖에 없었다. 그 놈은 내 것이 아니었다. 하루에 적어도 세, 네 번을 마주하는 놈을 내가 모를 수가 없었다. 마치 한 마리의 비단뱀이 우거진 정글 밖으로 고개를 내밀 듯 속옷 밖으로 튀어나온 그놈의 거대함이 그 것을 직접적으로 증명해 주고 있었다. 쪽팔리지만 내 것은 이것에 반만 할 것이다. 어찌 된 것일까? 나도 모르는 사이 확대수술이라도 했단 말인가? 그럴 일이 없다. 난 살면서 단 한 번도 내 것을 자책해본 적이 없다. 내 것이 한국남성의 평균치에도 못 미친다는 사실을 잘 알지만, 작은 고추가 맵다는 진리를 굳게 믿는 사람 중 한 사람이기에 그것을 확대하는 수술은 비겁한 사람들만이 하는 자기위안이라 생각했다. 그런 생각을 가진 내가 확대수술을 할 일은 결코 없을뿐더러, 그런 기억은 내게 전혀 없었다. 그럼 부은 것인가? 하지만 부은 것 치고는 이놈은 너무 자연스러웠다. 더군다나 고통의 흔적도 찾아볼 수 없지 않던가.

이번엔 놈이 어마어마한 폭포를 만들어냈다. 졸졸졸 시냇물이 하루 밤사이에 홍수에 범람하는 나이아가라 강이 된 듯 어마무시한 양을 한 번에 토해내고 있었다. 이것도 내 것이 아니다. 그러고 보니 비단뱀을 신경 쓰느라 미처 발견하지 못한 것이 내 눈에 들어왔다. 툭 튀어나와 중요부위도 가려버린 그 배가 홀쭉했다. 거기다 빨래판 같이 울긋불긋한 이 근육들은 도대체 무엇이란 말인가? 다리에도 팔에도, 가슴에도 그 울퉁불퉁한 근육들은 어김없이 존재하고 있었다. 난 고개를 천천히 들어 앞에 있는 거울을 들여다봤다. 그리고 난 소스라치게 놀라며 뒤로 넘어지고 말았다. 순간 끊지 못한 소변이 하늘로 튀어 올라 뉴턴의 만유인력의 법칙을 거스르지 않고 벌어진 내 입으로 다시 떨어졌다. 난 너무 놀란 나머지 그 음료를 뱉을 생각을 하지 못하고 마른 침을 삼키듯 그대로 삼켜버렸다. 역겹다는 생각도 하지 못한 체 난 서서히 몸을 일으켜 다시 거울을 마주 했다. 원빈, 현빈은 저리 가라는 조각 같은 얼굴이 나를 따라 거울에 자신의 모습을 비추었다. 난 얼굴을 매만져봤다. 그 거울에 있는 조각 미남도 자신의 얼굴을 매만지고 있었다. 훤칠한 키, 조각상 같은 얼굴, 근육질로 구성된 탄탄한 몸매 돈 주고도 살수 없는 비주얼 이었다. 이게 꿈인가 생시인가? 난 내 얼굴을 꼬집었다. 거울 속 그도 자신의 얼굴 을 꼬집고 있었다. 아팠다. 아픔조차 느끼는 꿈이 아닐까?

　난 축축한 바지를 추스르고 침대로 돌아왔다. 그리고 어제 일을 차근차근 머릿속 에 떠올렸다. 모든 것이 완벽했다. 아니 완벽했었다. 비가 쏟아지기 전까지는 말이 다. 비가 오고 난 그 빗소리에 취해 잠이 들었다. 그런데 천둥이 치는 바람에 잠깐 잠에서 깨어났다. 그때 누군가 근처에 있다는 것을 난 알 수 있었다. 빗소리가 거 칠었어도 바닥을 통해 전달해 오는 누군가의 발소리는 빗소리와는 분명 무게감부 터 달랐다. 난 그를 마지 할 준비를 하고 잠든 척 하고 있었다. 그리고 다가온 그 가 속주머니에서 칼을 꺼내고 날 찌르려 할 때 난 놈에게 일격을 날렸다. 그리고 쏜살같이 도망쳤다. 일격을 맞고 주춤거릴 시간에 난 그를 따돌리려 했지만, 그는 곧바로 일어나 날 뒤쫓았다. 난 죽을힘을 다해 도망쳤지만 막다른 골목에 들어서 고 말았고, 아무 건물이나 들어갔다. 그는 끝까지 집요하게 날 쫓아왔다. 난 건물 옥상에서 그와 결전을 준비했지만 그는 강했다. 그의 털끝하나 건드리지 못했다. 그의 칼끝이 내 눈을 찌르려 다가오고 있었다. 칼날을 잡은 손에 엄청난 고통이 느껴지고 있었지만 살아야겠다는 일념으로 온힘을 다해 버티었다. 그리고 그 다음 부터는 전혀 기억이 나질 않는다. 아무리 기억을 더듬어 봐도 딱 거기서 기억은 멈추었다. 한마디로 '여긴 어디? 난 누구?' 란 우스갯말이 딱 어울리는 지금이었다.

　내가 죽은 것인가? 그리고 떠도는 내 영혼이 다른 사람 몸에 빙의한 것인가? 심 지어 이런 생각까지 들었지만 난 고개를 흔들며 그 생각을 애써 부정했다. 애초에 난 귀신이나 영혼 따위는 믿지 않았다. 서울대생답게 과학을 무척 신뢰하며, 과학 으로 증명되지 않은 것들은 믿지 않았다. 하지만 현실로 벌어진 이 모든 상황을 어떻게 설명할 것인가? 저명한 과학자에게 지금 이 상황이 현실이라고 한다면 어 떤 이가 지금 이 상황을 과학으로 설명할 수 있겠는가? 아마 그들은 날 미친놈 취 급할 것이다.

　난 내가 죽은 장소로 가 본다면 지금 이 상황을 설명할 조그만 단서라도 찾을 수 있지 않을까. 아니, 최소한 내가 진짜 죽은 것인지, 그 사실이라도 알 수 있지는 않을까, 싶은 마음으로 나설 준비를 했다. 천으로 된 옷장을 열고 그 안에서 입을 만한 옷을 찾아 입었다. 옷을 대충 골라 입은 후 탁자위에 놓인 차키를 집어 들고 곰팡이가 득실거리는 그 집을 나서려 할 그때였다. 누군가 지하로 내려오는 발자국 소리가 들렸다. 정확히 '또각' 거리는 하이힐 소리였다. 난 숨을 죽이며 그가 아니, 그녀가 이쪽으로 오지 않기를 바라고 또 바랐다. 하지만 불길한 예감은 늘 적중하는 법 아니겠는가. 알루미늄 샷시로 구조가 잡히고 위쪽은 반투명 유리로 막힌 90년대에나 있을 그런 현관문 앞에 머리카락이 긴 모습의 실루엣이 비춰졌다. 난 어찌해야하나 안절부절 했다. 어디로 숨어야 하나? 하지만 코딱지만 한 집구석에 숨을 곳은 없어보였다. 그냥 뛰쳐나갈까? 그래 문이 열리면 바로 뛰쳐나가는 거야. 그렇게 생각하며 난 뛰어나갈 준비 자세를 취하고는 현관문이 열리길 기다렸다. 이윽고 현관문이 열리고 긴 생머리의 여인이 들어왔다. 아니 한 줌에 빛이 어두운 쥐구멍에 들어온 듯 했다. 난 그 빛이 너무 눈이 부신 나머지 고개를 떨구고 말았다. 고개를 숙이고 어정쩡한 자세로 있는 날 향해 그녀가 다가오고 있었다.

어떻게 하지? 싹싹 빌까? '일어나 보니 여기였다. 나도 내가 왜 여기 있는지 모르겠다.'라고 하면 이해해 줄까? 그녀의 조그만 발이 내 눈에 보였다. 그때까지도 난 고개를 들지 못한 체 그녀의 발만 멀뚱히 보고만 있었다. 조그맣고 귀여운 발이라 생각하면서....

"오빠"

'오빠? 뭐지? 여친인가? 아님 친동생? 아님 그냥 아는 동생? 아는 동생은 분명 아닌 것 같다. 세상이 아무리 변했어도 아는 동생이 아는 오빠집의 문을 벌컥 열고 들어올 일은 없을 테니까' 난 아무 대답도 하지 않은 채 그 자세 그대로 있었다.

"미안해 오빠! 그땐 내가 너무 섣불렀어. 오빠마음 알면서도 나도 너무 힘들어 그렇게 말했던 거야. 그리고 나, 얼마나 후회했는지 몰라"

난 뭐라 대답하고 싶었지만 도대체 지금 상황이 무슨 상황인 줄 알 수 없어서 잠자코 있기로 했다.

"그때 내가 헤어지자고 했던 말은 그냥 없었던 걸로 하자. 오빠가 했던 말도 진심이 아니라는 거, 나 잘 알고 있어. 오빠도 힘들 텐데 오빠마음 이해해 주기로 해놓고... 며칠 동안 생각해봤어. 근데 나, 오빠 없음 진짜 안 될 것 같더라."

'헤어져? 오빠 없음 안 돼? 그럼 여친이라는 말일 것이다. 그런데 이럴 땐 도대체 어떻게 얘기해야 맞는 거지?' 모테솔로인 난 연예방면으로는 완전 백지 그 자체여서 지금 상황에서는 뭐라 해야 될지를 도무지 알 수가 없었다. 그녀의 발 앞에 굵은 물방울이 떨어져 내렸다. 난 나도 모르게 고개를 들고 그녀를 봤다. 내 눈 바로 앞의 그녀는 다시 봐도 심장이 멎을 듯 엄청난 미인이었다. 하얀 피부에, 오목조목한 눈과 코, 입 비너스도 그녀의 아름다움 앞에는 울고 갈 것이다. 그 아름다운 눈망울에서 굵은 물방울이 쉴 틈 없이 흘러내리고 있었다.

"울지 마세요." 그녀의 아름다움에 넋이 빠져버린 난 마음속의 말을 나도 모르게 입 밖으로 내뱉고 말았다. 그녀가 흐르는 눈물을 닦고 날 이상한 눈으로 쳐다봤다.

"아...아니 울지 마" 얼른 고쳐 말했지만 다음 말이 딱히 떠오르지가 않았다.

"오빠, 우리 다시 시작하자. 난 알아 오빠도 그 때 나한테 했던 말 진심이 아니라는 거. 그렇지? 맞지?" 그녀가 내 손을 잡으며 말했다. 부드러운 그녀의 손이 내 손에 닿자 온몸에 전기가 흐르는 것처럼 전율이 흘렀다. 난 말없이 고개를 끄덕였다.

그녀가 눈물을 훔치며 해맑게 웃었다. 그 모습에 난 이미 홀릴 때로 홀린 듯 따라 웃었다. 그리고 그녀는 내 입술에 자신의 입술을 가져다 댔다. 난 심장이 멈춰버린 듯 가만히 그녀에게 몸을 맡겨버렸다.

그녀와의 뜨거운 시간을 보내고, 난 그녀를 집으로 데려다준 뒤 어제 그 장소로 갔다. 그 장소로 이동하는 내내 그녀가 계속해서 떠올랐다. 이 몸의 주인이 살고 있는 꼴을 봤을 때 참담함을 느꼈는데 그녀를 보고 나서 이 몸의 주인이 부러워졌다. 아니 부러워 할 필요가 없다. 이제 이 몸의 주인은 나고 혜윤이도 이제 내 여자이니까.

어제 차를 세웠던 공용주차장에 주차를 했다. 난 혹시 내가 타고 왔던 벤츠 차량이 있는지 확인했다. 내가 세워놨던 그 자리에 그대로 내 차가 있었다. 난 차를 밖에서 확인했다. 누군가 만진 흔적은 보이지 않았다. 창문너머 내부의 모습도 그대로였다.

해가 뉘엿뉘엿 기울고 있었기에 난 서둘렀다. 어두워진다면 내 시체가 있는 장소를 찾지 못할 수도 있었다. 다른 누군가가 발견하기 전 찾아야 만 했다. 일단은 어제 내가 숨었던 곳에서부터 차근차근 찾아보기 위해 난 그곳으로 이동했다. 그 곳을 찾는 데 까지는 그리 오래 걸리지 않았다. 어제 내가 숨었던 그 건물 안에는 고양이 두 마리가 어슬렁거리며 침입자를 극도로 경계하고 있었을 뿐 별 다른 것은 없었다. 내가 놈을 가격하려 했던 각목도 그대로였다. 난 그 각목을 꼼꼼히 살폈다. 혹시나 각목에 그의 혈흔이 묻어있을까 싶은 마음에 각목을 훑어 봤지만 역시나 아무런 흔적도 없었다.

해는 급격히 기울고 있었다. 빛이 들어오지 못하는 건물내부는 이미 어두워지고 있었고, 불빛하나 없는 재개발 구역은 다른 어느 곳보다 빨리 어두운 쓸쓸함이 찾아오고 있었다. 난 내가 도망쳤던 경로를 찾으려 애를 썼다. 그 경로만 찾아 그대로 따라 간다면 내 시체가 있는 장소를 금세 찾을 수 있을 것이다. 하지만 그때는 너무 어두웠고, 경황마저 없었으니 그 경로를 쉽게 찾을 수 있을 리 만무했다. 혹시나 하는 마음으로 플래시를 챙겼지만 도망간 경로를 찾는 데 플래시는 큰 도움이 되지는 못했다. 그저 앞의 장애물을 피하는 용도로서만 제격이었다. 미로를 헤매듯 한참을 헤매고 나서야 난 내가 마지막으로 들어갔던 건물을 찾을 수 있었다. 그 때 이미 해는 서쪽능선을 넘어간 지 한참 지난 후였다.

건물 앞에서 난 한참을 서있었다. 내 시체를 내 눈으로 확인한 다는 것을 그 누가 상상이나 해 봤을까? 내 시체를 직접 마주한다면 대체 기분이 어떠할까? 난 두렵고 무서웠다. 내 시체를 마주할 자신이 없어서 난 건물로 들어가지 못하고 한참을 망설이며 그 곳을 맴돌았다.

'용기를 내야한다. 두렵지만 날 죽인 사람에게 복수하기 위해서는 먼저 내 시체를 확인해야 한다.'

난 그렇게 내게 주문을 걸었다. 몇 차례 주문을 걸 듯 그 말을 되 뇌이고 나서야 난 겨우 용기를 내어 건물로 들어갔다. 난 그때와 똑같이 건물외벽에 걸린 철재계단을 타고 바로 옥상으로 올랐다. 어제는 이 계단을 오를 때 오로지 살기위한 생각뿐이어서 몰랐지만 철재계단은 곧 떨어져 나갈 듯 녹이 슬어 있었고, 벽에 고정된 앵글이 대부분 떨어져 나가 있었다. 떨어지지 않는 것이 이상하리만큼 위태로이 건물외벽에 걸린 철재계단을 난 조심스럽게 아주 조심스럽게 한 칸 한 칸을 밟아 올라갔다.

옥상에 도달하자 철재 문이 반쯤 열린 채 있었다. 난 반쯤열린 철재 문을 마저 열고 옥상으로 들어섰다. 천천히 내가 있을 만한 장소를 플래시로 비추었다. 플래시가 만들어낸 광원이 둥그런 형태로 옥상바닥 일부분을 밝혔다. 난 천천히 플래시를 움직였다. 아직까지 너저분한 쓰레기 외에는 아무것도 보이질 않았다. 난 조금씩 우측으로 플래시를 옮겼다. 그에 따라 플래시의 광원이 비추는 자리도 조금씩 이동했다. 조금 더 옆으로 이동하니 누워있는 사람의 형태가 비춰졌다. 난 서서히 그 쪽으로 걸어갔다.

조금씩 가까워질수록 내 심장은 터질 것만 같았다. 아직 확실하게 신원이 확인될 만큼 가까운 거리는 아니었지만, 난 그 누워있는 시체가 내 몸뚱이인 것을 짐작할 수 있었다. 사실 내 몸이 아니길 난 간절히 바라면서 그 시체에 다가갔지만 말이다. 하지만 내 바람과는 달리 그 시체는 내 모습을 하고 있었다. 비록 옷은 누더기가 돼있었고, 얼굴 뿐 만 아니라 온 몸에 살점들은 시커멓게 그을리고 너덜너

덜 떨어져 나가 있었지만 난 그 시체가 내 몸이 확실하다는 것을 알 수 있었다. 내 몸임을 확인한 순간 난 비명을 지를 뻔 말았지만 손으로 입을 막고 터져 나오는 비명을 가까스로 억눌렀다. 누가 감히 상상이나 해봤겠는가? 자신의 시신을 눈으로 직접 확인한다는 것을......

난 한참을 그 시체, 정확히 말한다면 내 몸 앞에서 넋을 놓은 채 처참히 변한 내 모습을 물끄러미 바라만 봤다. 아무것도 할 수가 없었다. 내가 여기 온 이유마저 잃어버린 채 난 망부석이 되어버린 듯 한참을 그러고 있었다.

얼마나 지났을까? 시간이 꽤 흐른 듯 했다. 건물로 올라올 때 하늘 한 가운데 떠 있었던 둥근달이 서쪽으로 기울고 있었다. 난 가까스로 정신을 차리고 내가 여기 온 이유를 되새겼다. 먼저 USB를 찾아야했다. 난 준비한 장갑을 착용하고 USB를 넣어놓은 주머니에 손을 넣었다. 주머니에 붙은 살점이 떨어져 나가는 소리가 들려왔다. 마치 뻑뻑한 죽을 숟가락으로 뜰 때 나는 소리와 흡사했다. 그 소리를 내는 몸이 내 몸이었지만 난 인상이 절로 구겨졌다.

USB는 없었다. 그렇다면 USB는 날 죽인 자가 가져갔을 것이 분명했다. 난 반대편 주머니에 있는 대포폰을 찾았다. 다행이 대포폰은 그대로 있었다. 이 전화로 유총 수회장에게 전화를 걸었었다. 그 전화기를 꺼내 내 주머니에 넣었다. 다음으로 뒷주머니에 있는 지갑을 꺼냈다. 뒷주머니의 지갑역시 그대로 있었다. 돈은 현금 5만 원이 전부였다. 난 신용카드를 챙길까 하다 그만두었다. 죽은 사람의 신용카드를 긁고 다닌다면 살인 용의자라 광고를 하고 다니는 꼴이 될 것이다. 난 현금만을 챙기고 그 자리를 떴다. 날 죽인 자는 USB를 가져간 것 외에 그 어떠한 단서도 남기질 않았다. 경찰이 수사한다면 단서를 찾을 수도 있겠지만 최소한 내가 봤을 땐 아무런 단서도 없었다. 그런 생각에 경찰에 신고할까 싶은 마음도 들었지만, 경찰에 뭐라 한단 말인가? 괜히 긁어 부스럼 만들 필요는 없다고 생각하며 단념했다.

난 몸의 주인이 살던 거지 소굴로 가지 않고 내가 살던 오피스텔로 향했다. 오피스텔에 현금이 될 만한 것들이 있었기에 무엇보다 돈이 필요한 난 내 오피스텔로 가기로 마음을 먹었다. 하지만 내 오피스텔도 위험지역이었다. 난 죽었고, 내 모습이 아닌 다른 모습을 한 사람이 죽은 사람의 오피스텔을 들락거린다면 분명 유력한 용의자가 될 것은 뻔했다. 일반적인 사람의 경우 하루에 CCTV에 찍히는 회수가 평균 80회 정도라고 한다. 더군다나 고급 오피스텔의 경우 촘촘히 CCTV가 박혀있다. 난 그 사실을 잘 알고 있기에 최대한 얼굴을 가린 체 내 오피스텔로 향했다. 내 오피스텔을 내가 들어가겠다는 데 이렇게 얼굴을 꼭꼭 숨기고 가야한다는 것에 서글픈 생각이 문득 들었다.

6. 킬러

간만에 잠을 푹 자고 일어난 듯 내 몸은 개운했다. 기지개를 쭉 펴고 숙면의 아쉬움을 쫓아버렸다. 정신이 맑아지며 모든 사물들이 내 눈에 확연히 들어왔다. 그런데 내 눈에 들어온 사물들은 무언가 익숙하지 않은 낯선 풍경이었다. 고급스런 대리석으로 된 벽과, 크기도 짐작하기 힘든 최신형 TV가 바로 보였다. 꺼진 TV로 초췌한 내 모습이 비춰졌다. 난 아직 내가 잠에서 덜 깬 것이라 생각하며 다시 한 번 크게 기지개를 폈다. 하지만 달라진 것은 아무것도 없었다. 잠은 완전히 깬 것 같았다. 그런데 도대체 왜 내가 잠들었던 반 지하 단칸방이 아닌 것인가? 난 잠들기 전 기억을 더듬었다. 한서경이 죽은 것을 똑똑히 확인한 후 난 증거물을 남김없이 처리하고 내 집인 반 지하 단칸방으로 왔다. 비에 흠뻑 젖은 옷을 세탁기에 넣고 돌린 후 개운하게 샤워를 하고 곧 바로 잠이 들었다. 그런데 내가 도대체 왜 생소하기만 한 이 곳에 있단 말인가?

난 천천히 몸을 일으켜 조금 더 주위를 살폈다. 모든 것 들이 반 지하 단칸방과는 거리가 먼 고급스러움을 자아내고 있었다. 난 방문을 조용히 열고 거실로 발걸음을 옮겼다. 방과 거실은 긴 복도가 연결해주고 있었다. 복도의 크기가 내가 사는 단칸방보다 클 것이란 지금의 상황과 맞지 않은 생각을 하면서 난 복도를 지났다. 혹시나 누군가가 거실소파에 앉아 있는 것은 아닐까 하는 생각에 난 복도 벽면에 몸을 밀착하고 아주 조심스럽게 얼굴을 살짝 내밀어 거실을 봤다. 거실에는 아무도 없었다. 아무도 없는 것을 확인한 난 거실에 몸을 들였다. 호화스러운 거실의 풍경이 내 입을 떡 벌어지게 만들었다. 먼저 거실이 얼마나 넓은지 과장을 조금 보태면 자신이 살고 있는 건물 전체가 거실에 들어갈 것만 같았다. 이름도 알 수 없는 미술품이 벽면을 호화롭게 꾸미고 있었고, 딱 봐도 최고급 가죽이 입혀진 소파는 수 천 만원을 호가하는 고급제품임을 한눈에 알 수 있을 정도로 번들거렸다. 소파가 있는 반대편에는 한 벽면이 모두 책으로 뒤덮여있었다. 난 책장 쪽으로 발걸음을 옮겼다. 책장에는 책뿐만 아니라 인테리어 악세사리와 꽃병, 사진이 꼽힌 액자와 디지털시계가 정갈하게 놓여있었다. 시계의 시간은 PM 2시를 지나고 있었다. 그 아래 날짜가 있었는데, 내가 한서경을 죽인 그날이 아닌 그 다음날을 나타내고 있었다. 그렇게 따진다면 난 꼬박 하루하고도 9시간이나 잠을 잔 것이다. 그렇게 잠든 시간동안 누군가 날 납치한 것이리라. 하지만 납치를 해서 감금한 곳이 이렇게 호화로운 오피스텔이라는 것이 앞뒤가 맞지 않음을 여실히 증명해 주고 있었다. 난 이 호화로운 오피스텔주인의 정체가 궁금했다. 그래서 사진 한 장을 들여다 봤다. 사진 속 인물이 어딘가 낯이 익는 다는 느낌이 들었다. 하지만 분명 모르는 사람이다. 평범하게 생긴 얼굴이라서 그러려니 하며 난 다른 사진을 들어서 봤다. 이번에는 어디서 많이 봤다는 느낌이 더욱 강하게 들었다. 기분 탓이겠지 하며 난 별스럽게 생각하지 않았다. 내가 왜 여기 있는지 도무지 기억이 나질 않지만 오래있어서 별 득이 될게 없겠다는 생각이 들었다. 빨리 누군가 오기 전에 여기서 나가야겠다는 생각에 난 대충 준비를 하고 오피스텔을 나서려했다.

현관문을 열고 밖으로 나서려는 그때였다. 문득 떠오르는 인물이 있었다. 한서경! 난 신발을 신은 체 다시 거실로 들어가 사진을 재차 확인했다. 한서경이 분명했다. 내가 어제 죽인 사람, 한서경이 사진 속에 웃는 얼굴로 날 보고 있었다. 난 순간 놀란 나머지 액자를 놓치고 말았다. 액자의 유리가 대리석 바닥과 부딪히고서는 거친 파열음을 내며 산산이 부서졌다. 난 다른 액자를 집어 들었다. 닮은 사람이 아니다. 분명 한서경이었다. 다른 사진을 또 꺼내 봐도, 또 다른 사진을 꺼내 봐도 모두 한서경이었다. 머리가 순간 어지러웠다. 공포가 온몸을 휘어 감으며 오들오들 떨려왔다.

내가 도대체 왜 여기에 있는 것인가? 한서경이 귀신이 되어 날 이곳으로 이끌었단 말인가? 믿지도 않는 미신을 갔다대며 내 머릿속은 별의별 생각이 다 들었다. 일단 이성을 찾아야 된다. 킬러답게, 난 냉정하게 판단하려 했다.
'일단은 여기서 빠져 나가야 된다. 그러기 전 내가 만졌던 물건을 포함, 내가 여기에 들어왔던 모든 자취를 지워야한다. 그리고 신속하게 빠져나가자. 땀 한 방울도 떨어뜨려서는 안 된다.'

난 에어컨을 가장 강하게 틀었다. 그리고 수건을 꺼내 만졌을 만한 물건을 모두 닦기 시작했다. 대리석으로 된 바닥과 벽에는 모두 지문이 남을 수 있었다. 난 닦고 또 닦았다. 에어컨이 최강으로 틀어져 있었지만 땀이 살갗을 뚫고 삐질 흘러내렸다. 난 수건을 한 장 더 꺼내 머리에 둘러씌웠다. 그리고 또 닦았다. 손이 갈만한 곳 내가 밟았던 곳, 화장실 변기와 바닥 모두 닦아냈다. 침대의 머리카락, 욕조 배수구의 털들까지 모두 치웠다.

그렇게 모든 곳을 먼지하나 없이 깨끗이 치우고, 닦고 나니 시간이 5시가 되어가고 있었다. 고급스러운 대리석으로 치장된 바닥과 벽면이 그 고급스러움에 어울리게 더욱 완벽함을 보여주고 있었다. 그런 완벽함에 난 왠지 뿌듯한 마음마저 들었다. 내 얼굴에 절로 미소가 번졌다.

그때였다. 멀리서 전화벨소리가 들려왔다. 난 전화벨 소리를 따라 몸을 움직였다.

전화벨 소리가 들리는 곳은 내가 잠에서 깨어났던 곳이었다. 침대테이블위에 있는 핸드폰이 요란하게 울려대고 있었다. 난 핸드폰을 집어 들었다. '내 사랑 혜윤'이라 발신자가 표시된 핸드폰을 난 이리저리 훑어봤다. 요란이도 울려대는 핸드폰은 바로 내 것이었다. 그런데 얼마 전 헤어진 혜윤이가 도대체 어쩐 일로 전화를 한 것인지......아직 술 먹고 전화하기에는 이른 시간이었다. 난 구질구질 한 것을 딱 싫어하는 스타일이다. 킬러답게.... 그게 킬러랑 상관이 있는지 모르겠지만, 아무튼 난 전화를 받지 않았다. 전화는 몇 번 더 울리더니 끊겼다. 그러더니 SNS 문자가 왔다는 알람소리가 들렸다. 난 SNS 어플을 열고 문자를 확인했다. 역시나 혜윤이었다.

'오빠, 어디야? 오늘 하루 종일 전화두 없구, 전화도 안 받네ㅜㅜ 보고 싶어 오빠, 톡 보면 전화 줘. 사랑해♡^^♡'

정말 미친 게 아니면, 낮술을 쳐 먹고 취해있거나, 아니면 톡을 잘못 보냈으리라. 톡을 잘못 보냈다면 취하지 않고서는 불가능한 일이었다. 그러니 결론은 그녀가 낮술에 거하게 취해 똥인지 된장인지 구분을 못하고 있다는 것으로 난 생각을 정리했다. 그래도 그렇지 헤어진 지 일주일이 지났는데 아무리 낮술을 쳐 먹었다고 어떻게 이런 문자를 보낼 수 있는지 난 쉽사리 이해가 가질 않았다.

일주일 전

그날도 난 어김없이 일어나 하루 일과의 시작을 알리는 게임을 시작하기 위해 컴퓨터 앞에 앉았다. 그리고는 컵라면을 준비해 놓고 컴퓨터 앞에 앉아 게임에 집중하기 위한 사전단계인 허기를 잡기위해 컵라면을 물마시듯 먹어 치우고 있었다. 그렇게 쌓인 컵라면 껍데기가 천장을 향해 치솟아 오르는 중이었는데도 난 그 것을 치울 생각은 전혀 없었다. 때가 되면 여친이 와서 해주기에 조만간 여친이 와서 어련히 치울 것이라 생각했다.

호랑이도 제 말하면 온다고 했던가? 현관문의 자물쇠가 열리는 소리가 들리고 곧 여친인 혜윤이가 들어왔다.

혜윤은 내가 킬러인지 전혀 모르고 있다. 그냥 백수인 줄 안다. 그럴 법도 한 것이 혜윤을 만나고 난 후, 난 한 건의 의뢰도 받지 못하고 있었기에 눈치 빠른 혜윤이가 아니, 그 할아비라도 전혀 눈치 체지 못할 것이다.

혜윤이를 만난 지는 2년이 다 되어가고 있었다. 마지막 의뢰를 끝낸 후 잔금을 받으며 금전적 여유가 생긴 난 홍대 앞 클럽이란 클럽을 모두 휩쓸고 다녔다. 돈을 흥청망청 쓰면서 다니니 항상 여자는 자동으로 따랐다. 거기다 훤칠한 키와 외모, 근육질 몸매까지 가지고 있으니 어찌 여자가 따르지 않을 수 있겠는가?

혜윤이 역시 그 때 만났다. 그냥 스쳐지나가는 수많은 여자들과 다를 바 없다고 생각한 혜윤은 달랐다. 돈이 떨어지기 시작하자 그 많던 여자들은 하나 둘 떨어져 나갔다. 그렇게 다 떨어져 나갔지만 혜윤은 남아있었다. 그리고 내 돈과 외모가 아닌 내 마음을 사랑해 주었다. 난 그런 혜윤이의 마음이 좋아 조금씩 그녀에게 마음을 주기 시작했다. 그리고 우린 사랑하는 사이가 되었다.

하지만 그도 잠시, 날 쓰레기라 욕해도 어쩔 수 없지만 1년이 넘는 시간이 지나자 그런 혜윤이 점점 더 지겨워지기 시작했다. 먼저 그녀의 헌신이 정말 진저리나게 싫었다. 혜윤은 그런 적 없다고는 하지만 그녀는 날 만나면 항상 피해자인 척하며 원망 섞인 눈빛으로 날 보고는 했다. 물론 내가 피해의식에 사로잡혀 그녀의 눈빛을 그렇게 느꼈을 수도 있지만 그렇다 해도 싫어지는 그녀가 다시 좋아지지 않는다는 것을 난 잘 알고 있었다.

난 그녀가 지겨워지고 난 뒤부터 그녀에게 헤어지자는 말을 할 기회를 엿보고 있었다. 그 보다 좋은 방법은 바로 그녀가 날 진저리나게 만드는 것이었다. 난 헤어지자는 그 말이 그녀에게서 먼저 나오길 기대하며 그녀가 정말 싫어하는 것들만을 골라 하고 있었다. 오늘도 마찬가지였다. 팬티 바람에 컴퓨터 앞에서 담배물고 라면을 먹어가며 게임까지, 4종 풀 세트를 선보이고 있었던 것이다.

"왔냐?" 난 들어오는 혜윤을 쳐다보지도 않고 폐부에 가득 찬 담배연기를 후하고 불어냈다.

"휴!" 지난 번 보다 혜윤이의 한심소리가 더 커졌다. 내 작전이 성공하고 있다는 반증일 것이다.

"땅 꺼지겠다. 왔으면 가만히 서있지 말고 앉아라. 지하라 지붕 무너질 일은 없으니까." 난 모니터에 눈을 고정한 체 무심히 혜윤에게 말했다.

"오빠!, 우리 얘기 좀 해!" 혜윤이 신발을 벗고 내가 있는 곳으로 걸어오며 말했다. 난 내심 헤어지잔 말을 기대하고 있었지만 내색은 하지 않기 위해 나름 표정관리를 했다.

"말해" 난 모니터에 눈을 고정한 채 대답했다.

"오빠, 이제 제발 정신 좀 차려, 오빠 꼴이 지금 어때 보이는 줄 알아?" 혜윤이 내 옆으로 바짝 다가와 한심한 듯 말했다.

"몰라, 알아도 뭐 달라질 건 없을 것 같은데." 난 계속 무심함으로 일관했다.

"내가 말해줄까?"

"아니, 별로 듣고 싶지 않은데" 난 손을 내 저으며 말했다.

"아니, 난 해야겠어, 그러니 들어!" 혜윤은 컴퓨터 콘센트를 뽑아버렸다. 게임 속 마지막 한 놈을 총으로 쏴 죽이려는 찰나 컴퓨터는 시커멓게 변해버렸다.

"뭐하는 짓이야?" 난 혜윤을 쏘아보며 거칠게 말했다.

"뭐하는 짓이기는? 오빠야 말로 지금 뭐하는 짓이야? 지금 화나는 거 참아가며 그래도 오빠하고 얘기 좀 해보려 하는데, 오빠는 항상 지금처럼 모든 게 건성이잖아!" 혜윤의 목소리가 울먹거렸다.

"얘기 하라고, 내가 얘기 못하게 한 게 아니잖아. 듣고 있는데 컴퓨터는 왜 끄는데?"

"오빠 서로 마주보며 얘기하는 게 그렇게 힘들어? 잠시면 되는데 그 게임이 그렇게 중요해?" 혜윤의 눈이 글썽거렸다. 조만간 눈물이 한차례 퍼 부을 듯 먹구름이 혜윤의 눈에 드리워졌다.

"그래 들어 줄 테니까 얘기해봐, 울면서 할 거면 다음에 하고" 난 차마 혜윤의 눈을 마주하지 못하고 콧잔등을 쳐다봤다. 그래도 양심이 조금은 남아있었던 듯싶다.

"오빠 나이 이제 서른 둘 이잖아, 내 나이도 서른이고, 오빠랑 나랑 결혼도 해야 되고, 아이도 낳고 키워야 되는데, 오빠가 계속 이런 모습만 보여주고 있는데 난 어떻게 해야 될지 모르겠다고." 혜윤은 눈물을 억지로 참아가며 말하고 있었다. 그 모습이 왠지 안쓰러움이 느껴졌다. 하지만 이번에야 말로 완전히 떼어 놓자는 심정으로 난 나약해지는 마음을 다독였다.

"그래서? 그래서 뭘 어쩌라고?" 난 다시 무심해 졌다.

"오빠 내가 왜 이말 하는지 정녕 모르겠어? 모르겠어서 묻는 거야?"

'모르긴 내가 왜 모르니, 잘 알지. 너랑 결혼하기 위해 일자리도 구하고, 게임도 끊고 하란 말 아니겠니. 하지만 난 일자리 구할 마음도 없고, 게임 끊을 생각도 없어. 결정적으로 난 절대 너와 결혼할 마음이 없다는 것이지' 난 내심 기회다 싶은 마음에 마음속으로 흐뭇한 미소를 지었다.

"그러니까 네 말은 지금 헤어지자는 말 아니야!" 난 화가 난 듯 연기를 하며 말했다. 지금 드는 생각이지만 내가 만약 킬러 생활을 그만두고 직업을 구해야 한다고 했을 때, 그 직업이 영화배우라면 제법 어울리지 않을까 싶을 정도로 내 연기는 완벽 그 자체였다.

"그런 말이 아니잖아!" 혜윤의 눈에서 기어코 눈물방울이 흘러내리기 시작했다. 눈물이 울고 있다고 증명해주었지만 혜윤은 끝까지 울지 않으려 입술을 악물었다.

"아니긴 뭘 아니야! 그래 가고 싶으면 가! 잡지 않으니까. 가버리라고. 나도 이제 지긋지긋하다고!" 난 그렇게 말하고는 휙 뒤돌아섰다. 혜윤은 기어코 참아왔던 울음이 터졌는지 흐느끼는 소리가 내 등 뒤에서 들려왔다. 난 회심의 미소를 지었다. "그래 오빠 말대로 헤어지자. 그게 맞는 것 같아. 나도 이제 너무 지친다." 그녀는 그렇게 말하고 돌아서서 나갔다. 현관문이 닫히는 소리가 나서야 난 뒤를 돌아보고 그녀가 나갔는지를 확인했다. 그리고 주먹을 쥐어 팔꿈치를 옆구리에 대고 '나이스'라고 외쳤다. 아주 작은 소리로.

일주일 전 우린 그렇게 헤어졌다. 그런데 이 문자는 도대체 뭐란 말인가? 하트까지 찍어서 사랑한단다. 이게 도대체 말이 되는가 말이다. 간신히 때어놨는데 혜윤이 그 날 일을 기억하지 못하는 것인가? 아니면 내가 잠이든 33시간 동안 무슨 일이 일어났단 말인가? 가능성이 전혀 없는 것은 아니다. 난 분명 내 집인 반 지하 단칸방에서 눈을 감았지만 한서경의 오피스텔의 고급침대에서 눈을 떴다. 그 33시간 동안 내가 기억하지 못하는 무슨 일이 벌어진 게 사실일 것이다. 그렇지 않고 지금 이 상황을 설명할 방법은 없었다. 그 시간에 분명 혜윤이가 찾아왔을 것이다. 그렇게 생각이 정리되었지만 어떻게 그 것이 가능한 것인지는 도무지 알 수가 없었다.

그때 다시 SNS 문자 알림 소리가 들렸다.

'오빠! 나 퇴근하고 지금 오빠 집으로 가고 있어.ㅎㅎ 조금 있으면 도착! 보고 싶어 못 참겠어.^^'

안 된다. 절대 안 돼! 혜윤이 집에 와서 청소라도 한다면 침대 아래에 4억이 있는 것이 들통 날 것이다. 내가 먼저 가야된다. 난 차키를 챙기고, 얼굴은 최대한 가린 체 오피스텔을 나섰다. 지하주차장에 내 똥차가 고급 외제차들 틈에 끼어있었다. 형용색색의 나비들 사이에 한 마리의 똥파리가 앉아 있는 느낌이었다.

'쳇! 나도 조만간 저런 고급차에 차주가 된다.'

10억으로 저런 차를 사고 나면 남는 게 얼마나 될까? 유지는 할 수 있을까? 이런 생각이 동시에 들었지만 나름 10억이 조만간 생긴다는 것으로 위안을 삼으며 난 고물 똥차인 내 차를 몰고 오피스텔 지하주차장을 빠르게 빠져나왔다.

15년 된 똥차를 최대한 밟았다. 차가 곧 터질 듯 굉음을 질러댔다. 하지만 난 멈추지 않고 더욱 강하게 악셀을 밟았다. 그렇게 집에 돌아오니 혜윤이 먼저 와있었다. 그녀는 청소를 하며 들어오는 날 보며 해맑게 반겨주었다. 난 일단 내가 잠들어있는 동안 무슨 일이 있었는지를 알기 위해서라도 말을 아끼기로 생각했다.

"오빠, 왔어? 오빠 오기 전에 깨끗이 청소 해놓으려 했는데."

"어?... 어" 눈은 침대 밑으로 향한 체 그녀에게 대답했다. 다행이 이제 청소를 시작한 모양이었다. 아직 침대 밑으로는 지저분한 상태 그대로였다. 난 서서히 방으로 들어가 침대에 앉았다.

"오늘 일찍 퇴근했네?" 난 침대에 앉으면서 그녀에게 말했다.

"어, 오빠가 계속 보고 싶어서 오늘 일찍 퇴근 시켜 달라했어. 나 잘했지?" 그녀는 자신의 전매특허인 애교를 한껏 부리고 있었다. 난 그 애교마저도 싫게 느껴졌다. 하지만 참아야 했다. 어제 무슨 일이 있었는지 알기 전까지는 말이다.

"피곤 할 텐데, 청소는 내가 할 테니까 좀 쉬어." 그녀가 계속해서 청소를 하며 다가오자 난 불안해졌다.

"아니야. 조금만 하면 되, 오는 길에 삼계탕 재료 좀 사왔어. 청소 다 해놓고 오랜만에 오빠 몸보신 좀 시켜 주려고" 그녀가 부엌 싱크대에 놓인 장바구니와 나를 번갈아 보며 배시시 웃었다. 나를 보고 웃는 그녀를 향해 나도 억지웃음을 지어 보였다.

"오빠, 근데 어디 아파? 안색이 안 좋아 보여" 그녀가 내게 바짝 다가오며 말했다.

"아니, 아니야. 좀 피곤해서 그래." 난 내 이마에 손을 짚으려는 그녀의 손길을 피하며 말했다.

"그래? 그럼 빨리 삼계탕 끓여야겠다. 오빠는 얼른 씻어. 그동안 오빠의 영원한 우렁이 각시가 삼계탕을 맛있게 끓여 놓을 테니까." 혜윤이 빗자루를 놓고는 부엌으로 가며 말했다. 그녀가 부엌으로 이동하는 그 순간을 난 놓치지 않고 침대커버를 얼른 들어 올려 침대 밑을 확인했다. 다행이 가방이 그대로 있었다. 순식간에 가방을 확인한 난 다시 침대에 아무 일 없다는 듯이 앉았다.

"오빠, 어제는 나 너무 행복했어. 우리 처음 만났을 때 기억나지? 꼭 그때로 돌아간 것 같은 기분이 들었다고 해야 하나? 아무튼 그때로 돌아간 듯 너무 행복했어. 너무 행복했는데 불안한 거 있지. 이 잠깐의 행복이 그냥 꿈이면 어쩔까 하는...... 헤헤... 나 너무 바보 같지?" 그녀는 삼계탕을 끓이려 물을 받고는 손질된 닭 배에 갖은 재료를 넣으며 말했다. 도대체 어제 그녀와 어떤 일이 있었는지 알 수 있어야 대답을 할 것인데, 난 그냥 건성으로 대답할 수밖에는 없었다.

"어....아.... 아니야" 대답은 했지만, 난 너무 답답해 미칠 것 같았다.

"오빠가 그동안 날 정말 싫어하는 줄 알았어. 그런 오빠모습에 자존심도 많이 상하고, 많이 힘들었어. 근데 어제 알았어. 오빠도 날 정말 사랑한다는 것을" 그녀가 배속에 갖은 재료를 넣은 닭을 냄비에 넣고는 날 힐끔 봐라보더니 눈을 찡긋거렸다. 사람 정말 환장할 노릇이었다. 난 어제 있었던 일을 알고 싶어 유도 질문을 해보기로 했다.

"근데 어제 나 만났을 때 이상한 점은 없었어?"

"아니, 음..... 오빠 눈빛이 그동안과는 다르게 너무 다정해 보였고, 그리고 오빠와 내가 하나가 될 때 느낌이...음... 우리가 처음만나 하나가 됐을 때 그 느낌이긴 했는데...., 그게 이상한 것은 아니잖아?" 그녀가 말하면서도 부끄러웠던지 그녀의 얼굴이 홍당무가 되었다.

'혜윤이와 어제 잤단 말인가?' 도무지 기억이 나질 않는데 그녀는 지금 나와 잔 얘기를 하고 있는 것 같았다. 남녀의 두 몸뚱이가 하나가 되는 것이 무엇이 있겠는가 말이다.

"그거 말고는?" 난 좀 더 깊숙이 알아야 할 필요성을 느꼈다.

"음....." 그녀가 하던 일을 멈추고 잠시 고민에 빠졌다. 난 그녀의 말에 한마디도 놓치지 않으려 귀를 잔뜩 기울이고 있었다.

"오빠가 그동안의 오빠모습 답지 않게 되게 수줍어했다는 거, 그리고 여자와는 꼭 처음 자보는 사람 같이 서툴러 했다는 거. 꼭 다른 사람 같기도 했어." 잠시 고민하던 그녀가 수줍게 말했다.

'내가 나 같지 않았다.' 난 여자 앞에서는 절대 수줍음을 타지 않는 철면피 나쁜 남자였다. 그런 내가 혜윤이 앞에서 수줍어했고, 여자와는 처음 자보는 것 같이 서툴러했다는 말인가? 어제 난 도대체 누구였단 말인가? 몽유병인가? 너무 피곤한 나머지 몽유병 환자처럼 깨어있었다는 것을 기억하지 못할 수도 있다. 난 그렇게 지금 상황을 일단락 짓고 싶었다. 지금은 해야 할 일이 많다. 어제 내가 무슨 짓을 했건 지금은 내 의뢰인에게 USB를 전해주고 남은 잔금 6억을 지불 받는 것이 최우선이었다.

"오빠, 왜 그래? 몸이 진짜 안 좋아 보인다." 때 마침 해윤이 핑계거리를 만들어 주었다. 먼저 그녀부터 내 집에서 내쫓아야 함이 우선일 것이다.

"어..... 좀 그러네, 좀 쉬고 싶은데. 어쩌지 삼계탕은 끓이고 있고...." 난 더 아픈 척 하며 말했다.

"아냐. 삼계탕은 나중에 먹어도 되지. 일단 좀 침대에 누워서 쉬어. 어디가 아픈지 말하면 약 사다 줄게." 그녀는 가스레인지 불을 끄고 내게로 다가오며 말했다.

"아....아냐! 좀 자고나면 괜찮아 질 거야." 난 그녀에게 손사래를 치며 말했다.

"정말 괜찮겠어?" 그녀는 날 걱정스런 눈빛으로 지긋이 내려다보며 말했다.

"어, 오늘은 나 좀 쉴게. 우리 낼 볼까?" 난 그렇게 말하며 침대에 몸을 눕혔다.

"그래 오빠. 몸이 더 안 좋아지면 전화해. 약 사가지고 올게" 내 몸에 이불을 덮어주며 그녀가 말했다.

"어. 알았어. 너도 피곤할 텐데 가서 좀 쉬어."

"알았으니까 내 걱정은 하지 마." 그녀가 내 이마에 입을 맞추고는 자신의 가방을 챙겼다. 난 그녀가 나갈 때까지 눈을 감고 꼼짝하지 않았다. 곧이어 그녀가 현관문을 나가는 소리가 들렸고 난 실눈을 뜨고는 그녀가 나갔는지 확인한 후 침대에서 몸을 일으켰다. 내가 만약 영화배우를 했다면 대종상을 휩쓸었을 것이란 뚱딴지같은 생각이 내 머리를 스치고 지나갔다.

침대에서 몸을 일으킨 난 USB를 먼저 찾았다. 다행히 USB는 잘 있었다. 그리고 서랍장을 열어 깊숙이 넣어둔 대포폰을 꺼냈다. 전원을 켜자 문자메시지가 들어왔다. 한 개의 문자가 아니었다. 여러 개의 문자가 동시 다발적으로 들어오며 폰이 쉴 틈 없이 떨어댔다. 모두 의뢰인에게서 온 문자였다. 난 문자를 순차적으로 확인했다.

'문자 확인하거든 작업 진행상황 보고혀라잉.' 어제 오전 7시 26분에 온 문자였다. 내가 한참 자고 있던 시간이었다. 다음 문자를 확인했다.

'아따! 전화도 꺼나불고, 머다는 짓이여. 확인하는 데로 퍼뜩 전화 주라잉!' 3시간 정도 지난 10시가 넘은 시간이었다. 다음 문자를 확인했다.

'요런 씨불랄놈아! 니가 시방 돈 묵고 튈 생각은 아니제? 퍼뜩 전화 주라잉!' 12시가 조금 지난 시간이었다. 문자내용은 점점 거칠어지고 있었다.

'아놔! 미쳐 불겄구만. 너이 씨벌놈 3시간 준다잉! 3시간 내로 전화 없으믄 디질 줄 알그라 잉!' 오후 4시 32분이었다.

'요론 째깐은 새끼, 닌 디져어, 감히 장난질을 해! 평생을 도망 댕기믄서 살아라잉! 지구 끝까장 쫓아가서 니 오장육부를 잘근잘근 씹어 묵어 줄 틴께. 알긋냐' 문자는 그것으로 끝이었다. 더 이상의 문자는 없었다. 난 바로 통화버튼을 눌러 전화를 걸었다. 몇 번의 통화음이 끝나고 상대방이 전화를 받았다. 예상대로 상대방의 목소리는 격양된 상태였다.

"야이 개새끼야, 니가 시방 아가리에 똥창 달고 장난질을 해부렀냐잉!" 난 의뢰인의 말이 무슨 말인지 알아들을 수는 없었지만 그가 상당히 화가나 있다는 것만은 직감 할 수 있었다.

"문제가 있었습니다." 난 최대한 수그렸다. 오직 6억을 위해서......

"문제야? 시방 나한티는 니가 문제인 것 같은디."

"지금 문자 확인하십시오. 한서경을 죽이고 찍은 사진 방금 전송했습니다." 난 의뢰인의 화를 풀게 하고자 한서경의 죽은 사진을 재빨리 전송했다.

"니 또 장난질 하믄 그때는 니 오장육부뿐만 아니라 느그 마누라부터해서 니 자식

새끼들 오장육부까장 갈아 마셔 불라니께 잘 판단혀라잉" 그는 그렇게 말하고서는 잠시 사진을 확인하는 것 같았다.

"유에스비는?"

"제가 잘 가지고 있습니다. 접선 장소를 말씀하시면 그리 가져가도록 하죠."

"그려, 나가 접선장소 정해가꼬 알려줄 틴께 글로 가꼬 오믄되고, 아까 말한 문제란 것이 머시여? 설마 짭새한티 덜미가 재피고 한건 아니겄제?"

"개인적인 문제이니 걱정 안하셔도 됩니다."

"그려? 알겄어 그람 접선장소 문자로 찍어 줄 틴께 글로 USB 가지고 와브러!"

"그러죠." 난 전화를 끊었다.

접선장소를 알리는 문자는 바로 들어왔다. 지난번과 같은 장소였다. 난 USB를 챙겨 밖으로 나갔다.

그 장소에 도착하니 이번에는 커튼에 비친 실루엣이 한명 뿐이었다.

"USB는 잘 가꼬 왔겄제?" 그의 첫 마디였다. 난 USB를 꺼냈다. 하지만 잔금을 확인하기 전 넘겨줄 생각은 없었다.

"USB는 여기 있습니다." 난 꺼낸 USB를 손바닥에 올려놓고 머리위에 있는 CCTV에 보여줬다.

"일로 넘겨?" 그가 말했다.

"잔금을 먼저 확인해도 되겠습니까?"

"아따! 속고만 살아블었는갑다." 그는 그렇게 말하고는 커튼 사이로 열린 돈 가방을 살짝 내밀었다. 가방은 총 2개에 5만 원 권으로 가득 차있었다.

"USB 먼저 넘겨. 나도 USB에 머시 들었는지 확인해봐야 쓰것으니까." 그의 말에 난 앞으로 다가가 USB를 커튼너머로 전달했다.

그가 누군가를 부르자 커튼너머에 실루엣이 하나 더 비춰졌다. 그는 새로운 실루엣에 USB를 넘기는 것 같았다. 그리고 새로운 실루엣은 그것을 받아들고 사라졌다. 잠시 지나니 다시 새로운 실루엣이 커튼에 비춰졌다. 그리고 그 새로운 실루엣은 기존의 실루엣의 귀에 무언가 속삭이는 것 같았다.

"가꼬 가라!" 그가 말했다.

"예?" 난 순간 그가 뭘 말하는지 헷갈렸다.

"돈 가꼬 가라고. 싫음 냅두고 가든가." 그가 말했다.

"아.... 아닙니다." 난 커튼으로 다가가 돈 가방을 챙겼다. 돈 가방이 묵직했다. 아마 3억씩 나눠 담아졌을 것이라 생각했다.

"아..., 글고 말이여...." 돌아서서 가려는 날 향해 그가 말했다. 난 돌아서다 말고 그가 있는 곳을 봤다.

"요새 경기도 안 좋고, 일거리도 없을 것 같은디, 그라지 말고 나랑 같이 일해 보믄 어쩌것는가?" 그는 갑작스럽게 내게 제안을 던졌다. 난 그런 준비되지 않은 제안에 내심 당황했지만 냉정함을 유지하려 했다. 하지만 내 입에서는 어떤 대답도 나오지 않았다. 아니, 할 수가 없었다.

"시방 급허게 결정하라는 것은 아니고, 집에 가들랑 찬찬히 생각혀봐. 나도 사업이 커지니께 껄떡 거리거나 협박하거나 배신하는 놈들이 점점 늘어난단 말이시. 그랄 때마다 요로케 킬러를 고용해서 쓰자니 돈도 돈이지만 언젠가는 들통 나기 마련 아니겠냔 말이여. 그라니 서로 윈윈 해보자 이 말이여. 물론 연봉은 섭섭지 않게 해줄틴께."

"얼마나?....." 내 머리는 '생각해 보겠소'라며 밀당을 해라고 하는데, 내 가슴은 얼마나 줄 건지가 궁금했던 모양이었다. 머리가 시킨 말을 하려 입을 열었지만 정작 입은 가슴이 시킨 말을 내뱉고 말았다.

"하하하, 그게 가장 중허지. 지금 받은 맨큼은 줘야지 주는 내 손도 안 부끄럽제."
지금 받은 만큼이라면 10억? 연봉으로 10억이라는 생각에 난 두 눈이 휘둥그레졌다. 어디가야 연봉으로 10억을 받을 수 있겠는가? 한마디로 그런 곳은 없다. 있어도 나 같이 사람 죽이는 기술 밖에 없는 사람을 10억을 줄 미친 사장은 없을 것이다. 그런데 10억이라니, 일 년에 10명의 사람을 넘게 죽여야 받을 수 있는 돈이었다. 2년 동안 단 한 건의 의뢰도 없는 이런 불황에 1년에 10건의 의뢰는 사실상 불가능한 일이라 할 수 있었다. 난 순간 엄청나게 빠른 속도로 머리를 굴려 계산을 했다. 10년만 하면 평생을 먹고 살 돈을 모을 수 있을 것이다. 구미가 당겼다. 하지만 덥석 무는 것은 킬러로서의 자존심이 상했다.

"죽일 사람이 아주 많은 모양입니다." 내가 물었다.

"쌔부러(아주 많아). 앞으로도 계속 생길 것 같고...." 그가 대답했다.

"신중하게 생각해 보도록 하죠." 난 당장이라도 승낙하고 싶었지만, 킬러로서의 자존심도 지킬 겸 생각해보겠다는 답변을 하고 그 자리를 벗어났다.
집으로 돌아온 난 돈부터 확인했다. 가방을 열자 꽃향기보다 더 향기로운 돈 냄새가 피어올랐다. 5만 원 권 100장 묶음으로 총 60뭉치가 가지런히 가방에 들어있었다. 가방은 총 2개로 6억이었다. 난 돈뭉치를 들고 소리 죽여 춤을 췄다. 가방에 든 돈뭉치를 더 꺼내 가슴에 꼭 껴안아 봤다. 비록 딱딱함만이 내 가슴에 전달되었지만 기분은 최고였다. 난 그 돈뭉치를 가슴에 안고 침대에 뒤로 벌러덩 누웠다. 곰팡이가 덕지덕지 달라붙은 천장이 눈에 들어왔지만 상관없다. 이제 이 누더기

집도 곧 떠날 것이니 말이다.

난 잠시 이 돈으로 무엇을 할까 생각했다. 가장 먼저 차를 한 대 살 것이다. 고급 외제차로 말이다. 그리고 오피스텔을 한 채 구입한다. 고급외제차를 몰고 백화점을 들어가 명품 옷과, 신발을 사고, 명품시계와 순금으로 된 목걸이와 팔지도 살 것이다. 그런 생각만으로 너무 기분이 좋았다. 일단은 즐기자, 원 없이 즐기면 된다. 돈을 모두 탕진해도 연봉 10억의 스카우트제의를 받지 않았나. 그러니 일단 원 없이 즐기면 되는 것이다. 행복한 상상을 하니 마음이 편해졌다. 편안해진 마음이 내 눈꺼풀을 아래로 끌어내렸다.

7. 한서경

날카로운 칼끝이 눈을 파고 들어온다. 난 비명을 질렀지만 아무도 날 봐주지 않는다. 모두 내가 보이지 않는다는 듯, 내 비명소리가 들리지 않는다는 듯, 그 누구도 죽어가는 날 신경 쓰지 않았다. 시커먼 얼굴에 눈 만 보이는 날 죽이려는 자가 비웃음 가득한 눈빛으로 칼을 잡은 손에 더욱 힘을 주어 칼을 더욱 밀어 넣는다. 난 고통에 비명을 지르는 것 밖에는 아무 것도 할 수 없었다.

난 비명을 지르며 눈을 떴다. 어제와 똑같은 꿈이었다. 난 눈으로 흘러내리는 식은땀을 손바닥으로 훔치며 긴 한숨을 토해냈다. 어제와 꿈이 너무 똑같았다. 주물로 찍어낸 한 치의 오차도 없는 한 쌍의 젓가락 마냥 아주 똑같았다. 똑같은 건 꿈만이 아니었다. 어제 눈을 떴던 그 침대에서 난 또다시 눈을 뜬 것이다. 난 그 풍경에 또다시 비명을 지르고 말았다.

난 어제 분명 내 오피스텔에서 잠이 들었다. 그런데 왜 이곳에 다시 있단 말인가? 그리고, 그리고 이 많은 돈은 다 무엇인가? 돈뭉치들이 어지러이 침대를 나뒹굴고 있었다. 난 돈뭉치들을 들고는 이리 저리 훑어 봤다. 분명 5만 원 권으로 된 돈 뭉치였다. 대충 세어보니 족히 10억은 되어 보이는 돈이 침대와 방바닥에 어지럽게 펼쳐져있었다. 누군가 잠든 날 업어들고 이곳에 눕힌 다음 돈뭉치를 뿌려 놨다? 말도 안 되는 상상이었다. 누군가 그랬다 해도 그럴 이유가 있어야 했지만, 그럴 이유는 전혀 없어보였다. 그렇다면 답은 하나다. 이 몸의 주인이 내가 잠든 동안 활동한다는 것이다. 이런 일이 얼토당토 않는 소리 같지만 그게 아니라면 지금 내게 벌어지는 상황을 딱히 설명할 방법은 없었다. 내 영혼이 다른 놈의 몸속에 빙의한 것도 과학적 설명이 불가능한 상황 아니겠는가. 세상에는 믿을 수 없는 일들이 수없이 벌어지고 있음을 인정해야만 한다. 그런 일들이 무수히 많이 벌어지고 있다는 것으로 봤을 때 지금 내 상상이 불가능한 것만은 아닐 것이다.

그렇게 생각이 정리 되자 난 이 몸의 주인이 궁금해졌다. 무슨 일을 하고 다니는 놈이 길래 이런 곰팡이만 잔뜩 낀 반 지하 단칸방에 이런 큰돈을 가지고 있는 것인지 그 이유가 정말 궁금해지기 시작했다.

난 일단은 돈부터 정리하기 시작했다. 어차피 이 몸의 주인이 돈의 주인이라면, 이제는 나도 이 몸의 주인이기 때문에 이 돈 역시 내 돈이 되는 것이다. 물론 이 몸의 본 주인이 내가 이 몸에 들어오도록 허락한 것은 아니지만, 어쩌겠는가? 나 또한 이 몸에 들어올 생각이 없었지만, 그 것이 하늘에 뜻인 것을.... 그렇게 난 나름 거창한 핑계를 만들었다. 그게 이 몸의 본 주인에게 죄책감을 덜 느끼는 것이라 생각하며.

그때 전화벨이 울렸다. '내 사랑 혜윤'이라 발신자가 표시되었다. 순간 난 가슴이 콩닥콩닥 뛰기 시작했다. 그녀에게 단 하루만에 완전히 빠져버린 것이라고 심장이 대신 말해주고 있었다.

"여보세요." 난 떨리는 심장을 진정시키며 전화를 받았다.

"오빠" 그녀의 애교가 가득 섞인 말투에 난 한여름 땡볕아래에 놓아둔 아이스크림처럼 초고속으로 녹아내리고 있었다.

"어때 몸은 좀 괜찮아졌어?" 무슨 말을 하고 있는 지 잘 모르겠지만 그녀를 걱정스럽게 만드는 것은 10대 죄악 중 단연 으뜸일 것이란 생각이 들었다.

"어. 멀쩡해" 단 1초라도 그녀가 걱정하는 것이 싫어 난 초고속으로 대답했다. 그만큼 난 그녀를 사랑하고 있었다.

"다행이다." 그녀의 안심하는 말투에서 그녀의 해맑은 미소가 떠올랐다. 그러자 그녀가 갑자기 미친 듯 보고 싶어졌다.

"우리 볼까?" 난 그녀가 보고 싶은 마음을 숨기지 못하고 말했다.

"난 괜찮은데, 오빠가 어제 너무 피곤해 보이던데, 괜찮겠어?" 그녀가 다시 걱정스런 말투로 말했다.

"멀쩡하다니까. 아주 멀쩡해." 만일 피곤하다해도 그녀를 보면 피곤이 금방 사라질 것이다. 그렇게 생각하며, 난 보이지도 않는 그녀를 향해 손사래를 쳤다.

"그럼 우리 어디 갈까?" 그녀가 애교 섞인 말투로 물었다. 난 그럴수록 그녀가 빨리 보고 싶어졌다.

"놀이공원?" 난 여친이 생긴다면 그녀와 함께 갈 곳으로 놀이공원을 첫 번째로 손 꼽고 있었다. 그 것이 내 첫 번째 버킷리스트였다.

"정말? 내가 그동안 그렇게 가자고 했어도 사람 많은 데는 질색이라며 안가더니" 그녀가 눈을 흘기는 모습이 상상이 되었다. 그 모습마저 사랑스러울 것이라 난 생각했다.

"내가 그랬었나. 헤헤" 난 그렇게 웃어넘길 수밖에는 없었다.

우리는 2시간 뒤로 약속을 잡았다. 준비할 시간도 필요했지만, 일단은 이 돈을 숨기고 내 오피스텔에 가지고 오려했던 물건을 가지고 나와야 했기 때문이었다. 난 돈 가방에서 5만 원 권 한 다발을 꺼내 호주머니에 넣고 나갈 준비를 서둘렀다.

밖으로 나오자 상쾌한 공기가 날 반겨주는 것 같았다. 약간은 미세먼지가 있는 날씨였지만 반 지하의 눅눅한 곰팡이 섞인 냄새보다는 이 미세먼지가 몇 백배는 나을 것이라 생각했다. 난 근처에 주차돼있는 차를 찾아 돈 가방을 트렁크에 넣고는 곧바로 오피스텔로 향했다.

오피스텔 건물에 도착한 난 지난번과 같이 지하주차장에 차를 주차한 후 얼굴을 최대한 가린 체 내 오피스텔로 향했다. 내 집에 내가 들어가는데 꼭 도둑질을 하는 사람처럼 심장이 두근거렸다. 누가 보는 이가 없는지를 확인한 난 손에 장갑을 끼고 현관비밀번호를 누른 후 안으로 들어갔다.

오피스텔 안으로 들어간 난 순간 여기가 내 집인지 의심하지 않을 수 없었다. 혹시 호수를 잘 못 찾은 건가 싶어 난 밖으로 나가 현관문에 걸린 객실 번호를 다시 한 번 확인했다. 내 오피스텔이 확실히 맞았다. 헌데 너무 깨끗했다. 반짝반짝 빛날 정도로 벽면이고, 바닥이고 흠잡을 곳이 없을 만큼 너무 깨끗했다.

내 몸의 주인집만큼은 아닐지라도 난 그렇게 깨끗하게 해놓고 살지는 않았다. 어제 여기서 눈을 감을 때만해도 벽면과 바닥에는 오랫동안 딱지 않은 얼룩들과 먼지들이 덕지덕지 묻어있었다. 그런 얼룩과 먼지는 싫으나 좋으나 나와 5년을 이 오피스텔에서 함께 동거 동락해왔다. 그런데 그런 얼룩, 먼지가 마술처럼 감쪽같이 사라진 것이다. 괜스렌 시원섭섭한 마음마저 들었다. 그 아쉬움을 애써 지우고는 도대체 누가 이런 짓을 했는지에 대해 생각했다. 하지만 그런 짓을 할 사람은 내 주위에는 없었다. 더군다나 오피스텔의 비밀번호를 아는 사람은 나 말고는 없었다. 순간 난 녹화장치가 생각이 났다. 나회장으로 부터 생명의 위협을 느끼면서 장만한 장비였다. 24시간은 족히 녹화가 되는 고 사양 장비이다 보니 누군가 내 집에 들어왔다면 분명 녹화가 돼있을 것이라 난 생각했다.

일단 혜윤이와의 약속 때문에 난 서둘러야 했다. 거실의 책장에 꼽힌 수많은 책들 중 가장 두꺼운 책을 꺼냈다. 그 두꺼운 책이 바로 녹화 장비였다. 그 책처럼 생긴 녹화장비와 총수그룹의 비밀장부인 UBS를 찾아 챙긴 난 오피스텔을 신속하게 빠져 나왔다. 그리고 돈 가방과 USB는 나만이 아는 장소에 숨긴 후 혜윤이와 약속한 장소로 향했다.

약속장소에는 혜윤이 먼저 와서 해맑은 웃음으로 날 반겨주었다. 7월의 뜨거운 햇볕도 녹일 수 없을 정도로 꽁꽁 언 내 마음이 그녀의 미소에는 한순간 흐물흐물 녹아내렸다. 그녀에게 다가갈수록 내 가슴은 더욱 세차게 요동을 쳐댔다. 어찌할 바를 모르고 주춤 거리는 내게 그녀가 달려와 안겼다. 그녀의 봉긋한 젖가슴이 내 몸에 닿자 심장이 더욱 터져 나갈 것만 같았다. 난 그녀를 살며시 껴안았다. 주의에 사람이 몇 명 있었지만 그 사람들의 시선은 전혀 의식되지 않았다. 언제나 품위를 중요시 했고, 주위의 사람이 날 보는 시선을 의식했던 나였지만 지금의 난 주위의 시선도 아랑 곳 하지 않고 그녀를 껴안고 있었던 것이다. 그런 날 보며 이런 것이 사랑이라는 것을 깨달았다.

"오빠" 그녀는 내 가슴에 묻은 얼굴을 살며시 꺼내어 날 올려다보았다. 그러고는 오랜만에 만난 사람처럼 날 반겨주었다.

"어..... 많이 기다렸어?" 난, 내 앞의 그녀의 입술에 당장이라도 키스를 하고 싶은 충동을 간신히 억제하며 물었다.

"아니, 방금 왔어. 오빠가 기다릴까 싶어 조금 일찍 와 있었지. 헤헤" 마음씨 도 너무 아름다운 그녀였다. 이 몸의 주인은 이렇듯 모든 것이 완벽한 그녀와 왜 헤어지려 했는지 나로서는 이해가 가질 않았다.

"이제 가볼까." 난 이제 것 누구에게도 보이질 않았던 따스한 눈빛으로 그녀를 내려다보며 말했다. 그녀가 가볍게 고개를 끄덕였다. 그 모습도 너무나 사랑스러운 그녀였다.

내 생에 첫 데이트이고 그녀에게는 이 몸을 가지고 있는 사람과 놀이공원에서 하는 첫 데이트였다. 그런 설렘을 가지고 난 그녀와 함께 놀이공원으로 향했다. 그러고 보니 난 이 몸뚱이의 이름조차 모르고 있었다. 지금은 이 몸뚱이의 이름이 중요한 것이 아니었다. 중요한 것은 지금 이 순간을 최대한 즐기는 것이었다. 그녀를 기쁘고 행복하게 해주는 것이 지금 내게는 사명과도 같았다. 이 몸뚱이 주인이 누구인지 알아봐야겠다는 생각은 잠시 미뤄두고 오늘은 내 사명에 충실할 것이다.

그녀와의 데이트 시간은 화살처럼 빠르게 지나갔다. 아쉬웠지만 어두워진 하늘의 별들이 그녀를 집으로 돌려보낼 시간임을 나타내고 있었다. 동쪽하늘에 떠서 서쪽으로 향해 가는 둥근 달이 그녀를 빨리 집으로 돌려보내라 재촉하는 것만 같았다.

우린 아쉬움을 뒤로하고 서울로 다시 돌아왔다. 그리고 그녀 집 앞에서 우리는 행복한 시간이 부족했던 듯 그 짧은 시간에 대한 미련을 버리지 못하고 서로 마주하며 그 아쉬움을 달래고 있었다.

"오빠, 나 오늘 너무 행복했어. 그런데 너무 불안해" 그녀의 눈빛이 행복함과 불안함을 동시에 내보이고 있었다.

"꼭 오빠가 다른 사람이 된 것 같아. 그래서 너무 불안해. 오빠가 아닌 것 같기도 하고. 그제 봤던 오빠의 눈빛은 너무 따뜻했는데, 어제 봤던 오빠 눈빛은 얼음장만큼 차가웠어. 그런데 오늘 또 오빠의 눈빛이 그제 봤던 오빠의 눈빛처럼 따사로운데, 내일 다시 오빠의 눈빛이 차가워지면 어쩌나, 그러면서 나 너무 불안해" 그녀의 눈이 그렁거렸다.

난 그녀가 무슨 말을 하는지 이해하고 있었다. 어제의 나는 내가 아닌 그였다. 그는 분명 그녀를 사랑하지 않고 있는 것 같았다. 그러니 헤어지려 하지 않았겠는가. 그래서 나도 그녀처럼 불안하긴 마찬가지였다. 내가 잠이든 시간 동안 그가 나타나 그녀를 떠나보내지는 않을까 싶은 마음에 불안했다.

"혜윤아, 오빠는 널 정말 사랑해. 내 눈빛이 어떠하든 널 사랑하지 않는 다는 것이 아니야. 내가 널 행복하게 해주지 못할까 두려운 마음이 아마도 그런 눈빛을 만들어낼 뿐, 널 사랑한다는 그 사실은 변함없다는 거 잊지말아줘." 난 내가 할 수 있는 가장 달콤한 말을 생각해 말했다. 그런 말을 하고 있는 나도, 그런 달콤한 말을 할 줄 아는 면이 내게 있었나 하는 마음에 놀랐고, 그런 말을 듣는 것조차 손발이 오그라들 정도로 거북했는데, 그런 내가 그런 말을 하고 있다는 사실에 또 한 번 놀랐다. 그러면서 사랑은 정말 위대하다는 생각이 문득 머리를 스치고 지나갔다. 그녀는 내말에 그렁그렁하던 눈물을 끝내 쏟아내 버리고 말았다. 난 그녀의 눈물이 슬픔을 표현한 것이 아닌 기쁨을 표현하고 있다는 것을 느낄 수 있었다.

"오빠" 그녀가 내 품에 와락 안겼다. 그녀의 따스한 감촉이 내 가슴에 새겨졌다. 우린 헤어짐의 아쉬움을 달래려 그렇게 한동안 서로를 껴안고 있었다.

그녀가 집으로 들어간 것을 확인한 난 차로 돌아왔다. 그리고 그녀를 만나며 잊고 있었던 '누가 내 오피스텔을 청소했나?'에 대한 의문을 풀고자 트렁크에 놓아둔 녹화장비를 꺼냈다. 녹화장비에 꼽힌 메모리 카드를 꺼내고 스마트폰에 연결했다. 그리고 미디어재생 어플을 실행시켰다. 저장된 미디어 개수는 총 22개가 있었다. 충격을 받으면 녹화되는 자동차의 블랙박스처럼, 이 녹화장치도 움직임이 감지되면 녹화가 되는 방식이었다. 22개의 녹화가 돼있다는 것은 집안에서 계속되는 움직임이 있었다는 반증일 것이다. 난 시간별로 정렬돼있는 미디어파일 중 첫 번째 파일을 재생시켰다.

어두컴컴한 거실에 한 줄기 빛이 들어오며 흑백의 영상이 컬러로 바뀌었다. 그러면서 화질이 더욱 선명하게 변했다. 누군가 현관에서 거실로 들어오고 있었다. 시간을 확인하니 내가 어제 내 오피스텔로 들어온 시간이었다. 난 파일을 몇 개 건너뛰고 다른 파일을 재생시켰다. 첫 번째 파일보다 7시간 뒤의 파일이었다.

누군가 침실에서 걸어 나와 거실과 침실을 연결하는 복도 벽에 붙은 체 거실을 살폈다. 나였다. 아니, 정확히 말한다면 이 몸뚱이였다. 나에게는 저 기억이 없기에 나라고 할 수 없었다. 난 그렇게 생각하며 화면을 계속 응시했다. 그는 거실에 아무도 없는 것을 확인한 후 거실로 들어와 곧 바로 책장으로 다가왔다. 책장에서 무언가를 확인 하는 듯 보였지만 정확히 그가 무엇을 확인 하고 있는지는 알 수 없었다. 카메라의 사각지대였기 때문이었다. 한참을 사각지대에 있던 그의 모습이 다시 카메라에 잡혔다. 그런 그가 침실 쪽으로 다시 향했다. 한동안 동작이 감지되지 않자 영상은 그렇게 끝이 났다.

난 다음 영상을 클릭했다. 시간은 전 영상보다 10분정도 늦은 시간이었다. 외출복으로 갈아입은 그가 침실 쪽에서 나타나 곧장 현관으로 향했다. 현관도 사각지대이다 보니 그가 현관 쪽으로 이동하면서 그의 모습이 화면에서 사라졌다. 잠시 후 그가 다시 모습을 보였다. 그는 곧장 카메라가 위치한 책장으로 다시 다가왔다. 그리고는 하참을 사각지대에 머물러 있었다. 한동안 동작이 감지되지 않자 화면은 또다시 끝이 났다.

난 다음 파일을 재생시켰다. 시간은 1분 정도 뒤였다. 그가 나타나더니 이내 청소 도구를 꺼내들고는 청소하기 시작했다. 그의 행동에 난 몹시 당황스러웠다. 그는 청소기로 거실과 방들을 이동해가며 구석구석 청소기로 먼지들을 제거하기 시작했다. 그가 사라지고 화면이 끝나자 난 다음 영상을 재생했다. 그의 청소는 다음 영상에서도 끝나지 않고 계속되었다. 다음 영상에서도 또 다음 영상에서도. 그는 청소기를 돌린 다음 깨끗한 수건을 물에 적셔 바닥과 벽면, 선반, 소파 모든 곳을 닦아댔다. 마치 결벽증이 있는 사람처럼 구석구석 틈새까지 닦아댔다. 무려 17개의 영상이 그가 청소를 하는 영상이었다. 그리고 마지막 영상은 그가 현관으로 사라진 영상이었다. 그리고 현관으로 사라진 그는 더 이상 화면에 나타나질 않았다. 그리고 더 이상 영상도 없었다. 누가 내 오피스텔을 그렇게 깨끗이 청소했는지에 대한 의문은 풀렸다. 하지만 왜 이 몸의 주인이 내 오피스텔을 그렇게 깨끗이 하려 했는지에 대한 새로운 의문이 드는 순간이기도 했다.

난 스마트 폰에서 메모리를 제거한 후 돈 가방과 USB를 함께 숨겨둔 장소로 이동했다. 그리고 그 곳에 메모리 카드를 숨겼다. 나중에라도 필요 할 수 있을 것 같다는 생각으로....

시간은 벌써 자정을 바라보고 있었다. 피곤함이 온몸을 짓눌러 왔다. 하지만 난 곰팡이가 가득하고 바퀴벌레가 득실거리는 반 지하 단칸방으로 가지 않았다. 그 곳에서는 도저히 피곤함을 달랠 수 없을 것 같았기 때문이었다. 대신 모텔을 잡았다. 모텔로 들어온 난 그녀와의 하루를 생각하며 달콤한 잠에 빠져 들었다.

8. 킬러

"젠장!" 잠에서 깬 내가 주위를 의식하자마자 말한 첫 마디였다. 잠에서 깨니 또 다시 난 난생 처음 본 장소에 있었다. 언 듯 봤을 때 모텔인 듯싶었다. 난 아무런 기억도 나질 않는데, 왜 난 또 다른 장소에 있단 말인가?

일어나자마자 무엇보다도 난 내 돈이 걱정되었다. 난 부랴부랴 옷을 챙겨 입었다. 옷 주머니에 차키가 만져졌다. 아무것도 기억이 나질 않지만 차키가 있다는 것은 차가 이 근처에 있다는 증거일 것이다.

안내데스크가 있는 로비로 내려가자 알바로 보이는 사람이 꾸벅꾸벅 졸고 있었다. 그의 꾸벅꾸벅 조는 모습에 아마 밤샘 근무를 하고 있을 것이라 난 생각했다. 그렇다면 내가 들어온 시간을 기억하고 있을 지도 모른 다는 생각에 난 안내데스크로 곧장 향했다. 안내데스크 앞에 선 나는 테이블을 노크하듯 두드렸다. 그러자 아르바이트생이 깜짝 놀라며 잠에서 깨어 흐르던 침을 손바닥으로 훔쳐냈다.

"어서 오세요." 아르바이트생이 날 보며 꾸벅 인사를 했다. 그 모습에 조그만 모텔이지만 친절교육은 제대로 시키는 모양이라고 난 생각했다.

"물어볼게 있어서요." 내가 말했다.

"네" 그가 뭐든지 물어보라는 표정으로 대답했다.

"504호에 묵은 사람인데요. 혹시 어제 제가 모텔로 들어왔던 거 기억나시나요?" 내 말에 아르바이트생은 유리 막 너머로 날 유심히 쳐다봤다.

"아.....예" 그가 긴가민가한 표정으로 날 유심히 보더니 대답했다.

"혹시 제가 몇 시 즘 들어왔죠?" 내가 물었다.

"밤 12시가 조금 넘어서 들어왔던 것 같은데요." 그는 아직도 긴가민가한 표정을 짓고 있었다.

"그럼 제가 들어올 때 술에 취해있다던가...뭐 그런 이상한 점은 없었나요?"

"음...... 아뇨... 전혀 그런 것 같지는 않았는데요. 멀쩡했어요. 그냥 보통 사람들처럼 보였던 것 같은데.... 왜요? 어제 모텔에 들어온 기억이 나질 않으신가요?" 그의 긴 가민가한 표정이 점점 날 이상한 사람으로 쳐다보는 눈총으로 변해가고 있었다.

"아....아뇨" 난 그의 물음에 대충 얼버무리고 모텔을 빠져나왔다.

차를 타고 집으로 향하는 내내 난 지금 것 나에게 일어나고 있는 일을 되 집어 보았다. 한서경을 죽이고 난 다음 날부터 나의 행보에 이해할 수 없는 일들이 벌어지고 있었다. 처음에는 피곤과 스트레스로 인해 그런 일이 생겼다고 단순히 취부 해버렸다. 하지만 두 번이나 똑같은 일이 벌어졌다는 것은 문제가 있음일 것이다.

난 과속카메라도 무시한 체 차가 낼 수 있는 최고의 속도로 질주했다. 교통법규를 지키는 것을 사치라 할 수는 없겠지만 지금 내 상황은 신호를 지키는 것 또한 사치처럼 느껴졌다. 어차피 대포차이니 속도위반딱지는 날아오지 않을 것이다. 행여 속도위반딱지가 날아올지라도 10억이 지금 이 순간 내게는 그 무엇보다 중요했다. 내 인생을 바꿀 수 있는 돈, 그 돈이 사라진다면 난..... 그 뒤는 생각하기도 싫었다. 그냥 있어야 했다. 무슨 일이 있어도 10억이 그 자리에 그대로 있어야만 했다.

왜? 10억을 펼쳐놓은 체 잠이 들었는가? 도대체 무슨 생각으로 허술하기 그지없는 반 지하 단칸방에서 10억을 펼쳐놓을 체 잠을 잤는가 말이다. 난 날 자책했다. 날 자책한다고 해서 달라질 것은 없었지만 그래도 내 자신이 너무 원망스러웠다.

집에 도착하자 난 대충 주차를 한 뒤, 집으로 곧바로 뛰어 들어갔다. 그리고 현관문을 열고 침대로 뛰어갔다. 없다. 있어야할 10억이 없다. 난 침대 밑, 싱크대 서랍, 옷장, 화장실 모든 곳을 뒤졌다. 하지만 아무데도 10억은커녕 오만 원 한 장 보이지 않았다. 다리에 힘이 풀렸다. 서있을 수가 없던 난 망연자실한 표정으로 그대로 주저앉고 말았다.

경찰에 신고해야 되나? 반 지하 단칸방에 사는 놈이 10억이 있었다면 믿어주지도 않을뿐더러, 혹여 경찰이 청부살인으로 거액의 돈을 받았다는 사실을 눈치라도 챈다면 10억을 찾기 전 내가 먼저 쇠고랑을 찰 수도 있다.

찾아야 된다. 무슨 일이 있어도 찾아야 된다. 온통 머릿속은 돈을 찾아야 된다는 생각뿐이었지만, 다른 머릿속에서 들려오는 대답은 '어떻게?'였다. 그때 혜윤이 생각이 났다. 난 전화기를 꺼내들고 SNS어플을 실행시켰다. 그녀와 어제 밤에 톡을 주고받은 내용이 있었다.

'오빠, 오늘 정말 고마웠어. 오빠는 사람 많은데 정말 싫어하는데 오로지 날 위해 놀이공원도 가주고... 정말 고맙고, 사랑해'

무슨 말인가? 내가 세상에서 제일 싫어하는 놀이공원을 그것도 헤어진 혜윤이랑 같이 같다는 말인가? 아무기억도 없는데 놀이공원이라니.....

'아니야, 나 같은 놈 이렇게 사랑해 줘서 내가 고마워' 내가 보낸 문자였다.

이런 젠장 내가 정말 저런 문자를 보냈단 말인가? 정말 눈꼴시어서 못 봐주겠다. 거기다 '나 같은 놈' 이라니, 내가 도대체 어디가 어때서 이런 문자를 보냈단 말인가? 얼굴은 핸섬하고, 바디는 근육질에, 185의 훤칠한 키, 어디를 보나 내가 그녀보다는 아깝다고 생각했는데.... 그런데 나 같은 놈이라니, 나 같은 놈이라니....!

'방금 헤어졌는데 또 보고 싶다. 오빠, 내일은 뭐 할 거야? 일요일이라서 나 쉬는데 우리 또 볼까?'

'나둥ㅎㅎ 그럼 우리 뭐할까?' 웩~~ 난 순간 토할 뻔 말았다.

'오빠가 정해, 난 오빠랑 함께하면 뭐든지 좋으니까^^'

'그럼 우리 백화점 갈까? 그동안 오빠가 우리 혜윤이에게 아무것도 못해줬는데...오빠가 뭐 좀 해주고 싶어서 그래'

'아니야, 난 오빠만 있으면 돼'

'괜찮아. 오빠 돈 없을까봐 그러지. 오빠 그동안 혜윤이 몰래 일 좀 했어. 그러니 걱정 마. 알았지. 낼은 오빠랑 백화점 가는 거다.^^'

난 휴대폰을 끄고 지갑을 꺼내 봤다. 지갑 안에는 5만 원 권이 두둑이 있었다. 난 순간 머리를 얻어맞은 것처럼 어지러움이 몰려왔다. 돈을 숨긴 사람이 바로 나였다는 사실이 믿기지가 않았다. 아무런 기억도 떠오르지 않는다. 왜? 아무런 기억도 없는 것일까? 어제의 기억이 없다는 것은 어제의 내가, 오늘의 내가 아니라는 것이다. 그럼 대체 어제의 난 누구였단 말인가? 그리고 어제의 난 그 돈을 어떻게 했단 말인가?

난 단기 기억상실증이란 병명이 떠올랐다. 주로 드라마에서 주된 소재로 사용되는 병이기에 그런 병이 있다는 것 쯤은 알고 있었다. 병원을 찾아야 했다. 그래야 잃어버린 기억을 떠올리게 할 수 있는 방법을 찾을 수 있을 것이다.

그런 생각들로 정리가 되어갈 때 옆에 놔둔 핸드폰이 울렸다. 혜윤이었다. 오늘 백화점에 가기로 약속이 돼있어서 전화 했을 것이라 생각하며 난 전화를 받았다.

"오빠, 일어났어?"

"어 일어났는데 나 몸이 좀 안 좋아서 그런데 오늘 약속 다음으로 미루자!" 난 여

친의 가방을 들고 백화점을 따라다니는 남자들을 격멸했거니와 혜윤을 만나는 것
은 더더욱 싫었기에 그렇게 둘러댔다.

"많이 안 좋아?" 그녀의 걱정스런 목소리가 들려왔다.

"어, 나 좀 쉬어야겠다." 난 퉁명스럽게 말했다.

"어.... 알았어. 나중에 전화할게" 내 퉁명스런 대답에 그녀의 목소리가 풀이 죽어있
었다.

"아니, 내가 전화할 테니까, 네가 전화할 필요는 없어" 난 그렇게 말하고는 그녀와
길게 통화하고 싶지가 않아 전화를 일방적으로 끊어버렸다.

난 나갈 준비를 했다. 일요일이라 모든 병원은 휴진일 것이기 때문에 병원을 가
려는 것은 아니었다. 알고 싶었다. 기억이 없을 때 나의 행동들을 알고 싶었다. 그
래서 소형 녹화장비를 구입해야겠다고 생각했다. 이왕 사는 거 녹음까지 되는 것
으로 사야겠다는 생각으로 집을 나섰다. 이동하는 차에서 있다 보니 블랙박스도
생각이 났다. 차에 블랙박스를 달아놨다면 기억이 없을 때 내 이동 경로를 알 수
있었을 것이다. 그러면 10억의 행방도 찾을 수 있을 것이다. 지금이라도 늦지 않았
다는 생각으로 난 녹화장비를 사면서 차량에 블랙박스도 달았다. 이제 기억이 없
는 동안 나의 행동반경이 모두 영상으로 저장 될 것이다. 그러면 10억의 행방도
곧 찾을 것이라며 날 위로하며 집으로 돌아왔다.

집으로 돌아오니 시간이 오후 2시를 막 지나고 있었다. 곰 인형으로 위장한 녹화
장비를 적정한 장소에 놓아두고, 핸드폰 알람을 두 시간 뒤로 설정했다. 그리고 침
대에 누워 오지 않는 잠을 청했다. 자고 난 다음 어김없이 내가 아닌 내가 나타났
다. 이번에도 그러기를 기대하면서 난 잠에 빠져들었다.

9. 한서경

시끄럽게 울려대는 음악 소리에 잠에서 깨어났다. 난 무의식 속에 침대 테이블에
손을 올려 더듬거리며 시끄럽게 음악을 울려대는 놈을 찾았다. 그리고 그놈을 찾
아 그 음악을 종료시켰다. 시끄럽게 한참을 울려대는 놈이 조용해지자 고요가 찾
아와야 했지만 길거리에서 사람들이 떠들어 대는 소리, 심지어 그들이 지나가는
발소리까지 그대로 내 잠을 방해했다. 난 화들짝 놀라며 일어났다. 잠이든 곳은 모

텔, 일어난 곳은 다시 반 지하 단칸방이었다. 난 핸드폰을 들어 날짜와 시간을 봤다. 혜윤이와 약속한 그 날짜였다. 하지만 시간은 오후 4시를 넘기고 있었다. 이미 약속시간을 한참이나 지난 후였다. 난 곧바로 혜윤이에게 전화를 했다. 긴 통화음이 지속되었다. 통화대기 시간이 길어지면서 내 마음은 더욱 초초해져만 갔다.

"고객이 전화를 받지 않아 삐 소리이후 음성사서함으로 넘어 갑니다"

난 다시 한 번 통화버튼을 눌렀다. 하지만 그녀는 전화를 받지 않았다. 아쉬워하며 전화를 끊고 SNS메시지를 보내려 어플을 실행시키려 할 때였다. SNS문자가 왔다는 알림 음이 울렸다.

'오빠, 나 너무 혼란스럽다. 오빠가 너무 다정할 땐 오빠 같지가 않아 두렵고, 오빠가 차갑게 굴 땐 오빠 같은데 그 차가움이 날 너무 힘들게 해. 뭐가 뭔지 모르겠고, 어떻게 해야 할 지도 모르겠어. 오빠, 우리 조금 멀리서 서로 생각할 시간을 갖자. 나 오빠 없음 너무 힘든데, 지금 이렇게도 너무 힘들어. 뭐가 더 힘들고 견디기 힘든지 알 수 있다면 선택하기에 도움이 될 것 같아. 미안해. 내가 연락할 때까지 연락하지 말아 줬음 해'

가슴에 한 촉의 화살이 와서 박힌 듯 쓰라려 온다. 난 한 참을 가슴을 부여잡고 있었다. 지금 것 단 한 번도 이런 아픔을 느껴 본적이 없었다. 집을 떠나 올 때도, 은퇴한 부모님이 시골로 귀농할 때도, 친한 친구가 먼 세상으로 떠났을 때도 이렇게 아프지는 않았다. 그런데 그녀의 '생각 할 시간을 갖자'는 아무것도 아닌 말이 이렇게도 아프단 말인가?

난 휴대폰을 다시 들고 그녀와의 통화 기록을 확인했다. 오늘 세 번의 통화기록이 있었다. 두 번은 내가 했던 전화였다. 그녀는 그 전화를 받지 않았다. 그럼 한 번의 통화기록은 무엇이란 말인가? 난 세부 통화기록을 살폈다. 두 번은 방금 건 전화였다. 다른 한 번은 그녀에게 서 걸려온 전화였다. 시간은 오전 9시 46분이었고 통화시간은 47초였다. 전화가 연결돼 통화가 이루어진 시간이 47초란 말이었다. 난 그 짧은 시간에 무슨 일이 일어난 것이 분명하다고 생각했다. 도대체 이 몸의 주인은 뭐하는 놈인데 이렇듯 자신의 분수도 모르고 자신을 이토록 사랑해주는 사람을 자꾸 밀어내려 하는 것인가? 난 더욱 궁금해졌다. 아니 궁금함 보다는 분한 마음이 이 녀석을 알고 싶다고 이끌었다.

난 컴퓨터 책상에 올려 진 녀석의 지갑에서 신분증을 꺼내 봤다. 이름은 강민석, 87년생으로 올해 33살이었다. 난 이름과 주민번호를 외웠다. 지갑에 여기저기를 살폈다. 안쪽 구석에서 또 하나의 신분증이 나왔다. 공무원증이었다. 경찰공무원 서대문경찰서 강력계 형사임을 알리는 공무원증이었다.

경찰이었단 말인가? 그렇기에는 앞뒤가 안 맞는 것이 너무 많았다. 일단은 그가 살고 있는 집이 그랬다. 아무리 경찰공무원이 박봉이라고 하지만 이건 너무했다. 거기다 혜윤은 그가 백수인 것으로 알고 있지 않았나? 또한 경찰신분증을 왜 지갑 깊숙이 숨겨 놓았을까? 라는 궁금증이 생겨났다. 그러면서 난 혹시 '비밀경찰'이 아닌지 생각했다. 국정원직원처럼 자신의 신분을 숨겨야 하는 그런 경찰 말이다. 그렇게 생각하니 반 지하 단칸방도, 백수란 신분도, 신분증을 지갑 깊숙이 숨겨놓은 이유도 맞아 떨어져 갔다. 하지만 마지막으로 한 가지 드는 의문점은 해결되지가 않았다. 10억이라는 큰돈에 관해서이다. 경찰신분으로 10억이 도대체 어디서 났을까? 로또에 당첨되었는가? 라는 생각이 들었지만, 로또에 당첨돼서 그 당첨금을 현금으로 모두 찾는 당첨자가 몇이나 될까? 라는 의문도 동시에 들었다. 아마 10억 이상의 거액의 빚을 지고 있지 않다면 그리 큰돈을 현금으로 찾을 사람은 없을 것이다. 그럼 뇌물일까? 그것도 말이 안 되는 것이 10억이라는 큰돈을 검찰도 아닌 경찰에게 뇌물로 줄 사람이 있을까 싶은 마음도 동시에 들었다. 생각할수록 생각이 꼬리에 꼬리를 물고 늘어졌다. 생각이 길어진다고 답이 나오질 않을 것 같았기에 난 이렇게 정리했다.

'이름은 강민석, 나이 33, 서대문강력계 비밀경찰, 동시에 부패경찰'

난 폰을 켜 포탈검색을 이용해 비밀경찰을 검색했다.

'비밀로 조직한 정치 사찰 기구, 역사적으로 전체주의 국가나, 독재정부에서 국민을 감시하기 위해 조직된 경우가 많다'

검색결과는 한마디로 이러했다. 난 지금시대에 이런 경찰이 있나 싶었지만, '있을 수도 있겠지'라 머릿속을 정리하고, 더 이상 복잡하게 생각하지 않으려 했다.

난 그렇게 단순하게 생각을 정리하고 더 알 수 있는 것이 있을까 싶은 마음에 다른 것들도 살피기 시작했다. 컴퓨터에서 어떤 정보를 얻을 수 있을까 싶은 마음에 컴퓨터를 켜고 파일들을 뒤적거렸다. 하지만 컴퓨터에는 몇 개의 게임과 몇 개의 야동 외에는 아무것도 없었다. 컴퓨터를 끄자 컴퓨터 뒤로 눈에 들어오는 것이 하나 있었다. 그것은 책장에 덩그러니 놓여 있는 곰 인형이었다. 그동안 이 집 구석구석을 살피진 않았지만, 그 인형은 여태 것 없었던 것이었다. 아무리 이 집에 뭐가 있는 지를 허투루 보고 다녔다고 해도, 잡지책과 만화책 몇 권외에는 아무것도 없는 책장에 덩그러니 놓여있는 인형이 새로이 놓여있다는 것 즘은 눈썰미가 없는 사람도 쉽게 알 수 있을 것이다.

내가 이 몸의 주인이 어떤 성향인지에 대해 확실히 알고 있다고 말할 수는 없지만, 대충 느낀 결과 그는 이런 인형을 가지고 있을 위인이 아닌 것뿐이거니와 그

것도 책장 한 가운데 덩그러니 놓아둘 위인은 더욱이 아니었다. 그렇기에 책장에 놓여있는 그 인형이 더욱 의심스러웠다. 난 인형을 꺼내 들고 이리 저리 살폈다. 이리저리 살피는 도중 인형의 엉덩이 부분에 스위치가 만져졌다. 난 스위치가 손에 만져지는 순간 녹화장비일 것이란 생각이 번득 들었다. 이런 녹화장비의 대부분은 눈이 카메라일 것이라 생각하고 눈을 유심히 살폈다. 내 생각대로 인형의 오른쪽 눈이 정교하고 치밀하게 카메라로 이루어 져있었다.

10억이 사라지고 이 몸의 주인은 그 10억을 찾기 위해 나름 머리를 굴린 것이라 난 생각했다. 나름 머리를 굴린 것이 누구나 알아챌 수 있도록 인형을 책장에 덩그러니 놓아놓다니, 이런 놈이 비밀경찰 임무나 제대로 수행할 수 있을지 걱정까지 들었다. 어째든 난 이 10억을 그 놈에게 절대 돌려줄 생각이 없었다. 난 인형을 버릴까 생각했지만 마음을 고쳐먹었다. 그리고는 인형을 원 자리에 그대로 올려놨다. 녀석에게 아무것도 모르는 듯 행동하는 것이 아무런 정보도 주지 않는 최선의 방법이라 생각했다. 그리고 그날부터 난 마음에 들지 않았지만, 이 반 지하 단칸방에서 생활하기로 결심했다. 그 녀석에게 나에 대한 그 어떠한 정보도 주지 않으려면 그처럼 생활해야한다는 것이 내 생각이었다.

10. 강민석

벌써 며칠이 지났지만 10억의 행방은 묘연하기만 했다. 녹화장비는 착실히 자신의 임무를 수행하고 있었지만 그 녀석의 행동에서 알 수 있는 것은 아무것도 없었다. 녹화장비를 설치하고 첫째 날, 기대를 하며 녹화된 영상을 틀었다. 집안에 이것저것을 뒤지던 내가아닌 나는 컴퓨터를 켜고 무언가를 확인하더니, 인형이 눈에 들어왔는지 인형을 이리저리 살피고서는 다시 인형을 제자리에 놓았다. 그러더니 내가아닌 난 인형을 야릇한 표정으로 한동안 바라보더니 인형을 다시 집어 들었다. 난 그 시점에서 그가 인형이 이상한 점을 눈치 챈 것인 줄 알았다. 하지만 인형을 다시 집어든 그는 인형에 꼽혔는지 그 날부터 인형을 꼭 껴안고 잠을 자고, 밥을 먹고, 심지어 인형의 입에 키스까지 종종해대기 시작했다. 내가 저러고 있다고 생각하니 토가 나올 것 같았다. 차량에 블랙박스의 영상도 확인했지만 도통 이동하는 곳이 없었다. 거의 집에서 생활하며 밖으로 나가지를 않고 있었다. 그냥 자아를 상실하고 사는 놈 같아보였다. 한마디로 바보로 보였다. 생각 같아서는 족쳐서라도 알아내고 싶었지만, 족칠 방법이 없다는 것이 문제 아니겠는가. 내 몸을 무슨 수로 족친단 말인가.

아직까지 10억의 행방은 묘연하기만 했다. 그렇다고 포기할 내가 아니다. 어떻게든 찾고야 말 것이다. 10억의 행방은 묘연했지만, 한 가지 성과는 있었다. 혜윤이가 더 이상 연락을 해오지 않는 다는 것이다. 마지막 SNS문자를 남기고 더 이상 연락을 하지 않고 있었다. 그건 성과였을까....... 아니 그러고 보니 상황이 묘하게 들어맞는다. 돈이 사라진 순간 혜윤이는 내게 잠시 생각할 시간을 갖자는 문자를 남기고 잠적했다. 이런 상황이 기묘하게 들어맞았다. 지금 것 왜 혜윤이를 단 한 번도 의심하지 않았을까? '이런 쌍년!' 난 욕을 내 뱉었다. 만약 그 년이 돈을 가져가지 않았다 하더라도 그년을 족친다면 어떨까 싶은 생각도 동시에 들었다. 만약 내가 아닌 내가 돈을 숨겼다면 그녀를 사랑하는 그는 분명 돈을 돌려 줄 가능성이 크다. 역시 난 천재다. 그 전에 내가 아닌 나를 완전 소멸시킬 방법을 찾아 놓아야 된다. 그래서 며칠 전 병원에서 진료를 받았다. 의사는 한사코 정신과 진료를 받으라고 권했지만, 난 뇌 MRI를 찍겠다고 우겨댔다. 의사는 마지못해 MRI를 찍어 주었고, 오늘 그 결과가 나오는 날이다. 병원진료 결과를 바탕으로 내가 아닌 나를 소멸시킬 방법을 꼭 찾을 것이다. 그리고 10억을 되찾은 뒤 그 녀석을 내 안에서 완전 없애버릴 것이다.

난 병원으로 곧 바로 향했다. 대기표를 받고 한참을 기다리니 내 이름을 간호사가 불렀다. 난 간호사의 안내에 따라 진료실로 향했다. 진료실로 들어가니 내 차트와 뇌 MRI사진을 보고 있는 의사는 난해한 표정을 짓고 있었다. 난 조용히 자리에 앉아 의사가 무슨 말이라도 하길 기다리고 있었다. 한참을 그런 표정을 유지하고 있던 의사가 드디어 입을 열었다.

"이런 경우는 저도 처음 접하는 것이라 뭐라 말씀을 드려야 할지 모르겠습니다." 난 의사의 말에 희귀병을 말하고 있는 것이라 생각하며 의사의 다음 말을 나라를 잃은 표정으로 기다리고 있었다.

"혹시 해마라고 아십니까?" 의사의 질문에 난 고개를 좌우로 흔들었다.

"간단히 말한다면 사람의 뇌에서 기억을 관장하고 있는 부분이죠. 바다에 사는 해마처럼 생겼다고 해서 해마라 불리 우는 뇌의 한 부분입니다. 바로 이 부분이 해마입니다." 의사는 내 뇌 MRI사진의 일부분을 지휘봉으로 집으며 말했다. 그것은 마치 올챙이처럼 생긴 것 같기도 하고, 애벌레처럼 보이기도 했다. 분명한 것은 바다에 사는 해마처럼 보이지 않는 다는 것이었다. 최소한 내 눈에는 그래 보였다.

"이것은 보통사람의 해마입니다." 의사는 다른 MRI사진 한 장을 더 보여줬다.

"보시다시피 보통사람의 경우 한쪽 뇌에 해마가 이렇게 하나만 있습니다. 헌데 민석씨의 경우 한쪽 뇌에 해마가 두 개가 있습니다."

"제가 비정상적인 건가요?" 보통사람의 경우 한쪽 뇌에 해마가 1개가 있다. 이것이 정상적인 경우이니 난 비정상적인 것이란 말일 것이다. 난 내가 비정상인지를 먼저 알고 싶었다.

"그렇게 볼 수도 있습니다. 민석씨의 경우 하루건너 하루가 기억이 없는 상태였고, 그 기억이 없는 상태에서 몸은 활동을 하고 있었다고 했죠? 바로 다른 인격이 이 해마 때문에 생겼을 가능성이 크다고 볼 수 있습니다. 그 인격과 민석씨의 인격이 각각의 해마를 사용하기 때문인 것 같습니다."

"다른 인격이요. 그럼 이중인격, 다중인격 뭐 이런 겁니까?" 기억이 없는 동안 다른 인격이 활동을 하고 있었다는 말에 난 매우 놀랐다. 그 놀람이 내 목소리에 그대로 들어나고 있었다.

"비슷하지만 다르다고 볼 수 있습니다. 이중인격이나 다중인격은 전문용어로 해리성 정체성 장애라고 합니다. 정신질환인 것이죠. 간단히 말한다면 실제로 인격이 여러 개가 있지는 않지만, 해리된 정신이 육체를 지배하게 되는 것입니다. 즉, 자신의 인격이 두 개 내지는 여러 개라고 믿는 것이죠, 엄연히 말하면 자신의 정체성을 찾지 못하는 정신질환입니다. 그 장애를 가지고 있는 사람들의 경우 한쪽 뇌에 해마가 2개가 있지는 않습니다. 제가 봤을 때 민석씨의 경우는 각각의 인격에 정체성이 딱 정해 진 듯 보입니다. 분리된 해마로 인해서 그렇죠. 그래서 정신 질환으로 보기는 어려울 것 같습니다." 난 의사의 정신질환이 아니라는 말에 기분이 다소 안정되었지만 각각의 정체성이 성립되었다는 말이 해결할 방법이 어려울 수도 있다는 말처럼 들렸다.

"해결할 방법은 있나요?" 난 지푸라기라도 잡는 심정으로 물었다.

"이런 경우는 학계에 보고된 경우가 없어 딱히 뭐라 말씀을 드릴 수가 없겠습니다. 해마를 제거하는 방법이 있을 수는 있지만, 어떤 해마가 민석씨의 기억을 관장하고 있는지 알 수가 없다는 점입니다. 잘 못 제거했다가는 민석씨가 사라져 버릴 수도 있겠죠. 제가 아는 권위 있는 뇌 전문 교수가 있으니 한번 찾아가 뵙길 권해 드리겠습니다."

"그럼 해결할 방법이 있겠습니까?" 내가 물었다.

"그 분을 찾아가면 좀 더 다양한 해결 방법을 찾을 수 있을 지도 모르죠. 제가 전화는 넣어 놓을 테니 약속시간 잡으셔서 한번 찾아가보세요"

난 의사가 소개시켜준 교수의 명함을 들고 병원을 나왔다. 해리성 정체성 장애, 2쌍의 해마, 해마제거술, 정체성, 정신질환, 학계에 보고 된 적 없다, 집으로 오는 내내 의사의 말이 머릿속에서 떠나지 않고 빙빙 돌며 헤집고 돌아다녔다.

집에 돌아온 난 포스트메모지를 꺼내들고 무언가를 적었다. 그리고 그 포스트메모지를 컴퓨터 모니터에 붙였다.

'누구냐 넌?'

11. 한서경

며칠째 난 폐인처럼 생활하고 있었다. 하루 종일 그녀만 생각이 났다. 미칠 것 만 같았다. 아무것도 할 수가 없었다.

누가 그랬던가? 이별에 아픔은 시간이 해결해 준다고. 하루 자고 나면 하루가 더 지났다. 그만큼 시간이 내게는 다른 사람들 보다 두 배로 빨리 지나 갔다. 하지만 시간이 지날수록 그녀의 생각은 더욱 커져만 갔다. 그날도 난 그녀 생각으로 잠이 들었다. 그리고 하루가 더 지나고 다시 그녀 생각으로 난 잠에서 깨어났다. 잠에서 깨어난 난 침대에 걸쳐 앉았다. 컴퓨터모니터에 비친 내 얼굴에 슬픔이 가득 들어 차 있었다.

'누구냐 넌?' 컴퓨터 모니터에 붙은 포스트메모지에 쓰인 글씨였다. 이 몸의 주인이 나를 두고 하는 말일 것이다. 난 결코 내가 누구인지 녀석에게 가르쳐 줄 마음이 눈곱만큼도 없었다. 벌써 며칠째 이 녀석 때문에 가슴 앓이 중인가 말이다. 밥도 잘 못 먹고, 뭘 해도 손에 잡히지 않고, 물 마시는 것도 힘들었고, 심지어 숨쉬는 것조차도 힘이 들었다. 난 포스트메모지의 '누구냐 넌?' 이란 글자 아래 답변을 적었다. '너!'

책상위에는 명함이 한 장 놓여 있었다. '서울대학교병원 뇌혈관전문의 겸 서울대학교 의과대 교수 김민철' 명함에 적혀있는 이름이 왠지 낯이 익다는 생각은 했지만, 흔한 이름이라 생각하며 난 명함을 다시 책상에 내려놨다. 몸의 주인이 병원을 갔다 온 것이 분명하다는 생각이 들었다. 날 지워버리려 함일 것이다. '될 대로 되라 지, 어차피 죽은 목숨이 아니었나.' 계속 살고 싶은 생각도 없었다. 그런데 혼자 가지는 않겠다는 생각도 들었다. 첫 번째 날 죽인 놈, 그리고 두 번째는 날 죽이라 사주한 나총수 회장과 그의 조무래기 모두 데리고 갈 것이다.

어떻게? 란 질문이 동시에 내 머릿속을 스쳐지나갔다. 고작 여자 때문에 이렇게 힘들어 하고, 모든 걸 포기한 사람처럼 이러고 있는데 어떻게 그들에게 복수를 한단 말인가?

난, 내 죽음이 사건사고 기사에 떠올라 있는지 포털검색창을 열고 '대현동 살인사건' 이라 검색을 했다. 몇 개의 기사가 떠올랐다. 난 최근에 올라온 기사 하나를 클릭했다. 어제 날짜로 올라온 기사였다.

『오늘의 사건사고

오늘 오전 대현동 재개발 철거 현장에서 신원을 알 수 없는 남성 시신 한구가 발견되어 경찰이 수사에 나섰다. 시신은 대현동의 재개발 지역에 위치한, 5층 건물을 철거하는 공사장 인부에 의해 발견되었다. 경찰은 시신의 부패된 상태로 봐서 일주일 정도 지난 것으로 추정하고 있으며, 사인은 낙뢰로 인한 감전사로 추정하고 있지만, 눈에 칼자국이 찍혀있는 것으로 봐서 타살 정황도 포착된 만큼 여러 각도로 수사를 진행하겠다고 밝혔다.

한편 시신의 온몸에 심한 화상과 부패로 인해 신원을 확인할 수 없다고 판단한 경찰은 최근 실종된 총수그룹의 한서경 총괄기획사장의 시신일 가능성을 열어두고 시신을 국립과학수사연구원에 보내 정확한 사인과 신원을 파악할 방침이다.

오늘 오전 경부고속도로 신탄진 휴게소 부근에서 3중 추돌 사고가 발생해 2명이 크게 다치고 1명이 숨졌다......................』

난 핸드폰을 끄고 숨겨둔 대포폰을 꺼냈다. 그리고 익숙한 번호를 눌렀다.

"여보세요." 여러 번의 통화음이 들리고 상대방이 전화를 받았다. 상대방의 목소리는 울고 있었던 듯 목이메인 목소리였다.

'엄마' 난 입으로 나오려는 말을 가까스로 억눌렀다.

"저.... 서경이 친구입니다. 소식 들었습니다."

"그래...그래... 신원은 아직 확인이 안 됐는데 서경이가 맞는 것 같네. 서경이 엄마인 내가 서경이를 어떻게 못 알아 볼 수가 있겠어." 그녀가 다시 울기 시작했다. 난 한참을 그렇게 울게 내버려두며 아무 말 없이 그저 울음이 그치길 기다렸다. 내 눈에서도 물방울이 맺혀 흐르기 시작했다.

"미안하네. 친구가 전화했는데 엄마라는 사람이 이렇게 울기만 해서." 울음을 가까스로 억누르고 있음이 목소리를 통해 내게 전달됐다.

"아... 아닙니다. 사실 서경이 가는 길 함께 있어주고 싶어서 전화 드렸습니다."

난 내 시체를 부검하는 장소를 엄마에게 전해 듣고 그 곳으로 향했다. 국과수에 도착한 난 바로 경찰 신분증을 이용하여 내 시체를 부검한 법 의학자를 만날 수 있었다. 아직 국과수를 떠나지 못하고 있는 엄마를 만나고 싶었지만 그 마음을 억눌렀다. 만난다면 '엄마!'라고 외치며 끌어안을 것만 같았기 때문이었다.

"안녕하세요. 서대문경찰서 강력계에서 나왔습니다." 난 경찰 신분증을 법 의학자에게 보여주며 말했다.

"서대문경찰서에서 방금 왔다가셨는데...." 그는 신분증을 내게 돌려주며 의아한 듯이 말했다.

"아.....알고 있습니다. 저는 다른 사건을 맡고 있는 형사입니다. 이번 사건이 제가 맡고 있는 사건과 연관성이 있다고 판단되어 이 사건의 조사가 필요해서요." 난 대충 둘러댔다.

"아...예" 그가 이해했다는 듯이 대답했다.

"사인이 뭐라고 보이시나요?" 내가 물었다.

"사인은 감전사로 보입니다. 아직 정확한 사인을 분석하려면 며칠 더 소요되기는 하지만 이런 경우는 거의 번개에 의한 감전사가 사인이죠." 그가 답했다.

"눈에 있는 칼자국은요?" 내가 물었다.

"눈에 칼이 박힌 자국은 있지만, 죽을 만큼 깊이 들어가지는 않습니다. 손바닥과 팔목에 칼자국이 있는 것으로 봐서 피해자는 아마 칼날을 손으로 쥐고 막았던 것 같습니다." 그가 두 손을 들어 칼을 잡는 시늉을 하고서는 다시 말을 이었다.

"하지만 칼자루를 쥐고 있는 사람의 힘을 이길 방법이 없었을 겁니다. 결국 칼은 눈을 파고들었던 것이죠. 아마 그 때 번개가 칼에 떨어졌을 것입니다. 근처 재개발 구역에서는 그 건물이 가장 높은 건물이었죠. 번개가 칼에 떨어진 것이 불가능한 것은 아니었습니다."

"그럼 가해자역시 번개로 인해 충격을 받았을 것 같은데요. 그건 어떻게 생각하십니까?" 내가 물었다.

"전기는 한쪽을 통해서 한 방향으로 빨리 흘러가 버리는 특성이 있죠. 아마 칼에 번개가 떨어지고 대부분의 전류는 피해자의 손과 뇌를 통해 다리로 흘러 땅으로 이어졌을 가능성이 큽니다. 물론 가해자 쪽에 전류가 전혀 가지 않았다고는 말씀 드릴 수는 없겠으나, 미미했겠죠. 안 그러면 옆에 가해자 시체도 있어야 했겠죠." 그가 대답했다.

"음.... 부검 중에 다른 특이한 점은 있었나요. 가령 가해자와 격투를 벌였다면 손톱이나 뭐 그런데서 가해자의 살점이라든지 머리카락 등 그런 것들이 나올 수도 있지 않겠습니까?" 난 내 몸에서 그런 것들이 나오지 않으리란 점을 잘 알 수 있었다. 당시 난 일방적으로 얻어터졌지 킬러의 털끝하나도 건드리지 못했으니 말이다. 하지만 혹시나 하는 마음으로 물었다.

"없었습니다. 아주 완벽하게 증거를 인멸하고 사라진 것 같습니다. 전문가의 소행처럼 말이죠." 그가 고개를 좌우로 흔들며 말했다.

"전문가라면 살인청부업자를 말하시는 건가요?" 내가 물었다.

"그렇게 볼 수도 있죠. 아.... 부검하는 도중 한 가지 이상한 점이 있었습니다." 그가 뭔가 떠올랐다는 듯 말했다.

"뭐죠?" 난 나를 죽인 사람에 대해 혹시나 단서가 될 만한 사실이 있는지 바짝 귀를 기울였다.

"피해자의 뇌를 부검하던 중 놀라운 사실을 발견했습니다. 피해자의 뇌에 해마가 없다는 것이었습니다." 그가 자신이 행한 부검 결과를 이해할 수 없다는 듯이 말했다.

"해마라면?" 내가 물었다.

"인간의 뇌에 기억을 관장하는 부분입니다." 그가 대답했다.

"부패가 심해서 그런 것은 아닙니까?" 내가 물었다.

"아뇨. 부패가 되긴 했지만 완벽하게 해마만 사라졌습니다. 꼭 해마 제거 수술을 받은 것처럼 해마만 사라졌습니다. 하지만 피해자 머리에는 수술을 받은 흔적도 없었고, 죽고 난 뒤에도 머리를 가른 흔적이 전혀 없었습니다. 감쪽같이 해마만 사라진 것이죠."

"고전압의 전기에 의해 해마가 타버렸다던가, 아님 녹아버렸다든지 그런 것은 아니겠습니까?"

"아닙니다. 고 전류가 태워버릴 수도 있겠지만, 흔적도 없이 태우기는 불가능합니다. 더군다나 해마만 태웠다는 것은 더욱 말이 안돼요." 그가 고개를 흔들며 대답했다.

그는 킬러답게 나를 죽이고 아무런 증거도 남기지 않았다. 아무런 단서도 잡지 못한 나는 국과수를 무거운 발걸음으로 나올 수밖에 없었다. 뇌의 조직 중 기억을 관장하는 부분이 사라졌다는 것이 특이한 점이기 했지만, 해마가 없다는 단서는 범인을 추정할 만한 그 어떠한 정보가 되지 못했다.

난 날 죽인 범인에 대한 아무런 단서도 얻지를 못한 체 집으로 돌아와야만 했다. 아무것도 얻지 못했다는 마음과는 다르게 머릿속에서는 죽은 내 뇌의 해마가 사라졌다는 것이 계속해서 맴돌았다. 특이하긴 했지만 단서를 얻을 수 없는 것이라면 버려야 하는 정보였다. 하지만 머릿속은 그러질 못하고 있었던 것이었다. 그때 문득 책상위에 올려둔 명암이 떠올랐다. 난 명암을 집어 들고 자세히 들여다봤다.

'서울대학교병원 뇌혈관전문의 겸 서울대학교 의과대 교수 김민철'

이 몸의 주인이 분명 자신의 뇌에 이상이 있는지 검사를 했을 것이다. 기억을 관장하는 죽은 내 몸의 해마가 수술한 듯이 깨끗이 사라졌다? 어떻게 설명해야 할까? 해마가 사라졌다면 어디로 갔을까?

그 해마는 지금 이 몸에 있다고 밖에는 설명할 수 없었다. 그러니 몸은 죽었으나 내 모든 기억이 이렇게 살아있지 않겠는가. 명암에 있는 그 사람에게 전화를 해본다면 뭔가 알 수 있을 지도 모른다는 생각에 난 명암에 있는 전화번호로 전화를 걸었다. 몇 번의 통화음이 울리고 나서야 상대방은 전화를 받았다.

"네, 김민철입니다."

"강민석입니다." 난 뭐라고 해야 할지 몰라 그냥 이 몸의 주인인 녀석의 이름을 말했다.

"누구요?" 상대방은 강민석이라는 이름을 모르는 듯 다시 물어왔다. 수많은 사람들을 진료하면서 모두 기억할 수는 없을 것이라 난 생각하며 이름을 다시 말했다.

"강민석이라고...."

"아.... 강민석씨. 이박사에게 전해 들었습니다." 그의 목소리가 반가움으로 바뀌었다. 이박사에게 전해 들었다는 것은 실제 진료는 이박사라는 사람에게 받았다는 소리일 것이고, 이박사라는 사람이 지금 이 사람을 소개 시켜 줬을 가능성이 클 것이라 생각했다.

"아 예, 제 상태를 조금 더 정확히 알고 싶어서 전화 드렸습니다." 내가 말했다.

"지금으로서는 이박사가 말한 그대로에요, 저도 이박사가 검사한 차트만 보고서는 이박사가 말한 그 말 밖에는 할 수 없습니다. 그러니 언제 시간을 내서 한번 오시죠, 조금 더 정밀하게 검사를 진행한다면 상태를 더 잘 알 수 있을 것이고, 그만큼 치료방법도 찾을 수 있지 않겠습니까?" 그는 내 의도와는 다른 대답을 하고 있었다. 난 그 상태를 정확히 알고 싶었다.

"치료방법이라면 구체적으로 어떤 것을 말하는 것인지요?" 난 내가 알고 싶은 답을 듣고자 돌려 물었다.

"솔직히 말한다면 민석씨 같은 경우 학계에 보고된 적이 없어요. 한마디로 세상에 존재하지 않는 그런 병이죠. 그래서 치료를 말하는 것 보다는 원인을 찾는 것이 우선되어야 합니다. 민석씨가 태어났을 때부터 그렇게 해마가 4개가 있었는지, 아니면 성장과정에서 생겨났는지, 그도 아니면 어떤 충격이나 생활 습관에 의해 암처럼 생겨난 것인지 그 것을 먼저 알아야 하구요……" 난 그의 말을 끝까지 듣지 않고 전화를 끊어버렸다. 이미 내가 원하는 답은 그에게서 나왔기 때문이었다. 전화를 끊은 난 가장먼저 통화기록을 삭제 했다. 이 몸의 주인이 내가 뭘 하고 다니는지 알아서는 안 될 것 같았기 때문이었다.

해마가 4개라고 분명 그가 말했다. 보통사람의 경우 한쪽 뇌에 1개씩 총 2개가 존재하는 해마가 4개라면 답은 나왔다. 내 해마가 이사람 뇌로 전이된 것이다. 어떻게 전의된 것인지 알 수는 없으나 분명 죽은 내 몸의 해마가 사라지고 이 몸에 해마가 전이되어 총 4개의 해마가 된 것이다. 그럼 어떻게 해마가 전이가 되었다는 말인가? 해마를 이식하는 방법은 내가 알기로는 이 세상 의술로는 불가능하다. 의술로 전이된 것은 아니라는 말이다. 그럼 과학으로 설명할 수 없는 초자연적 현상으로 생각해 볼 수 있을 것이다. 하지만 그 초자연적 현상도 전이될 만한 매개체 역할을 한 어떠한 사건이 있어야 할 것이다.

칼에 떨어진 번개라면?

난 그 매개체 역할을 한 사건으로 내가 죽을 당시 칼에 떨어진 번개를 생각했다. 그 사건 외에는 딱히 떠오르는 사건은 없었기 때문이다. 또한 내가 죽기 전 마지막으로 일어난 사건이기도 했다.

번개의 전류가 해마를 통째로 옮길 수 있을까? 초자연적 현상을 설명할 방법은 없었지만 그냥 초자연적 현상이라고 뭉뚱그린다면 설명이 불가능한 것도 아닐 것이다. 세상에는 과학으로 설명할 수 없는 초자연적인 현상이 얼마나 많은가.

그렇게 생각하자 온몸에 솔음이 돋기 시작했다. 만약 그런 내 생각이 맞다하면 이 몸의 주인이 바로 날 죽인 킬러이기 때문이다. 난, 날 죽인 킬러의 몸에 기생하고 있는 것이다. 손이 떨리더니 이윽고 온몸이 떨려왔다. 그가 내 오피스텔을 깨끗이 닦고 치웠던 이유를 이제야 알 것 같았다. 그는 그 오피스텔이 내 오피스텔임을 책장에 놓은 사진을 보고 알았을 것이고 자신의 지문을 모두 지웠던 것이었다.

컴퓨터모니터에 붙은 메모지를 봤다. '누구냐 넌?' 그 아래 내가 달아놓은 답이 있었다. '너' 난 떨리는 손으로 볼펜을 들고 그 아래 다시 한 문장을 적었다.

'너는 누구냐?'

12. 강민석

어김없이 잠이 들고 깨어나면 하루가 사라져 있었다. 내가 아닌 그 녀석은 도대체 하루 종일 뭘 하고 있을까? 불현 듯 그런 생각이 들었다. 하지만 확인할 방법은 모두 실패하고 말았다. 난 전날, 아니 정확히 말하면 이틀 전 날 모니터에 써 붙여둔 메모지를 떠올렸다.

'누구냐 넌?' 내가 적어 놓은 질문에 답이 달려있었다.

'너' 그저 말장난에 불과한 답이었다. 내가 원하는 답을 줄 것이라 생각지는 않았지만 말장난 식의 답에 난 짜증이 솟구쳐 올랐다. 그 아래 다시 한 문장이 더 있었다.

'너는 누구냐?' 난 솟구쳐 오른 짜증을 담아 종이를 갈기갈기 찢어 버렸다. 녀석이 누구인지 알고, 10억을 돌려받기 위해서라도 이제 방법은 한가지뿐이었다. 그 녀석이 사랑하는 사람을 이용하는 방법 말이다.

난 스마트폰의 SNS어플을 실행시켰다. 그리고 혜윤이에게 문자를 보냈다.

'퇴근시간 맞춰 회사 앞으로 갈게, 꼭 좀 할 얘기가 있어. 기다릴게.'

난 그렇게 문자를 보내고 책상위에 놓여있는 명함의 전화번호로 전화를 걸었다.

"강민석씨 충격이 크시다는 거 이해합니다. 일단 이쪽으로 오세요. 오셔서 더 많은 얘기를 나눠 봅시다. 여럿이 머리를 맞대면 다양한 해결방법도 나오길 마련이죠."

그의 다짜고짜 식의 만나자는 말에 난 적잖이 당황스러웠다. 도대체 날 진료한 병원에서 뭐라고 얘기 했기래 저럴까도 싶었다.

"그럽시다. 오늘 찾아뵐까 싶은데요." 그의 다짜고짜 식의 태도에 나 역시 다짜고짜 오늘 보자고 말해버렸다.

"오늘요?" 그가 짐짓 당황스러운 기색으로 말했다.

"오늘은 안 되나요?" 내가 물었다.

"아…. 아뇨… 됩니다. 되요. 오늘 스케줄을 모두 비워서라도 만나야죠." 아마 세계 최초로 4개의 해마를 가진 뇌를 연구할 수 있는 기회는 다시는 오지 않을 것이다. 그도 그런 세계최초란 타이틀을 놓치기 싫었는지 잽싸게 당황스런 기색을 감추었다.

"그럼 지금 준비해서 가겠습니다."

"예, 기다리고 있겠습니다."

병원에 도착한 난 바로 원무과 접수 창으로 향했다. 접수 창 앞에 놓여있는 번호표를 뽑고 대기석 의자에 앉았다. 한국에서 가장 큰 병원을 자랑하듯 대기 순번이 78번째였다. 이러다가 원무과에 접수도 하지 못한 체 오전이 지나는 것이 아닌지 걱정이 앞섰다. 난 휴대폰을 꺼내들고 김민철교수에게 전화를 바로 할까 망설였다. 그 때 병원 관계자로 보이는 사람이 내게 다가왔다.

"강민석씨?" 다가온 그가 물었다.

"네" 날 어떻게 알았는지 궁금했지만, 난 그 궁금증을 숨기고 대답했다.

"기다렸습니다. 저는 이 병원 원장님의 비서입니다. 따라 오시죠." 그는 최대한 공손하게 내게 말했다. 그 모습이 외국 거래처 바이어를 모시는 듯 했다. 병원장의 비서가 마중을 나오니 괜히 우쭐해지는 기분마저 들었다.

난 말없이 그의 뒤를 따랐다. 그도 말이 없이 앞서 걸었다. 그는 병원 본관 건물을 나와 한참을 걸었다. 한참을 걸을 만큼 서울대병원은 내 생각보다 훨씬 웅장했다. 그동안 서울대병원은 물론 웬만한 대학병원은 갈일도 없었으니 이렇게 큰 병원을 보고 놀라는 것도 당연할 것이다.

그는 모퉁이의 한 건물로 날 인도했다. 거기에는 의학연구혁신센터라는 큰 간판이 건물 입구에 걸려있었다. 원장실은 그 건물 1층에 자리하고 있었다.

"병원장님, 강민석씨 모시고 왔습니다." 날 이끌고 온 비서가 병원장실을 노크하며 말했다.

"안으로 모시세요." 안쪽에서 약간은 간드러진 목소리가 들려왔다. 난 그 목소리가 병원장의 목소리와는 어울리지 않는다고 생각했다. 비서는 문을 열고는 나에게 들어가라는 공손한 손짓을 해 보였다. 내가 안으로 들어가자 비서는 최대한 조용히 문을 닫았다.

"어서 오세요. 강민석씨, 기다리고 있었습니다." 병원장으로 보이는 사람이 일어나 인사를 건넸다. 바로 앞에서 듣는 병원장의 목소리는 더욱 간드러졌다. 전생이 있다면 그가 내시나 이방이었을 것이라 난 생각했다. 그 앞에는 의사가운을 입고 있는 사람이 한 명 더 있었다.

"저는 이병원의 병원장 고두식이라고 합니다. 여기 있는 분은 통화 하셨죠? 이 병원에서 뇌분야로는 가장 권위 있는 분이시죠. 김민철박사입니다." 병원장이 앞에 있는 의사를 가리키며 말했다.

"안녕하세요. 김민철입니다." 소개를 받은 그가 내게 다가와 악수를 신청했다. 난 예의상 그의 손을 잡았다.

"이쪽으로 와서 앉으시죠. 할 얘기가 많을 것 같습니다. 앉아서 얘기 하시죠." 병원장이 소파에 앉으라는 손짓을 했다. 나와 김박사는 잡고 있던 손을 풀고 소파로 가서 앉았다.

"이박사에게 웬만한 건 다 전달 받은 상태입니다." 내 앞에 앉은 김박사가 말했다.

"치료 방법이 있겠습니까?" 난 치료를 받고자 이 자리에 온 것이지 그들의 실험대상이 되기 위한 것은 아니었기에 단도직입적으로 치료할 방법에 대해 물었다.

"저희도 치료 방법을 찾는 것이 가장 중요하다 생각합니다." 김박사가 내 마음을 읽은 듯 말했다.

"그러기 위해서는 가장 중요한 것이 있습니다."

"그게 뭐죠?" 내가 물었다.

"원인을 찾는 것입니다. 원인을 찾아야 적절한 치료 방법을 찾을 수 있습니다." 그가 대답했다.

"논문을 쓰기위한 것은 아니고요?" 난 네 속마음을 다 알고 있다는 표정으로 말했다. 그가 흠칫 거리는 것이 내 눈에 정확히 들어왔다.

"사실대로 말한다면 욕심이 없는 것은 아니죠. 지금 것 전 세계를 통틀어 민석씨의 경우처럼 4개의 해마를 통해 자아가 완전히 분리된 사람은 없었습니다. 그 것 하나만으로도 솔직히 욕심은 생깁니다. 하지만 저희는 민석씨의 치료를 최우선으로 할 것입니다. 모든 병에는 원인이 있기 마련입니다. 쉬운 예로 우리가 흔히 걸리는 감기에도 원인이 있습니다. 바로 감기 바이러스가 원인이죠. 그 원인이 되는 바이러스를 찾아 제거 하면 원인은 제거 되며 그 원인이 제거됨으로서 병도 치료되죠. 민석씨의 말대로 원인을 찾기 전에 치료방법을 찾는 방법도 있을 수 있습니다. 하지만 그 건 최선의 방법이 아닙니다. 응급 시에만 사용하는 방법이죠. 더 좋은 치료방법이 있는데 위험한 방법을 사용할 필요는 없지 않겠습니까?" 그는 의사답게 장황히 설명해갔다. 그의 말에 이끌려 어느새 난 동조하는 눈빛을 보내고 있었다.

"말씀은 잘 알겠으나, 난 원인을 찾을 만큼 여유롭지가 못합니다." 난 돈이 없다는 말을 돌려 말했다. 물론 10억을 찾으면 돈이 없는 것은 아니었지만, 의료 보험이 되지 않는 다면 수많은 진료과정에서 많은 돈이 들어갈 것이 뻔했다. 난 내 10억 중 일부를 진료비로 탕진 하고 싶은 생각이 눈곱만큼도 없었다.

"민석씨는 시간만 내시면 됩니다. 진료비와 치료비 모두 병원에서 부담하겠습니다." 이번에는 병원장이 내 마음속 생각을 읽은 듯 말했다.

"그럼 어떤 것부터 하면 되겠습니까?" 자존심이 상했지만 난 못이기는 척 승낙했다.

"좋습니다. 일단은 저희도 민석씨의 건강상태를 알아야 하니 기본적인 검진부터 하면 되겠습니다. 오늘은 그 검진만 하시고 돌아가셨다가 제가 전화 드리면 다시 약속 잡고 오시면 되겠습니다." 김박사가 말했다.

"그렇게 하도록 하죠. 아 그리고 전화는 제가 드리는 것으로 하죠. 아시다시피 다른 인격체가 이 사실을 알게 된다면 곤란해지지 않겠습니까?" 난 그렇게 말하고는 원장실을 나왔다. 원장실을 나오자 간호사 2명이 날 기다리고 있었다. 난 간호사를 따라 기본적인 검진을 받기 시작했다.

모든 검진이 끝나자 2시간이 훌쩍 지나갔다. 난 곧바로 혜윤의 직장이 있는 여의도로 향했다. 조금 이른 시간이었지만 늦어서 그녀를 놓치는 것보다는 낫다는 생각에 조금 일찍 서둘렀다.

난 근처에 차를 세워놓은 후 그녀의 회사 앞에서 그녀를 기다렸다. 시간이 6시가 되니 한 무리의 퇴근하는 사람들 사이에 그녀가 보였다. 난 그녀에게 다가가 억지 웃음을 지으며 반가운 척 했다.

"혜윤아, 잘 지냈어?"

"내가 먼저 연락한다고 했잖아!" 그녀는 지금 것 나를 대했던 모습과는 다르게 차갑게 굴었다.

"알아, 근데 꼭 좀 할 얘기가 있어. 꼭!" 난 '꼭'을 한 번 더 강조했다.

"난, 오빠랑 할 얘기가 없어. 그만 돌아가" 그렇게 말한 그녀는 내 옆으로 지나쳐 걷기 시작했다.

"그러지 말고 잠깐이면 돼, 잠깐만 얘기 하자." 난 그녀의 팔목을 잡으며 그녀를 돌려 세웠다.

"얘기해" 그녀는 내 팔을 뿌리치며, 냉랭함을 유지한 채 말했다.

"여기서는 그렇고 조용한데로 가서 얘기하자. 잠깐이면 되니까 잠깐만 시간 내줘" 얼마 전까지만 해도 그녀가 내게 매달렸는데, 이제 내가 그녀에게 매달리고 있는 형국이 한편으로는 우스웠다. 하지만 10억을 위해서라면 그녀의 다리 사이로 개처럼 기어갈 자신도 있었기에 이건 아무것도 아니라며 애써 날 위로했다.

"아주 잠깐이면 되, 보여줄 것도 있고, 차 얼른 가져올 테니까 잠깐만 기다려. 알았지?" 고민을 하는 듯 보이는 그녀의 표정에 난 쇄기를 박는 심정으로 아무 말이나 던져댔다. 난 그녀의 대답을 듣지 않고 최대한 빨리 차를 가져오기 위해 그 자리를 떴다.

난 그녀를 옆자리에 태우고 서울을 빠져 나왔다. 우린 그 시간동안 아무 말도 하지 않았다.

"지금 뭐하자는 거야? 잠깐이면 된다면서, 지금 뭐하자는 거냐고?" 서울을 빠져나온 차가 한적한 시골길에 접어들자 그때서야 그녀가 불안한 눈빛으로 날 노려보며 말했다.

"도착하면 알게 되니까 잠자코 있어줄래!" 난 부탁조가 아닌 명령조로 말했다. 조금 전 그녀에게 매달리던 모습은 온데간데없이 사라져 있었다.

"아니, 여기서 내려줘! 오빠 얘기 듣고 싶지 않으니까." 난 그녀의 말에 대꾸하지 않았다.

"내말 안 들려? 여기서 내려달라고!" 그녀의 목소리에서 불안함이 깊이 느껴졌다. 난 대꾸하지 않고 그녀를 보며 비웃음을 날렸다.

"내려 달라고" 그녀가 차문을 강제로 열려고 했다. 오래된 차다 보니 주행 중 차문이 열리지 않는 기능이 없기에 난 그녀의 머리채를 붙잡고 그녀를 저지했다. 그녀의 머리채를 잡는 순간 그녀가 단발의 비명을 질렀다. 난 그녀의 비명을 아랑곳하지 않았다.

"잠자코 있으랬지" 난 그녀의 머리채를 부여잡은 채 최대한 공포를 담아 말했다.

"이거, 놔! 뭐하는 짓이야?" 하지만 공포는 그녀를 더욱 저항하게 만들었다.

그녀는 머리를 잡은 내 손을 마구잡이로 할퀴고 꼬집어 댔다. 난 예상치 못한 그녀의 저항에 머리카락을 움켜쥐고 있는 손을 놓을 수밖에 없었다. 그녀는 자신의 머리를 구속하고 있던 손이 풀리자 다시 차문을 강제로 열려고 했다. 난 그럴 마음이 없었지만 어쩔 수 없이 그녀를 조용히 만들기 위해서라도 손을 쓸 수밖에 없었다. 주먹을 쥔 내 주먹이 그녀의 목덜미와 뒤통수 사이를 정확히 가격했다. 그녀가 그대로 조수석 창문으로 고꾸라졌다.

"아...이런 젠장! 그러니 잠자코 가자고 했잖아!" 난 그녀의 머리를 잡아 당겨 좌석에 똑바로 앉도록 했다. 혹시 죽은 것이 아닌지 의심스러워 그녀의 코에 손가락을 대 보았다. 다행이 숨은 쉬고 있었다. 그녀가 숨을 쉬고 있음을 확인한 난 안도의 한 숨을 내 뱉고는 줄였던 차의 속력을 다시 높였다. 차가 가파른 비포장 산비탈을 올라가며 힘겨운 듯 굉음을 토해냈다.

도착지점에 차가 도달했을 때는 이미 어둠이 모든 곳을 집어삼킨 후였다. 내가 도착한 곳은 겉보기에는 나무와 수풀 밖에는 아무것도 없어 보였지만 근처에는 나만의 비밀장소가 있었다. 킬러라면 이런 비밀장소 한 곳은 가지고 있어야 한다. 일이 잘못되면 오랫동안 숨어있어야 했기 때문이었다. 이런 비밀장소는 일이 잘못됐을 때 몸을 숨길 수 있는 것뿐만이 아니라 증거를 인멸하는데 필요한 장소이기도 했고, 작업에 필요한 장비들을 숨겨놓는 곳이기도 했다.

난 플래시를 켜고 나만의 표식을 확인했다. 내가 표시해둔 표식이 여러 나무밑동에 아주 조그맣게 표시되어 있었다. 거의 2년 만이었지만 잊지 않고 제대로 찾아온 듯싶었다. 이제부터는 차로 더 이상 이동이 불가 했다. 산길로 1Km 이상을 걸어야만 했다. 난 쥐죽은 듯 고요히 기절해 있는 그녀를 차에서 끄집어 내어 둘러업었다.

날 밝은 날 혼자서 오르기도 힘들 만큼 길도 없는 비탈진 산을 어둠이 내려앉았을 뿐만 아니라 그녀까지 둘러업고 오르기는 여간 힘이 드는 것이 아니었다. 운동으로 다져진 몸이라 할지라도 말이다.

'젠장!' 욕이 절로 나왔다. 하지만 그 욕은 입 밖으로 새어나오지는 않았다. 플래시를 입에 물고 있었기 때문에 욕이 혀끝에 닿았지만 결국 새어나오지는 못한 것이다. 땀이 비 오듯이 쏟아져 내렸다. 다리에 힘이 풀리고 곧 죽을 듯 허파에 뜨거운 공기가 입 밖으로 쉴 세 없이 쏟아져 나왔다. 하지만 난 10억을 생각하며 죽을힘을 끌어 모았다. 10억은 나에게는 뽀빠이의 시금치였고, 캡틴아메리카의 혈청이었고, 베너박사의 분노였고, 타노스의 인피니티 건틀렛이었다.

사람은 마음가짐이 중요한 법이다. 그런 마음가짐으로 오르고 또 오르니 못 오를 리 없건 만은 재아니 오르고 뫼만 높다 하는 것이다. 나는 그런 마음가짐으로 그녀를 업고 그곳에 올랐다.

근 2년 만에 온 내 비밀장소는 아직은 쓸 만했다. 나무를 엮어 만들고 비가 세지 않도록 틈틈이 실리콘을 발라 물이 새지 않도록 했다. 가로 3미터 세로 3미터의 정사각형 작은 원두막이었지만 나에게는 무척 중요한 장소였다. 난 그녀를 적당한 장소에 앉히고는 도망가지 못하도록 팔과 다리를 묶고 기둥에 몸을 묶었다. 그녀는 아직 정신을 차리지 못하고 있었다. 난 그런 그녀를 흔들어 깨웠다. 그러자 그녀가 옅은 신음을 뱉어내며 눈을 떴다.

"우리 혜윤이, 이제야 정신을 차렸네." 내가 옅은 비웃음을 지으며 말했다. 그녀의 두려운 눈빛이 내 눈에 그대로 비춰졌다. 그녀의 두려움은 곧 본능으로 표출되었다. 팔과 다리에 묶인 밧줄을 풀려 몸부림을 치며 비명을 질렀다.

"첩첩산중에 네 비명을 듣고 도와줄 사람은 없어. 아무 소용없으니까 괜히 힘만 빼는 짓은 그만둬!" 두려움에 몸부림치는 그녀를 향해 내가 소리 쳤다. 내 소리가 먹혀 들어갔든지 아이가 울음을 뚝 그치듯 그녀가 비명 지르는 것을 멈췄다. 아니면 비명을 지를 수 없을 만큼 공포에 질렸던지.

"오...빠, 갑...자기 왜...이래, 내가 생....각해보자는 말.... 때문에 그......래" 그녀는 떨리는 목소리로 겨우 말을 이어갔다.

"아니야, 그런 거 아니니까, 넌 그냥 이렇게 묶여 있기만 하면 돼" 난 주머니의 핸드폰을 꺼내며 말했다. 그러고는 사진 어플을 실행시킨 다음 꽁꽁 묶여있는 그녀를 몇 컷 찍었다. 난 사진을 확인했다. 그녀의 공포에 질린 모습이 내 휴대폰에 담겼다. 사진에 담긴 그녀의 공포에 질린 표정이 난 만족스러웠다. 그녀의 공포심이 커질수록 그 녀석이 10억을 내 뱉을 확률은 증가할 것이라 생각하며 난 휴대폰을 다시 주머니에 집어넣었다.

"나갔다 올 테니까 허튼짓 하지 말고 얌전하게 있어라!" 난 그녀에게 경고조로 말하고 나서 오두막을 나왔다.

13. 한서경

녀석이 잠이 들고 나면 그 다음은 어김없이 내가 깨어났다. 꼭 둘이서 공평하게 정해놓은 순번이라도 있는 듯 내가 잠들고 나면 그 녀석이 깨어났고, 그 녀석이 잠들면 내가 깨어났다. 공평한 것은 좋은 것일까? 난 오늘 따라 그런 공평함이 불만족스러웠다. 하루에 한 번씩 정확하게 우리는 이 몸을 공평히 사용하고 있었다. 하지만 이 몸의 주인은 날 죽인 살인청부업자였고, 난 이 몸의 주인에게 죽은 떠돌이 영혼이었다. 이게 어찌 공평할 수 있단 말인가? 죽어야 할 놈은 따로 있었지만, 내가 죽었다. 이것부터 공평하지 못한데 이 몸에 사용권한을 이틀에 한 번 부여 받았다고 공평하다고 누가 감히 말할 수 있을 것인가.

난 뻐근한 몸을 일으켜 세웠다. 전날 녀석이 뭘 했는지 온 몸이 뻐근했다. 운동으로 다져진 몸이라 웬만한 근력을 쓰는 활동이 아니고서야 몸의 근육들을 뻐근하게 만들지 못할 것이다. 녀석은 심한 운동을 했거나 아니면 노동을 했을 것이라며 난 별스럽지 않게 생각해 버렸다.

난 잠들기 전 써놓았던 메모를 떠올렸다. 하지만 잠들기 전 써놓은 메모지는 없었다. 대신 다른 메모지가 써 붙여져 있었다.

'핸드폰에 사진을 확인하시길...'

난 침대 옆 테이블에 놓인 핸드폰을 집어 들고는 내부에 저장된 사진을 확인했다. 그토록 그리워하던 혜윤이가 첫 번째 사진 속에 있었다. 사진 속 그녀는 공포에 질린 모습을 하고 몸이 꽁꽁 묶인 상태였다. 두 번째 사진도 그녀였다. 마찬가지로 그녀는 공포에 사로잡힌 모습이었다. 몇 장에 사진 속에는 온몸이 묶인 그녀가 있었다.

손이 주체 할 수 없을 만큼 심하게 떨려왔다. 덩달아 핸드폰도 요동을 쳤다. 핸드폰 화면이 심하게 떨리면서 화면이 잘 보이지 않았다. 아니 그런 그녀의 모습을 보고 싶지 않았는지도 모르겠다. 난 떨리는 손을 진정시키며 다음 사진으로 넘겼다. 다음은 사진이 아닌 동영상이었다. 동영상속 그녀가 혹시나 잘못 되는 장면이 나오는 것은 아닌지 난 두려웠다. 한 참을 재생버튼을 누르지 못한 채 손만 부들부들 떨고 만 있었다.

일정시간이 지나고 꺼져버린 핸드폰에 내 모습이 비춰졌다. 그 모습이 마치 날 비웃는 그 녀석처럼 보였다. 그 녀석이 이 모든 것을 꾸민 것이란 생각이 들었다. 그렇지 않고서야 본 주인인 그 녀석의 핸드폰에 그녀의 사진이 찍혔을 리가 없기 때문이었다. 난 그녀가 혹시나 잘못됐을까 두려웠지만 행여 누군가 자신을 구해주길 기다리고 있을 수도 있다는 생각으로 재생버튼을 눌렀다. 동영상의 첫 화면은 내 모습이었다. 아니, 정확히 말한다면 그 녀석이었다.

『안녕, 또 다른 나라고 해야 하나? 아니면 그냥 내 몸에 기생하고 있는 기생충이라 해야 하나? 뭐 그런 건 중요한 것 같지는 않으니 대충 넘어가기로 하고, 네가 내 몸에 어떻게 들어와서 기생하고 사는지는 모르겠지만 말이야, 기생하고 사는 주제에 너무 나대는 거 아니냔 말이지.

사진은 잘 봤겠지? 내가 가만히 지켜보니 네가 혜윤이를 무척이나 사랑하는 것 같단 말이야. 그럴 만도 하겠지. 완벽한 몸매와, 외모, 네가 반할 만도 하지. 근데 말이야 너무 거저먹으려는 거 아니야? 난 혜윤을 꼬시기 위해 많은 시간과 돈을 투자했는데, 넌 혜윤을 거저 가지려 하잖아? 그것도 남에 여자를 말이야. 거기까지는 이해해 주지. 어차피 난 혜윤이를 눈곱만큼도 사랑하지 않으니 누가 그녀를 가지던 상관없어. 근데 남의 돈에 손을 대는 것은 좀 그렇지 않나? 남의 몸에 기생하고 살고 있으면 감사하며 잠자코 조용히 살 것이지 감히 내 돈에 손을 대! 뭐... 그때는 그 돈이 어떤 돈인 줄 몰랐으니까 그럴 수 있다고 치더라도, 지금은 상황파악이 됐겠지? 상황파악이 됐으면, 당장 그 돈, 내 앞에 그대로 갔다둬! 그렇지 않으면 네가 사랑하는 그 년, 다시는 못 볼지도 모르니까. 기한은 내일까지야. 내일 내가 일어났을 때 그 돈이 내 앞에 없다면 그 년은 죽는다. 돈을 가져다 놓으면 그 년이 있는 곳을 알려줄 테니 그녀 만에 영웅이 되는 것도 나쁘지 않을 것 같군. 어제는 자신을 납치한 악마가 오늘은 천사가 되어 자신을 구출해 준다? 재미있는 막장 드라마가 되겠군. 하하하하, 하하하하』

녀석의 비웃음으로 동영상은 끝이 났다. 그자식이 혜윤이를 납치했지만, 아직 혜윤이에게 무슨 짓을 한 것은 아니라는 생각에 난 그나마 안도의 한숨을 내쉴 수 있었다. 하지만 내가 안도의 한숨을 내쉬는 지금도 그녀는 홀로 공포와 싸우고 있을 것이다. 그런 생각을 하니 한시도 지체할 틈이 없었다. 일단 녀석에게 돈을 돌려주고 그녀를 찾아야만 한다는 생각 밖에는 들지 않았다.

난 서둘러 돈을 숨겨놓은 장소로 향했다. 내가 잠들고 그녀석이 일어나 돈을 확인한 후 혜윤이가 있는 장소를 알려주고, 다시 내가 일어나 그 장소를 확인해 그녀를 구하러 간다. 그렇게 된다면 최소 3일의 시간이 흘러버린다. 그러는 동안 그녀는 계속해서 공포와 싸워야만 한다. 난 달리는 자동차의 속도를 더욱 끌어올렸다. 고물 자동차가 터질듯 굉음을 질러댔다.

14. 강민석

또다시 이틀이 지난 것인가? 녀석은 어떤 선택을 했을까? 눈을 뜨자마자 그 생각이 떠올랐다. 난 얼른 몸을 일으켜 방안을 스캔했다. 방 한 구석에 돈 가방이 내 눈에 들어 왔다. 헌데 돈 가방은 하나였다. 저 가방에는 10억이 다 들어갈 수 없다는 것을 난 잘 알고 있다. 5만 원 권으로 5억이 들어가면 꽉 차는 가방이었다. 난 불안한 마음으로 가방으로 다가갔다. 그리고 가방을 열었다. 5만 원 권이 가방 안에 빼곡히 들어 차 있었다. 그 말은 5억이라는 말이었다.

순간 난 분노가 치밀어 올랐다. 지금 당장이라도 그년을 죽이고 녀석에게 죽은 그 년에 모습을 보여주고 싶었다. 그때 돈 뭉치 사이에 끼혀있는 쪽지가 내 눈에 들어왔다. 어떤 꿍꿍이 인지 모르겠지만, 녀석에게 휘둘리지 않겠다는 심정으로 쪽지를 폈다.

『내가 그녀를 좋아하고 사랑한다는 것을 잘 파악했군. 그런데 그 것만 알지 나에 대해 모르는 것이 너무 많은 것 같아. 반면 난 너에 대해 너무 많은 것을 알고 있는 것 같은데... 적을 알고 싸우면 백전백승이라는 말이 있듯이 나에 대해 아무것도 모르는 네가 날 이길 수 있을까?

일단 5억을 준비했어. 내가 10억을 모두 네게 건네고 났는데, 네가 그녀가 있는 곳을 알려줄 거라 믿을 수 없단 말이지. 네가 그녀가 있는 곳을 알려주면 나머지 5억을 돌려주지. 통상 청부살인업자들은 이런 식으로 거래하지 않나? 어차피 이 돈도 누군가를 죽이고 나서 받은 더러운 돈이겠지? 난 그 더러운 돈 가질 생각 눈 곱만큼도 없다고. 근데 그 누군가가 대단한 사람인가 봐, 의뢰인이 이렇게 거액의 돈을 쓴 걸 보면 말이지. 아, 그리고 혹시나 해서 말인데 더 이상 딜을 할 생각은 하지 않는 것이 좋을 거야. 만약 내가 깨어났을 때 그녀가 있는 곳을 말하지 않는 다면 평생 나와 같이 감방에 살아야 될 수도 있으니까.』

청부살인업자라는 말에 난 순간적으로 녀석에게 허를 찔린 기분을 느꼈다. 동시에 빠른 시일 내에 녀석을 제거할 수 있는 방법을 찾아야겠다는 생각도 들었다. 녀석은 내가 킬러임을 알고 있고, 더군다나 최근에 청부살인을 하고 거액의 돈을 챙긴 것 또한 알고 있음이리라. 감방에 살아야 된다는 말은 자신이 직접 자수를 하겠다는 말로 내겐 들렸다.
"미친 새끼, 발악을 하는 구나"
난 녀석의 협박에 기분이 몹시 상했지만 어차피 조금만 참으면 녀석을 제거할 방법을 찾을 수 있을 것이라 생각하며 마음을 진정시켰다. 내 몸속에서 녀석을 영원이 지워버릴 수 있는 방법을 찾을 때 까지 만이라도 녀석과의 불필요한 마찰을 피할 필요가 있다고 생각했다.
난 혜윤을 감금해 놓은 곳에 약도를 그려 놓은 다음 핸드폰을 켜고 날짜와 시간을 확인했다. 검사결과가 이틀이 걸린다고 했으니 오늘은 그 결과가 나왔을 것이라 생각했다. 헌데 날짜가 이상했다. 검사를 받고 하루 밖에 지나지 않았던 것이다. 다시 말한다면 어제 검사를 받았었고, 오늘은 녀석이 활동하는 날이었다. 그리고 내가 깨어나는 날짜는 검진을 받은 날로부터 하루가 더 지나있어야 했다. 헌데 그렇지 않았다. 하루라도 빨리 그녀를 구하고 싶은 녀석의 마음이 얼마나 다급했는지 돈을 찾아놓고 바로 날 깨우기 위해 잠을 청했다는 말이 되는 것이다. 난 녀석이 애송이처럼 느껴졌다. 돈 앞에 영원한 사랑은 없는 것이다. 난 녀석을 비웃으며 김박사에게 전화를 걸었다.
"민석씨, 전화 잘 하셨습니다." 그가 내 전화를 기다렸다는 듯이 반갑게 전화를 받았다.
"제가 일찍 전화를 드린 것 같은데, 혹시 검사결과가 나왔습니까?" 내가 물었다.
"네, 특급으로 처리했더니 오늘 오전에 결과가 나왔습니다. 앞으로 여러 가지 검사를 하는데 있어서 민석씨 몸에는 아무런 문제도 발견되지 않았습니다. 최대한 빨리 날짜를 잡아서 해마를 제거할 방법을 찾는 검사를 진행하도록 하죠."

"그럼 언제 방문하면 되겠습니까?" 내가 물었다.

"저희 간호사가 따로 전화를 드릴 겁니다. 간호사 통해서 예약하시면 되겠습니다."

"그렇게 하죠."

 30분 뒤 병원 간호사에게 전화가 걸려왔고 난 예약날짜를 잡았다. 이제 내 몸속에 기생하는 역겨운 그 기생충을 제거하면 된다. 시작이 반이라고 했던가? 그를 제거할 방법을 찾을 수도 있다는 마음에 난 심한 감기몸살에서 이제 막 쾌차한 사람처럼 몸과 마음이 가벼워짐을 느꼈다. 물론 5억을 아직 되찾지 못했지만, 분명 찾을 수 있는 방법이 있을 것이다. 그에게 그녀가 있는 곳을 알려주고 그 다음 날이 되면 돈을 받을 수도 있겠지만 위험한 방법이었다. 만약 녀석이 그녀를 설득하지 못한다면 그녀는 날 경찰에 납치, 감금으로 신고 할 것이기 때문이었다. 그래서 난 녀석에게 그녀가 있는 곳을 알려줄 생각이 전혀 없었다. 약도는 그녀가 있는 곳이 아닌 전혀 엉뚱한 곳을 그려 놨다. 녀석은 엉뚱한 곳에 가서 그녀를 찾아 헤맬 것이다.

 이용가치가 사라진 그녀 또한 이제는 살려둘 필요가 전혀 없음이리라. 난 그녀를 죽일 서슬 퍼런 칼을 챙겨 집을 나섰다. 그동안에 정이 있으니 최대한 고통스럽지 않게 죽여주겠다는 나름의 그녀에 대한 예우를 지키겠다는 생각을 하면서....

 깊은 산골 햇빛마저 집어삼켜버리는 숲이 우거진 곳, 사람의 발길이 닿지 못할 정도로 엄습한 곳, 내 아지트이자 은신처를 오르는 길은 항상 힘에 겹다. 혼자서도 오르기 힘든 그런 곳을 혜윤을 업고 올랐다고 생각하니 내 자신이 대견하다는 생각에 가슴이 벅차올랐다. 정말 돈은 불가능을 가능하게 만드는 마력의 물건이라는 생각이 그곳을 오르는 내내 나의 가치관을 더욱 곤고히 만들고 있었다.

 돈으로 모든 것을 살수 없다고? 그건 돈이 없는 자들이 자신을 위로하기 위해 지어낸 터무니없는 망상에 불과하다. 결코 돈으로 살 수 없는 것은 없다. 유전무죄 무전유죄라는 말도 있지 않던가? 무죄 또한 돈으로 살 수 있고, 더 나아가 무죄를 이끌어낼 수 있는 권력도 돈으로 살 수 있는 세상이다. 권력자들도 그토록 돈에 억매이지 않던가. 독재로 자국민들을 고통의 수렁으로 몰아넣은 지도자들도 결국은 돈을 위해 권력을 놓지 않으려 했던 것이다. 최소한 내 주관적인 입장은 그렇다. 처음에는 민족을 위해 투쟁을 하며 민족을 위한 통치를 하는 척 하지만, 그 모든 것은 위선이었다. 결국 그들은 돈을 위해 자신에게 반하는 국민들은 무차별 죽이는 돈의 노예가 되고 말지 않았던가. 리비아의 독재자 카다피가 그랬고, 짐바브

웨의 독재자 무가베가 그랬고, 조금 더 과거로 가서 프랑스의 루이 16세의 왕비 마리 앙뚜아네트가 그랬고, 더 과거로 간다면 진나라의 황제 진시황, 로마의 황제 네로가 그랬다.

돈이 권력보다 좋다는 점은 단 한 가지만 생각해 봐도 쉽게 결론을 지을 수 있는 문제이다. 돈이 많은 자본가가 더욱 강한 권력을 다지기 위해 정치에 뛰어드는 것은 손으로 꼽을 정도로 적은 편이다. 하지만 권력을 가진 자가 돈을 위해 불법을 자행하는 일은 헤아릴 수 없을 정도로 너무 많다. 이것만으로도 돈이 최고임을 증명해 주는 것이다.

그런 내 신념을 더욱 돈독히 굳히는 생각 속에 난 나무로 엮어 만든 내 은신처에 도달했다. 자물쇠를 열고 안으로 들어서 그녀가 잘 있는지부터 살폈다. 혹시나 묶어둔 밧줄을 풀고 도망이나 치지 않았을지 내심 걱정이 들었던 것이 사실이었다. 하긴 이런 깊은 산중에서 도망쳐 봤자 금세 길을 잃을 것이고 결국에는 살쾡이들의 밥이 될 것이긴 하지만 말이다. 차라리 그게 더 나은 것일 수도 있었다. 최소한 내 손에 피를 묻히는 일은 없을 테니 말이다.

하지만 그녀는 그 자리에 그대로 밧줄에 묶인 체 고개를 떨구고 있었다. 잠이 든 모양이었다. 난 먹을 것이 잔뜩 들어있는 검은색 비닐봉지를 테이블위해 놓았다. 마지막으로 먹을 것이라도 실컷 먹일 생각이었다. 그녀 앞으로 다가간 난 그녀의 머리채를 잡고 흔들어 그녀를 깨웠다. 그녀가 옅은 신음을 뱉으며 눈을 떴다.

"잠이 오냐?" 그녀를 흔들어 깨운 내가 한심하다는 듯 그녀에게 비아냥거리며 말했다. 잠에서 깬 그녀는 공포에 얼룩진 눈빛으로 날 바라볼 뿐 아무 말도 하지 않았다. 난 그녀의 손에 묶인 밧줄을 풀고 검은 봉지를 그녀에게 던졌다. 밧줄을 자르려 칼을 꺼낼 때는 그녀가 소스라치게 놀라긴 했지만 자신의 팔에 묶인 밧줄을 자르자 이내 조금은 안정된 모습을 보였다.

"먹어라. 먹어야 살지" 테이블 옆에 놓인 나무 의자에 앉으며 내가 말했다. 오래된 나무의자가 '넌 너무 무거워!'라고 하는 듯 연신 삐걱대는 소리를 내 질렀다.

그녀는 앞에 떨어진 봉지를 바라만 볼 뿐 먹을 생각을 하지 않았다. 그녀도 알았을까? 그 봉지에 든 음식이 자신의 최후의 만찬이 될 것이라는 것을.....

"오빠.... 제발 풀어줘. 뭐 때문에 이러는 건 줄은 모르지만 풀어주면 절대 경찰에 알리거나 하지 않을게...응.... 제발!" 그녀가 애걸했다.

"먹어라 일단 먹고 얘기 하자! 사온 사람 성의도 있으니까 맛있게 먹어주면 풀어줄지도 모르잖아" 내 빈말에 그녀는 얼른 봉지를 끌어당기더니 봉지 안에 든 음식을 꺼내 허겁지겁 먹기 시작했다. 물론 배가고파 먹는 것이 아님을 난 잘 알고 있었다. 풀어 줄지도 모른다는 말에 그녀는 뭐든지 할 기세로 그 것을 닥치는 대로 먹어치우고 있었던 것이다. 극한에 상황에 처한 사람이 지푸라기라도 잡는 다는 말을 그녀는 여실이 보여주고 있었다. 난 그녀의 그런 모습에 씁쓸함을 느꼈다. 아직 내게 그녀에 대한 자그마한 연민이 남아있을 줄도 모른다는 생각이 들었다. 하지만 그 연민이 아무리 거대할 지라도 돈과 맞바꿀 수는 없는 것이었다. 씁쓸했지만 내 계획에 차질을 줄 수 있는 그녀를 살려둘 수는 없었다.

그녀는 마치 며칠을 굶은 사람처럼 음식을 입에 밀어 넣고 있었다. 아직 목구멍으로 넘어가지 않은 음식이 그녀의 볼을 건드리면 터져버릴 부푼 풍선처럼 입에 가득 들어차 있었지만 그녀는 아랑곳 하지 않고 계속해서 음식을 입속으로 밀어 넣었다. 빨리 먹으면 빨리 풀려날 수 있다는 것을 맹신하고 있는 듯 그녀의 폭풍 흡입은 계속되었다. 난 테이블에 놓인 물통을 그녀 옆에 놓아주었다. 내가 할 수 있는 그녀에 대한 마지막 매너였다.

그녀는 마지막 음식물을 입에 밀어 넣고는 물까지 남기지 않고 모두 마셨다. 그리고 날 바라봤다. 날 보는 그녀의 눈빛은 '이제 다 먹었으니 풀어줘'라는 눈빛이었다. 난 그녀의 눈빛을 애써 외면하며 옆에 놓인 칼을 들었다.

"먹고 죽은 귀신은 때깔도 좋다고 하잖아. 미안하지만 이제 이 오빠를 위해 가줘야 할 것 같다. 너도 나, 정말 사랑했잖아. 그러니 마지막으로 오빠를 위한다고 생각해 줘라." 칼을 들고 다가서자 그녀가 거칠게 고개를 마구 흔들었다. 그녀의 눈은 '이건 약속과 다르잖아!'라고 말하고 있었다. 난 그런 그녀의 눈빛을 무시하고 그녀에게 천천히 다가갔다. 내가 그녀에게 가까워질 수 록 그녀의 눈빛은 더욱 공포로 물들어 가고 있었다. 난 최대한 빨리 그리고 고통 없이 그녀를 보내주기 위해 그녀의 급소를 노렸다. 단 한 번에 그녀의 목숨을 끊기 위해 칼을 높이 쳐든 난 급소를 향해 칼을 내려찍으려 했다. 하지만 칼을 높이 쳐든 내 팔이 더 이상 내 명령을 듣지 않았다. 정확히 말한다면 마비 된 것처럼 움직여지지가 않았다. 난 온몸에 힘을 팔로 끌어 모았다. 하지만 내 팔은 힘인 강한 사람이 붙잡고 있는 듯 전혀 움직여지지가 않았다. 난 순간 녀석을 생각했다. 녀석이 아니고서야 내 팔을 움직일 수 없도록 붙잡을 수는 없었다. 녀석이 깨어나고 있다는 것이다. 그 말은 내가 곧 잠이 든다는 말과도 같았다. 그러지 않기 위해 난 정신을 더욱 집중했다. 잠들지 않기 위해서........ 하지만 마취제를 맞은 것처럼 내 정신은 점점 더 아득해지고만 있었다. 손에 들린 칼이 바닥에 떨어지는 소리가 들렸지만 난 그 칼을 다시 집을 수가 없었다.

3장. 동체(同體)

15. 한서경

 내 생에 처음으로 사랑이란 달콤함을 느끼게 해준 그녀..... 그녀가 공포로 얼룩진 얼굴로 날 바라보며 내게 살려달라고 애원을 하고 있다. 그리그 그녀 앞에 서있는 나..... 난 한쪽 손에 서슬 퍼런 칼을 들고 그녀를 죽이려 한다. 사랑하는 사람을 죽이려 하는 나는 나일까? 이건 꿈이다. 내가 그녀를 죽일 이유가 없었다. 그토록 사랑하는데 어떻게 그녀를 죽이려 할 수 있단 말인가. 설령 꿈이라 하더라도 용납할 수 없다. 그녀를 꿈에서라도 다치게 하고 싶지가 않았다. 꿈에서 깨라 한서경!..... 제발 일어나라! 한서경.....
 난 차마 눈을 뜨지 못했다. 꿈의 결말에 그녀가 죽지는 않았지만, 너무 생생한 꿈

때문에 도저히 눈을 뜰 용기가 나지 않았다. 눈을 감고 있으니 다른 감각이 증폭되어 느껴졌다. 마룻바닥처럼 차가움이 등에 전해졌고, 풀냄새와 벌레들이 짝을 찾아 우는 소리가 들려왔다. 그리고 누군가 흐느끼는 소리가 내 귀를 자극하고 있었다.

눈을 뜰 용기가 나지 않는다고 영원히 눈을 감고 있을 수만은 없기에 난 서서히 눈을 떴다. 손질되지 않는 거친 나무로 엮여진 천장이 눈에 들어왔다. 그 천장에는 캠핑용 전등이 매달려 흔들리고 있었다. 또다시 알 수 없는 곳에 와있다는 생각이 들 무렵 흐느끼는 소리가 다시 들려왔다. 소리가 나는 방향으로 난 몸을 일으켰다. 그 곳에는 몸과 발이 묶여있는 혜윤이 공포로 얼룩진 얼굴을 하고 흐느끼면서 울고 있었다.

난 상황을 파악하려 했다. 머리에 무수히 많은 생각들이 훑고 지나가면서 머리를 어지럽게 했다. 그런 생각들을 정리하려 했지만 지금은 그것보다 우선인 것이 있었다. 혜윤을 안정시키고 풀어주는 것이었다.

난 혜윤에게 다가갔다. 내가 다가가자 혜윤이 더욱 몸을 움츠렸다. 공포에서 오는 반사적인 몸짓이리라. 그녀는 날 공포의 대상으로 여기고 있음이었다. 먼저 그녀를 안정시키기 위해 난 무슨 말이라도 해야만 했다.

"혜윤아.....미안해....." 미안한단 단순한 말로 진정되지 않을 만큼 그녀의 마음은 불안함으로 가득 차 있음을 난 잘 알고 있었다. 하지만 지금으로서는 미안하다는 말밖에는 할 수 있는 말이 없었다. 혜윤이 스스로 진정을 찾길 난 기다릴 수밖에는 없었다. 난 그녀의 몸과 발에 묶여있는 밧줄을 풀었다. 밧줄이 풀렸음에도 그녀는 도망칠 생각은커녕 움직이지도 못하고 있었다. 단지 사시나무 떨 듯 몸을 바르르 떨고만 있었다.

그녀의 시선은 한 곳에서만 머물러 있었다. 난 그녀가 보고 있는 시선을 따랐다. 그 곳에는 서슬 퍼런 칼이 하나 놓여있었다. 방금 꾸었던 꿈이, 꿈이 아닌 사실이었음을 난 그 칼을 보고 직감할 수 있었다. 칼의 모양이 꿈에서 봤던 그 칼과 똑같이 생겼다는 것이 그 것을 명확히 증명해 주고 있었던 것이다. 녀석이 그녀를 죽이려 했음이 분명했다. 그녀의 눈빛에 깃든 공포가 그것을 증명해 주었고, 바닥에 떨어져 있는 꿈에 나온 칼과 똑같은 칼이 또다시 증명해 주고 있었다.

돈을 돌려주면 혜윤이가 있는 곳을 알려주겠다는 그의 간악한 속임수에 넘어간 것을 뒤늦게 깨달은 내가 원망스러워졌다. 하지만 당시 방법이 없었던 것도 사실이다. 녀석이 날 속일 수도 있다는 생각은 위태로이 벼랑 끝에 홀로 놓인 혜윤을 먼저 구해야 한다는 생각에 묻히고 말았던 것이다.

어찌 되었건 지금은 혜윤은 살아있었고 내 앞에 있었다. 그 사실에 집중해야 할 때이다. 그리고 앞을 정확히 내다 봐야 할 때이기도 했다. 그러기 위해서는 혜윤에게 지금 이 모든 상황을 설명할 때이기도 했다. 내 말이 혜윤이 믿어 줄지는 의심스럽지만 지금 그 것을 따질 때가 아니었다.

난 일단 바닥에 떨어진 칼부터 치워야겠다는 생각을 했다. 칼이 있는 한 혜윤은 계속 불안해 할 것이고, 그런 그녀에게 어떤 말을 하건 그녀에게는 아무 말도 들리지 않을 것이기 때문이었다.

난 집어든 칼을 문을 열고 멀리 던져버렸다. 그녀가 보란 듯이 최대한 큰 몸동작을 취하면서..... 칼이 사라지자 혜윤이도 점차 안정이 되어가는 듯 몸에 떨림이 차츰 줄어들기 시작했다. 난 한동안 그녀 앞에서 그녀가 안정을 찾아가기를 기다릴 수밖에는 없었다. 시간이 지나면 완벽하지는 않겠지만 그래도 내 얘기를 들어줄 정도의 안정을 되찾을 것이라 생각하며....

긴 시간이 흐르고 그녀의 몸의 떨림이 육안으로는 알 수 있을 정도로 잦아들었다. 난 무릎에 머리를 파묻고 있는 그녀에게 다가 갔다.

"지금 내가 어떤 얘기를 하더라도 믿지 않을 거 잘 알아" 그녀는 무릎에 머리를 파묻은 체 그대로 있었다. 내 얘기를 듣고 있는 지 알 수는 없었지만 난 얘기를 해야만 했다.

내가 밧줄을 풀어줬을 때 도망갈 수도 있었지만 그녀는 그러지 않았다. 왜일까? 아마 공포가 그녀의 온몸을 마비시켜 버렸을 것이다. 지금도 그녀는 도망칠 생각을 하고 있을 테지만 몸은 쉽사리 움직여지지 않을 것이다. 나 역시 장기가 적출될 뻔 했을 때 그랬으니까. 그녀의 그 공포가 얼마나 심했을지 난 충분히 이해할 수 있었다.

"지금부터 내가 하는 얘기 잘 들어야해.... 믿기지는 않겠지만 믿어야하고, 그래야 네가 살 수 있는 방법이니까" 그녀의 움직임은 여전히 없었다.

"며칠 전부터 내 모습이 하루하루 달라보였지? 네가 나에게 보낸 톡 내용처럼 하루는 다른 사람처럼 네게 정말 다정한 오빠였고, 어느 하루는 여느 때처럼 모질고 차갑게 구는 오빠였을 거고, 사실 그 모질고 차갑게 구는 오빠가 네가 알고 있는 진짜 오빠야. 방금 널 죽이려 했던 그가 2년간 알고 지낸 네가 진짜 사랑하는 오빠란 말이야. 사실 난 네가 아는 오빠가 아니야." 그녀가 내 말을 듣고 있는지는 알 수 없었다. 듣지 않고 있을 수도 있지만 그렇다고 하던 얘기를 멈출 수는 없었다.

"네가 알던 그 오빠는 킬러야. 청부살인업자라고 하지.... 난 2주 전 네가 사랑하는 오빠에게 죽임을 당했어.... 그래 절대 믿을 수 없다는 거 잘 알아...... 나도 지금 내 모습이 믿기지가 않으니까." 난 잠시 숨을 고르며 그녀에 움직임을 살폈다. 그녀는 마치 죽은 사람처럼 아무런 움직임도 보이질 않고 있었다.

"대현동 재개발 구역이었어..... 비가 억수같이 쏟아지는 밤이었지..... 네 오빠가 시커먼 우의를 뒤집어 쓴 체 칼을 품고 날 죽이러 뒤 쫓았고, 난 살기위해 도망쳤어. 그러던 와중 막다른 골목을 만나게 되고 난 아무 건물이나 들어갔어, 하지만 숨을 곳은 없었지...... 난 살기위해 옥상으로 올라갔지만 거기도 숨을 곳이나 더 이상 도망갈 곳은 없었어. 거기서 난 죽기 살기로 네 오빠와 혈투를 벌였지만 킬러로 살아온 네 오빠를 이길 수는 없었지." 그때의 생각이 다시 떠오르자 내 몸이 바르르 떨렸다.

"네 오빠는 내 목을 노리고 칼을 휘둘렀어. 하지만 난 죽지 않기 위해 그 칼을 맨손으로 잡았어. 하지만 이미 기울어진 저울을 되돌릴 방법은 없었지. 칼이 내 눈을 파고 들어올 때는 정말 무엇으로 설명할 수 없을 만큼 무서웠어. 그리고 기억을 잃어버렸지" 얘기하는 데 정신이 팔린 난 언제부터 혜윤이 고개를 들고 있었음을 감지하지 못하고 있었다. 혜윤과 잠깐 눈이 마주친 난 그녀의 눈을 애써 피하고는 하던 얘기를 계속 이어나갔다.

"그리고 정신을 차려보니 그 놈의 집이었었어.... 난 그놈의 모습을 하고 있었고." 난 녀석을 호칭하는데 '네 오빠'라 하지 않고 녀석으로 변경했다. 처음에는 '녀석' 이라고 한다면 한때 그를 사랑했던 그녀가 듣기 거북해하지 않을까 싶은 생각에 '네 오빠'라고 했지만, 그녀를 죽이려했던 지금은 그 말이 더 듣기 거북할 것이라 생각했기 때문이었다.

"깨어나서 정신을 차리기도 전에 혜윤이 네가 그 집으로 들어왔어.... 난 어쩔 줄 몰랐지..... 거기가 어딘지도 몰랐기 때문이고 내 모습이 왜 그런 모습을 하고 있는 지도 몰랐기 때문이야" 난 '네 뒤에 한 무더기 빛이 따라 들어왔다'는 말도 하고 싶었지만 지금의 상황과는 맞지 않을 것 같아서 그 말은 하지 않기로 했다.

"내 말을 믿기 힘들다는 거 잘 알아...... 나도 믿기 힘들었거든......" 난 지금에 상황을 그녀가 어떻게 믿게 만들 수 있을까 생각했지만 도저히 떠오르는 말이 없었다.

"그럼 당신이 한서경 총수그룹 총괄기획사장이라는 말인가요?" 그녀가 처음으로 입을 열었다. 난 그녀가 처음으로 입을 열었던 것에 반가웠지만, 그녀가 총수그룹의 사장을 알고 있다는 것에 더 놀라워하고 있었다.

"어..... 뉴스를 봤나보지?" 내가 물었다.

"아니요, 총수그룹 미래전략실 온라인 마케팅 팀에서 일하고 있어요." 그녀의 대답이었다. 미래전략실 온라인 마케팅 팀이라면 총괄기획사장의 직속 부서로 주로 여론전을 펼치는 부서였다. 한마디로 총수그룹에 대한 기사들을 찾아 우호적인 댓글을 다는 댓글부대라 말할 수 있었다. 순수하기만 한줄 알았던 혜윤이 불법을 자행하는 미래전략실 온라인 마케팅 팀원이었다는 사실에 난 또 한 번 적잖이 놀랐다. 왜 이토록 아름다운 혜윤을 난 그동안 알지 못했을까 라는 자책감도 동시에 들었다. 혜윤이가 그 부서에서 일하고 있었다면 당연히 총수그룹 총괄기획사장인 나를 알고 있을 터였다.

"당신 말을 믿기가 힘든 게 사실이에요. 당신이 한서경사장님이라면 이 사실은 알고 있겠죠? 저희 팀에서 최근 극비밀리에 추진하던 프로젝트가 있었습니다. 그 프로젝트는 저희 팀장과 한서경사장님 밖에는 모르는 극비 프로젝트입니다. 그 프로젝트가 무엇인지 말해 준다면 당신이 한서경이라는 사실을 한층 받아들이기 쉬울 것 같은데요." 그녀의 불안한 마음이 어느 정도는 안정되었는지 그녀의 목소리에는 한층 안정감이 묻어나고 있었다.

"프로젝트명 실크로드! 그 프로젝트는 내가 극비리에 김팀장에게 지시했던 것인데, 혜윤이 네가 그걸 어떻게?" 프로젝트 실크로드는 미래전략실 온라인 마케팅 팀장과 나만이 아는 프로젝트였다. 나회장도 모르는 그런 극비 프로젝트를 혜윤이 알고 있다는 사실에 나는 또 한 번 크게 놀라고 있었다.

"한서경사장님이 김희진 팀장을 신뢰한 만큼 김희진 팀장도 저를 무척 신뢰 했었어요. 김희진 팀장은 그 프로젝트를 제게 맡기셨어요. 그렇다면 그 프로젝트가 정확히 무엇인지 말해줄 수 있나요?" 혜윤의 말에 난 약간 김팀장에게 배신감을 느끼기도 했지만 지금은 그것을 따질 때가 아니었다.

"토사구팽에 대응하는 프로젝트였지, 나회장은 불법적인 일을 서슴없이 해왔고 그 불법을 숨기는 것 또한 깔끔함을 추구했어. 그 방법이 바로 토사구팽이었지. 그 첫번째 대상이 나회장의 불법적 일을 도맡아 했던 나였던 것이지. 나회장이 조만간 나를 죽일 것이라 생각한 난 여러 가지 대비책을 세우기 시작했지. 그리고 그 방법 중 하나가 김팀장을 통해 미래전략실의 불법적 행위들을 모두 파일로 저장하라 시킨 거야. 그게 실크로드란 프로젝트지. 이제 믿을 수 있겠어?"

"아직은 뭐가 뭔지 모르겠어요. 그렇다면 왜 당신이 그 몸속에 들어가게 된 것인지 설명해 주실 수 있나요?" 그녀의 마음이 정리가 안 된 책장처럼 아직은 혼란스러워 보였다.

"한동안 나도 혼란스러웠어. 일단은 내 몸의 주인이 어떤 사람인지 알아야 된다는 생각으로 녀석의 집안을 뒤지기 시작했었지. 그런데 경찰 신분증이 나왔던 거야.

난 그가 특수임무중인 비밀경찰로 생각했지. 난 내 죽음에 대해 궁금해 내 시체를 부검한 국과수에 경찰신분증을 들고 찾아갔지. 녀석의 위조된 경찰 신분증 덕분에 난 내 몸을 부검한 결과를 쉽게 알 수 있었지. 내가 죽은 사인은 번개에 의한 감전사였어. 녀석과 격투 중 번개가 내 몸을 강타한 것이지. 그런데 뜻밖의 얘기를 법의관에게 들을 수 있었어. 내 뇌에 있어야할 해마가 말끔히 사라졌다는 것이지. 그 해마가 어디로 갔을까 고민하던 중 녀석 또한 이상함을 느꼈는지 뇌 의학 전문의를 녀석이 찾아간 사실을 알게 되었고 거기서 또 다른 뜻밖의 사실을 난 알 수 있었던 거지....... 바로 이 몸에 일반사람들과 달리 해마가 2쌍, 그러니까 총 4개가 있다는 것을 알게 된 거야. 내 몸에 있어야할 해마가 바로 이 몸으로 이식 된 것이지. 모든 결과에는 그만한 과정이 필요한 것 아니겠어? 다시 말한다면 내 몸의 해마가 지금 이 몸으로 옮겨가게 되는 매개체 역할을 할 만한 사건..... 난 그 사건이 바로 녀석과의 격투 중 내 몸에 떨어진 번개라고 생각했지." 두서가 없이 난 얘기했다. 어떻게든 혜윤이 지금의 상황을 믿게 하고 싶었지만 어디서 어떻게 설명해야할지 알 수가 없었다. 그럴 만도 한 것이 지금에 상황이 나 역시도 아직까지 믿기지가 않았기 때문이었다.

"그렇다고 지금 그 몸의 주인인 한때 제가 오빠라고 불렀던 그가 킬러라고 단정지을 수는 없지 않나요?" 혜윤이 물었다.

"그럴 수도 있지. 아직 정확한 물증이 없으니까? 하지만 내가 죽고 이틀이 지나고, 다시 내가 그 좁은 지하방에서 눈을 떴을 때 내 앞에 10억이 있었다는 것이 이 모든 것을 반증하고 있는 것이지. 녀석이 널 죽이려는 이유도 이 10억에 있었던 것이야. 난 그 10억을 녀석이 알 수 없는 곳에 숨겼고, 그는 그 돈을 찾으려 혈안이 된 상태였지. 그러던 중 내가 널 무척 사랑하고 있다는 것을 그가 알아차린 것이야. 그는 내게 제안을 했지. 혜윤이 네가 있는 곳을 알려줄 테니 돈을 돌려달라고. 난 순순히 그에게 돈을 돌려줬어. 그런데 그는 약속을 지키지 않고 널 죽이려 했던 것이야." 난 10억 중 5억만 돌려줬다는 말은 하지 않았다. 괜히 5억에 욕심을 부리는 사람처럼 혜윤에게 비춰질까 싶은 우려에서였다. 혜윤은 혼란스러운 듯 한 동안 아무 말이 없었다. 혼란스럽기 보다는 혼란스러운 머리를 정리해가고 있음이리라. 난 그렇게 생각하며 그녀가 혼란스러운 머리를 정리할 때 까지 말없이 기다렸다.

"앞으로 어떻게 할 거죠? 그리고 전 어떻게 해야 하죠?" 사람이 다음을 생각한다는 것은 과거의 사건이 어느 정도 정리가 되어 간다는 말일 것이다. 혜윤이 이제 어떻게 할 것인지를 묻는 것 또한 자신의 혼란함을 어느 정도 정리 했다는 말과도 같았다.

"내가 선택할 수 있는 것은 네 선택에 따라 달라져." 내가 말했다.

"그게 무슨 말이죠?" 그녀가 물었다.

"가령 넌 나를 신고 할 수 있겠지. 그럼 당연히 난 감금, 폭행, 살인미수란 죄로 감 방생활을 할 것이고, 그렇게 된다면 난 선택할 수 있는 것이 없겠지."

"내가 당신을 신고를 하지 않는 다는 조건에서는 당신의 선택은 무엇이죠?" 혜윤 은 아직 내 상황에 대해 믿음과 의심사이에 갈등하는 듯 내 호칭을 '당신'이라 불 렀다.

"복수! 날 죽인 놈과 날 죽이라 사주한 놈 모두에게 지옥이 무엇인지를 보여줄 거 야" 내가 결연하게 말했다.

"당신이 당신에게 복수한다? 그런데 누구죠? 당신을 죽이라 사주한 사람?" 내가 그동안 알고 있던 혜윤이가 맞는가 싶을 정도로 그녀의 목소리에는 순수함이 사라 지고 분노가 묻어나고 있었다. 그 모습에 그동안 혜윤이 순수한 척 했던 것인지, 아니면 감당 못 할 지금의 상황으로 바뀐 것인지는 난 알 수는 없었다.

"나총수 회장!" 내가 더욱 결연한 표정으로 말했다.

"호호호호" 그녀가 크게 웃었다. 난 순간 지금의 상황을 견디지 못한 그녀가 멘탈 이 붕괴되다 못해 미쳤다고 생각했다. 그녀가 미쳤다는 생각 속에서도 그녀는 여 전히 아름답다는 생각도 동시에 내 머릿속을 스쳐 지나갔다. 난 그녀가 웃음을 멈 출 때까지 멍하니 기다릴 수밖에 없었다.

"어떻게요? 조폭두목 출신 나총수 회장이 호락호락 당신에게 당하지는 않을 것 같 은데요?" 그녀가 얼굴에 웃음기를 없애며 말했다.

"지금부터 찾아봐야지" 내 얼굴에는 조금 전의 결연한 표정은 온데간데없고 주눅 이 잔뜩 든 똥강아지 마냥 움츠려들었다.

"좋아요. 내가 당신을 신고하지 않는다는 거에 조건이 있어요." 그녀가 말했다.

"조건? 말해봐" 난 그녀의 조건이란 것이 단순히 자신에게 피해가 오지 않게 해달 라는 것으로 생각했다. 하지만 그녀의 조건은 내 생각과는 정 반대였다.

"저도 그 판에 끼겠어요." 그녀의 뜻밖의 조건에 난 놀란 나머지 한동안 아무 말도 할 수가 없었다.

"나총수 회장에게 복수하려는 일에 나도 끼고 싶다고요." 내가 아무 말도 없이 멀 뚱히 서있자 그녀는 자신의 말을 내가 알아듣지 못하기라도 한 듯 다시 한 번 큰 소리로 말했다.

"혜윤이 네가 왜?" 연약하기 그지없이 보이는 그녀가 섶을 들고 불속으로 뛰어드려 하는지 난 이해가 가지 않았다.

"나도 나회장에게 갚을 것이 있으니까!" 그녀의 목소리는 언 듯 울부짖음처럼 들렸다. 난 그녀에게도 어떤 사연이 있을 것이라 생각하며 그녀가 그 사연을 말하기를 기다렸다.

"2년 전이었어요. 총수그룹에 입사하고 온라인 마케팅 부서로 발령 받은 지 얼마 되지 않았을 때였죠. 전 그 팀에서 행하는 모든 업무가 불법인 줄도 모르고 모든 열심히 했죠. 그러던 어느 날 나회장은 저희 팀의 사기를 진작시킨다며 회식을 시켜 주었죠." 나회장이 한 팀에 회식을 시켜주는 것은 이례적인 일이었다. 그렇기 때문에 나 역시 그 사실을 기억하고 있었다.

"하지만 나회장의 속마음은 다른 생각들로 가득 차 있었어요. 바로 우리 팀이 여자로만 구성된 사실에 흥미를 느꼈던 것이죠. 회식을 하며 우린 전혀 그런 생각을 하지 못했었죠. 나회장이 회식장소에 참석한 이례적인 일에 우리 모두는 우리 일에 나름 자부심을 느낄 수 있는 계기가 되었죠. 하지만 회식이 무르익을 무렵에 나회장은 나와 김희진 팀장을 따로 불렀어요. 업무적인 얘기를 하겠다면서 말이죠. 우리는 할 수 없이 나회장이 부르는 곳으로 갔죠. 그가 있는 곳으로 갔더니 유명 정치인과 함께 있더군요. 나회장은 우리 둘에게 접대를 강요했어요. 거절하니 죽이 겠다는 협박과 함께 그냥 앉아서 술만 따르면 된다고 했죠. 우린 그 순간만 지나면 모든 게 다 잘될 줄 알았어요. 설마 그 늙은이가 우리를 어떻게 할 수 없을 거란 안일한 생각도 있었던 거죠. 하지만 그 늙은이는 거기서 멈추지 않았어요. 차라리 그때 죽었어야 했는데......" 그녀는 그 부분에서 목이 메는 듯 말을 잊지 못했다. 난 나회장이 그때 그런 짓을 했을 줄은 상상도 하지 못했다. 아니 관심이 없었다는 것이 맞을 것이다. 그녀가 그때 느꼈던 수치심과 공포를 생각하니 내 몸이 부들부들 떨려왔다.

"그러고는 그 늙은이는 계속해서 협박하면서 틈만 나면 우리를 불렀어요. 다 그만두고 싶었죠. 하지만 나회장은 우리를 놓아주지 않았어요. 난 죽는 게 두렵지 않았지만 나회장은 내 가족까지 모두 죽이겠다며 협박했어요. 진짜 그럴 인간이라는 것을 잘 알고 있었기에 난 거부할 수가 없었어요. 나회장은 아직도 가끔 절 불러 겁탈을 해요. 지금 것 제가 죽지 않고 버틸 수 있었던 것은 그동안 제가 사랑했다는 당신이 있는 그 몸의 주인과 김희진 팀장이었어요. 김희진 팀장과 저는 서로 의지하면서 버텼던 것이죠. 그러던 중 한서경사장이 김희진 팀장에게 나회장의 불법적 행위들을 수집하는 프로젝트를 추진하라 지시하죠. 기회다 싶었어요. 나회장을 보낼 수 있다는 꿈에 부푼 순간이었죠. 우리에게도 희망이 생기는 순간이기도 했고요. 하지만 그 꿈은 오래가지 못했어요. 한서경사장이 살해당했다는 뉴스를 보게 된 것이죠. 한서경사장의 죽음으로 프로젝트는 역시 바로 파기 되었어요." 그녀는 말을 하면서 울지 않았지만 눈에서는 이미 눈물이 흘러내리고 있었다. 그녀가 그동안 받았을 고통을 생각하니 얼마나 힘들었을지 상상조차 되어 지지도 않았다.

"울지 마" 난 그녀에 어깨라도 감싸주고 싶었지만, 그녀를 죽이려 했던 몸으로 차마 그렇게 할 순 없다고 생각해 그대로 있었다.

"그날 제게 처음 한 말이 그 말이었죠. 울지 말라고. 울지 않을 게요. 이제 동료가 생겼으니까요. 아저씨라 부를 게요. 제가 알기로는 한서경사장님의 나이가 40대 중반으로 알고 있으니까요. 아저씨와 제가 바라보는 곳이 같아졌어요. 혼자보다는 둘이 둘 보다는 셋이 더 낫지 않겠어요?" 그녀가 눈물을 손등으로 훔치며 말했다.

"네가 말했듯이 나회장은 호락호락 하지 않을 거야. 아니 네 상상이상으로 잔인한 놈이지. 아주 위험해 질 수 있어. 그래도 괜찮겠어?" 난 그녀가 위험해지기를 바라지 않는 마음으로 말했다.

"방금 말했잖아요. 이제 저 혼자가 아니잖아요. 정확히 말한다면 김희진 팀장도 함께할 거니 이제 셋이에요" 그녀가 방금 전에 끔직한 상황은 잊은 듯 해맑게 웃으며 말했다. 난 그런 그녀를 꽉 안아주고 싶은 충동을 느꼈다.

"좋아! 이제 우린 한 팀이야!" 난 그녀에게 손을 내밀었다. 바닥에 쪼그려 앉아있던 그녀가 내민 내 손을 잡자 난 힘껏 그녀를 일으켜 세웠다. 나 역시 홀로 싸워야 한다는 생각에 부담스러웠지만 동료가 생겼다는 생각에 부담감이 반으로 줄어드는 듯 홀가분한 마음이 들었다.

서울로 돌아오는 길에 우린 암호문을 만들었다. 내가 잠들고 나면 그가 깨어날 것이고, 혜윤이 살아있음을 직감한 그는 다시 혜윤을 죽이려 할 것이기 때문이었다. 킬러인 녀석이 혜윤을 찾아 죽일 방법은 여러 가지 일 것이다. 녀석이 활동하는 시간에는 난 아무것도 해줄 수 없음들 그녀에게 직시 시켰다.

"녀석이 깨어나면 네가 살아있다는 것을 바로 알 것이고 널 다시 죽이려 들 거야. 그때는 지금처럼 내가 지켜 줄 수 없을 지도 몰라. 그땐 네가 네 몸을 알아서 지켜야해"

"걱정하지 마세요. 이제 호락호락 당하지만은 안을 테니!" 혜윤이 당차게 말했다. 그 말투에 난 귀엽고 예쁜, 연약하기 그지없는 여자로서의 혜윤이 아닌, 같은 곳을 바라보고 역경을 헤쳐 나가야하는 듬직한 동료로 보였다.

16. 강민석

내가 의지박약이란 말인가? 어떻게, 어떻게 녀석에게 의지로 KO패를 당할 수 있단 말인가? 녀석은 대단히 강한 의지력을 소유한 자란 말인가? 아님 내 의지력이 형편없이 나약하단 말인가? 그도 아니면 사랑의 위대함이란 말인가?

잠에서 깬 뒤 작금의 현 상황 속에 맨탈마저 탈탈 털리는 기분이었다. 내 머릿속은 이미 고삐 풀린 망아지 날뛰고 있는 듯 어지럽혀지고 있었고, 수습할 방법은 커녕 내 맨탈을 부여잡고 있는 것조차도 힘에 겨웠다.

'잠잠해 질 때까지 외국으로 나가있어야 하나? 아니야, 이미 혜윤이 신고 했을지도 몰라. 그럼 출국금지조치가 내려져 있겠지? 아니...아니야, 신고했다면 벌써 경찰이 들이 닥쳐야 하잖아. 그 말은 아직 신고를 하지 않았다는 거지. 일단 짐을 챙겨서 아지트에 가 있을까? 아지트는 이미 혜윤이가 알고 있어, 그러니 거기는 위험해. 일단 조용한 곳에 숨자. 숨을 때 숨더라도 그년은 죽이고 가자. 그래 그년이 신고를 아직 하지 않았다면 내게 기회가 있을 지도 몰라.'

난 나름 엉킨 실타래를 풀 듯 어지럽혀진 머릿속을 차츰 정리해갔다. 머릿속이 정리되니 그동안 보이지 않았던 것이 눈에 들어왔다. 키보드 위에 올려 진 작은 봉투였다. 난 그 봉투를 뜯었다. 안에는 손으로 적은 편지가 2통이 들어있었다.

『사랑하는 우리 오빠에게...

오빠, 잘 잤어? 오빠가 일어났을 즘이면 경찰이 사방을 둘러쌓고 오빠 양팔에 멋진 팔찌를 하나 채워야 하는데.... 그게 내가 오빠에게 해줘야 하는 마지막 선물인데.... 그치? 미안해, 그 선물 주지 못해서.... 난 오빠마음 충분히 이해해. 오죽했으면 여친을 죽이려 했을까 싶어. 그래서 그 선물은 조금 미루기로 했어. 알잖아 내 마음이 너무 약하다는 거.

그 선물, 조금만 있으면 줄 테니까 너무 서운해 하지 않았으면 해.

아! 그리고 오빠에게 한 가지 더 미안한 게 있어. 오빠보고 직장 좀 구해라고 타박한 거, 정말 미안해! 오빠가 그렇게 힘들고 고생스러운 일을 하고 있는 줄 정말 몰랐어. 그렇게 남들 보다 더 힘든 일을 하고 있었는데 하나 뿐인 여친이라는 게 그것도 몰라주고 직장 구해라 보챘으니 우리 오빠 얼마나 서운했을까? 그렇잖아 사람을 죽인다는 거, 아무리 돈을 받고 하는 일이라지만 나 같은 사람은 상상도 못할 만큼 힘든 일이라 생각해. 근데 여친을 죽이려 했던 것은 조금 너무한 것 같아.

그래도 난 오빠를 이해해. 오빠에 천성이 그럴 것이라고 절대 생각하지 않거든, 돈이 그렇게 만든 거잖아. 돈이 나쁘지 오빠가 나쁘겠어.

아무튼 밥 잘 챙겨먹고, 또 편지 쓸게......

2019년 07월 28일 오빠를 사랑하는 혜윤이가.』

"으아악......" 편지를 다 읽은 나는 분에 못 이겨 괴성을 지르며 편지를 갈기갈기 찢어 댔다. 그래도 분이 풀리지 않자 키보드를 주먹으로 내리쳤다. '우지직'하는 소리와 함께 키보드가 으깨져 버렸다. 두 년, 놈이 날 엿을 먹이려는 게 분명했다. 둘 다 죽이고 싶었다. 지금 당장 그년에 집을 찾아가 흠씬 두들겨 패 이 세상에서 가장 고통스럽고 잔인한 방법으로 죽이고 싶었다.

난 잠시 분을 삭이기 위해 숨을 골랐다. 숨을 길게 쉬니 분이 조금은 가라앉았다. 난 다음 편지를 펼쳐 들었다.

『킬러양반 잘 있는가..... 네 몸이 내 몸이고 내 몸이 네 몸인데 안부를 묻는 게 적절한지 모르겠군. 아무튼 난 자네 말대로 그녀를 구하는 영웅이 되었네, 물론 자네가 원하는 것처럼 막장은 되지 않았지만 말이야. 먼저 고맙다는 말을 전해야 인간에 도리가 아니겠는가. 고맙네, 정말 고마워. 근데 약도가 틀렸더군. 하마터면 엉뚱한 곳에서 그녀를 찾아 헤맬 뻔 했지 뭐야. 난 자네가 일부러 그랬을 것이란 생각을 절대 하지 않네. 그렇게 생각하는 이유는 킬러는 약속을 생명보다 중요시 한다는 말을 어디선가 들었기 때문일세. 이 나라에서 제일가는 킬러가 자네라고 하던데 말해 뭐하겠나. 그런데 말이지 자네의 고의가 아닌 실수였다고 해도 약속은 약속이니 난 자네에게 나머지 5억을 돌려줄 생각이 없네. 그렇다고 열 받지 마시게 지금부터 자네가 5억을 찾을 수 있는 방법을 알려 줄 테니 말일세.

아! 먼저 일러두겠는데 이건 살인청부가 아닐세. 그냥 협박이니 자네는 나와 협상을 할 생각을 접어두는 게 좋을 걸세.

자네는 내가 아직 누군지를 모르고 있는 것 같으니 내가 누구인지 먼저 밝히겠네.

2주전 대현동 재개발구역에서 난 살인사건 기억하고 있는가? 누구보다 잘 기억할 것이라 생각되는데 기억이 나질 않는다면 더듬어 보거나. 자네가 저지른 사건을 모른다고 한다면 5억을 찾을 방법은 사라지니 말일세.』

종이를 들고 있는 내손이 미세하게 떨리기 시작했다. 난 설마 하는 마음으로 다음을 읽어 나가기 시작했다.

『정확히 말하면 살인 미수가 될 수도 있겠군. 아무튼 자네는 누군가에 살인청부를 받고 그를 죽이려 했지. 잠깐 말하자면 청부살인은 법정최고형인 사형까지 받을 수 있는 중범죄임을 알고 있겠지? 킬러인 자네가 그 걸 모르고 있지는 않을 거라 생각하며 그 부분은 넘어가겠네. 죽은 자의 이름은 한서경. 나이는 43. 직업은 총수그룹 총괄기획사장. 사인은 낙뢰에 의한 감전사. 뭐 죽은 사람 신상 털어봐야 뭐하겠나. 그의 신상이 중요한 것은 아니니 진짜 중요한 것을 말하도록 하지.

한서경이 죽은 날 천둥번개와 함께 억수같은 비가 내렸지. 한서경은 자신을 죽이려는 자가 있음을 알고 대현동 재개발구역에 숨었어. 하지만 그는 몰랐지. 킬러인 자네가 자신의 뒤를 밟고 있었다는 사실을. 그는 자신이 숨은 장소를 아무도 모를 것이라 생각했지만 자넨 그가 숨은 장소 근처에서 그를 죽일 타이밍을 노리고 있었던 거야.

한서경이 잠들자 자네는 그를 죽일 좋은 타이밍이라 생각하고 그에게 접근했지. 하지만 한서경은 잠이 들지 않았어. 잠든 척을 하고 있었던 것이었지. 자네가 칼을 빼들고 한서경을 죽이려하는 찰라 한서경은 품고 있던 각목으로 자네의 얼굴을 때렸지. 정확히 맞지 않았어. 하지만 자네는 그걸 피하려 뒤로 몸을 저치면서 무게중심을 잃었고 뒤로 넘어지고 말았지. 한서경은 그 기회를 삼아 도망쳤어. 하지만 젊은 자네를 따돌릴 수 있을 만큼 그의 체력은 좋지 않았어. 곧바로 막다른 골목이 한서경을 가로 막고 말지. 하지만 한서경은 살고 싶다는 일념으로 한 건물로 들어가 곧바로 옥상으로 올라가게 된다네. 자네는 그를 따라 옥상으로 올라가지. 더 이상 도망칠 곳이 없다고 느낀 한서경은 필사에 의지로 자네를 맞이하네. 근데 자네는 총을 꺼내 들어. 그리고는 방아쇠를 당기지. 하지만 총은 비에 흠뻑 젖어있어서 불발이 되네.』

내 손이 심하게 떨려 더 이상 글을 읽기가 힘들 정도였다. 머리에서 흐르기 시작한 땀방울이 턱을 타고 종이에 떨어졌다. 난 떨리는 손에 힘을 주었다. 하지만 떨림은 멈추지 않았다. 그래도 읽을 수 있을 정도의 떨림으로 줄어들었는지 글이 눈에 다시 들어왔다.

『한서경은 그때가 기회다 싶어 자네에게 덤벼들었지. 하지만 젊고 운동으로 다져진 자네를 당해낼 재간이 한서경에는 없어. 자넨 한서경의 주먹을 가볍게 피하더니 오른발로 그의 면상을 날려버렸어. 통쾌하게 말이지. 물론 통쾌했다는 말은 자네를 기준으로 해서 한 말이야. 하지만 한서경은 거기서 포기하지 않아 다시 자네를 향해 몸을 날리지만 한번 기울어진 운동장에서의 경기가 다시 원상태로 갈 일은 없었지. 자넨 빨리 끝내고자 칼을 꺼내들고 한서경의 심장을 노리지만 한서경은 이미 죽을 각오를 하고 있었어. 자네가 내 지른 날카로운 칼날을 맨손으로 잡은 거야. 한서경 이 사람도 정말 대단해. 독종이지. 하지만 이미 기울어진 상태에서, 칼날을 잡고 칼자루를 잡은 자넬 이길 수는 없었을 거야. 단지 죽음이란 종착역에 도착하는 것을 단 몇 초 늦추는 것뿐, 이미 다가오는 죽음을 막을 수는 없었어. 칼자루와 칼날을 잡고 힘겨루기를 시작하지만 방금 말했듯이 한서경은 자신의 죽음을 막을 수는 없었지. 자네의 칼끝이 한서경의 눈을 파고 들 때 한서경은 죽음의 공포 속에 울부짖을 수밖에는 없었지. 그리고 죽음이 한서경을 집어 삼키려 할 때, 한서경의 눈을 파고드는 칼에 한 줄기의 번개가 떨어진다네. 어떻게 보면 죽음을 앞당겨준 번개가 한서경은 고마웠을지도 몰라. 고통을 줄여줬을 테니까. 그렇게 한서경은 죽었어. 자네는 킬러로서의 임무를 완수한 것이고.

자네는 지금 엄청 놀랐을 거야. 맨탈이 강한 자네라도 놀라지 않을 수는 없겠지. 자네만 알고 있는 한서경의 죽음 직전의 상황을 내가 이렇게 디테일하게 말하고 있으니 말이야. 그리고 궁금해 하겠지. 어떻게 내가 이렇게 잘 알고 있을 수 있는지도. 분명한건 자네와 내가 한 몸을 쓰고 있지만 기억을 공유하지는 않아. 지금 것 그래왔듯이 과거 자네가 한 행동들 역시 내 기억에는 없어. 그런데 내가 그 사실을 어떻게 이렇게 디테일 하게 알고 있는지가 궁금할 거야.

한서경을 자네가 죽일 당시 그 사실을 알고 있는 사람이 한 사람이 더 있지. 자네가 답을 알았는지 모르겠군. 정답을 말해 주지. 극히 단순한 문제야. 어렵게 생각할 게 하나도 없는.....

정답은 한서경일세. 자네가 예측했는지 모르겠지만 이 얼마나 단순한 문제인가. 그럼 다른 추론도 가능하지 않겠나? 한서경이 살아있다는 추론 말일세. 놀랍겠지만 한서경은 살아있다네. 바로 자네 몸속에서. 놀라서 뒤로 넘어간 건 아니겠지?

믿어지지 않겠지만 사실이라네. 자네가 날 죽인 것이지. 이런 걸 보고 운명의 장난이라고 해야 맞을 것 같군. 이제 내가 누군지 충분히 설명한 것 같군.』

이제야 모든 것들이 맞아 떨어져 갔다. 믿기지 않았지만 한서경을 죽이고 집에 돌아와 잠이든 난 한서경의 집에서 깨어났다. 그 사실이 이 모든 것을 설명해 주고 있었다. 난 계속 글을 읽어갔다. 편지를 갈기갈기 찢고 싶었지만 그가 원하는 것이 무엇인지 알아야 했다. 이제는 칼자루를 녀석이 쥐고 있었고, 그 칼끝은 나를 향하고 있었기 때문이었다.

『내가 누구인지 너무 길게 설명했어. 미안하네. 하지만 어쩌겠는가. 자네가 믿어주지 않을 것 같으니 이렇게라도 길게 설명할 수밖에는.

그럼 이제 본론으로 들어가 보도록 하지. 혹시 놀란 나머지 기절초풍한 것은 아니겠지? 맨탈이 강한 자네인지라 기절까지는 하지 않았다고 믿고 계속 글을 쓰겠네.

2007년 이후 살인에 대한 공소시효가 25년으로 늘어난 사실은 잘 알고 있을 걸세. 다시 말한다면 2007년 이후 벌어진 살인사건의 경우 아직 공소시효가 남아있다는 말이지. 자넨 똑똑하니까 잘 알고 있을 것이라 생각되네.

자네가 2007년 이후 2015년 살인사건의 경우 공소시효가 폐지되는 날까지 총 4건의 청부살인을 했더군. 그리고 2016년에 한건을 더 했고. 이 사실은 어떻게 알았냐고? 미안한 말이지만 자네의 아지트라고 해야 하나? 그 곳을 좀 뒤졌어. 사실 뒤질 것도 없었지만.... 자넨 청부 살인을 하고 나서는 항상 그곳을 방문해 죽인 사람과 날짜 방법 등을 수첩에 자세히 기록을 해 놨더군.』

"이런 개자식!" 분노를 이기지 못한 내 입에서 욕설이 튀어나왔다. 난 당시 청부살인을 하고 나면 아지트로 가 수첩에 살인 내용을 상세히 기록했다. 이유는 간단했다. 첫째는 다른 의뢰를 받았을 때 전과 같은 방법을 사용하지 않고 처리하고자 함이었다. 두 번째는 덜미가 잡혔을 때 내가 그 누군가를 죽인 방법을 정확히 알고 있어야 방어권을 행사할 때 실수 하지 않는 다는 이유에서였다. 그렇게 기록해 놓은 살인 기록지가 날 겨냥하는 화살이 될 줄은 꿈에도 생각지 못했다.

『아! 그 수첩 지금 찾으러 가려는 것은 아니지. 그럴 필요가 없네. 내가 가져 왔으니까. 그 사건 기록을 뒤져 봤는데 모두 미제 사건으로 처리가 되어있더군. 미제사건이 되지 않았으면 자네는 이미 감방에 있어야 하는 것이니 당연한 말을 한 것 같군. 아무튼 이 수첩을 경찰에 가져간다면.... 생각만 해도 끔찍하겠군......

공소시효가 끝나지 않는 청부살인에 나를 죽인 것 까지 한다면 총 5건이라....... 말해 뭐하겠나. 가슴에 붉은 수번을 달겠지. 근데 너무 걱정하지 않았으면 하네. 우리나라는 20년이 넘는 시간동안 법정최고형으로 사형을 구형할 수는 있었지만 사형을 집행하지 않은 사실상 사형폐지국가가 됐으니 말일세. 그럼에도 불구하고 만약 자네의 죄가 너무 무거워 사형이 집행 된다면 나또한 죽겠지. 근데 난 자네의 사형집행을 원하는 사람이라네. 어차피 자네의 몸은 내가 원하는 몸이 아니야. 인간 말종으로 사느니 차라리 죽는 것이 낫다는 것이 내 판단일세. 물론 자네 생각은 다르겠지만 말이야.

이제 선택은 자네 몫이네. 이제부터 내가 원하는 몇 가지를 들어준다면 수첩과 나머지 5억은 자네에게 다시 돌아갈 걸세. 그러지 않는 다면 이 수첩을 가지고 경찰서로 가도록 하지. 내가 깨어났을 때 자네의 답변이 있을 것이라 믿으며 이만 줄이겠네.

2019년 07월28일 네게 죽음을 당한 이가』

"으악!" 난 괴성을 지르며 편지를 갈기갈기 찢고 또 찢어 댔다. 그래도 분이 풀리지 않는 난 주먹으로 닥치는 대로 쳐부수고 던졌다. 그렇게 부수고 던지고 했지만 분은 풀리지가 않았다.

이성적으로 생각하자! 이성적으로! 머리가 외치는 소리와 다르게 내 몸은 한동안 부수는데 여념이 없었다. 그 행동은 부술게 더 이상 없자 끝이 났다. 화풀이할 대상이 더 이상 없자 몸은 머리가 시키는 대로 반응했다. '이성적으로 생각하자! 차분하게 앉아서 이성을 찾고 생각해야 한다.'

난 침대에 걸터앉아 차근차근 생각해 보기로 했다. 일단 녀석의 기억을 관장하는 해마를 찾아 제거해야 한다. 문제는 시간이었다. 얼마나 걸릴지 알 수 없다는 것이 답을 찾는 것을 방해했다. 그럼 해마를 제거하기 까지 오래 걸릴 것으로 예상하고 계획을 세워보자. 방법이 있을 것이다. 닭 모가지를 비틀어도 새벽은 온다고 하지 않았던가. 어찌되었든 이 몸의 주인은 내 것이고, 이 몸에 대한 모든 권리역시 나만이 가질 수 있는 것이다. 죽고 사는 것 또한 이 몸의 주인인 내가 결정할 일이다.

그래, 지금 칼자루는 녀석이 쥐고 있다. 하지만 오래가지 못 한다. 이미 그 칼자루는 섞어 들어가고 있다. 그렇지 않더라도 내가 그렇게 만들 것이다. 그 동안 녀석의 말을 따라 주는 척 하는 것이다.

난 나갈 준비를 했다. 바로 병원으로 향할 것이다. 그리고 오늘 당장 검사를 시작하자고 할 생각이었다.

17. 편지

From 강민석 To 한서경

『당신의 편지를 보고 사실 좀 당황스럽긴 하더군요. 나뿐만이 아닌 누가 감히 자신이 죽인 사람에게 편지를 받는 다는 상상을 해보았겠소? 상상도 할 수 없는 일이 내게 일어나니 아무튼 기분이 묘하더군요.

편지는 잘 읽었소. 내게 선택의 권한을 줬는데, 나름 곰곰이 생각해 봤소. 그렇게 곰곰이 생각해 본 결과 칼자루는 그쪽이 쥐고 있다는 것이었소. 다시 말한다면 난 선택의 권한이 없다는 것이오. 그래서 어떤 걸 선택하느냐의 문제가 아니라고 판단되더군요. 당신이 선택하고 난 그저 당신의 뜻을 따라야 된다는 것이 아니겠소.

하지만 이 몸은 어디까지나 내 몸이오. 그 말은 이 몸에 대한 모든 결정권한은 내게 있다는 것이오. 비록 하루건너 그 쪽의 의지대로 몸이 따르겠지만 아직까지는 다른 하루는 내 의지대로 몸은 행동한다는 것이오. 그럼 문제는 내가 당신이 원하는 데로 행동하느냐에 있지 않겠소? 그래서 저도 요구조건을 하나 준비했소. 물론 당신이 원하는 데로 행동하겠다는 전제 하에서 말이오. 먼저 내 요구조건을 들어준다면 당신이 원하는 데로 한다고 약속하겠소.

내 요구조건은 간단하오. 당신이 원하는 조건 모두가 성공한다면, 그 때부터는 내 몸속에서 있는 듯 없는 듯 조용히 살라는 것이오. 다시 말한다면 내가 하려는 것들을 절대 간섭하거나 방해하지 않는 다는 약속을 하시오. 그렇다면 당신이 원하는 것들이 완성 될 때까지 당신의 뜻대로 행동할 것이라고 나 또한 약속하겠소.

2019년 07월 29일 강민석』

From 한서경, To 강민석

『다시 한 번 말하지만 자네 몸은 내가 원하는 몸이 아니네. 난 그저 내가 죽음으로 하지 못했던 몇 가지를 하는데 있어서 자네 몸을 잠시 빌리려 함이네. 그러니 자네가 요구한 조건은 걱정하지 않아도 되네. 내 분명 약속하지. 내가 원하는 몇 가지 사항만 자네가 성실히 들어준다면 없는 듯 살아가겠네. 자네인 척 살아가도록 하지.

그럼 내가 원하는 것을 말하지.

첫 번째, 다시는 혜윤을 헤치려 하지 않았으면 하네. 그녀는 자네를 신고하지 않기로 나와 약속했네. 그러니 경찰에 신고당할 염려는 하지 마시게. 그게 아니면 자네도 혜윤을 헤칠 이유가 없지 않겠나. 혜윤이가 경찰에 신고하려 했다면 벌써 자네나 나나 철창신세를 지고 있겠지. 그러니 믿으시게나. 절대 신고할 일은 없을 걸세.

두 번째는 좀 어려운 요구일 수 있네. 음.... 요구라기보다는 의뢰가 맞겠군. 한마디로 이제 내가 자네에게 살인을 청부하는 것이지. 청부비용은 앞서 말한 것으로 하지. 자네의 살인 기록부와 5억, 그리고 청부가 완료되면 자네가 원하는 데로 조용히 살아주는 것이면 되지 않겠나? 아! 살인청부는 선금이 있다고 하지. 그래서 준비했네. 2억을 준비했으니 선금이라 생각하시게. 그럼 자네가 죽여야 할 대상에 대해 말해주겠네. 참고로 날 죽여라 자네에게 청부를 했던 자이네. 그에 대해 내가 알고 있는 것을 지금부터 모두 말해주겠네.

이름 : 나총수, 나이 : 56, 거주지 : 정확한 거주지는 아무도 모르지, 주소지는 은평구로 되어있지만 실제 거주하는 곳은 다른 곳이라고 하네. 직업 : 총수그룹회장. 총수그룹회장이라면 웬만한 사람들은 다 알고 있을 것이라 생각하니 그의 정보는 길게 얘기하지 않도록 하고 대신 그의 경호에 대해서 말해주도록 하지.

그의 경호는 정부 고위인사 급 경호만큼이나 촘촘하기로 유명하지. 그만큼 그를 노리는 사람이 많다는 것일 수도 있겠지. 경호원들은 보통 5명이며, 그가 외부로 나올 때면 8명으로 늘어나네. 물론 밀착 경호는 말할 것도 없지. 경호원들은 대부분 특수부대 출신으로, 특수부대에서도 엘리트 출신들이라네. 조금은 힘들어 질 수도 있겠지만 자네라면 충분히 해낼 수 있을 것이라 생각되네.

나회장의 성격은 난폭하고 잔인한 편이지. 그리고 깔끔한 것을 좋아한다네. 주변을 깔끔하게 치운다는 것이 아닌, 일처리의 완벽함을 말하는 것일세. 조금에 실수도 용납하지 않는 다는 것이지. 그 만큼 그에게 접근하지가 쉽지 않을 수도 있다는 말일 수도 있겠지.

또한 그는 사람을 절대 믿지 않네. 믿는 사람이 딱 두 명이 있긴 하지. 그 두 명에 친구들은 나회장과 광주에서부터 함께 해온 놈들이지. 한 놈씩 간단히 집고 넘어간다면 나총수의 오른팔로 이름은 김필석 나이는 40, 도끼라고 부르는 놈인데 등치가 영화배우 마동석처럼 굉장히 크고 그 등치만큼 포악하기로 소문난 놈이지. 나머지 한 놈은 나총수의 왼팔로 망치라 불린다네. 이름은 안수동이고 나이는 김필석과 동갑이네. 이 녀석은 김필석보다 덩치가 크고 굉장히 잔인한 놈이라네. 나이와 등치와는 다르게 날쌘 놈들이니 이 녀석들을 조심하는 게 좋을 거야.

그나마 이놈들에게 한 가지 약점이 있긴 한데. 포악하고 잔인한 반면, 굉장히 무식하다는 것일세. 그게 나총수를 죽이는데 장점이 된다고 할 수는 없겠지만 그래도 참고한다면 분명 도움은 되지 않을까 생각되네.

　자, 이제 내가 쥐고 있는 칼자루를 자네에게 넘겨주지. 이번에는 그 칼끝을 내가 아닌 나총수를 향해 겨누겠는가? 자네의 긍정적인 답변 기다리겠네.

20019년 7월 30일 자네와의 동거자가』

From 강민석, To 한서경

『당신의 의뢰는 평소 같으면 받지 않아야 할 청부인 것은 분명한 것 같군요. 그만큼 매우 어려운 의뢰라는 말이지요. 그렇다고 방법이 전혀 없는 것은 아닌 것 같소. 그래서 당신의 의뢰를 받아들이겠소. 어차피 내게는 선택 권한 또한 없으니 방법이 없다 해도 받아야 되지 않겠소.

　그럼 이제 그 방법에 대해 말하겠소. 내가 당신의 청부 건에 대해, 성공할 수 있는 방법을 말하는 이유는 당신의 도움이 절실히 필요하기 때문이기도 하다는 사실 때문이오. 이 몸의 소유권을 온전히 나만 가지고 있다면 당신의 도움 따위는 필요 없겠지만, 지금은 좋든 싫든 내 몸의 소유권이 당신에게도 있으니 당신에게 도움을 청하고자 그 방법을 말하겠소.

　난 당신을 죽이고 당신이 가지고 있는 USB를 넘기며 나총수 회장에게 한 가지 제안을 받았소. 그 제안은 그가 죽여야 할 사람이 많다며 내게 스카우트 제의를 한 것이오. 지금으로서는 그에게 접근할 방법은 없소. 말 그대로 나회장의 털끝하나 건드릴 수 없을 정도로 경호가 삼엄하다는 것이오. 그래서 그에게 접근할 방법이 필요한데, 지금으로서 그에게 접근할 방법은 이 방법밖에는 없다는 것이오. 물론 그의 스카우트제의를 받았다고 그에게 100% 접근이 가능할지는 지금으로서는 장담할 수는 없지만, 그 기회를 찾을 방법은 더욱 많아지지 않겠소?

　호랑이 굴로 들어가야지 만이 호랑이를 사냥할 수 있는 것처럼, 난 호랑이 굴에 들어가 호랑이를 사냥하려 하는 것이오. 그렇게 하려면 당신도 잘 알다시피 당신의 도움이 없이는 성공할 수 없는 일이오. 나 역시 평소와 같았다면 당신의 도움을 바라지도 않거니와 필요도 없을 것이라 생각했겠지만, 지금의 상황이 어쩔 수 없는 점 당신도 잘 알 것이오.

　다시 한 번 말하겠소. 난 나회장의 스카우트제의를 받아들이고 그에게 접근할 수 있는 기회를 엿볼 것이오. 나회장을 죽이는 것은 내가 할 것이니 당신은 그저 나처럼 행동만 한다면 크게 문제는 없을 것이라 판단되오. 서로 그날 있었던 일은 지금과 같이 상세히 편지로 남겨 그들에게 부자연스러운 모습을 보여서는 안 될 것이오.

혹여 이보다 더 좋은 방법이 있다면 말해보시오. 아마 없을 것이라 난 생각되오. 당신의 답장 기다리겠소. 당신이 날 도울 수 있다고 한다면, 바로 나회장에게 전화를 걸도록 하겠소.

2019년 7월 31일 강민석』

18. 강민석

오지게 꼬였다. 실타래가 꼬인들 이보다 더 심하게 꼬일 수는 없을 것이다. 일이 꼬이기 시작하며 난 꼬인 부분을 조심해서 한 올 한 올 풀려했지만 풀려하면 할수록 더욱 꼬여 들어갔다. 이모든 게 다 한서경 이 자식 때문이리라. 지금은 비록 녀석의 조건을 수용했지만, 아니 수용하는 척 했지만 난 결코 나회장을 죽일 마음이 눈곱만큼도 없었다.

녀석에게 '기회를 엿보고 있다. 조금만 기다리면 기회가 올 것 같다.'며 시간을 벌자. 그렇게 조금만 버티면 된다. 그러면 김박사는 녀석의 기억을 관장하는 해마를 찾을 것이다. 그리고 제거하면 끝! 그러면 모든 것이 정상으로 다시 돌아 올 것이다. 아직 받지 못한 3억이 조금은 아쉽기는 했지만 작은 거에 연연하다가는 또 꼬이기 마련이다. 지금까지 그 사실을 뼈저리게 깨우치지 않았던가. 그러니 그 3억은 버리고 조금만 참고 버티면 된다.

난 책상위에 놓인 녀석이 써놓은 답장을 폈다.

『좋은 생각이네. 자네에게 그런 면이 있을 줄 미처 몰랐군. 자네의 나쁜 면만 부각시켜 보기만하다 보니 미처 그런 면을 보지 못한 내가 세상을 아직 덜 산 모양이란 생각이 들더군. 그런데 말이야. 내 마음속에는 자네의 나쁜 면이 너무 부각되어 있는 모양이네. 아직 자네를 좋은 사람, 믿을 만한 사람으로는 전혀 여겨지지 않고 있으니 말이야. 물론 날 죽인 사람을 좋은 사람으로 본다는 자체가 어불성설이지만.

바로 그 점이 문제라네. 내가 아직 자네를 믿지 못한 다는 점이 가장 큰 문제가 아니겠냐는 말이지. 그럼에도 불구하고 나총수를 죽일만한 뾰족한 방법도 없다는

115

것 또한 사실이지 않겠나. 그래서 나름 결론을 내렸지.

믿음은 차차 서로 만들어 간다면 된다는 생각을 했네. 뭐, 시간이 흘러도 서로에게 믿음이 생기지 않는다면 강제로라도 만들어야지 않겠나. 그게 불가능한 것 보다는 낫다. 그런 결론을 내리게 된 것이지.

그래, 자네를 믿어보겠네. 내가 해야 할 일을 그때그때 지금처럼 편지로 일러주면 자네의 뜻대로 하겠다고 약속하지. 자네도 빠른 시일 내에 나회장에게 접근할 방법을 찾아 종국에는 그에게 처참한 최후를 맞게 해주시게. 그럴 것이라고 믿고 이만 줄이겠네.

추신 : 편지의 예절이라고 할 수 있는 마지막 날짜와 보낸 이는 이제 생략하도록 하지. 거추장스럽지 않나? 나만 그렇게 생각할지는 모르겠지만 자네가 이해해 줄 것으로 믿고 날짜와 보낸 이는 앞으로 쓰지 않도록 하겠네.』

'믿음을 강제로라도 만든다. 미친놈!'

녀석과 나는 한 몸에서 살고는 있지만 절대 섞일 수 없는 물과 기름과도 같은 존재라고 할 수 있었다. 그 물과 기름을 휘휘 젓는 다고해서 섞일 수 있을까? 금세 다시 물과 기름으로 분리되듯 녀석과 나는 절대 섞일 수 없는 존재인 것이다. 그 사실을 녀석은 정녕 모르는 것인가. 아님 애써 그 사실을 부정하고, 노력한다면 우리가 잘 지낼 수 있을 것이라 믿는 것인가. 녀석이 어떻게 생각하든지 상관없다. 난 그저 녀석이 시키는 것을 하는 척하며 시간을 보낼 것이고, 그렇게 버티다 보면 물위에 둥둥 떠 있는 기름을 걷어내 듯 녀석을 깔끔히 제거해 버릴 것이다.

난 지금 것 그래왔듯 녀석의 편지에 불을 붙였다. 라이터에서 시작된 작은 불꽃이 종이로 금세 옮겨 붙더니 내손을 집어 삼킬 듯 순식간에 커졌다. 난 불 붙은 종이를 깡통에 집어넣었다. 그렇게 태운 재가 되어버린 편지들이 깡통에 한 가득 차있었다.

매캐한 연기가 좁은 방안을 뿌옇게 채워갔다. 난 창문을 열고 연기가 파리라도 되는 양 손을 휘저어 연기를 창문 밖으로 내 쫓으려 했다. 하지만 연기는 창문 밖으로 나갈 마음이 없다는 듯 내 손을 피해 이리저리 도망갈 뿐이었다.

난 연기를 내 쫓는 것을 포기하고 옷장 깊숙이 숨겨놓은 대포폰을 꺼냈다. 그리고는 익숙한 듯 번호를 눌렀다.

"아따, 이게 누구당가? 난 전화 안 올 줄 알았는디, 그래도 전화를 현거 보니께 내가 혔던 제안이 땡기긴 혔는 갑구마잉" 전화기 너머로 나회장이 조금은 비아냥거리는 목소리로 전화를 받았다.

"그때 했던 말이 아직 유효하다면 한 번 같이 해보고 싶습니다." 난 그의 비아냥거림과는 다르게 최대한 공손함을 유지했다.

"잘 생각했구만. 그렇게 생각했으믄 재고 자시고 할 것 없고 당장 출근해블제?"

"오늘은 늦은 것 같으니 내일부터 출근하도록 하겠습니다."

"그려, 그려. 내 비서가 따로 연락 할 것인께, 비서 말에 따라가꼬 출근허믄 되겠구만, 내일 보드라고."

"예, 알겠습니다. 내일 뵙도록 하겠습니다." 난 인사를 하고 전화를 끊었다.

조금의 시간이 지나고 나회장의 비서라는 사람이 연락을 해왔다. 그녀는 내일 출근 시간과 장소 등에 대해 내게 상세히 말해주었다. 난 그녀의 말을 한 마디도 놓치지 않고 받아 적었다. 이제부터 녀석과는 한배를 타게 된 것이다. 좋든 싫든 녀석에게 모든 정보를 넘겨줘야만 한다. 만일 녀석이 실수를 하게 된다면 내 목숨이 위태로워 질 수 있기 때문에 난 받아 적은 메모지를 토대로 편지를 상세히 적어나가기 시작했다.

편지를 적어 놓은 난 곧바로 병원으로 향했다. 그를 제거 하는 것 또한 내게는 아주 중요한 일이었기에 절대 빼먹을 수 없는 일이었다.

19. 한서경

25년 전 내가 고등학교시절 내 또래라면 한 번쯤은 써보고 받았다던 그 흔하디 흔하던 연예편지를 난 단 한 번도 받아보지도 써보지도 못했었다. 그런 내가 지금은 아침에 일어나자마자 편지를 읽고, 자기 전에는 편지를 끼적대고 있었다. 물론 연예편지지처럼 알록달록 오색 무늬가, 가을에 아름다운 풍경이, 예쁘고 귀여운 캐릭터가 배경으로 그려져 있는 편지지가 아닌 그저 딱딱해 보이기 그지없는 줄 노트에 지극히 사무적인 글로 도배가 된 편지이지만 어색하기는 마찬가지였다.

오늘도 난 어김없이 녀석이 휘갈겨놓은 편지를 읽으며 하루를 시작한다. 녀석이 써놓은 '편지를 읽는다?' 아니, '해독한다.'로 함이 옳을 것이다. 녀석의 필체는 정말이지 엉망 그 자체이다. 언뜻 멀리서 그 편지를 보면 아랍어가 아닐지 오해할 정도로 엉망 그 자체였다. 필체뿐만이 아닌 기본적인 맞춤법도 엉망이고, 띄어쓰기는 말할 것도 없다. 녀석의 맞춤법은 '아버지가 방에 들어가신다.'는 것이 아닌 '아버지 가방에 들어가신다.'를 넘어 '아버지 감방에 들어가신다.'일 정도이다. 한마디로 방에 들어가는 아버지를 범죄자로 만들 어 버릴 만큼 녀석의 맞춤법과 띄어쓰기는 최악의 수준이었다.

그렇게 난 녀석의 암호문을 또 다시 해독해 나가고 있었다.

『이제 좋든 싫든 우리는 한배를 타게 됐군요. 나총수 회장에게 전화를 걸어 스카우트 제의를 받아들인다고 했소. 그랬더니 멍청하기 짝이 없는 나회장이 무척이나 좋아하더군요.

지금 이 편지를 읽은 시간이 있을지 모르겠소. 나회장이 일러준 장소로 출근을 해야 하니 준비하는 것이 좋을 것 같소. 이 편지는 가는 길에 읽는 것이 어떨까 싶소. 출근시간은 9시까지 이니 말이오.』

난 휴대폰을 켜고 시간을 확인했다. 시간은 7시 50분이었다. 난 읽던 편지를 접어 테이블에 올려놓고 나갈 준비를 서둘렀다. 한동안 밖에 나가지 않다보니 몰골이 말이 아니었다. 첫 출근부터 늦어서는 안 될 것 같기에 난 대충 고양이 세수를 하고, 옷을 챙겨 입은 후 집을 나와 바로 택시를 잡아 탔다. 녀석의 대포차를 이용하는 것은 위험할 수 있기에 이제 부터라도 불편하지만 대중교통을 이용하는 것이 맞음이리라. 물론 녀석에게도 대포차를 더 이상 이용하지 말라 당부도 빼먹지 않았다. 대포차를 이용하건 대중교통을 이용하건 녀석의 선택이지만, 녀석도 현재로선 대포차를 이용하는 것이 매우 위험하다는 것 즘은 잘 인식하고 있음이리라.

난 택시기사에게 행선지를 말한 후 녀석이 써놓은 편지를 다시 읽어나갔다.

『이제 활시위는 당겨졌소. 단 한 번에 그들을 맞추지 못한다면 영영 기회는 다시 돌아오진 않을 뿐더러 우리의 목숨 또한 위험해 질 수 있다는 사실 절대 명심하기 바라겠소. 특히나 기회가 왔다고 회장을 죽이려는 시도는 절대 하지 마시오. 작은 실수 하나가 우리를 위태롭게 만들 수 있으니 아무래도 회장을 죽이는 것은 내가 하는 것이 낫지 않겠소?

당분간은 회장에게 믿음을 줘야 한다는 사실도 잊지 마시오. 의심이 많은 사람이라고는 하나 그런 사람일수록 이간질은 쉬운 법 아니겠소. 나에게 그런 작전이 있으니 당신은 그냥 회장에게 믿음을 줄 수 있는 행동들만 하시는 것이 최선일 듯싶소.

총수그룹에 도착하면 곧장 32층에 있는 회장실로 올라가시오. 그 곳에서 망치라는 놈이 기다리고 있을 것이니 그를 따라 회장을 만나면 될 것이오. 혹여 회장을 만날 수 있다는 기대에 그를 죽일 만한 무기를 챙겼다면 지금 당장 버리는 것이 좋을 것이오. 의심이 많은 사람이니 당신의 은밀한 곳까지 뒤질 수 있으니 말이오. 오늘 있었던 일 빠짐없이 편지로 남겨 주는 거 잊지 말고, 그럼 행운을 빌겠소.』

녀석의 편지를 읽고 잠시 생각에 잠겨있는 동안 어느덧 택시는 행선지에 도착했다. 난 요금을 지불하고 택시에서 내렸다. 빠른 기간에 급성장한 총수그룹사옥이 여의도 빌딩 숲 사이에 입성한 지 올해로 7년이 지나가고 있었다. 내가 세웠다고 해도 과언이 아닌 그 32층짜리 빌딩이 거만한 모습으로 날 내려다보고 있었다. 마치 그 모습이 날 비웃고 있는 듯 느껴졌다.

난 애써 그 생각을 털어버리고 건물 내부로 들어갔다. 내가 사라진 총수그룹의 본사는 아무 일도 일어난 사실이 없다는 듯 평소와 다른 것이 없었다. '내가 없어지면 회사는 제대로 돌아가지 않을 것이다.'란 내 생각이 자만과 오만이었다는 것을 평온하기 그지없어 보이는 지금의 총수그룹내의 풍경이 여실히 증명해 주고 있었다.

"어떻게 오셨습니까?" 만감이 교차하는 순간을 만끽하고 있는 나에게 경비원이 다가와 물었다. 내가 출근할 때면 머리를 90도로 조아리던 그 경비원이 나를 위아래로 훑어보고 있었다. 난 그 모습에 씁쓸한 웃음이 나왔다.

"회장님 지시로 오늘부터 출근하기로 한 강민석이라고 합니다."

"잠시만 기다리쇼. 확인 한 번 해볼 테니" 그는 그렇게 말하고는 어디론가 전화를 걸었다. 통화를 마친 그가 곧장 내게로 다가왔다.

"좌측으로 꺾어 들어가면 회장님 전용 엘리베이터가 있습니다. 그 걸 타고 32층으로 올라가세요." 그의 말투가 방금 전에 그 경비원이 맞나 싶을 정도로 대단히 공손해졌다. 나회장의 전용엘리베이터는 귀빈이 아니면 절대 탈 수 없는 엘리베이터였다. 총괄기획사장이었던 나조차도 단 한 번도 타보지 못했던 오로지 나회장과 그의 귀빈을 위한 엘리베이터였던 것이다. 그런 나회장이 킬러인 강민석에게 그 엘리베이터를 이용하게 해주었다는 것은 매우 이례적인 파격적 대우였다. 경비원은 그 사실을 잘 알고 있었기에 나를 보는 의심의 눈초리를 잽싸게 거두고 최대한 공손하게 위치를 설명했던 것이다.

하지만 나회장이 킬러인 강민석에게 파격적 대우로 자신의 전용엘리베이터 이용하게 해준 것이 아니라는 것을 나는 잘 알고 있다. 킬러인 강민석이 회사의 모든 이들이 이용하는 엘리베이터를 이용해서 회장실로 가는 것이 좋지 않다고 판단했을 것이다. 모든 일처리는 깔끔해야 한다는 나회장의 성격이 파격적인 대우가 된 것이다.

난 엘리베이터를 타고 곧장 32층으로 올라갔다. 고속 엘리베이터는 아주 빠른 속도로 32층으로 올라갔다. 보통의 엘리베이터보다 2배정도는 빠를 것이라 난 생각했다. 엘리베이터의 속도도 빨랐지만 내가 느끼는 시간은 더욱 빨리 지나가고 있는 것처럼 느껴졌다. 나회장과 제회 한다는 생각에 내 몸속에 끓어오르는 분노가 섞인 피를 긴장한 심장이 빠른 속도로 펌프 질 해댔다. 분노와 긴장감이 동시에 내 몸을 감싸고 있었다.

"32층입니다. 문이 열립니다." 지극히 기계적인 목소리가 얼른 내리라고 내게 말하는 것만 같았다.

엘리베이터 문이 열리자 나회장의 비서인 젊은 여성이 엘리베이터 바로 앞 테이블에 앉아있는 모습이 보였고, 그 테이블을 지나 커다란 문이 하나 있었다. 그 문에는 똥 씹은 표정을 한 두 명의 건장한 남성이 문을 사이에 두고 서있었다. 회장실에 업무보고를 위해 하루에 몇 번씩 왔던 곳이지만 오늘은 그 풍경이 낯설기만 했다.

"강민석씨?" 나회장의 비서가 날 힐끗 보더니 물었다.

"네." 난 짧게 대답했다.

"들어가세요. 회장님께서 기다리고 있어요." 젊은 여성은 눈길을 컴퓨터모니터에 고정한 체 내게 말하고는 시시덕거리며 컴퓨터자판을 두들겨 댔다. 난 큰 문으로 성큼성큼 걸었다. 큰 문에 가까워질수록 심장 박동 역시 빨라져만 갔다. 혹여나 내 심장소리가 이 공간에 있는 그들에게 들릴까 싶은 마음에 난 일부러 발소리를 크게 내며 문을 향해 걸음을 옮겼다.

커다란 문에 도달하자 양쪽에 서있는 건장한 남성 중 한명이 날 가로 막아섰다. 그리고 내 팔을 들어 올리더니 몸을 뒤지기 시작했다. 난 순순히 그가 시키는 대로 따랐다. 머리부터 발끝까지 그의 투박한 손이 내 몸을 훑고 지나갔다. 기분이 좋을 리가 없었다. 특히나 중요한 부위에 그의 손이 닿았을 때는 그를 죽이고 싶은 충동까지 느꼈다. 아마 내가 총수그룹의 총괄기획사장으로 있었다면 분명 저 자식을 죽였을 것이다.

"들어가십시오." 내 몸에 어떤 흉기가 될 만한 물건이 나오지 않자 그가 문을 열며 말했다. 그가 열어준 문으로 들어가자 이번에는 망치와 도끼가 소파에 앉아 TV를 보며 시시덕거림을 멈추며 동시에 날 쳐다봤다. 그 모습이 왠지 15년 전 총수금융을 처음으로 찾아갔을 때와 비슷하다는 생각이 들었다.

"왔는가? 쪼께 늦어 부렀구만" 망치가 날 보며 말했다.

"그렇게 됐습니다." 난 형식적으로 대답하고는 애써 그들을 외면하며 그 앞을 지나쳐 갔다.

"음마, 니가 시방 회장님과 다이다이로 전화해브렀다고 지금 여그를 바로 지나가부냐?" 망치가 그 앞을 지나가는 내 팔을 잡아 세우고는 말했다.

"바로 앞에서 몸수색도 했고, 또 뭐가 남았습니까?" 난 두근거리는 심장을 애써 진정시키며 침착하게 그리고 최대한 킬러답게 말했다.

"씨발! 밖에 놈들은 의리가 없어. 다시 말하믄 돈만 받고 형식적으로다가 몸을 뒤지는 놈들이지. 근디 우리는 회장님과 가족이나 다름없단 말이시. 까놓고 니 똥구멍에다가 면도칼이라도 숨겨왔을지 우째 아냔 말이지. 거그까장 샅샅이 뒤져봐야 내가 맴이 놓이겄다 이 말이여." 망치가 소파에서 몸을 일으켜 세우며 말했다. 예전에는 망치 앞에 서있으면 망치를 올려다봐야 했지만 지금은 눈높이가 망치와 엇비슷해졌다. 아니 내가 살짝 망치를 내려다보고 있음이 맞을 것 같았다. 그런 눈높이가 되고 망치가 잡았던 손힘이 느껴지니 왠지 망치가 만만하게 느껴졌다.

"그래서, 당신들 앞에서 똥구멍이라도 까발려봐라?" 내가 헛웃음을 지으며 말했다. 난 알고 있다. 동물들이 세력다툼을 하듯이 그들 역시 짐승들처럼 새로 들어온 나에게 자신의 위세를 강조하고 싶은 것이라는 사실을 말이다. 그런 짐승스런 행위에 엮기는 것조차 난 역겨웠다.

"요 새끼 보소. 요런 앙증맞은 새끼, 도끼야 이 새끼 웃는 거 좀 봐라잉. 우째부까? 여그서 발라부까?" 망치가 어이가 없다는 듯 도끼를 보며 말했다.

"저 새끼 똥구멍 봐서 머덜거냐? 그냥 들여 보내라잉!" 도끼가 소파에 앉은 상태 그대로 망치에게 말했다.

"야! 저 새끼 쪼개는 것 좀 봐라니께. 저 면상을 보고도 그냥 보내라고야." 망치가 억울한 듯 울상이 가득한 얼굴로 말했다.

"저 새끼, 니 발바닥에 업들이게 할 시간은 겁나 많아 부니께 오늘은 그냥 보내라잉. 회장님도 소란 피우지 말라고 혔은께." 도끼의 말에 망치가 잡고 있는 내 손목을 놔주었다. 그러면서 억울한 듯 한마디 덧붙였다.

"낭중에 보거들랑 눈깔어라잉! 뒤지기 싫으믄!"

난 다시 한 번 망치를 향해 비웃음을 보이고는 회장실 문을 열고 안으로 들어갔다. 뒤에서 망치의 씩씩대는 소리가 기분 좋게 들려왔다.

문을 열고 들어선 곳, 나회장의 업무 공간이라고 하기 보다는 총수그룹의 모든 불법행위들이 잉태하고 자라나는 불법의 온상지라고 할 수 있었다. 그런 이곳은 내가 떠나올 때와 하나도 변한 것이 없어보였다. 변한 것이 없다는 것은 내부의 풍경뿐만이 아니라 그 곳이 지니고 있는 상징적 의미도 포함 일 것이다. 상징적인 의미라는 것은 형태가 불분명하기에 변함과 불변함을 시각적으로 봐서 알 수 없지만, 킬러인 강민석을 이곳 까지 불러들였다는 것이 그 사실을 여실히 증명하고 있음이리라.

'(주)총수그룹 나총수 회장'이라는 명패가 올려 진 책상에 앉아있는 나총수는 전화를 붙들고 전화너머 상대방을 향해 세상에 있는 욕 없는 욕을 모두 쏟아 붓고 있었다. 아마 상대방이 전화 너머가 아닌 나총수 바로 앞에 있었다면 벌써 재떨이가 그의 이마에 날아가 박혔을 것이다. 내가 맞은 재떨이만 해도 몇 개였던가. 갑자기 그 시절이 생각이 나니 발가락 끝에 있는 피가 솟구치는 것만 같았다.

나총수는 전화너머 상대방에게 욕을 하면서도 들어오는 날 봤는지 손가락으로 앞의 소파를 가리키며 나에게 앉으라는 손짓을 했다. 난 그가 가리키는 소파로 가서 앉았다.

"조합 설립한다고 주동하는 새끼들 다 파 묻어불던지, 바다에 떤저불든지 해서라도 막아라잉! 알긋냐? 노동조합이 설립되믄 그때는 쩌번 맹이로 니 손모가지로 끝날 일이 아니여. 그때는 진짜 모가지가 없어질 줄 알아라잉!" 전화기가 부셔질 정도로 쌔게 전화를 끊은 나회장은 한동안 분이 풀리지 않았다는 듯 씩씩 거리며 앉아있었다. 그는 내가 들어온 것조차도 잊은 모양이었다. 난 마냥 그가 흥분을 가라앉히기만을 기다렸다.

3년 전 총수건설에서 시공한 대구의 패러다이스시티가 인허가비리 부터 납품비리, 부실공사까지, 3중 의혹이 언론을 통해 홍수가 터진 듯 기사들이 쏟아져 나왔다. 당시 총수그룹 총괄기획사장이었던 내가 여기저기 미리 미리 약을 쳐놓은 덕분에 검찰조사에서 혐의 없음이 나왔지만, 그때 당시 나회장은 진땀 좀 빼야했다. 회장은 그 책임을 당시 총수건설 사장인 양병식에게 물어 그의 오른팔을 잘랐던 것이다. 다행이 봉합수술은 했지만 그의 오른손은 예전같이 자연스럽지가 못했다. 지금 나회장이 하는 말로 추론컨대 방금 통화한 사람은 바로 양병식 총수건설 사장이 분명할 것이리라. 내가 그런 생각에 빠져 있을 때 나회장은 자신의 책상을 지나쳐 나에게 다가 오고 있었다.

"나가 쓰벌 호구도 아니고 말이여, 툭허믄 노동조합 맹근다고 떼쓰고 질랄들이여 지랄들은" 나회장이 나에게 다가오면서 분이 덜 삭혔는지 혼잣말로 중얼거렸다.

"아니, 자네가 봤을 때 내말이 틀렸는가?" 그는 자신이 생각이 옳은 것임을 나에게 확인이라도 받고 싶은 듯 물었다.

"그룹에 큰일이라도 있으신 모양입니다." 난 아무것도 모른 다는 듯 표정을 하며 물었다.

"2주전에 이화동 아파트 건설현장에서 3명이 죽은 사고 알제?"

난 그의 물음에 대답하지 않고 가볍게 고개만 끄덕였다. 당시 뉴스에 짤막하게 나와서 나 역시 알고 있었다. 3명이 죽은 사고였는데도 불구 뉴스의 가장 마지막 꼭지에 나온 것으로 봤을 때 총수그룹의 파워가 얼마나 막강한지 여실히 증명해주는 사건이었다.

"아니, 아파트 올리다 보믄 떨어져 디질 수도 있고 그라는 거 아니것 당가? 나가 떨어져 디지라고 빈 것도 아니고 지들이 조심성이 없은께 디진 거 아녀. 근디 사고 진상조사를 공동으로 허자고 혀길래 안 된다고 했등만, 그때부터 노동조합을 설립 한다며 지랄들을 혀대는 거여 씨발! 개, 돼지 새끼들은 일이나 열심히 혀믄 되지 지들이 머시라도 되는 줄 알고 설쳐대는 꼬라지가 가관이란 말이여. 이 새끼들은 그냥 파리여 파리! 프랑스에 있는 파리 말고, 거 있잖여, 윙윙 날아 댕기는 파리. 죽여도, 죽여도 끝없이 나와서 설쳐대는 파리새끼들 말이여.... 설쳐대믄 어찌야 것당가? 계속 죽여야 되겠제? 그래서 앞으로 자네가 할 일이 많아 블겄어." 그는 쉬지 않고 주어 없이 떠들어 댔다.

"누구든지 말씀만 하십시오. 회장님 눈에 거스르면 제가 치워 드리겠습니다." 난 그가 좋아할 만한 대답을 얼른 생각해내어 말했다. 내 말이 맘에 들었는지 그의 표정이 확연히 달라졌다.

"그려, 그려, 자네 맘에 쏙 들구마잉. 나가 사람 보는 눈 하나는 정확하당께. 일단은 자네가 허는 말은 맘에 쏙 들었고, 아무래도 자네나 나랑은 비즈니스 관계 아니 당가? 그니께 자네가 일하는 것을 봐야 내 맴도 놓일 것이고, 자네한티 주는 내 돈도 안 아까울 것이고."

"제 실력은 한서경을 죽였을 때 이미 알았을 것이라고 보입니다만..."

"그라제, 자네 실력을 의심허는 것은 아니고, 다만 프리랜서로 일할 때하고, 월급쟁이로 일할 때 하고 다르믄 안 되니께 허는 말이여."

"무슨 말인지 알겠습니다. 없애야 할 그 사람이 누구입니까?"

"역시 이 나라 최고의 킬러답게 척하믄 척이구만." 나회장은 엄지를 척하며 들어올리더니, 인터폰을 누르고는 "거시기 가지고 들어와!" 라고 말했다. 잠시 후 망치가 노란색 서류봉투를 들고 들어와 나회장에게 공손히 그 봉투를 넘겼다. 나회장은 망치에게 건네받은 그 봉투를 나에게 들이밀었다.

"열어봐" 서류 봉투를 내게 내민 나총수가 말했다.

"니는 수고했은께 그만 나가보고" 나총수가 멀뚱히 서있는 망치에게 말했다. 망치가 서운한 듯 그런 표정으로 머뭇거리더니 뒷걸음질로 회장실을 빠져나갔다. 난 그가 나가는 것을 확인하고 나서야 봉투를 열어봤다.

"처음부터 어려운 일을 주믄 안될 거 아니것어? 적응도 해야 하니께, 조금 수월할 것 같은 애들로 다가 준비혔으니께, 어려울 것은 없을 것이여." 봉투를 열어 내용물을 꺼내고 있는 사이에도 나총수는 계속 입을 열어댔다.

난 봉투 안 내용물에 포함된 사진을 먼저 봤다. 사진을 확인한 난 떨리는 손을 나총수에게 들키지 않으려 한동안 애를 써야만 했다. 굳어지는 표정역시 억지로 아무렇지 않다는 듯 관리해야만 했다. 하지만 나총수는 의심만이 존재하고, 폭력과 살인으로 뒤덮인 혼돈의 세계를 오랫동안 살아왔던 조폭노장 답게 미세하게 떨리는 내 손과 표정이 굳어 가는 것을 금세 알아차렸다.

"머여? 표정이 왜 그려? 아는 사람이여?" 사진을 보고 있는 내 표정을 보며 나총수가 말했다.

"아...아닙니다. 제가 알 리가 있겠습니까." 난 일부러 나총수의 눈을 똑바로 쳐다보며 말했다. 이럴 때 일수록 사람의 눈을 보며 믿음을 줘야 한다. 일부러 상대방의 눈을 피하고 말한다면 더욱 의심만 살 뿐이다. 나총수는 내 눈을 한동안 말없이 쳐다보고만 있었다.

"알았어!" 내 눈을 한동안 보기만 하던 나총수가 뭔가 알았다는 듯이 말했다.

"네?" 난 움찔 했지만 그 움찔함을 표시내지 않으려 애썼다.

"자네 표정이 굳어지는 이유를 알았다고." 그의 표정이 굳어져 갔다. 난 여차하면 이 자리에서 나총수를 죽여야 겠다는 생각을 품고 그가 다음 말을 하길 기다렸다.

"이뻐서 글지? 요로케 이쁜 애들을 죽이기가 아까워서?" 그의 표정이 장난스런 표정으로 바뀌었다.

"아.......네" 난 안도의 한숨을 내쉬면서 나총수 회장이 돌 아이라는 사실을 다시 한 번 깨달았다.

"이쁘지....이뻐.... 근디 저년 들이 요물들이여. 여자라고 쉽게 보지마러. 요물들이니께." 나총수가 혀를 차며 말했다.

"이력을 보니 회장님 회사 그것도 직속 직원들인데 왜 죽이려는 것이죠?" 난 대충 이유를 알 것 같았지만 모르는 척 물었다.

"고년들을 나가 겁나게 이뻐해 붓지. 근디 말이여 나가 그렇게 이뻐했는디 내 뒤통수에 칼을 꼬바블라고 준비하고 있었단 말이제. 자네가 죽인 한서경이랑 쿵짝이 맞았는지 어째는지 모르 것지만, 그 새끼랑 말이지 내 뒤통수를 칠라고 했드라니께. 은혜도 모르는 아주 쌍년들이여, 고년 들이." 나총수의 입에서 튀어나온 침이 비가 되어 내 얼굴을 강타하고 있었다. 나총수가 말할 때 침이 많이 튀어 나온다는 것은 매우 흥분했다는 반증이었다. 총수그룹에 몸담는 시간동안 재떨이 보다 많이 맞은 것이 아마도 나총수의 침일 것이다.

"언제까지 처리해드리면 될까요?" 내가 물었다.

"빠르면 빠를수록 좋제. 둘이 붙어있을 때가 많은 것 같으니께, 그때 처리해 부러" 그가 대답했다.

"알겠습니다." 난 대답하고 서류봉투에 죽여야 할 대상의 사진과 프로필을 다시 집어넣으며 소파에서 일어났다.

"뭐 필요한 거 있으면 밖에 있는 아그들 한티 말하고, 처리하고 나면 먼저 연봉에 10프로하고 뽀나스 좀 얹어 줄 틴께, 잘 처리해 불드라고. 글고 이제 총수그룹과 가족이 됐으니께 직책도 있고 혀야지 않겠는가. 전무가 좋겠구만. 강전무. 허허허" 그가 일어나 나가려는 내게 말했다. 난 고객를 살짝 숙여 대답을 대신하고 회장실을 나왔다.

집으로 돌아온 난 서류봉투를 다시 열어 사진을 꺼냈다. 사진 속에는 혜윤과 김희진 팀장이 해맑게 웃고 있었다. 나총수가 혜윤과 김희진 팀장을 죽이려 하는 이유를 직접적으로 말하지는 않았지만 실크로드 프로젝트가 그 원인일 것이라고 생각했다. 나회장은 분명 실크로드 프로젝트가 시작한 후부터 알고 있었을 것이고, 날 죽여야겠다는 마음을 먹은 이유도 바로 이 프로젝트였을 것이다. 그런데 어떻게 나회장이 그 프로젝트를 알았을까? 그 프로젝트는 김희진 팀장과 나, 그리고 김희진 팀장을 통해 알게 되었다는 혜윤이가 전부였다. 다른 아는 이가 있는지 확인이 필요한 시점이었다.

난 일단 혜윤에게 이 사실을 알렸다. 혜윤이가 알고 있어야 된다는 판단에서였다. 그녀에게 내가 연락할 때 까지 절대 집을 나오지 마라며 신신당부를 하고 전화를 끊었다. 이제 어떻게 할지 차차 생각해봐야 된다. 시간이 그리 많지는 않지만 고민해보면 분명 좋은 방법이 떠오를 것이다.

난 종이와 펜을 꺼냈다. 그리고 오늘 있었던 일을 상세히 적어나가기 시작했다.

20. 강민석

『어제 나회장을 만났네. 먼저 나회장의 심복인 망치와 도끼라는 자가 나를 무척이나 경계하더군. 이놈들은 자신의 위치가 위협받을까 싶어 항상 새로 들어온 자들을 경계하는 동물적 습성을 지닌 자들일세. 똥은 피하는 게 답이라고 하듯이 그들과 부딪히면 좋을 것이 없는 놈들이니 웬만해서는 그들을 피했으면 하는 바람이네. 지극히 내 주관적인 생각이지만 자네를 호랑이라고 한다면 그들은 늑대라고 할 수 있지 않을까 싶네. 호랑이와 늑대와 싸운다면 누가 이길 것 같은가? 당연히 호랑이가 이길 것이네. 물론 일대 일로 가정해서 말이지. 하지만 늑대는 무리생활을 하는 동물이네. 특히나 무리에 대한 애착심이 강한 동물이기도 하지. 그렇게 봤을 때 늑대란 동물은 한편으로는 조폭들과 비슷한 습성을 지녔다고도 볼 수 있겠지. 이런 늑대 무리와 호랑이와 싸운다면 그 때는 누가 이길지 아무도 예측할 수 없다는 것이지. 물론 나총수 무리가 늑대 무리에 비해 멍청한 것은 사실이지만, 그래도 최근에 그 무리에 엘리트들이 다소 포진 된 듯싶으니 그들을 무시하는 생각은 자제하길 바라네. 자네의 실력을 무시하려고 하는 말이 아니니 오해하지는 마시게. 혹시나 자네의 성격상 그들과 부딪힐까 싶은 우려에 하는 말이니 말일세.

이제 나총수 회장을 만난 얘기를 해주지. 그가 첫 번째 일을 주었네. 서류 봉투 안에 사진과 프로필이 있으니 나중에라도 확인하시길 바라네. 사실 이일을 자네에게 알려야 하는지에 대해 많이 고민을 했네. 사진을 본다면 내가 왜 고민했는지 알 수 있을 것이니 따로 말하지는 않겠네. 서류봉투를 자네 앞에 두었다 시피, 내가 내린 결론은 자네도 알고 있어야 된다고 생각했네. 그래야 나회장 앞에서 실수하는 일이 없을 것 아니겠는가.

방금 말했지만 이번 일은 자네는 나서지 말고 알고만 있어야 된다는 것이 내 생각이네. 내가 알아서 처리하고, 자네에게 반드시 결과를 말 할 테니 자네는 나서지 말아주었으면 하는 바람이네. 내 약속하지 절대 자네에게 피해가 가지 않도록 한다고. 어차피 자네에게 피해가 가는 것은 나 역시 그 피해를 고스란히 받는 다는 뜻 아니겠는가. 그러니 걱정하지 마시고 나회장을 죽일 수 있는 방법에 더욱 매진하시길 바라겠네. 참고로 나회장은 이들을 죽여야 할 이유에 대해서는 말하지 않았네. 단지 한서경, 바로 나와 한 통석이었다고만 하더군.

마지막으로 총수그룹의 전무가 된 것을 축하하네. 보통 대기업의 경우 말단직 사원에서 전무가 되기까지 평균 25년의 세월이 걸린 다는데 자네는 단 하루 만에 전무가 되었으니 이보다 더 축하할 일이 어디 있겠는가. 이제 자네는 총수그룹 강전무일세.』

　마지막 녀석의 글이 날 향해 비아냥거리는 것 같아 기분이 썩 달갑지는 않았다. 난 노란 서류봉투에서 내용물을 꺼냈다. 한 장의 사진과 프로필이 적힌 두 장의 쪽지가 들어있었다. 사진 속에는 혜윤이와, 혜윤이와 비견할 만한 미모를 가진 여성이 활짝 웃는 얼굴로 나란히 있었다. 사진을 서류봉투에 다시 집어넣고 프로필을 확인했다. 그 여성의 이름은 김희진이었고 직장은 총수그룹 미래전략실 온라인 마케팅 팀장이었다. 난 혜윤이가 총수그룹에 다닌다는 사실은 알고 있었지만 어느 부서의 소속이었고, 어느 팀 소속인지까지는 알지 못했다. 혜윤이도 자신의 부서에 대해 말하지 않았을 뿐더러 나 역시 혜윤이의 직장생활에 대해 궁금해 하지 않았기도 했기에 혜윤이가 총수그룹에서 어떤 일을 하고 있는지 알지 못하는 것은 당연할 것이다. 혜윤이의 프로필상 총수그룹 미래전략실 온라인 마케팅 팀원이었고, 김희진이란 사람은 그 팀에 팀장이었다. 그럼 둘은 같은 직장 내에 직속 상사와 부하직원의 관계라는 말이 될 것이다. 총수그룹 총괄기획사장 한서경, 총수그룹 미래전략실 온라인마케팅 팀장 김희진, 그리고 정혜윤. 이 셋은 분명 모종의 관계가 있었을 것이다. 그러니 나회장이 이 세 명을 죽이려 하는 것이 아니겠는가. 그 중 한 명은 공식적으로는 죽었지만 말이다.
'이 자식이 도대체 뭘 어떻게 하려는 것일까? 그냥 내가 직접 죽여 버릴까? 녀석이 살려뒀다가 나중에 나회장에게 발각이라도 된다면?' 충분히 가능한 일이었다. 녀석은 분명 그 년들을 죽이지 못할 것이고 어디엔가 숨겨두려 할 것이다. 나회장을 내가 죽일 때까지 말이다. 하지만 난 나회장을 죽일 마음이 없었다. 앞으로 10억의 연봉을 내게 꼬박꼬박 챙겨 줄 내 고용주를 내가 죽여야 할 하등에 이유가 없지 않겠는가. 그렇게 시간을 벌다 녀석을 내 몸속에서 제거할 것이다. 하지만 그 때 가서 죽이지 않은 혜윤이와 김희진이란 여자가 나타난다면? 나회장은 분명 날 죽이려 들 것이 뻔한 이치 아니겠는가. 그러니 기회를 봐서 둘을 죽여야겠다는 생각으로 내 머릿속을 정리해갔다. 아니 더 좋은 방법이 생길 수도 있을 것 같았다.
　난 전화를 들고 저장된 전화번호부 중에 남규식을 찾아 전화를 걸었다. 통화음이 길게 울린 후 상대방이 전화를 받았다.
"우얀 일이고?"
"야. 섭섭하다. 친구가 전화했는데 웬일이냐니? 우리가 그런 사이였냐?" 난 서운하다는 투로 말했다. 실제로 서운하지는 않았지만 말이다. 그만큼 규식이와 난 가까운 사이는 아니었다.

"퍼뜩 본론만 말해. 돈은 없으니까 돈 얘기는 하지 말고." 규식이 귀찮은 듯 말했다.

"돈 얘기 아니니까 걱정하지 말고, 전화로는 그러니 만나서 얘기하자."

"나 시간 읎다." 규식은 계속해서 귀찮다는 말투를 유지하고 있었다.

"그러지 말고 잠시면 되니까, 어디냐? 내가 그리로 갈게."

"바쁘다 안하나. 니 보고 싶은 생각도 별로 읎고. 그만 끊는데이." 규식이 전화를 끊으려 했는지 전화기로 들리는 그의 말이 점점 멀게 들려왔다.

"1억짜리다." 그가 듣지 못할까 내가 큰소리로 외쳤다.

"머.....머라꼬? 얼마?" 그의 말이 다시 가까워졌다. 전화를 끊으려 하다 다시 귀로 핸드폰을 가져 온 것이라 난 생각했다.

"일단 만나서 얘기하자. 지금 바로. 내가 갈까 네가 올래?" 1억에 주객이 전도 되었다.

"하믄 내가 가야지. 당연히 내가 가야되는 거 아이겠나?" 돈이 얼마나 위대한 지를 규식이 다시 한 번 일깨워 주고 있었다. 방금 전 까지만 해도 나를 보기 싫다며 전화를 끊으려는 규식이 1억이라는 돈에 이렇게 바뀌는 것을 보라. 돈이 이 얼마나 위대하단 말인가.

난 규식과 만나기로 한 시간이 다가오자 준비를 하고 그 장소로 나갔다. 카페에 들어서자 규식이 먼저 와 날 반갑게 맞아주었다. 다시 말하지만 규식과 난 서로 반갑게 맞아 줄 만큼 친한 사이는 아니었다. 다 돈이 만들어준 풍경이라 할 수 있을 것이다.

"어여 온나. 이기 을매 만이고?" 규식의 얼굴이 만개한 꽃이라 표현 한다면, 한글에 대한 대단히 큰 모욕일 것 같고, 구지 비슷하게 표현 한다면 땅에 떨어진 만개한 소똥 같았다. 한마디로 더러웠다. 하지만 내가 필요에 의해 찾은 것이니 녀석의 표정이 더러워도 내가 참아야만 했다.

"요즘 잘 지내지?" 난 녀석처럼 위선으로 얼굴을 포장하고 그를 향해 손을 내밀었다.

"뭐....내사 그럭저럭 살고 있구마." 규식이 그 앞으로 내민 내 손을 잡으며 말했다.

"일단 앉자." 난 규식에게 앉기를 권했다.

"니는 좀 개안나? 얼굴 보이 쪼매 개안은 것 같아 보이네." 규식이 자리에 앉으며 말했다.

"이쪽 바닥이 다 거기서 거기 아니겠냐. 나라고 별수 있는 게 아니더라." 난 푸념

하듯 말했다.

"그래도 뭐 최근에 건수하나 올린 모양인갑네. 근데 대체 1억은 뭐꼬?" 규식은 아마 날 만나자 마자 이것부터 물어보고 싶어 안달이 났을 것이다. 오랜만에 만나서 이런저런 얘기를 해도 될 만도 하지만 녀석은 벌써 본론으로 들어가려고 했다. 하긴 규식이와 내 사이가 도란도란 노가리나 까고 있을 정도로 각별한 사이는 아니니 난 그럴 만도 하겠거니 생각했다.

"그리 큰 건 아니고, 내가 하고 싶은데 사정이 있어서 못할 것 같아 너한테 넘기려고." 난 대충 둘러대며 서류봉투를 규식에게 넘겼다.

"1억이믄 지금 경기에 그래도 개안은 편인데, 와?" 규식이 받아든 서류봉투에서 내용물을 꺼내며 말했다. 규식은 그 큰 금액을 자신에게 넘기는 이유가 납득이 되지 않는 모양이었다. 나와 같은 직업의 종사자는 일단 의심이 많다. 아마 녀석도 1억이라는 거금을 주는 의뢰를 직접 하지 않고 자신에게 넘기는 것이 꺼림직 했을 것이다. 저 의심부터 풀어줄 기막힌 핑계거리를 던져줘야만 했다.

"의뢰를 받기는 했는데......" 난 약간은 망설이는 척했다.

"했는데?" 규식이 내 대답을 빨리 듣고 싶다는 표정으로 날 바라봤다.

"전 여자 친구야. 돈도 좋지만 아무리 헤어졌다고 하지만 이건 아무래도 아닌 것 같아서. 우리가 도덕적인 삶을 사는 것은 아니지만 네가 생각해봐도 그렇지 않냐?" 내 말이 모두 거짓인 것은 아니다. 먼저 죽이려는 사람이 전 여자 친구인 것은 맞지 않은가. 물론 도덕적으로 전 여자 친구를 죽이지 못하겠다는 것은 거짓이었다. 얼마 전 난 혜윤이를 죽이려는 시도를 한 적이 있었지 않나. 물론 당시 내가 얻을 수 있는 돈의 액수가 1억보다 훨씬 큰 5억이었지만 말이다.

"뭐....... 그럴 수도 있겠다." 규식은 날 이해해 보려는 듯 애를 쓰고 있는 표정이었다.

"근데......" 난 규식에게 가장 어려운 부분을 말해야만 했다. 이 얘기를 하면 녀석의 마음이 바뀔 수도 있기 때문이었다.

"근데, 뭐?" 규식의 표정이 다시 의심 가득한 표정으로 바뀌고 있었다.

"사진 속에 두 명 모두...." 규식의 표정이 일그러짐이 내 눈에 포착되었다. 그 표정은 '그럼 한 명당 5천 만 원밖에 안 되잖아. 네가 그럼 그렇지, 전 여자 친구였기 때문에 못한다고 할 놈이 아니지'라고 말하고 있었다.

"물론 두 명이지만 사진 속처럼 둘이 굉장히 친하거든, 둘이 절친이다 보니 함께 있는 시간이 많아. 그러니 함께 처리한다면 밑지는 장사는 아닐 거야." 난 규식의 마음을 붙들기 위해 준비해둔 얘기를 최대한 빨리 말했다. 내 말이 통했는지 녀석의 일그러진 표정이 조금은 누그러진 듯 보였다.

"요 두 가시나가 같이 있을 때가 언제 올 줄 알고?" 녀석이 그 말을 할 줄 난 미리 예상하고 있었다. 같은 직업에 종사하고 있다 보니 녀석의 마음을 난 속속들이 알 수 있었다.

"그건 걱정 마, 내가 만들어 줄 테니까. 바로 내일 둘이 만날 거야." 난 규식의 예상된 질문에 대한 준비된 답변을 거침없이 말했다.

"어케?" 녀석은 참으로 의심과 걱정이 많은 놈이라 생각하며 난 규식을 가까이 오라는 손짓을 했다. 규식이 머리를 내게 가까이 들이밀자 난 녀석의 귀에 대고 그녀들을 죽일 방법을 아주 작은 소리로 가르쳐 주었다. 내 얘기를 들은 규식의 일그러져 있던 표정이 온데간데없이 사라지고 아주 밝아져 있었다. 난 규식에게 5천만 원의 선금을 바로 지불하고 일 처리 후 잔금을 주는 방법으로 계약을 맺고 헤어졌다.

규식과 헤어지고 병원으로 향하는 내 발걸음은 한층 가벼워졌다. 물론 1억은 아까웠지만, 연봉 10억의 직장을 놓치지 않을, 한편에 투자라 생각했다. 연봉 10억의 직장도 유지하고, 나회장의 신임도 받고, 한서경에게 빌미도 제공하지 않는 기가 막힌 방법이었다. 내일은 녀석이 활동하는 날이니 어떻게 내가 죽였을 것이라 생각하겠는가. 이만한 알리바이가 세상천지 어디 있겠는가 말이다. 아주 완벽하고 치밀한 작전이라며, 난 내 자신을 자찬하며 병원으로 향했다.

21. 한서경

『서류봉투 속 사진을 보고 나 또한 대단히 놀랐소. 나회장이 어떤 이유로 혜윤이를 죽이려 하는 것인지 도무지 이해가 가질 않군요. 이유가 중요한 것은 아니겠지요. 문제는 나회장이 혜윤이를 죽여라 했다는 것이겠지요. 당신은 혜윤이를 죽이지 않으려는 거 난 잘 알고 있소. 아니, 사랑하니까 죽이지 못하겠지요. 혜윤이를 죽이지 못하겠지만, 나회장은 필시 시체를 확인하려 할 것이오. 그 사실 유념해서 일 처리 하길 바라겠소. 만일 혜윤이가 살아있음을 나회장이 알기라도 하는 날에는 나회장을 죽일 수 있는 기회는 영영 오지 않을 것이오. 기회뿐이겠소. 죽지 않으면 다행이고, 그나마 평생 도망자로 살아야 될 수도 있소. 당신이 어떻게 나회장을 믿게끔 할지는 모르겠으나, 섣불리 행동하지 마시고, 치밀히 준비해서 절대 나회장의 의심을 사는 일은 없게 해야 할 것이오. 당신이 원하는 데로 난 이번 일에는 전혀 신경 쓰지 않을 것이니, 일처리가 끝나면 반드시 내게도 말해주는 거 잊지 마시오. 어제는 하루 종일 집에 머물러있다 보니 내 이야기는 쓸 게 없는 것 같소. 아무튼 행운을 빌겠소.』

난 녀석의 참견 아닌 참견에 기분이 그리 썩 좋지는 않았다. 기분에 따라 편지를 처리하는 방식이 달랐던 건지, 그동안과는 다르게 난 녀석의 편지를 먼저 갈기갈기 찢는 다음 깡통에 넣어 불을 붙였다. 먹이를 찾아 일렁거리는 라이터불꽃이 순식간에 갈기갈기 찢긴 편지를 한입에 집어삼켰다.

난 혜윤을 안전하고 아무도 찾지 못하는 장소에 숨기는 것이 최우선이라 생각했다. 혜윤을 안전한 장소에 숨기고 난 다음, 앞으로 어떻게 할 것인지를 차차 생각해 보면 분명 답이 나올 것이다. 강민석이 먼저 기회를 찾아 나회장을 제거해 줄 수도 있으니 그 때까지 핑계를 대며 시간을 버는 것도 방법일 수 있다. 그러니 일단은 혜윤이의 안전을 가장먼저 생각하기로 했다.

난 바로 혜윤이에게 전화를 걸었다.

"여보세요." 혜윤이의 맑고 청량한 목소리가 내 귀전에 울려댔다. 같은 곳을 보고 같은 목표를 가진 동료로 생각해야 한다고 머리는 계속해서 말해대고 있지만 가슴 한 편에는 그녀에 대한 애틋한 사랑이 요동치고 있었다.

"나⋯⋯요" 내 내면 속에서는 혜윤이에게 말을 낮춰야 할지 아니면 높여야 할지에 대해 갈등하고 있었다. 말을 낮추자니 왠지 동료에 대한 예우를 벗어난 것 같았고, 높인다면 그녀와 너무 사무적으로 거리감을 두는 것 같아 싫었다. 어찌해야 할지 모르니 자연히 말꼬리가 흐려졌다.

"세상에 '나'라고 하는 존재는 70억 명이 있죠. 그 모두가 어떻게 보면 '나'라고 할 수 있으니까요. 당신이 누구인지 더욱 명확해야 할 것 같네요." 그녀가 말했다.

"맞아. 세상에는 70억의 '나'라는 존재가 있지. 하지만 당신에게 '나'라는 존재는 단 한사람 밖에는 없어. 바로 나 한서경!" 누가 들으면 3류 영화 속에나 나올 법한 손가락과 발가락이 오그라드는 대사를 하는 줄 알 것이다. 하지만 이 대화는 우리 둘만이 아는 암호였다. 혜윤이가 죽을 뻔 했던 그날 산에서 돌아오면서 혜윤이 나와 강민석을 구분 지을 수 있도록 암호를 만들었던 것이다.

"아저씨 말대로 집에만 머물고 있어요. 이제 어쩌죠? 계속 이렇고 있을 수만은 없잖아요." 내가 한서경임을 확신한 그녀가 말했다.

"일단 숨자." 내가 말했다.

"어디로요?" 그녀가 불안함을 감추지 못한 체 물어왔다.

"내가 아는 곳이 있어. 총수그룹 사장시절에 도피처로 사놓은 조그만 집이 있는데, 아무도 모르는 곳이니 걱정하지 말고 일단은 그리로 숨자." 내가 말했다.

"알겠어요. 그런데 언제요?" 그녀가 물었다.

"오늘. 2시간 뒤에 만나자. 그전에 김팀장에게 전화해서 둘이 먼저 만난 다음 내가 일러준 곳으로 와. 며칠 머무를 옷가지 좀 챙기는 것도 잊지 말고."

"알았어요. 먼저 김희진 팀장님께 전화할게요."

난 혜윤이에게 2시간 뒤에 만날 장소를 일러주고 전화를 끊었다. 전화를 끊은 난 나갈 준비를 했다. 나총수가 사람을 붙였을 가능성이 있기에 그를 따돌리기 위해서라도 바로 약속장소로 가지 않고 최대한 돌고 돌아서 약속장소로 갈 생각이었다.

난 강민석이 숨겨둔 총을 찾아 챙겼다. 리볼버형 권총으로 굉장히 오래된 권총 같아 보였다. 권총에 대해 잘은 모르지만, 권총의 낡은 모습이 그렇게 말해주고 있었다. 총이 제대로 발사나 될지 의문스러울 만큼 총의 상태가 그리 좋아 보이지 않았지만, 비상시 위협용으로는 충분하리라. 실제로 강민석이 날 죽이려 할 때 발사가 되지 않았었기에 총이 제대로 작동할 것이란 믿음은 일찍이 접어두는 것이 좋았다. 실제 사용할 일이 없으면 좋겠지만, 만약 그런 위협이 내게 온다 해도 난 총을 발사할 용기도 그런 마음도 없었다. 말 그대로 어디까지나 위협용이었다. 난 옆으로 총열을 열었다. 총열에는 6발의 총알이 장전 될 수 있었다. 총알을 찾아 6발 모두 장전을 마친 난 총을 뒤쪽 허리춤에 차고는 옷으로 가렸다. 그리고 곧장 밖으로 나갔다.

내 생각이 옳았다. 집을 나서는 순간부터 누군가 날 뒤 쫓고 있다는 사실을 난 금세 알 수 있었다. 의식하지 않고 있었다면 모를 수도 있었겠지만, 누군가 날 미행할 수도 있다는 의식을 하니 그가 보였다. 난 일부러 분비는 버스와 지하철을 골라서 탔다. 분비는 버스와 지하철을 탈 때마다 그가 눈에 띄게 당황하는 모습이 내게 비춰졌다. 난 그의 당황하는 모습에 내심 통쾌함을 느꼈다. 그렇게 쩔쩔매며 날 쫓던 그의 모습은 어느 순간부터 보이지 않았다. 그를 따돌렸다는 것을 확인한 뒤에도 난 버스와 지하철을 몇 번 더 타고 내림을 반복했다. 아직 약속 시간이 남아 있기도 했지만, 미행이 보이지 않는다고 안심할 수는 없었기 때문이었다.

미행하는 사람을 따돌렸다고 확신한 난 택시를 잡아타고 약속장소로 이동했다. 약속장소에 다다르자 배낭을 메고 서있는 혜윤이와 김희진 팀장이 멀리 보였다.

그 앞에 택시가 서자 둘은 급히 택시에 올라탔다. 미리 약속해두었던 방식이었다.

둘이 택시에 올라타자 난 택시기사에게 다른 목적지를 말했다. 잠시 정차했던 택시가 다시금 출발했다. 우린 목적지에 도착할 때까지 아무 말도 하지 않았다. 아니 택시기사가 의식되어 아무 말도 할 수가 없었다. 그런 적막 속에서 택시는 어느덧 목적지에 도착했다.

택시요금을 지불하고 내린 난 두 사람의 무거운 짐을 들고 나만의 비밀 장소로 이동했다. 말없이 혜윤이와 김팀장이 내 뒤를 따랐다.

"좁지만 둘이서 당분간 지내는 데는 그래도 괜찮을 거야." 집이 좁아 괜스레 내가 미안한 마음을 느꼈다.

"아니에요. 이만하면 5성까지는 아니어도 3성 호텔 수준은 되겠는 걸요. 호호호" 김희진 팀장이 그 털털한 성격을 자랑하듯 너스레를 떨었다.

"그렇게 봐주니 내가 고맙네. 다들 아침도 못 먹었을 거니까 내가 가서 먹을 거 좀 사올게. 짐 풀고, 좀 쉬고 있어." 아침이라고 했지만 시간은 이미 점심때를 훨씬 더 지나가고 있었다.

"근데, 나보다 세 살이나 어리다고 하던데, 도와주는 것은 고마운데, 아까부터 자꾸 반말을 하고 그러지?" 김희진 팀장이 기분 나쁘다는 투로 말했다. 그녀는 털털한 성격이 장점이었지만, 때론 너무 와일드한 성격 때문에 윗사람을 곤욕스럽게도 만든 여자이기도 했다. 난 그녀의 그런 성격을 잘 알기에 반말을 한 것에 대해 그냥 넘어가지 않을 것이란 생각에 아차 싶었다.

"아, 전 혜윤이랑 친구인줄 알고." 내가 얼른 핑계거리를 만들어 말했다.

"제가 혜윤이랑 친구라 쳐도, 초면인데……"내 예상이 적중했다. 그녀는 그냥 쉽게 넘어가는 법이 없었다. 일할 때는 저런 성격이 많은 도움이 되었지만, 사적인 자리에서는 누군가를 힘들게 하는 성격이라 난 생각했다. 그때 혜윤이 나서주었다.

"그러고 보니 배가 고픈 줄도 잊고 있었네. 얼른 맛있는 거 사다줘. 오빠" 혜윤이 아슬아슬한 지금의 상황을 정리하고자 내 등을 떠밀며 현관문으로 밀어댔다. 난 어쩔 수 없이 떠밀려 나가는 척 하며 밖으로 나갔다.

둘을 남겨두고 밖으로 나온 난, 근처에 음식점을 찾아 포장주문을 해두고 편의점으로 향했다. 물과 음료, 라면 등 이것저것 먹을 것들을 잔뜩 사들고 다시 은신처로 향했다.

먹을 것이 잔뜩 든 검은색 비닐 봉투를 양손에 든 체 은신처의 현관 비밀번호를 누르고 안으로 들어갔다. 집안은 마치 아무도 없는 것 같은 착각에 빠질 정도로 조용했다.

'벌써 짐정리를 마치고 한 숨 자고 있나?' 라고 생각한 난 최대한 조용히 부엌으로 가 먹을 것들을 풀었다. 자는 것을 깨우고 싶지 않았다. 누군가 자신을 죽이러 올 수 있다는 긴장과 공포 속에 어제 밤 한잠도 제대로 잘 수가 없었을 것이다. 그녀들을 깨울까 싶은 우려에 난 최대한 조용히 먹을 것들을 텅 빈 냉장고 안에 집어 넣었다. 아무것도 든 것이 없이 돌아가던 냉장고가 이제야 제 역할을 하는 듯 보였다. 난 뿌듯한 마음을 뒤로하고 은신처를 나서려 했다. 어디 갈 때도 없었지만 그녀들의 휴식을 방해하고 싶지가 않았다.

현관문의 잠금장치를 해제하고 손잡이를 비틀어 문을 열려고 하는 순간 현관의 안전 고리가 뜯겨져 나가있는 것이 내 눈에 들어왔다. 순간 난 누군가 침입한 흔적임을 알 수 있었다. 평소에는 그러려니 할 수도 있었겠지만, 지금의 상황이 안일한 마음을 흔들어 깨워주었던 것이다.

난 바로 안방으로 다가가 문을 열었다. 안방 한 구석에 혜윤이와 김팀장의 등이 맞대진 체 묶여있었고, 소리를 지를 수 없도록 입이 헝겊으로 묶여 있었다. 빠져나올 수 없는 공포란 늪에 깊숙이 빠져들어 있는 그녀의 4개의 눈이 날 끄집어 당기고 있었다. 난 그 잡아당기는 힘을 이기지 못하고 혜윤이에게 뛰어 들어갔다. 안방 문을 열기 전까지만 해도 조심해야한다는 이성적 사고는 그녀의 공포로 얼룩진 두 눈에 한순간에 허물어지고 만 것이다.

머리는 위험을 경고하고 있었지만 이미 허물어진 이성적 사고는 그 주변의 위험마저도 무시한 채 난 그녀를 꽁꽁 묶고 있는 밧줄을 풀려했다.

"음음음음...." 혜윤이의 절박함이 가로막고 있는 헝겊 사이로 삐져나왔다. 난 자연스레 혜윤이를 올려다봤다. 혜윤이의 두 눈이 나에게 위험을 알리려 하고 있었다. 그녀의 두 눈동자가 내가 아니 날 지나쳐 내 뒤를 바라보고 있었다. 난 혜윤이의 두 눈동자가 바라보는 곳으로 고개를 돌렸다.

칼을 높이 쳐든 자가 날 향해 칼을 내려찍으려 하고 있었다. 난 순간 본능적으로 혜윤이를 보호하며 녀석의 칼 든 손을 막으려 했다. 항상 내가 먼저였고, 날 위해서만 살았던 내가 누군가를 위해 내 몸을 던진 다는 자체는 혜윤이를 만나기 전까지 상상도 할 수 없었던 일이었다. 그런 내가 지금 이 순간 혜윤이를 위해 온 몸을 내 던지고 있었던 것이었다.

내 몸통을 향해 날아오던 칼끝이 내 몸에 닿기 바로 직전 멈추었다. 칼끝이 내 몸 바로 앞에서 멈춘 이유는 내가 녀석의 팔을 잡았기 때문이 아니었다. 녀석이 내 지르던 칼을 가까스로 멈추었던 것이다.

녀석의 표정이 알 듯 모를 듯 미묘하게 변화했다. 난 그의 표정이 변하는 의미를 알 수 없었다. 그저 녀석의 다음 공격을 준비해야만 했으니 녀석의 표정이 변하는 이유까지 파악할 마음의 여유가 내게는 존재하지 않았다. 녀석은 칼을 뒤로 뺐다. 난 녀석이 칼을 다시 내지를 것이라 생각하며 다음 공격을 준비했다. 하지만 녀석은 뒤로 거둔 칼을 품속으로 집어넣었다. 난 녀석의 꿍꿍이를 파악하려 나름 애를 써봤지만 도무지 녀석의 꿍꿍이를 알 수가 없었다.

"니, 와 다시 왔노? 뭐 빠차 묵고 간 거 있나?" 칼을 품속에 집어넣은 녀석이 나에게 말을 걸어왔다.

생면부지 한 녀석이 내게 아는 척을 했다. 난 녀석을 한 번도 본적이 없었다. 녀석이 다른 사람으로 착각한 것일까? 아닐 것이다. 다시 왔냐고 물었다. 그 말은 내가 나가기를 멀리서 기다리고 있었단 말이었고, 날 알고 있었다는 것이다. 정확히 말한다면 강민석을 알고 있는 놈일 것이다. 그렇다면 강민석과 모종의 꿍꿍이가 있었을 것이고 녀석은 혜윤이 뒤를 밟아 이곳까지 왔을 것이다. 난 순식간에 생각을 정리하고 녀석이 의심하지 않게 행동해야겠다는 판단을 내렸다.

"어.... 할 말이 남아 있어서...." 난 대충 둘러댔다.

"할말? 무신 할 말이 남았단 말이가? 어제 다 말한 거 아이가?" 그가 물었다.

"어.... 너 말고 이년들." 난 혜윤이와 김희진 팀장을 번갈아 보며 말했다. 혹시나 내 입에서 나온 욕 때문에 혜윤이가 싫은 기색을 보이는 것은 아닌지도 살폈다. 다행이 혜윤이에게서 그런 낌새는 느껴지지 않았다.

"니 솔직히 말해바라. 찬찬히 생각해보이 1억이 아까븐 기제? 솔직히 말해바라!" 녀석이 갑자기 신경질 적이 되었다. 이유는 모르지만 지금부터 파악해야겠다는 생각이 들었다.

"아니다!" 난 녀석이 말하는 1억이 무엇인지는 모르지만 일단은 딱 잡아 때야겠다고 판단했다.

"아이기는. 니한티 분명히 말해 두겠는데, 여서 멈추라케도 선금으로 준 5천 만 원은 절대로 몬 돌려준다. 알긋나?" 녀석의 말에 난 지금의 상황이 이해가 가기 시작했다. 강민석이 혜윤이와 김팀장을 죽이기 위해 나름 머리를 굴렸다는 생각이 들었다. 난 순간 이 상황을 빠져 나갈 수 있을 만한 기발한 생각이 들었다.

"아니라니까! 솔직히 말해줄게 잠깐 따라와 봐라." 난 녀석에게 말하고는 방에서 나왔다. 녀석이 내 뒤를 따라 나오고 난 방문을 닫았다.

"솔직히 말해 줄게. 오늘 오전에 내 의뢰인에게 전화가 왔는데, 저 두 년이 자기 기밀이 담긴 USB를 가지고 있다고, 그 걸 찾아주면 1억을 더 얹어 준 댄다. 그래서 그 것 좀 찾을 라고 했다. 됐냐?"

난 녀석에게 '지금 그 USB를 찾을 수 있는 기회를 너 때문에 놓쳤어, 어떻게 책임질 거냐?' 라는 눈총을 주고 있었다.

"진작 말을 하지." 내 말의 뜻을 알아들었는지 녀석이 약간은 주눅이 든 표정이었다.

"이제 순순히 받기는 글러먹었네. 이제 어쩔 거야?" 내가 따지듯 녀석을 다그쳤다.

"솔까, 그기 어찌 내 잘못이고? 니가 내 한티 귀 뜸이라도 해줬음 이런 일이 생겼겠나?" 녀석이 자기 잘 못을 인정하기 싫은 모양이었다. 그 것이 내가 원하는 방향이기도 했다.

"그래, 네 말대로 내가 너한테 말 안한 잘못도 있으니까. 이렇게 하자. 네가 그 USB를 찾아 줘! 고문 같은 강경책을 쓰던지, 살려준다며 유화책을 쓰던지, 무슨 수를 써서라도 찾아. 그럼 1억에서 20프로 때 줄게." 녀석의 표정이 밝게 변해가고 있었다.

"30프로!" 녀석이 팔짱을 끼며 결연한 표정으로 말했다.

"아...씨발! 그래 까짓것, 30프로, 좋다." 난 통 큰 결심을 내리는 것처럼 연기했다.

"좋아, 잘 봐래이. 저 가스나들 그 USB 안주고는 못 베길 기니까. ㅋㅋㅋ" 녀석이 사악하게 웃으며 안방으로 다시 들어갔다.

"어이, 이쁜이들, 오늘 한 번 재미있게 놀아보까? 이렇게 이쁜 언니야들을 바로 직이기가 내는 얼마나 아까벗는지 아나? 누가 먼저 이 오빠야랑 놀아줄기가?" 녀석이 능글맞은 발걸음으로 혜윤이를 향해 다가갔다.

"니가 먼저 오빠야랑 놀아볼까?" 능글맞게 웃으면서 그는 혜윤이의 볼을 쓰다듬었다. 하지만 그게 녀석이 할 수 있는 행동의 끝이었다. 난 들고 들어온 호리병으로 녀석의 뒤통수를 가격했다. 녀석의 뒤통수를 가격한 호리병이 자신의 임무를 다하고 산산이 부서지며 그 파편이 사방으로 튀었다. 호리병을 뒤통수에 맞은 녀석이 날 돌아보더니 '네가 왜?' 라는 표정을 지어보이고서는 그대로 쓰러졌다.

난 혜윤이와 김희진 팀장의 입을 틀어막아놓은 헝겊을 풀어내고, 바로 밧줄을 풀었다.

"뭐가 어떻게 된 거죠? 우리를 죽이려는 이 사람과 어떻게 아는 사이인 것이죠. 1억은 뭐고, 선금 5천 만 원은 또 뭐죠? 설마 당신이 우릴 죽이려고 킬러를 고용한 것은 아니겠죠?" 몸에 묶여있는 밧줄을 풀고 있는 내게 지금 이 상황을 속 시원히 설명해 주길 바라는 눈빛으로 김희진 팀장이 속사포로 따지 듯 물었다. 난 뭐라 할 말이 없었기에 그저 그녀와 눈이 마주치지 않으려 하며 묵묵히 밧줄만을 풀고 있었다.

"제가 설명해 드릴게요." 내가 꿀 먹은 벙어리가 되어있을 때 혜윤이가 나섰다.

"사실 오빠는 킬러에요." 혜윤이의 말에 김희진 동공이 심하게 흔들렸다. 얼마나 심하게 흔들렸냐면 마치 김희진 팀장의 동공에 강도 8.0에 지진이 일어난 듯 했다. 하지만 난 모르고 있었다. 혜윤이 말에 김희진 팀장의 동공의 떨림보다 내 동공에 더 큰 요동이 치고 있었다는 사실을 말이다. 혜윤이는 우리 둘의 눈동자가 심하게 떨리고 있음에도 아랑곳 하지 않고 하던 말을 계속 이어나갔다.

"근데 오빠는 나쁜 킬러는 아니에요. 믿어주셔야 해요." 난 그때까지만 해도 병 주고 약주고 하는 혜윤이의 의도를 전혀 눈치 챌 수가 없었다. 그저 묵묵히 고개만 끄덕이며 혜윤이의 말을 듣고 만 있었고, 김팀장은 우리 둘을 번갈아 보며 아직도 놀란 토끼 눈을 하고 있었다.

"오빠가 내게 말했는데, 제가 언니 놀랠 것 같아 얘기를 못하고 있었어요." 혜윤이는 김희진 팀장을 사적인 자리에서는 언니라 불렀다.

"오빠는 청부를 받으면 사람을 죽이는 척만 하는 킬러에요....음... 그러니까 그 영화 있잖아요. 유해진이 주인공인 그 영화...그 뭐지..." 혜윤이 이 상황에서 중요하지 않은 영화제목을 생각해 내려 애를 썼다. 혜윤이는 나쁜 킬러가 아니라는 말이 뭔가 어색했는지 그 영화를 예로 든다면 쉽게 설명이 가능 할 것이라 생각했던 모양이었다. 그러니 영화제목을 그렇게 부단히도 생각해내려 애를 쓰는 것이리라.

"럭키, 럭키! 그래서 네 오빠가 유해진 같은 나쁜 킬러가 아니라고?" 김팀장은 어이없는 표정을 지어 보이며 말했다.

"아... 그래요. 럭키, 네, 맞아요. 믿기지 않겠지만 사실이에요. 나총수 회장은 킬러를 두 명 고용했어요. 그 중 오빠에게 언니를 그리고 바로 저 사람에게 저를 죽이라고 각각 의뢰한 거죠. 오빠는 저 사람에게 둘을 한 번에 죽일 방법을 제안했어요. 속임수였죠. 안 그러면 언니는 살 수 있을지 몰라도 저에 죽음은 막을 수 없을 테니까요. 그렇게 우리 둘을 살릴 수 있는 방법을 찾다 보니 이방법이 되었어요. 미안해요. 언니한테 미리 말해 두었어야 했는데....." 난 저렇게도 맑은 눈을 가진 혜윤이가 눈 하나 꿈적하지 않고 태연히 거짓말을 하는 것에 놀랐고 저런 기막힌 거짓말을 생각할 수 있다는 것에 또 한 번 놀랐다. 반면 김희진 팀장은 아직도 혼란스러운 듯 보였다. 하긴 '내가 바로 한서경 사장이오!' 하는 것 보다는 덜 혼란스러워하지 않았을까 라는 생각도 들었다.

"그러니까, 네 말은 나총수가 우리 둘을 죽이기 위해 두 명의 킬러를 고용했고, 그 중 한명은 네 오빠이고, 다른 한명은 바로 이놈이다. 그런데 네 오빠는 착한 킬러이고, 저 놈은 나쁜 킬러이다. 우리 둘 모두를 살리기 위해 네 오빠가 속임수를 썼고, 저 놈은 그 계략에 말려들어 지금 이렇게 된 것이다. 그리고 속임수를 쓰고자 돈을 준다고 했고……" 김희진 팀장이 나름의 한 팀의 팀장답게 금세 상황을 파악하고 있었다.

"네. 맞아요." 혜윤이 고개를 끄덕이며 최대한 강하게 긍정을 표시했다.

"그럼 앞으로는 어떻게 할 건데? 먼저 저 놈은 어떻게 처리할 거냐고? 죽은 건 아니겠지?" 김희진 팀장이 내게 물었다. 난 녀석의 코에 엄지손가락을 가져다 댔다. 그의 코에서 나오는 숨결이 내 손가락을 간지럽혔다.

"다행이 죽지는 안았군………요." 난 또다시 반말로 끝을 맺으려다 주위의 싸늘한 시선을 느끼고서는 얼른 존칭으로 바꾸었다.

"거참 다행이네, 그래 다음 계획은?" 김희진 팀장이 비아냥거리며 물었다.

"일단 이 녀석부터 묶어야죠." 난 그녀들을 묶어놨었던 밧줄을 들어 올리며 말했다. 그리고는 녀석의 팔과 다리 그리고 몸을 묶었다.

"그럼, 다음은?" 녀석 몸을 묶는 것을 마치고 잠시 한숨을 돌리려는 찰나 김희진 팀장이 물어왔다.

"여기에……" 난 끝내 말을 잇지 못했다. 김희진 팀장이 난색을 표했기 때문이었다.

"안 돼! 여자 둘만 있는 집에 저런 포악한 킬러를 놔둔다고? 아무리 묶어놨다지만 그건 아니잖아! 먹을 것은 챙겨 줄 수 있다고 쳐도, 오줌 쌀 때는 어떡할 건데? 똥 쌀 때는 어떡할 거냐고?" 김희진 팀장이 기겁을 하고 있었다. 말은 하지 않고 있었지만 혜윤의 표정도 김희진 팀장의 표정과 같은 표정을 하고 있었다.

"내말을 끝까지 좀 들어 주면 안 되나……요?" 한때 새파란 부하 직원이었던 김희진 팀장에게 존칭을 쓰는 것이 거북스러웠던지 자꾸만 반말이 튀어 나왔다.

"일단 따라와 봐……요" 난 기절한 킬러의 겨드랑이에 팔을 끼워 질질 끌고는 안방을 나와 화장실로 이동했다. 김희진 팀장과 혜윤이가 말없이 따라왔다.

　난 킬러를 화장실 바닥에 눕히고는 욕조의 수도를 힘을 주어 위로 꺾어 올렸다. 그러자 '딸각'소리가 나면서 잠금이 해제되는 소리가 들려왔다. 난 스테인리스로 만들어진 욕조를 힘껏 내 쪽으로 당겼다. '드르륵' 소리를 내며 욕조가 움직였다. 욕조가 있었던 자리에는 깊은 어둠이 그 자리를 대신하고 있었다. 난 그 어둠으로 손을 내밀어 스위치를 찾았다. 익숙한 듯 스위치를 찾아 켜자 주황색 백열등이 어둠을 아주 살짝 밀어내었다. 어둠이 밀려나자 익숙한 내부가 내 눈에 들어왔다. 그냥 낡은 책상하나에 그 위로 주황색 불빛을 연신 뿜어대는 백열등이 전부였고, 책상 옆에는 책상과 한 세트인 냥 낡은 의자가 두 개가 놓여 있었다. 그리고 그 곳을 내려갈 수 있는 나무로 엮은 계단이 깊은 지하실과 연결해 주고 있었다. 난 킬러의 겨드랑이에 팔을 넣고는 끄집었다.

"뭐해? 쳐다만 보고 있을 거야.........요." 멍하니 입을 벌린 체 서있는 그녀들을 향해 내가 소리 쳤다. 내가 지른 소리를 듣고서야 둘은 정신을 차리고 킬러에 다리를 한쪽씩 붙잡았다. 셋은 끙끙대며 킬러를 바닥으로 내렸다. 계단을 한 칸씩 내려갈 때 마다 녀석의 엉덩이가 계단에 강하게 부딪쳤다. 그럴 때 마다 녀석은 옅은 신음을 내 뱉었다. 그렇지만 깨어나지는 못했다. 간신히 끌고 내려온 그를 바닥에 눕혔다. 조금 있으면 자연스럽게 깨어날 것이다.

"이건 도대체 뭐지?" 김희진 팀장이 한숨조차 돌릴 겨를이 없이 물어왔다. 난 그녀가 이런 질문을 할 것이라 생각했기에 킬러를 지하실로 옮기면서 변명거리를 준비해두었다.

"혜윤이가 말했다 시피 난 킬러이다 보니 숨을 곳이 필요했어.......요, 그러던 중 이런 집을 발견한 것이죠. 이 집은 1987년에 지어진 집인데, 당시 경찰이나 국정원은 죄인을 잡아다 고문하는 것이 일반 시 되어왔지요. 하지만 6월 민주항쟁이 국민의 승리로 끝나면서 경찰이나 국정원은 죄인을 고문 하는 것에 아무래도 조심스러웠을 거야. 그래서 서울 곳곳에 이런 집들을 지었지요. 이처럼 지하 깊숙한 곳에서 죄인들을 은밀하게 감금하고 고문하기 위해서요. 이 집은 그렇게 지어진 집들 중 마지막 남은 집이라고 들었어요. 뭐, 어디까지나 소문이지만 음습한 지하실을 보면 그 소문이 뜬소문만은 아닌 것 같네요. 나도 어쩌다 이런 집을 찾게 되었고, 물론 가짜 킬러지만 숨을 곳이나 대상자를 숨기는 데는 제격인 것 같아서 바로 계약했지요." 난 녀석을 묶어놓은 밧줄을 풀며 나름 생각해놓은 거짓말을 장황히 읊어댔다. 사실은 내가 총수그룹의 여러 가지 불법적 일들을 도맡아하면서 만약을 대비해 숨을 곳이 있어야 한다는 생각에 일부러 지은 집이었다. 내 거짓말이 그럴싸했는지 김희진 팀장과 혜윤이는 연신 고개를 끄덕이고 있었다.

"이제 그만 나가지.......요. 조만간 녀석이 깨어날 것 같으니까요."
우리는 다시 화장실로 통해있는 나무계단을 통해 지하실을 빠져나왔다.

"이제 다음은 어떡할 건데?" 깐깐한 김희진 팀장은 집요하게 지금 이 상황에 대한 해결 방안을 요구하고 있었다. 난 살짝 짜증이 났다. 더군다나 내게 초면부터 반말을 한다고 면박을 주던 그녀가 자신은 지금 것 계속해서 반말을 시전하고 있다는 것 또한 내 짜증을 더욱 증폭시켰다.

"살았으니 계속 살아남는 것이 다음 계획이겠죠!" 난 짜증을 담아 말해놓고는 곧 후회했다. 혜윤이의 여린 눈망울이 나를 향해 화내지 말라고 하는 것 같아서였다.

"하루에 한번 정도 욕조를 살짝 열고 물과 먹을 것 좀 넣어주고, 앞으로는 제가 아니면 절대 문은 열어주면 안 됩니다. 그리고 될 수 있다면 외출은 삼가시구요. 모레 다시 올게요." 난 그렇게 말하고는 집을 나섰다. 집을 나서는 내 뒤로 혜윤이가 뒤따라 나왔다.

"아저씨, 고마워요." 혜윤이의 그 한마디에 꽁했던 마음이 순식간에 풀려버렸다.

"아니야. 내가 벌인 일 때문에 지금 니들이 이렇게 고생하고 있는데, 내가 미안하지. 그리고 이거 받아. 나회장 비밀장부랑 그동안에 불법적 일들이 모두 담겨있어. 혹시 내가 잘못됐을 때 이걸 가지고 있다면 나회장이 쉽게 죽이려 할 수는 없을 거야." 난 주머니에 USB를 꺼내 혜윤이 손에 쥐어주었다. 그리고 뒤돌아 아쉬운 발걸음을 때었다.

22. 강민석

『나총수 이 사람과 15년을 함께 했지만 정말 이런 면까지 있는 줄은 몰랐군. 무슨 말이냐고? 나총수가 혜윤와 김희진을 죽이기 위해 킬러를 한명 더 고용했지 뭐던가. 이렇게 까지 했을지 나조차도 생각지 못했어. 하마터면 그 킬러에 의해 혜윤이와 김희진이 죽을 뻔 했지. 하지만 다행이 그가 혜윤이와 김희진을 헤치려 한 순간 내가 그를 제압할 수 있었다네. 이게 다 자네의 튼튼하고 날쌘 몸 때문이겠지. 그래서 자네에게 고맙다는 말을 꼭 하고 싶었네. 정말 고맙네.

그 킬러는 내가 잘 대리고 있다네. 죽여야 할지 아님 이대로 놔두어도 괜찮을지 모르겠네. 자네 생각은 어떤가? 죽이는 것이 낫겠는가? 하긴 자네가 죽이는 것이 낫다고 해도 난 사람을 죽여본적이 없어서 그를 죽일 수 있을지는 모르겠지만 말이야. 어찌 되었건 그 문제는 차차 생각해 보기로 하고, 혜윤이와 김희진 두 사람 모두 잘 있다네. 자네가 혜윤이 안부를 걱정할지는 모르겠지만 그래도 혹시 모르니 잘 있다고 말해 두고 싶다네. 혜윤이도 자네에게 안부 전해 달라더군.

아무튼 자네는 어떻게 나총수를 제거할 방법을 좀 생각해 둔 것이 있나? 있으면 혼자 알지 말고 나에게도 좀 일러주시게나. 그래야 내가 도울 수 있는 것은 돕지 않겠는가. 물론 자네가 어련히 알아서 잘 하겠지만, 그래도 날 위해 자네가 노력하고 있는데, 나는 뒷짐만 지고 있을 수는 없지 않겠는가. 그러니 도울 일 있으면 언제든지 얘기해 주게나.

아! 그리고 의심 많은 나총수가 사람을 붙였더군. 그러니 의심될 만한 행동은 하지 않는 것이 좋을 것 같네. 그럼 이만 줄이겠네.』

"이런 멍청한 새끼!" 난 편지를 찢으며 욕설을 내 뱉었다. 어떻게 그렇게 멍청하게 당할 수 있단 말인가. 연약한 여자 두 명을 처리하지 못하고 붙잡힌 것이 말이나 되는가 말이다.

그가 붙잡혔으니 내가 그 킬러를 고용했다는 사실이 알려질지도 모른다는 불안감이 엄습해 왔다. 하지만 그가 어디에 붙잡혀 있는지 모르는 상황에서 내가 할 수 있는 것은 아무 것도 없었다. 다행히 한서경은 규석을 내가 고용했다는 사실까지는 아직 모르는 듯싶었다. 지금으로서는 규석이 사실을 말하지 않기를 바라는 방법 밖에는 없었다. 만약 규석이가 모든 것을 시인한다 하더라도 난 '녀석을 한두번 본적 밖에 없는 사이다.' '그에게 혜윤이를 죽여 달라 의뢰한 적이 없다.'고 딱잡아 때면 될 일이었다. 믿어주지 않는다 하더라도 제 까지게 심증만으로 어떻게할 수는 없을 것이다. 지금 한서경에게는 내가 필요한 존재를 넘어, 없어서는 안될 존재이기 때문이다.

난 구형 폴더 폰을 꺼내 나회장에게 전화를 걸었다.

"강전무, 나가 시방 전화 할려든 참이었는디. 역시 강전무여, 대단해! 대단해! 나가 사람 보는 눈은 정확하당께." 갑작스런 나회장의 폭풍 칭찬에 난 나회장이 뭔가 깊이 착각하고 있다는 느낌이 들었다.

"정혜윤과 김희진에 관련되어 보고 드릴께 있어서 전화 드렸습니다." 난 그의 칭찬을 애써 모른 척 했다.

"그려, 혀봐, 그걸 꼭 말로 혀야 아는 것은 아니지만 그래도 혀봐" 확실히 그는 정혜윤과 김희진 팀장이 죽었다고 생각하는 것 같았다.

"두 사람이 눈치를 채고 잠적을 했습니다. 지금 찾고...." 나회장이 소리를 지르는 바람에 난 끝까지 말을 하지 못하고는 전화기를 귀에서 멀리 떨어뜨려야만 했다.

"머시여? 그람 고 두 년이 오늘 결근을 한 이유가 뒤진게 아니고 잠적을 해가꼬 그렇단 말이여?" 멀리 떨어진 휴대폰의 스피커로 나회장의 목소리가 쩌렁쩌렁 울려대고 있었다.

"그게.... 제가 움직이기도 전에 잠수를 타는 바람에 어쩔 수가......" 또다시 난 말을 끝내지 못했다.

"잔말 집어치우고 지금 당장 들어와!" 그렇게 말한 그는 일방적으로 전화를 끊어버렸다.

난 급히 서둘러 총수그룹 본사 사옥으로 갔다. 32층으로 바로 올라간 난 간단한 몸수색을 마치고 회장실로 들어갔다. 나회장은 통유리로 된 외벽 앞에서 밖을 내다보고 있었고, 그 뒤에 덩치가 우람한 놈들 둘이 나회장을 지키는 사자처럼 서있었다.

"왔는가?" 나회장은 뒤도 돌아보지 않고 밖에 시선을 둔 채 물었다. 통유리로 된 외벽에 나회장의 모습이 희미하게 비춰지고 있었다. 그 희미하게 비춰지는 나회장의 모습이 왠지 모를 공포를 자아내고 있었다.

"네." 난 나회장 노발대발 할 것이라 생각하면 만반의 준비를 하며 대답했다.

"자네, 저짝에 저 건물 보이제?" 나회장이 허공으로 손가락을 가리키며 물었다. 나회장의 손가락이 가리키는 쪽으로 난 시선을 돌렸다. 거기에는 우리나라에서 가장 높고, 세계에서 5번째로 높다는 롯데월드타워가 희미하게나마 그 웅장함을 뽐내고 있었다.

"저게 말이여, 울 나라에서 젤 높은 빌딩이자, 시상에서 5번째로 높다 하등마. 내가 말이여 여그서 저것을 찬찬히 보고있으믄 부러워가꼬 환장을 해불겄단 말이시. 나도 저런 겁나게 높은 빌딩을 올려야 하는디, 나가 자들보다 뭐가 못나서 32층짜리 빌딩에 만족하고 있냐? 이 말이여. 그래서 나도 저거보다 높은 빌딩을 강남 한복판에다 올려야 쓰겄단 말이시. 근디 먼놈에 고도제한이니 머시니 하믄서 빌딩하나 세우는 것도 허벌라게 규제를 해불등마. 내가 그만이나 돈 칠을 했으믄 돈 값을 해야 될 것이 아니냔 말이여? 나말이 틀렸당가?"

"아....아닙니다. 옳은 말씀이십니다." 주저리주저리 떠드는 말을 듣기만 하던 중 갑작스런 질문에 난 살짝 당황한 모습을 비쳤다. 하지만 나회장은 그런 내 모습을 별로 신경 쓰지 않는 것 같았다.

"인자 강전무도 우리 식구고, 한배를 탔으니께 이 정도는 말혀도 될 것 같아가 말하는디, 나가 한해에 국회의원 부터해서 검찰, 경찰....뭐.... 여기저기, 약치는 것만 30억이 넘게 들어가고 있어. 거짓말을 조금 보태서 말하면 그렇게 들어가는 돈만 혀도 진즉에 저런 건물하나 지어불었당께." 나회장은 자랑스럽게 불법정치자금과 뇌물이 자신을 나타내는 명예훈장이라도 되는 듯 떠들어 댔다. 잠시 숨을 고른 나회장은 다시 떠들어 대기 시작했다.

"돈만 밝히는 아무짝에도 쓰잘때기 없는 정치인들을 인자는 안 믿어불라고, 고것들한티 들어가는 돈도 아깝지만, 이래가지고는 내 평생 저런 건물 하나 지어 보겄냐 그 말이여. 그래서 인자부터 나가 정치권에 뛰어 들어불라고. 당장 내년 총선에 자유수호당에서 공천권 하나 맹글어 준다고 혔는디 확실한 게 좋잖여? 그래서 자네가 할 일이 좀 많을 것 같텨."

"말씀만 하십시오." 난 나회장에게 충성을 다하겠다는 표정으로 말했다.

"그려, 그려, 나가 앞으로 공천을 받아가꼬 국회의원을 나갈라 하는디 이 자식들이 계속해서 걸리구만, 그러니 강전무 자네가 조용히 처리 좀 해줬음 해. 김희진이랑 정혜윤은 나가 알아서 처리해불 테니까, 거그서는 손 때 불고." 나회장이 내게 서류봉투를 내밀었다.

봉투를 받아든 난 그 봉투를 열고는 안에 있는 내용물을 꺼냈다. 가장먼저 사진이 있었다. 사진 속에는 평범한 중년 남성이 활짝 웃는 얼굴로 날 보고 있었다. 난 사진을 뒤로 넘겼다. 뒤에는 그 남자에 대한 간단한 프로필이 있었다.

이름 : 유한성, 직업 : 변호사(검사출신), 나이 : 48, 활동 : 현 민주사회를 위한 변호사 모임(민변) 회원, 현 참여연대 간부, 주소 : (자택) 서울시 강북구 우이동 (변호사사무실) 서울시 성북구 성북동, 가족관계 : 부인, 아들(15)과 딸(12)이 있음, 연락처 : 010 – XXXX – XXXX

킬러들은 킬러들 만에 불문율이 있었다. 그 불문율을 서류상으로 작성해서 이것만은 지키자며 서로 결의를 한 것은 아니지만, 수 십 년 동안 킬러라는 직업이 나름 발전해 오면서 자연스럽게 만들어 진 것이었다. 그 불문율 중 수임료가 아무리 많아도 죽이지 말아야 할 대상이 있었다. 판사, 검사, 변호사 등의 법조계 인물들은 절대 청부를 받지 않는 다는 것이었다. 이런 법조계 인물들을 잘못 건들면 삼대가 멸한다는 속설이 있을 정도였다. 판사나 검사는 엄연히 사법부와 법무부로 나누어지지만 그들이 한 솥밥을 먹는 다는 것은 알만 한 사람들은 다 아는 사실이니 그 들을 잘 못 건드렸다가는 개 털리듯이 털릴 것은 뻔한 것이고, 변호사를 잘 못 죽였다가는 차후 일이 잘 못 됐을 때 변호해줄 변호사를 구할 수 없을 수도 있다는 점 이었다. 변호사들 역시 암암리에 변호사를 죽인 살인자는 절대 변호해 주지 않는 다는 불문율이 존재하고 있었던 것이다. 물론 국선변호사를 이용할 수는 있겠지만, 국선변호사도 변호사인 만큼 그들 역시 변호사를 죽인 살인자에게는 소극적으로 변호를 할 것이기 때문에 킬러들 역시 웬만해서는 변호사를 죽여 달라는 의뢰는 거부하는 편이었던 것이다.

그런데 지금 나회장이 죽여 달라고 하는 인물이 변호사였고, 더군다나 유한성이면 5년 전 총수그룹을 떠들 썩 하게 만들었던 서울 남부지검 형사부 출신 검사였던 것이다. 한 마디로 검사출신 변호사에, 민변 회원이었고, 참여연대 간부로 있는 사람이었다.

"이 자식이 5년 전에 날 잡아 넣을 라고 발악을 하던 검사였지. 뭐, 그것 땜시 징계 묵고 옷을 벗었지만. 그란디 저놈이 아작까지 눈을 시뻘겋게 뜨고 날 잡아 묵을 궁리만 하고 있는 것 같텨. 내 비리도 많이 알고 있는 놈이고. 거그다 참여연대에 있으믄 그 파워가 3선 국회의원도 떨어트린다고 할 만큼 대단 하단디, 내가 저놈 땜시 잠이 안와. 그려서 강전무 니가 정리 좀 혀 줘야 쓰겄어."

난 대답을 하지 않고 다음 장으로 넘겼다. 무뚝뚝한 시선으로 날보고 있는 익숙한 사진이 있었다. 난 사진을 다시 뒤로 넘기고 그의 프로필을 봤다.

이름 : 주연우, 직업 : 시사포커스 사회정치부 기자, 나이 : 42, 활동 : 없음, 주소 : 서울시 도봉구 창동, 가족관계 : 미혼이며 부모는 전라북도 군산에 거주 중, 연락처 : 010 - XXXX - XXXX

"그 새끼도 악질 중에 최악질이여, 날 못 잡아묵어 안달난 놈이랑께, 다른 기자놈들은 돈 봉투 좀 쥐어주고 그람 앵간해서는 덮어주고 그라는디, 그 자식은 앞뒤가 꽉꽉 막힌 놈이랑께, 돈 봉투가 아니라 돈 가방을 쥐어줘도 맥히들 않어. 아조 징한 놈이여. 지금은 한서경 죽음에 대해 파헤치고 댕기는 모양이등만, 돈도 안 맥히믄 죽여야제 어짜겄어? 조용히 처리 할 수 있었당가?" 나총수가 애달은 눈빛으로 물었다.

"난이도가 상급인 사람들이긴 합니다. 아마 두 명이 죽었을 때 사회적으로 큰 파장이 있을 것 같고, 회장님이 용의 선상에 올라갈 가능성 또한 충분히 있습니다. 근데 제가 누굽니까? 우리나라 최고의 킬러입니다. 아주 조용하고 깔끔히 처리해서 회장님께 단 하나의 피해가 가지 않도록 처리하겠습니다." 난 회장이 듣기 좋은 소리만 골라서 말했다. 내 빨아 재끼는 스킬에 회장은 오르가즘이라도 느낀 것처럼 활짝 핀 얼굴로 날 바라보고 있었다.

"그라제, 우리나라 최고의 킬러인 자네인께 나가 믿고 맡겨 분거 아니겄어. 그라고 하나 더 말하자믄 둘이 겁나 친하다는 것이제. 그 말은 그들 중 한 놈을 먼저 죽이면 한 놈이 가만 안 있을 것이란 말이여. 그라니 둘을 동시에 처리하는 방법으로 가드라고." 회장의 웃는 얼굴에 어두웠던 내 미래가 밝게 빛나는 듯 느껴졌다. 그런 밝은 미래가 보인다면 변호사가 아닌 검사장도 죽일 수 있을 것만 같았다.

"예, 그렇게 하도록 하겠습니다. 그럼 이만" 난 나회장에게 90도로 허리를 굽혀 인사를 했다.

그때 인터폰이 울렸다. 방금 전 들어올 때 만났던, 들어오는 나에게 '들어가세요' 라 말만하고는 눈길도 주지 않은 채 컴퓨터만 쳐다보며 시시덕거리고 있던 여비서의 목소리가 인터폰에서 울렸다.

"회장님, 윤검사 오셨습니다."

"들어오시라 해!" 나회장이 인터폰에 대고 말했다.

"강전무도 앞으로 알아야 될 사람이니께, 잠깐 보고 가" 나회장이 나가야되나 말아야되나 고민하면서 쭈뼛대고 있는 내게 말했다.

"네, 알겠습니다." 난 대답을 하고 소파로 다시와 앉았다. 내가 앉자마자 윤검사라는 사람이 들어왔다.

"윤검사! 오랜만이구만. 우째 그리도 바쁘단가? 사람이 그러믄 못써. 한 번씩 얼굴 비추고 그래야제. 최검사장은 잘 있고?" 나총수가 반가움을 그 특유의 넉살스러움으로 표현하고 있었다. 난 회장을 따라 자리에서 일어났다.

"네, 회장님 덕분에 잘 시내십니다. 요즘 검찰개혁을 한다고 안팎으로 시끄러운 것 빼고는요." 윤검사가 넉살을 떨었다.

"근께 말이여. 무신놈에 검찰을 개혁한다고 저렇게들 지랄들인지 몰러. 막말로다가 우리 같은 경제인들이 검찰에 울매나 많은 돈을 들였는디, 검찰 힘이 빠지는 순간 다 끝이랑께. 나도 도울 수 있는 것은 도울틴께, 고것은 반드시 막아야 하지 안 겄당가. 근디, 윤검사 뒤에 있는 사람은 뉘당가?" 나회장이 윤검사 뒤에 공손이 손을 모으고 있는 사람을 보며 물었다.

"아! 제가 오랜만에 회장님을 뵈어 반가운 마음에 이 친구를 소개하는 것을 깜빡했습니다. 여기는 중앙지검 형사1부에 있는 김영준 검사라고 합니다. 총수그룹에서 만들어낸 엘리트 중에 엘리트 검사입니다. 김검사 뭐하나 회장님께 인사드리지 않고." 윤검사가 뒤에 서있는 그를 자신 앞으로 끌어 당겼다.

"안녕하십니까. 회장님!, 회장님 명성은 익히 들어 잘 알고 있습니다. 앞으로 잘 부탁드리겠습니다." 김영준 검사가 90도로 고개를 숙였다.

"그려요. 앞으로 우리 잘 해 봅시다." 나회장이 그의 등을 토닥거렸다. 그제야 김검사는 허리를 폈다.

"다들 서로 인사들 혀, 이짝은 이제 나랑 한식구가 된 강민석전무, 이짝은 서울중앙지검 윤지석차장검사 조금만 있으믄 검사장이 될 사람이여 이 친구가. 지금 최검사장도 나가 만들어 줬제. 나라 밥을 먹고는 있지만 윤검사도 최검사도 우리 식구나 마찬가지제. 안 그런가? 윤검사?" 나회장이 나에게 가까이 오라는 손짓을 했다.

"제가 검사장이 되면 다 회장님 덕분 아니겠습니까. 회장님은 저의 친형과도 다를 바가 없죠. 안녕하십니까. 서울중앙지검 윤지석검사입니다." 그의 곁으로 다가간 내게 그는 손을 내밀며 악수를 청했다.

"네, 반갑습니다. 강민석 전무입니다. 앞으로 잘 부탁드립니다." 내가 그의 손을 잡자 그는 강함을 뽐내고 싶었던 것인지, 아니면 남자의 본능인 것인지는 모르겠지만 잡은 손에 힘을 꽉 주었다. 그의 악력이 느껴지자 나 역시 잡은 손에 힘을 줄까 했지만 검사와의 괜한 힘겨루기가 앞으로 도움이 될 것 같지 않다는 생각이 들어 이내 포기했다.

"이 사람도 참! 자네가 잘났으니께 검사장까장 승진하고 그러는 것이제. 하하하. 나가 내년에 뱃지만 달믄 자네 검사장이 머여, 청장도 인자는 따논 당상아니겄어? 그라니 윤검사가 날 좀 도와줘야. 하하하하" 나회장이 크게 웃어댔다.

"아무렴요. 하하하하" 윤검사도 따라 웃었다.

"회장님, 전 이만 바빠서 가보도록 하겠습니다." 김영준 검사와도 인사를 나눈 난 더 이상 여기에 머무는 것이 결코 득이 될 것이 없다는 판단이 섰다.

"그려, 강전무가 무지 바쁜 사람인디 나가 너무 오래 붙들고 있었고만. 어여 가봐" 나회장이 내 어깨를 토닥거리며 말했다.

난 다시 90도로 나회장에게 인사를 하고 뒤돌아 회장실을 나왔다.

총수그룹을 빠져나온 난 바로 유한성 변호사와 주연우 기자의 동선을 파악하기 시작했다. 먼저 유한성 변호사의 동선을 파악하기 위해 그의 사무실로 바로 이동했다.

23. 한서경

『오늘 나회장에게 전화가 왔소. 그가 묻더군요. 정혜윤과 김희진 의뢰 건에 대해서 말이오. 난 눈치를 채고 잠적을 한 것 같다고 대충 둘러댔소. 내 말에 나회장이 노발대발 하더군요. 다행이도 제가 잘 달래서 큰 문제는 없었소. 대신 정혜윤과 김희진 의뢰 건은 손을 때라고 하더군요. 그리고 다른 오더를 내렸습니다. 이 오더는 제가 알아서 처리 할 것이니 당신은 나회장에게 잘 처리하고 있다고만 말하시오. 그리고 정혜윤과 김희진씨가 어디로 튀지 않게 관리 역시 잘 하면 될 것 같소. 절

대 기억하시오. 정혜윤과 김희진을 당신이 숨긴 사실을 나회장이 알아챘다면 나회
장을 죽이는 것은 물거품이 될 것은 물론이거니와 우리 목숨도 장담할 수 없다는
사실을 말이오. 머리가 뛰어난 당신이니 알아서 잘 처리 할 것이라 믿고 이만 줄
이겠소.』

  난 편지와 같이 놓여있던 서류봉투를 열어 꺼냈다. 총 2장에 사진과 그 사진 속
인물에 대한 간단한 프로필이었다. 사진 속 두 사람 모두 안면이 깊은 사람들이었
다. 두 사람 모두 내가 총수그룹 총괄기획사장으로 있을 때 날 그렇게도 괴롭히던
사람들이었다. 한명은 검사로서, 한명은 기자로서 말이다. 당시 난 그들을 회유해
보려 무던히도 애를 썼다. 하지만 두 사람 모두 강골로 그 어떤 물량공세에도 눈
하나 꿈적 하지 않은 외골수 꼴통들이었다. 난 대신 다른 방법을 써야했다. 검사로
있는 한 명은 그 윗선을 압박했다. 결국 그는 전라남도 강진으로 귀향을 가야했던
보복성 인사 조치에 반발하고는 검사 옷을 벗어야만 했다. 그리고 그는 변호사 사
무실을 차리고 인권변호사로서 맹활약을 펼치고 있는 사람이었다. 민변과 참여연
대에서도 그는 중추적 인물일 만큼 함부로 건드릴 수 없는 그런 사람이기도 했다.
  다른 한 사람 역시 그 시절 날 너무 많이 괴롭히던 사람이었다. 검사였던 사람이
날 괴롭히는 방법이 수사였다면 기자였던 사람이 날 괴롭히던 방법은 바로 필력이
었다. 그에게 총수그룹의 비리행위가 포착이 된다면 그는 끝까지 물고 늘어졌다.
그리고 그 물고 늘어짐에 끝은 바로 추적보도였다. 총수그룹의 비리가 시사포커스
에 의해 제기되면 난 다른 언론사들의 입을 막거나, 우호적인 기사 및 반박기사를
요청하기 바빴다. 대부분 그들은 내 요청을 받아들여 반박기사를 연일 쏟아내 주
었다. 문제는 이런 흠집이 생길 때 마다 난 나회장에게 불려가 니회장이 던진 재
떨이를 얼굴로 받아야만 했다. 총수그룹의 흠집기사는 곧 내 얼굴에 흠집이 되어
돌아왔다.
  그렇게 둘은 내가 총수그룹 총괄기획사장으로 있을 당시 날 엄청 고되게 했던 인
물들이었다. 그래도 난 어떻게든 그들을 회유하고, 아니면 좌천 시키는 방식으로
그들의 괴롭힘을 피하려 했다. 최소한 그들을 죽인다는 생각은 단 한 번도 해본
적이 없었다. 하지만 나회장은 역시나 조폭스럽게 그들의 입을 영원히 막아버리려
는 발상을 한 것이다.
  강민석이 이들을 죽일지 난 알 수 없다. 하지만 그가 자신이 알아서 처리한다는
것으로 봤을 때 죽이려 함에 무게가 더 실렸다. 예전 같으면 난 그들이 죽던지 말
든지 신경 쓰지 않았을 것이다.

헌데 내 마음이 예전과는 달랐다. 예전에는 날 가만히 두지 않는 그들을 정말이지 증오하고, 저주했지만 지금은 그 마음이 씻은 듯 사라져 있었다. 시간이 지나서일까? 아니면 지금의 난 총수그룹과 아무런 관련도 없어서일까? 그도 아니면 공통의 적을 마주한 것일까? 내 마음속에 정의가 불타서일까? 어떤 것이 맞는 것인지 나조차도 모르겠지만, 지금 내 마음속에는 그들이 죽어서는 안 된다는 생각이 강하게 들고 있었다. 그런 마음이 들자 그들을 나름 도와야겠다는 생각으로 내 머릿속이 차츰 정리되어갔다. 그렇다면 이제 부터는 그들을 도울 수 있는 그 방법을 찾는 것이 급선무였다.

이들을 도와야 하는 이유는 하나 더 있었다. 사회적으로 존경과 신뢰를 받는 이들이 누군가에 의해 죽었을 때 그 파장은 상당할 것이다. 여론을 의식하지 않을 수 없는 경찰과 검찰은 어떻게 해서든 범인을 찾으려 할 것이고, 죽은 자들의 특정 활동상 총수그룹이 용의선상에 오를 가능성이 컸다. 그렇게 총수그룹의 어떤 인물이 용의자로 몰고 갈 수밖에 없는 상황이 됐을 때 강민석은 나회장에게 팽 당할 수도 있다. 나회장은 충분히 그럴 인물이었다. 비단 나회장 뿐이겠는가? 우리는 범죄에 연루된 수많은 사회지도층의 꼬리 자르기, 거기에 따른 검찰의 선택적 수사와 기소를 봐왔다. 나 역시 한때 그 선택적 수사와 기소의 수혜자였던 것은 부정할 수 없는 엄연한 사실이었기에 강민석은 나회장에게 토사구팽 당할 수밖에 없을 것이다. 그렇게 된다면 나회장에게의 복수 또한 요원한 것이 되 버리고 말 것이다.

일단은 그들을 만나야 된다. 그리고 그들이 믿건 안 믿건 내 얘기를 하고 방법을 찾아야 한다. 하지만 어떻게 그들을 만나야 하나. 무작정 찾아간다면 그들은 날 미친놈 취급할 것이다. 그들이 믿을 수 있도록 도와줄 사람이 필요했다. '그래 혜윤이라면' 난 순간 혜윤이라면 분명 도움이 될 수 있을 것이라 생각했다. 유변호사도, 주기자도 총수그룹 미래전략실에 근무한 혜윤이의 요청이라면 날 만나기를 거부 할 수 없을 것이고, 혜윤이가 내 말을 증언해 준다면 분명 큰 도움이 될 것이다. 난 그렇게 생각을 정리하고 혜윤이와 헤어질 때 건네주었던 대포폰으로 전화를 걸었다.

24. 강민석

『난 자네의 뜻을 최대한 존중하려 마음먹은 지 오래네. 그렇듯 이번 오더는 자네가 처리하겠다고 하니 난 자네를 존중하는 마음으로 그렇게 따르도록 하겠네. 다만 내 마음속에 자꾸만 불안한 마음이 가시질 않는군. 아무래도 자네보다는 내가 나회장의 성격을 잘 알고 있다 보니, 그 불안함이 더한 것일 수도 있겠지. 머리 좋은 자네가 어련히 알아서 잘 하겠지. 그래도 조심해서 나쁠 것은 없지 않겠나? 토끼를 잡고 나면 사냥개는 잡아먹는 법이지. 단지 난 그냥 자네가 나처럼 그런 사냥개가 되지 않았으면 하는 바람이네.

혜윤이와 김희진씨에 대해 대처를 참 잘해주어서 정말 고맙네. 그 건은 내가 잘 알아서 마무리 할 것이니, 앞으로도 자네의 그런 재치 있는 대처 부탁하겠네.』

'토사구팽? 그런 건 멍청한 당신이나 당하는 거겠지' 난 그렇게 생각하며, 그의 경고를 무시해버렸다. 나회장의 환한 얼굴 속에 난 알았다. 나회장은 나와 평생을 함께해야 한다는 것을. 한마디로 나회장과 나는 공생의 관계가 될 것이다. 그런 관계를 성립하기 위해서라도 나회장의 신임은 필수적인 조건이다. 악어새가 악어의 등에 기생충들을 잡아주며 서로 공생관계를 유지하듯, 나 역시 나회장에게 붙어먹는 기생충들을 잡아주고 나 회장은 그 대가로 내 배를 불리어 주는 것이다. 이런 공생관계는 무한한 믿음이 있어야지만 유지될 수 있는 것이다. 악어새가 악어의 등껍질을 쪼아 먹거나, 배고픈 악어가 악어새를 잡아먹는다면 절대 공생관계는 이루어 질 수가 없는 것이다. 이번 의뢰 건이 바로 나회장과 나만의 공생관계를 연결해 주는 첫 고리가 될 것이다. 그러니 난 어떤 일이 있더라도 이번 건은 완수해야만 한다. 행여나 나회장이 그런 마음을 먹었다 하더라도 잡을 토끼가 많다면 사냥개는 계속해서 필요한 법 아니겠는가. 내가 파악한 나회장은 조폭출신이다 보니 적이 많은 사람이었다. 적이 많다는 것은 반대로 자신이 죽여야 할 대상도 많다는 것이 될 것이다. 그러니 잡아야 할 토끼 역시 넘쳐날 것이다.

오늘도 죽여야 할 대상을 더욱 세심히 파악할 필요가 있었다. 둘이 만나는 시기, 장소 등등을 우선 파악해 그들이 만나는 장소와 시기를 미리 예측하고, 그에 따라 살해할 방법을 정해 아주 깔끔히 처리해야한다. 둘을 동시에 처리해야하는 부담은 있었지만 난 우리나라 최고의 킬러이다. 두 녀석이 한 곳에서 만났을 때 둘을 가볍게 제압한 후 아주 깔끔하고 신속한 나만의 방법으로 둘을 제거하면 되는 것이다.

난 바로 유연우 기자가 사는 집으로 향했다. 그제는 유한성의 동선을 파악했다. 그는 대부분의 시간을 민변사무실과 참여연대사무실에서 보내고 있었다. 요즘 일거리가 없는 듯 그는 대부분의 시간을 그쪽 사람들과 함께 했고, 저녁이 늦어서야 자신의 사무실을 잠깐 들렀다가 집으로 향했다. 그는 연립주택형식의 작은 쓰리룸에서 살고 있었다. 난 그를 보며 왜 그렇게 사는지 이해가 가질 않았다. 검사출신 변호사인 그는 원한다면 대형 로펌에 들어가 수억대의 연봉을 받아가며 남부럽지 않게 살 수 있는 능력을 지녔다. 그런데 그 모든 부를 마다하고 민변이니 참여연대니 하는 곳에서 아까운 시간과 돈을 낭비하고 있으니 도무지 그를 이해 할 수가 없었던 것이다. 그렇게 청렴하고 정의로운 세상을 위해 자신을 희생하면 뭐하나? 그렇다고 세상은 아무것도 바뀌지 않는데 말이다. 수 만 명, 아니 수 백 만 명이 세상을 바꾸기 위해 몸부림을 쳐봐도 결국 세상은 돈 있는 자들의 세상이다. 그들은 모든 권력을 행사하고, 세상을 자기중심으로 돌린다. 그 것은 절대 불변적일 수밖에 없다. 정의를 부르짖는 사람은 결국은 어떻게 되었던가. 돈 있는 자에게 그 아까운 목숨만 잃는 것이 아니던가. 유한성도 결국 그렇게 이승을 떠난 사람 중 한사람이 될 것이다.

돈이 결국은 정의를 만들어 버려 돈이 있는 자들이 정의가 되는 것이고 돈이 없는 자들은 결국은 불의가 되는 것이 지금의 세상인 것이다. 정의를 외치고 싶거든 먼저 돈이 있으면 된다. 그 다음 정의를 외치면 돈이 없는 모든 이들은 그 것을 정의로 받아들이게 되는 것이다.

그런 돈을 숭배하는 의식 속에 빠져들고 있을 무렵 주연우가 집에서 나왔다. 미혼인 그는 작은 원룸에서 살고 있었다. 원룸 입구를 빠져나온 그는 어울리지 않는 긴 머리카락을 손빗으로 쓸어 넘겼다. 그리고는 주위를 두리번거리더니 원룸 바로 앞에 세워진 자신의 차를 타고 이동했다. 난 나회장이 지급해준 차를 타고 그가 눈치 챌 수 없을 만큼 거리를 둔 채 그 뒤를 따랐다.

하루 종일 그의 뒤를 밟았지만 그는 내존재를 전혀 눈치 채지 못하는 듯 보였다. 그가 내 존재를 눈치 채지 못하는 것이 아직 내 실력이 녹슬지 않았다는 증거일 것이다.

그는 기자답게 행동반경이 매우 넓었다. 그가 오늘은 어떤 사건을 취재하고 있는지 그의 이동 장소만으로 단정 지을 수 있을 만큼 확실히 알 수는 없으나, 나회장이 했던 말과 그가 이동했던 장소를 토대로 추측한다면 그는 한서경의 죽음에 관한 취재하고 있음이 분명해 보였다. 그가 오늘 하루 이동했던 장소는 한서경의 본가, 한서경이 자주 드나들던 요정 집, 마지막으로 총수그룹을 갔지만 총수그룹에서는 문전 박대를 당했다. 그의 섞은 표정이 오늘 이동한 곳에서는 그 어떠한 사실도 알아내지 못했다는 것을 말하고 있었다.

난 그가 집으로 들어가는 것 까지 확인한 후에서야 차에 시동을 켜고 내 보금자리로 이동하려 했다.

그때 나회장과의 직통 전화가 울렸다.

"네, 회장님" 난 최대한 깍듯이 전화를 받았다.

"강전무! 시방 어디여?" 나회장이 물었다.

"주기자 동선을 파악하기 위해 뒤를 밟고 있었습니다. 주기자가 집으로 들어가는 것까지 확인하고 저도 지금 집으로 들어가려던 참이었습니다." 난 '당신을 위해 지금 최대한 노력하고 있다'라는 것을 그에게 알리고 싶었다. 그가 극찬을 해주길 기대하면서....

"그려, 뭐 좀 알아 내븐 것이 있단가?" 그의 칭찬을 바랬지만 그는 쉽게 칭찬을 하지 않았다.

"확실한 것은 그가 한서경 죽음에 관해 파헤치고 있다는 것입니다. 한 가지 아쉬움 점이 있다면 제가 3일째 유한성과 주연우를 미행하고 있지만 둘은 별다른 접촉은 하지 않고 있다는 점입니다. 조금 더 시간이 필요할 것 같습니다."

"아따! 니도 참말로 깝깝해불구마잉! 텅 빈 통발을 던져놓으믄 고기가 들어 오것냐? 통발 입구에다가 미끼를 냅둬야 고기가 들어오지!" 그가 답답하다는 듯이 말했다..

"하지만 미끼를 어설프게 두었다가는 그들이 눈치를 챌 수도....." 난 끝까지 말을 다 하지 못했다. 그가 내 얘기 중간에 끼어들었기 때문이었다.

"잔말 말고, 내가 시키는 대로 혀라잉. 내일 나가 그놈 둘이 만날 만한 미끼를 던져 불 것이여. 둘이 안 만나고는 못 베길 만한 미끼를 말이여. 그놈들은 그 미끼를 콱 물어불 것이고, 그람 니는 상황 봐서 둘이 만나 부렀을 때 단 한 번에 처리하란 이 말이여. 내말 먼말인지 알긋냐?"

"네, 알겠습니다. 그런데 제가 그 미끼에 대해 알 수 있겠습니까?" 난 그 미끼에 대해 궁금증이 올라왔다.

"우리그룹 내부자 중 한명이 총수그룹 간부한티 부당한 대우를 받았다면서 유한성한티 찾아갈 거여. 폭로 문건도 같이 들고 말이여. 문건을 본 유한성은 주연우를 부를 수밖에 없을 것이여. 두 놈 다 총수그룹에 이를 갈고 있을 것이고, 그걸 보고 이때다 싶을 거니께. 그때 니가 들어가서 두 놈을 깔끔히 처리하믄 된다. 이 말이여 내말이. 먼말인지 알아듣겄냐?" 한서경이 말하길 나총수는 무식함으로 둘 째 가라면 서러울 인물이라고 했다. 하지만 한서경이 분명 나총수를 잘 못 알고 있는 듯싶었다. 이런 생각을 해낸 것으로 봤을 때 나총수는 절대 무식하지 않으며 그 반대가 맞을 것 같았다.

"기발한 생각이십니다. 어떻게 이런 생각을 해 내셨는지 정말 대단하십니다." 난 지문이 달아 없어 질 만큼 비벼댔다. 밝은 내 미래를 위해서.

"큰 기업을 이끌라믄 이 정도 머리는 있어야제" 나회장이 기분 좋게 말했다.

"그런데 미끼 투입은 언제 하실 생각이십니까?" 이 부분이 가장 중요했다. 내가 잠들고 한서경이 활동하는 시기에 미끼가 투입되면 말짱 도루묵이 되는 것이니 말이다.

"빠르면 빠를수록 좋지 않었어? 내일 바로 하자고" 우려했던 그의 대답이 나왔다. 내일은 한서경이 활동하는 날이다. 잠을 자지 않고 버틸까? 그러다 만약 깜박 잠이라도 든다면 돌이 킬 수 없는 일이 발생하고 말 것이다. 그렇게 된다면 나총수의 신임은 물 건너 가 버릴 것이고, 그와 긴밀히 맺으려는 공생관계도 파행으로 가고 말 것이다. 안전하게 가야된다. 무조건 안전하게 말이다.

"내일은.....제가....." 안 된다고 말하고 싶었지만 말이 제대로 나오질 않았다.

"머여? 니 시방 내일은 안 된다고 말 할라고 혔냐?" 그의 억양이 다소 신경질 적으로 변해가고 있었다. 하지만 큰일을 위해 작은 고통은 감내하는 것이야말로 대인배의 소양인 것이다. 난 대인배답게 욕먹을 각오를 하고 '안 된다'라며 말해야겠다고 생각했다.

"죄송합니다. 내일 시골에 계시는 부모님께서 막무가내로 올라오신다고 해서....." 난 대인답게 두려움 없이 거짓을 말했지만, 순간 아차 싶은 마음이 내 머릿속에 구멍을 내고 지나갔다.

"니 고아라고 안혔냐?" 그가 내 실수를 놓치지 않고 정확히 캐치했다.

"네, 그랬죠. 고아였는데...... 고아원 원장님을 저는 엄마라고 불렀습니다. 원장님도 저를 자식처럼 생각해 주었고요. 그래서 아직도 그 분을 엄마처럼 생각하고 있습니다." 난 그 순간 모든 순발력을 동원해 그럴 듯한 거짓말을 꾸며댔다.

"아따, 겁나게 따뜻한 얘기고만. 가슴이 뭉클해 져분다. 나가 말이여 비록 먹고살라고 조폭으로 시작했지만 말이여, 가슴 한 쪽은 아작도 뜨끈한 피가 흐른단 말이시. 그람 모레로 조정 할 테니께, 엄니 맛난 거 많이 사드려, 하루 늦는다고 머시 달라지겄는가?" 그가 호탕하게 말했다.

"감사합니다. 감사합니다. 모레 일은 아무 차질 없이 처리하겠습니다." 난 운전석에 앉은 자리에서 핸들에 머리가 닿을 정도로 고개를 숙여 댔다.

25. 한서경

『오늘은 별일이 없어서 편지는 그냥 넘어가도록 하겠소.』

 강민석의 편지는 그게 다였다. 난 그의 짧은 편지에서 그가 거짓을 말하고 있음을 느낄 수 있었다. 강민석이 거짓을 말하고 있다면 이유는 단 한 가지 일 것이다. 그가 유한성 변호사와 주연우 기자를 죽이기 위해 움직이기 시작했다는 것이다. 그의 의도를 파악함이 먼저였지만 그 의도를 파악할 수 있는 방법은 사실상 없었다. 단지 유한성과 주연우가 이 사실을 알고 대비하게끔 만드는 것 외에는 말이다. 그들이 내 말을 어디까지 믿어 줄지 알 수는 없으나 일단은 최대한 믿게 만들어야만 했다. 그게 내가 할 수 있는 일의 전부였다. 지금으로 서는....
 난 시간을 확인했다. 이제 나갈 준비를 해야 할 시간이었다. 혜윤이 유한성 변호사에게 만나고 싶다는 의사를 전달했을 때 다행히 그는 흔쾌히 시간을 내어주었다. 아무래도 혜윤이가 총수그룹 미래전략실에서 근무했다는 것이 그들의 마음을 움직였을 것이다.
 난 그제 급히 구한 오토바이크를 타고 혜윤이가 숨어있는 은신처로 이동했다. 물론 날 미행하는 사람들을 있다는 것을 잊지 않고 그들을 따돌리는 것은 잊지 않았다. 오토바이크는 그들을 따돌리는데 있어서 그 어떤 이동 수단보다 제 역할을 톡톡히 해 주었다. 그러기 위해 자동차가 아닌 오토바이크를 택했던 것이 정말이지 탁월한 선택이었다는 생각이 들었다.
 혜윤이를 숨겨둔 은신처에 도착하자 얼굴을 최대한 가린 혜윤이가 은신처 앞에 서 있었다. 얼굴을 마스크와 후드로 최대한 숨긴 그녀였지만, 그 아름다움을 감출 수는 없었는지 난 혜윤을 금방 알아볼 수 있었다.
 난 그녀 앞에 오토바이크를 세웠다. 그녀가 뒤로 올라타고 가녀린 팔로 내 허리를 감싸 안을 때는 온몸의 전율이 거센 파도가 되어 내 몸을 뒤 감쌌다. 동료로서 그녀에게 그런 느낌을 가지지 않으려 노력할수록 그녀에 대한 강렬한 무언가가 자석처럼 날 이끌었다. 그녀와 떨어져 있을 땐 그녀 생각을 하지 말아야지란 생각이 또다시 꼬리 물기처럼 그녀를 생각나게 했고, 머릿속을 가득 채워 다른 아무런 생각도 들지 못하게 만들었다.

난 두근대는 심장을 진정시키지도 못하고 가속 레버를 당겼다. 중고로 급히 구한 오토바이크는 도로 위를 시원하게 내달렸다. 바이크의 속도가 빨라지자 그녀가 내 허리를 더욱 강하게 움켜쥐었다. 난 그냥 이대로 계속해서 달려 아무도 모르는 곳으로 그녀와 함께 숨어버리고 싶은 충동을 느꼈다. 하지만 이 나라, 그 어디에 숨는다 해도 결국 나회장은 우리를 찾아내고 말 것이다. 나회장은 그럴 만큼 집요한 인간이었다. 이제는 복수가 아닌 혜윤이를 위해서라도 나회장을 반드시 죽여야만 했다.

약속시간보다 조금 이른 시간이었지만, 이미 약속장소에 유한성과 주연우 기자는 먼저 와 우릴 기다리고 있었다.

"유한성 변호사님?" 그들에게 다가간 혜윤이 그들 중 한명을 보며 물었다.

"네, 정혜윤씨? 어서 오세요. 기다리고 있었습니다." 그가 자리에서 일어나며 혜윤을 반겨주었다.

"안녕하세요. 저는 주연우 기자입니다." 주연우 기자 역시 자리에서 일어나 자신을 소개했다.

"네, 안녕하세요. 정혜윤이라고 합니다." 혜윤이 주연우 기자의 인사를 친절하게 받아주었다.

"앉으시죠. 근데 뒤에 있는 분은?" 유한성 변호사가 날 보며 의아한 눈빛을 보내고 있었다. 그도 그럴 것이 약속을 잡을 당시 내 얘기는 일체 하지 않았기 때문일 것이다.

"강민석이라고 합니다. 혜윤이와 잘 알고 지내는 지인입니다." 내가 내 자신을 소개했다.

"아...네, 일단 앉으시죠." 유한성의 말투 속에는 이 자리에 내가 온 것에 대해 이해할 수 없다는 의미가 담겨있는 것 같았다.

"뭐, 서로 인사는 이것으로 된 것 같은데, 본론으로 바로 넘어가시죠. 총수그룹에서 어떤 부당한 대우를 받았는지 구체적으로 말해줄 수 있겠어요?" 유한성이 혜윤을 보며 물었다.

혜윤이 유한성 변호사에게 만나자고 할 당시 총수그룹에서 부당한 대우를 받았다고 하면서 도움을 청했다. 그에 관련되어서 기자에게 제보할 것도 있다고 하니, 유한성은 흔쾌히 도와주겠다고 했으며, 자신이 잘 알고 있는 기자도 소개 시켜준다고 했던 것이다.

"사실은 부당한 대우보다는 다른 이유 때문에 이렇게 만나자고 했습니다." 혜윤이 말했다.

"다른 이유라면 어떤 것을 말하는 것인가요?" 유한성이 물었다. 주연우 기자는 수첩에 계속해서 무언가를 적고 있었고, 난 둘에 대화를 말없이 지켜만 보았다.

"믿으실지 모르겠지만, 나총수 회장이 저를 죽이려 킬러를 고용했습니다." 혜윤이 말했다.

"킬러요? 살인청부업자를 말하시는 건가요?" 유한성이 다시 물었다.

"네"

"그 사실을 어떻게 아셨죠?" 이번에는 수첩에 무언가를 적고 있던 주연우 기자가 물어왔다.

"같이 온 이분이 나총수 회장이 고용한 킬러입니다." 혜윤이 대답했다. 혜윤의 대답에 유한성과 주연우가 잠시 얼이 빠진 표정을 지어 보였지만, 금세 혜윤이 장난을 치고 있다고 생각한 듯 서로 마주 보며 어이없는 웃음을 지어보였다.

"아하…. 그러세요. 뭐, 그럴 수도 있겠죠? 근데 제가 봤을 때 킬러가 정혜윤씨를 죽일 생각이 없어보여서, 아무런 문제가 될 것이 없을 것 같고, 저희가 도와드릴 것도 없는 것 같습니다만…" 유한성이 비꼬았다.

"믿기지 않으시겠지만 사실이에요." 쉽게 믿지 않을 것이라 예상은 했지만 시작부터 그들의 거부 반응에 혜윤이 당황한 기색을 감추지 못했다.

"이보세요! 정혜윤씨, 혜윤씨는 우리가 우습게 보일지 모르겠지만, 우린 혜윤씨 장난을 받아주고 있을 만큼 그렇게 한가하고, 우스운 사람들 아닙니다. 그만 일어나겠습니다." 그가 자리를 박차고 일어났다. 주연우 기자도 유한성을 따라 자리에서 일어났다.

"한서경 죽음에 대해 추적하고 있으시죠? 그 사람도 제가 죽였습니다." 일어나는 주연우를 향해 내가 말했다. 내 말이 그의 관심을 충분히 끌었던지 일어났던 주연우 기자가 다시 자리에 앉았다. 그는 내게 계속 얘기해보라는 눈빛으로 날 보고만 있었다. 그가 내말을 쉽게 믿지는 않겠지만 내 얘기를 끝까지 들을 수 있도록 쐐기를 박아야겠다고 난 생각했다. 믿고 안 믿고는 그 다음 문제였다.

"한서경은 눈에 칼을 맞았지만, 정확하게는 번개에 의해 죽었습니다. 한서경 오른쪽 눈에 칼이 파고드는 순간 그 칼에 번개가 떨어진 것이죠."

"그 사실은 조금만 조사하면 알 수 있는 것이죠. 그런 얘기로 제 믿음을 살 수는 없을 것 같군요." 주연우가 조금은 실망한 듯, 자신에게 더욱더 큰 믿음을 줄 수 있는 그런 사실을 내게 원하고 있었다.

"제 얘기를 끝까지 들어주신다고 약속한다면 그런 믿음을 줄 수 있는 얘기를 시작하도록 하죠." 믿음이라는 것은 어차피 그들의 선택이다. 내가 그들의 마음을 조종할 수 없으니 어찌할 수도 없는 일인 것이다. 난 일단 그들을 신뢰와 불신의 갈림길 까지 데려가는 역할을 충실히 행하면 될 일이다.

"좋습니다. 한 번 그 얘기 들어나 봅시다." 주연우 기자가 들을 자세를 취하면서 말했다.

"먼저 한서경이 어떤 사람인지 부터 말씀드리도록 하죠." 난 어디서부터 시작해야 될지 몰랐다. 그저 머릿속에 막연하게 떠오르는 것부터 이야기하기 시작했다.

"한서경이 어떤 사람인지가 중요한가요?" 유한성 변호사가 물었다. 그는 얘기가 길어지진 않을지 경계하는 눈치였다.

"네, 정말 중요합니다. 한서경과 총수그룹의 만남, 한서경이 살아온 것들 모두 중요합니다. 한서경이 살아온 것들이 왜 중요한지는 마지막에 가서 이해하실 수 있을 겁니다." 난 그렇게 말하고는 유한성과 주연우가 내 얘기를 들을 준비가 되어있는지 살폈다. 그들은 그저 말없이 날 바라보고 있었다. 그 침묵이 내 말을 들을 준비가 되었다고 판단한 난, 내 이야기를 시작했다.

한서경의 삶부터 시작한 내 얘기는 한동안 계속 되었다. 한서경과 나회장의 만남, 총수금융이 보이는 불법을 청산하고 국내기업 시총순위 30위 안에 들어가는 대기업으로 성장하는 과정, 그 과정 속에 들어나지 않게 자행되었던 불법과 탈법, 그리고 한서경이 죽음으로 갈 수 밖에 없었던 것 까지 모든 것들을 말했다. 20분이 넘게 내 얘기는 계속 되었고, 유한성과 주연우는 약속대로 아무 말 없이 내 얘기에 귀를 기울여 주었다. 그냥 그 것만으로도 난 둘에게 고마움을 느꼈다.

"그런데 본인이 한서경을 죽였다고 하셨죠? 그럼 한 가지만 물어보죠. 한서경에 대해 이만큼 잘 알고 있는 것으로 보아 한서경과 보통의 관계가 아니었던 것 같은데, 한서경과 어떤 관계셨나요. 또 그런 보통의 관계가 아니었는데도 불구하고 한서경을 죽인 이유가 있습니까?" 한서경의 죽음까지 말하고 나자 주연우가 기사다운 질문을 던져왔다.

"기자님 말씀대로 한서경과 저와의 관계는 보통의 관계를 넘어서는 관계가 맞습니다. 지금부터 하는 제 얘기를 믿을 수 없을 것입니다. 저 또한 한동안 제 상황을 믿지 못했으니까요. 저는 한동안 자고 일어나면 꿈일 거야 하면서도 꿈도 거짓도 아닌 현실에 마주하면서도 그 현실을 인정하지 못했습니다." 난 그들이 받을 충격을 조금이나마 완충 시킬 수 있도록 돌려서 말했다.

"뱅뱅 돌려 말하지 마시고, 단도직입적으로 어떤 관계인 지만 말씀해 주시죠." 유한성이 답답함을 못 참고 재촉했다.

"제가...... 한. 서. 경. 입니다." 난 유한성의 재촉에 못이기는 척 대답했다. 내 말에 그들의 표정이 일그러지고 있었다.

"뭐.......뭐라고요?" 유한성과 주연우가 거의 동시에 물어왔다.

"제가 한서경이라고요. 물론 믿기 힘들다는 거 이해합니다...." 난 말을 끝내 할 수 없었다. 그들이 자리를 박차고 일어났기 때문이었다.

"이 사람이 정말 보자보자 하니까. 우리가 우습게 보여요? 장난칠게 따로 있는 겁니다." 유한성이 내게 옥박을 질렀다.

"당신이 한서경이면 난 만 년 전에 죽은 오스트랄로피테쿠스다." 주연우가 한껏 비꼬는 투로 말했다. 그러고서는 둘은 일어나 자리를 벗어났다.

여기서 그들을 그대로 보낸다면 머지않아 둘은 강민석의 손에 죽임을 당할 것이다. 그들을 죽인 강민석의 손이 곧 내손이다. 내 손에 그들의 피를 묻히는 일은 없어야 한다. 그러니 잡아야만 했다. 둘을 위해서라도, 내 자신을 위해서라도.

"주기자님은 아마 한서경 시체를 부검한 국과수에 가서 사인을 검토하셨을 겁니다. 검토한 결과 특이한 사실을 발견 할 수 있었죠. 한서경 뇌에 있어야할 해마가 원래부터 존재하지 않았었다는 듯 감쪽같이 사라졌다는 것을요." 내 말에 발길을 옮기던 주연우가 멈칫 했다.

"제가 어떻게 한서경의 삶을 이렇게 잘 알고 있을 것이라 생각합니까? 제 뇌에 해마 2쌍, 그러니 4개가 있습니다. 지금 당장 담당 의사에게 확인 시켜드릴 수도 있습니다. 제 뇌에 남들 보다 많은 해마 2개는 어디서 왔을 까요? 궁금하지 않으십니까?" 쇠뿔도 당김에 빼라고, 그들이 멈칫하는 순간을 난 놓치지 않고 결정적인 한방을 노렸다. 그 것이 통했는지 그들이 발걸음을 돌려 다시 돌아왔다.

"지금 제 말을 여기 있는 혜윤씨가 증언해 줄 수도 있습니다." 내가 혜윤이를 가리키며 말했다. 그러자 둘은 혜윤을 향해 그게 사실인지를 눈빛으로 묻고 있었다. 그들의 그 물음에 혜윤이 가볍게 고개를 끄덕였다.

"주기자, 사실이야? 한서경의 시체에서 해마가 사라졌다는 것이" 유한성이 주연우를 보며 물었다. 주연우가 넋이 나간 표정을 한 체 고개를 끄덕였다.

"황당하고, 어이없고, 믿기지 않으시다는 거 잘 압니다. 하지만 믿어주셔야 합니다. 당신들을 위해서 라도요." 난 믿어달라고 하고 있었지만 그들의 표정은 믿기지 않는다는 표정으로 일관하고 있었다.

"잠시...잠시 만요.... 정리 좀 합시다. 아니지 아니야...그래 확인 좀 해봅시다. 그 담당의사라는 분께...." 주연우의 말투에서 그의 심경이 얼마나 복잡한 지를 예상할 수 있었다.

"알겠습니다. 제 담당 의사는 서울대 뇌혈관 전문의 김민철 교수님입니다. 이분이 뇌혈관 전문의라는 것도 확인 시켜 드려야 할까요?" 난 그들의 의심의 눈빛에 어디까지 확인 시켜야 믿어줄지, 그 사실이 의심스러웠다.

"아뇨, 그 분은 제가 조금 알고 있습니다. 제가 직접 전화해 보도록 하죠." 주연우가 주머니 속의 폰을 꺼내며 말했다. 그러고는 번호를 찾아 통화버튼을 눌렀다.

몇 번의 통화음이 울리더니 상대방이 전화를 받았다.

"아이고, 주기자 오랜만이네." 김민철의 반가운 목소리가 폰의 스피커를 통해 사방으로 울려 퍼졌다.

"잘 계시죠?" 주연우가 으레 안부를 물었다.

"나야 항상 그렇지 뭐. 그런데 이번에는 무슨 일이야?" 김민철교수가 물었다.

"박사님이 담당하는 환자 중에 아주 특이한 사람이 있다는 소문을 듣고 전화 드렸습니다. 그 것에 대해 말해줄 수 있겠습니까?"

"주기자 정보력은 도대체 어디까지야? 대단해! 아무튼 나야 말 못할 것 까지는 없지만, 그 분이 허락해야 말이지. 일단 그분이 언론에 알려지는 것을 극도로 꺼려서 말이지."

"그럼, 한 가지만 물어보겠습니다. 저도 대충은 알고 있고, 그분이 원하지 않는다면 기사화 할 생각은 없으니까요. 제 개인적으로 궁금해서요. 그분의 해마가 태어났을 때부터 존재 하던 것이었습니까?" 주연우가 단정을 하고 질문을 던졌다. 어떤 대답을 한다면 사실일 것이고, 금시초문인 반응을 보인다면 거짓이 될 상황을 만든 것이다. 기자다운 예리한 질문이었다.

"태어날 때부터 그렇지는 않았을 것 같아. 그 사람도 최근에서야 이중인격이 나타났고, 해리성 정체성 장애가 온 걸로 판단해 병원을 찾은 것이니까. 이유모를 원인에 의해 해마가 증식했을 가능성이 지금으로서는 높다고 판단하고 있어. 암처럼 말이지" 김민철 박사는 주연우의 함정 질문에 순순히 대답을 했다.

"네, 잘 알겠습니다. 박사님 다음에 한 번 찾아뵐게요. 제가 식사 한 번 대접하겠습니다."

"그래, 나야 좋지. 올 때 전화하는 거 잊지 말고."

"네, 들어가세요." 주연우는 전화를 끊었다.

그 자리에 있는 유한성도 그 통화내용을 듣고 있었다. 둘은 서로를 바라보며 이런 일이 가능한지를 눈빛으로 서로에게 묻고 있었다. 하지만 돌아오는 답은 없었는지 둘은 동시에 나를 향해 고개를 돌렸다.

"자, 그러니까 당신 말이 사실이라 치자고요. 그럼 한서경의 해마가 어떻게 이 몸으로 이동하게 됐다고 생각하십니까?" 주연우가 물었다.

"저도 잘 모릅니다. 다만 추정이 가는 사건이 바로 이 몸의 주인인 강민석이 날 죽이려 내 눈에 칼을 꼽는 순간 번개가 칼에 떨어진 사건이 아닌가 싶습니다." 난 내가 생각하고 있는 그대로 대답했다.

"그럼 마지막으로 한 가지만 더 확인 하죠. 2016년 5월 한서경이 날 만나자 제안을 했습니다. 내게 약을 치려 만나자고 했기에 그 장소를 아는 사람은 별로 없습니다. 그 장소와 당시 돈을 전달하던 한서경에게 제가 했던 말, 기억하고 있습니까?" 주연우가 물었다.

"너무 오래된 일이긴 하나 기자님을 처음 뵈었고, 뭐 이런 사람이 있나 싶은 생각을 가질 정도로 기자님을 특이하게 생각해 기억하고 있습니다. 성남에 있는 유레카페라는 작은 카페였죠. 그 자리에서 저는 기자님에게 2억이 든 돈 가방을 건넵니다. 당시 기자님은 총수건설에서 시공 중인 대규모아파트단지공사에 대해 불법인허가 및 불법정치자금공여, 뇌물공여에 관해 탐사취재를 하셨고, 전 그 취재를 멈춰달라는 의미로 2억을 건넨 것이죠. 당신은 그 돈 가방을 받아 카페 바닥에 부어버립니다. 그리고 말하죠. '당신들은 그 돈으로 당신들의 세상을 건설하시오, 난 글로 당신들이 부정하게 세운 그 세상 부셔버릴 거니까'그렇게 말이죠." 난 그때의 기억을 더듬어갔다. 아니, 구지 그 기억을 떠올리려 노력하지 않아도 될 만큼 그때의 기억은 내 기억 속에 각인되어있는 기억들 중 하나였다. 그만큼 주연우는 내 자존심에 큰 상처를 내었던 인물이었다.

유한성이 내 대답이 정답인지 궁금한 듯 주연우를 바라보고 있었다. 그는 빨리 정답을 알고 싶다는 표정이었다. 하지만 유한성의 궁금증과 달리 주연우는 아무 말도 하지 못한 체 그저 넋을 놓고만 있었다.

"뭐야? 그때 한서경이 말한 말이 맞아?" 유한성이 그 짧은 시간도 참지 못하고 주연우에게 재촉했다.

"어........ 맞아..... 그 것도 아주 정확히!" 주연우는 대답과는 달리 아직 혼란스러운 듯 보였다. 정답을 그리도 원했던 유한성 역시 내심 아니라는 대답을 원했던지 그도 혼란스러운 표정으로 바뀌어 갔다. 마치 그 혼란스러운 표정이 전염이 되는 듯 보였다.

한동안 우리 중 그 누구도 어떤 말도 하지 못하고 있었다. 적막감이 우리 자리만 휩쓸고 있는 것 같았다.

"그러니까 그 몸의 주인인 강민석은 킬러였고, 그 강민석이 나총수의 청부를 받고 한서경을 죽이려 했는데 그 순간 번개가 쳐서 한서경 뇌에 있어야할 해마가 킬러인 강민석의 뇌로 전이가 됐다? 그렇게 정리했다 치고, 좀 전에 말했던 우리를 위해서라도 믿어 주란 말은 무슨 말입니까?" 유한성이 방금 전 내가 했던 말을 되짚었다.

"나회장이 당신 둘을 죽이라고 제게 의뢰를 했습니다." 내가 대답했다.

"그럼 됐네요. 어차피 당신은 우릴 죽일 의사가 없던 거 아닙니까?" 유한성이 말했다.

"정확히 말한다면 반반이겠죠. 저는 두 분을 해칠 의향이 전혀 없는 것은 맞습니다. 하지만 내안의 또 다른 강민석이라는 놈은 아니라는 것입니다. 그의 마음은 저도 알 수가 없습니다."

"그럼 그 강민석이란 사람의 의사도 알 수 없는 상태에서 어떻게 대처해야 한다는 것입니까?" 유한성이 물었다.

"강민석의 생각은 알 수 없으나 그의 성향이 어떠한 지는 어느 정도 파악하고 있습니다. 그러니 그의 성향에 맞춰 그가 두 분을 죽이려 한다는 판단으로 대비를 세우는 것이 좋을 것 같습니다." 내가 대답했다.

"그냥, 나총수를 고발하는 것이 더 낫지 않을까? 살인교사로 말이지." 주연우가 유한성에게 말했다.

"살인이 일어나지 않은 살인교사가 처벌이나 되겠어. 설령 청부살인 업자가 자수를 한다 해도 나총수가 그런 사실이 없다고 우긴다면 그 사실을 밝히기는 어려워, 더군다나 나총수와 검찰의 유착관계도 무시할 수 없고, 검찰의 가장 잔인하고 무서운 점은 기소해야 될 범죄자를 기소하지 않는 다는 것이지. 설령 살인교사를 했다는 명백한 증거가 나오더라도 검찰에서 무혐의 처리하고 청부업자만 기소하고 끝내버린단 말이야. 일명 꼬리 자르기. 한 때 검사였던 과거가 부끄러울 정도로 내부가 썩었다고." 과거 검사로 생활했던 유한성은 검찰의 속내를 누구보다 잘 알고 있었다.

"더러운 세상! 하긴, 그게 검찰들만의 문제는 아니겠죠. 우리 언론도 그 점에서는 반성해야 되겠죠. 기업에 돈 받고 해명기사를 써주지 않나, 광고성 기사를 써주질 않나. 취재는 뒷전이고 받아쓰기만 하고 있으니, 저도 한 언론인으로서 부끄럽기 짝이 없을 정도니." 주연우가 혀를 연신 차댔다.

저런 정의로운 세상을 위해 노력하고 있는 두 사람이, 자신이 그 집단에 속해있었다는 사실 만으로 부끄러워하는 모습에 난 가슴이 뭉클해짐과 동시에 쥐구멍이라도 있다면 숨고 심은 심정이 들었다. 진정 부끄러워해야 할 사람은 저들이 아닌 내 자신인 것을 난 누구보다 잘 알고 있었다.

"아니, 그런데 왜? 그렇게 정계와 유착을 하면서 모든 돈과 권위를 누리고 있는 나 회장이 구지 우리 같은 피라미를 죽이려고 하는 이유는 도대체 뭡니까? 죽을 때 죽더라도 그 이유나 좀 알아야겠습니다." 주연우가 물었다.

"정확한 것은 아니고 제 생각이긴 하지만, 나회장이 내년 총선을 출마하려는 생각 인 것 같습니다. 총선은 어디까지나 검찰의 무협의 판단과는 다르죠. 작은 흠집도 유권자는 떠날 수 있으니까요. 그러니 자신의 흠집을 가장 많이 알고 있는 두 분 의 입을 사전에 막겠다는 것 같습니다." 내가 대답했다.

"그러고 보니 얼마 전 상부에서 나총수 회장 사생활에 관한 기사에 우호적 댓글을 달라는 지시가 내려왔었어요. 이런 경우는 없었죠. 거의 회사에 관련된 기사에만 댓글을 달고 있었으니까요. 그때는 몰랐지만, 지금 들으니 일리가 있는 것 같아요." 혜윤이 내 생각을 거들어 주었다.

"듣고 보니 일리 있는 말입니다. 자신의 당선을 위해 눈에 가시 같았던 존재들을 말끔히 정리 하겠다? 그럼 그 강민석이란 자는 성향 상 어떻게 나올 것 같습니 까?" 유한성이 물었다.

"두 분을 동시에 죽이려 할 가능성이 높습니다. 그러기 위해 두 분이 한 장소에 만날 수 있을 만한 미끼를 던지겠죠." 내가 대답했다.

"시간은요?" 유한성이 다시 물었다.

"나총수는 질질 끄는 것을 제일 싫어합니다. 아마 최대한 빨리 처리해라 지시했을 것입니다. 오늘은 이 몸을 내가 사용하고 있으니 안 될 것이고, 아마 내일이 될 수 도 있겠죠." 내가 대답했다.

"사실…. 오늘 혜윤씨 말고 총수그룹에 대한 비리문건을 폭로하겠다고 찾아온다는 사람이 있었습니다. 혜윤씨를 만나고 난 다음 오후 늦게 약속을 잡았었죠. 그런데 갑자기 전화가 와서 내일로 미뤄달라고 하더라고요. 그 자가 말하길 반드시 주연 우 기자와 함께 보고 싶다더군요." 유한성이 말에 옅게 색칠 되어 알아보기가 힘 든 그림이 방금 전 마지막 뎃 칠이 되는 기분이었다. 이제야 그 그림이 어떤 그림 인지, 무엇을 나타내는지를 알아볼 수 있게 된 것이다.

"미끼를 던졌군요. 날짜를 내일로 미룬 것은 강민석 자신이 활동하는 날이 그날이 기 때문이겠죠." 내가 말했다.

"그럼 어떻게 하죠. 당분간 어디에 숨어있는 게 좋지 않을까요?" 주연우가 물었다.

"당분간 숨어있다고 해결될 사안이라면 그렇게 하면 좋겠죠. 하지만 나총수는 집 요하기로 정평이 나있는 사람입니다. 아마 세월이 걸린다 해도 두 분을 언젠가는 반드시 죽이려 들 것입니다. 그가 정치를 하려고 생각한 이상 평생 숨어 살아야 한다는 말입니다. 제게 좋은 생각이 있습니다. 두 분이 제 생각에 따라 주신다면 그 생각을 말씀드리겠습니다." 내가 유한성과 주연우를 번갈아 보며 말했다. 둘은 아무 말 없이 고개를 끄덕였다. 나는 두 사람이 고개를 끄덕이는 무언의 행동을 동의한다는 의미로 생각하고 말을 계속 이어갔다. 유한성과 주연우는 내가 하는 말 한마디라도 놓치지 않으려 의자를 바짝 당겨서 앉았다.

　내 설명은 길게 이어져 갔다. 중간 중간 유한성과 주연우가 부정적 견해를 피력했지만, 그럴 때 마다 난 그들을 잘 설득 시켜나갔다.

"상당히 위험한 작전입니다. 문제는 두 분이 그 위험을 감수할 수 있겠냐는 것이죠. 어떻습니까?" 난, 내 생각을 하나도 빠짐없이 그들에게 말했다. 하지만 중요한 것은 내 생각이 아니라 그들이 할 수 있냐는 것이었다. 그들이 내생각대로 움직여 줄 수 없다면 평생을 숨어사는 방법밖에는 없었다. 그들도 그 사실을 잘 알고 있을 것이기에 난 그들에 긍정적인 답변을 기대했다.

"까짓것, 모 아니면 도 아니겠어요. 평생 숨어사느니 한 번 해봅시다. 더 나아가 이번기회에 나총수 잡을 수 있는 방법도 생각해 봅시다. 그러려면 일단 먼저 살아야겠죠." 주연우가 자신의 활달한 성격을 자랑하듯 너스레를 떨었다. 사실은 무섭고 겁날 것이다. 주연우는 그런 자신의 감정을 애써 숨기려 노력하고 있음을 난 알수 있었다.

"그래요, 저도 오케이. 이래 뵈도 한 때 대한민국 검사였습니다. 죽을 고비 넘겨가면서 현장에서 마약사범도 검거하고, 그랬던 사람이라고요. 한 번 해봅시다!" 유한성이 주먹을 움켜쥐고 결연한 의지를 다지며 말했다.

　한때 적으로 만난 두 사람이었지만, 지금은 동지가 되는 순간이었다.

26. 강민석

『나 역시 오늘은 별 특이사항이 없어서 남길 글이 없군. 대신 자네에게 한 가지 강조하고 싶은 것으로 오늘 편지를 대신하겠네. 난 자네가 나회장을 죽이려는 마음이 있는지 그 점이 가장 우려스럽다네. 자네의 실력이라면 아마 지금 즘 나회장은 이 세상 사람이 아니었어야 하는 것이 내 생각이네. 자네를 믿어야지, 한 배를 탔으니 믿어야지 하면서도, 자네가 자꾸만 날 속이고 있다는 생각이 떨쳐지지 않네.

　혹여나 나회장이 탄 배로 갈아탈 생각을 하고 있는 것은 아니겠지? 자네도 잘 알겠지만 내가 나회장이 탄 배를 거부한다면 자네와 나의 최종목적지는 죽음이 아니면 무기수 일 수밖에는 없다네. 난 어떤 일이 있다 해도 나회장이 탄 배는 타지 않을 것이니까.

　설령 그런 마음을 먹었다면 지금이라도 늦지 않았으니 지금 바로 정리하시게. 그게 자네와 내가 살 수 있는 방법이라는 거 절대 잊지 마시고. 그럼 이만 줄이겠네. 자네의 현명한 선택으로 날 더 이상 실망시키는 일이 없었으면 하네.』

'조금 있으면 내 몸에서 영원히 사라질 기생충의 최후의 발악!' 난 녀석의 편지에 대한 총평을 이렇게 정리했다.

　난 한서경이 써놓은 편지를 읽기 전 반가운 전화를 받았다. 그 전화를 받고나서 기분이 정말 날아갈 듯 좋았는데 녀석의 편지가 그 기분을 망치고 있었다. 오랜만에 느껴보는 기분을 녀석 때문에 망칠 수는 없었다. 난 그 통화내용을 다시 상기하며 그 기분을 오래토록 간직하려 했다.

　20분 전 요란한 전화벨 소리에 난 달콤한 아침잠을 아쉽게 떨쳐 내야만했다.

"여보세요." 내 목소리는 아직 잠을 덜 쫓아낸 목소리였다.

"강민석씨, 김민철 박사입니다." 김박사의 목소리가 약간은 들떠있는 목소리였다. 잠결이었지만 난 확실히 그 사실을 알 수 있었다.

"전화는 항상 제가 드리기로 했는데요. 잊으셨습니까?" 내 잠을 깨운 것에서부터, 전화는 항상 내가 먼저 하기로 했던 약속을 깬 것까지. 갑작스레 짜증이 솟구쳐 올랐다.

"아! 죄송합니다. 항상 짝수 날이면 민석씨가 찾아 오시 길래 오늘은 민석씨가 깨어있다고 생각했습니다. 그리고 좋은 소식을 빨리 알려드리고 싶어서 이렇게 전화를 급히 드렸습니다." 그의 겸연쩍어 하는 말투가 들려왔다.

"아무리 좋은 일이여도 그 자가 알면 도루아미타불이 된 다는 거 잘 아시잖습니까? 그래, 그 좋은 일이란 게 대체 무슨 일입니까?" 난 풀리지 않은 짜증을 전화기 너머 김민철에게 계속해서 뿜어댔다.

"해마가 드디어 반응을 보이기 시작했습니다. 지난 번 민석씨가 제안한 대로 검사를 해봤는데, 그 검사 결과 B번의 해마 한 쌍에서 미세한 파장이 나타난 것이 발견 되었어요. 반응을 한 것이죠. 사실 어제 전화를 드리려 했는데, 어제는 다른 인격체가 활동하는 날이란 생각에 오늘에서야 이 사실을 알립니다. 이제부터는 그런 인과관계가 있는 기억들로 몇 번 더 검사를 진행한다면 민석씨 기억을 관장하는 해마를 찾을 수 있을 것으로 생각됩니다." 그의 말투가 한껏 들떠있었다. 그도 지금 것 아무 반응도 없는 해마에 지쳐 있었을 것이다. 그런데 해마가 드디어 반응을 보였던 것이다. 그렇게 서로가 끝이 없는 검사에 지쳐 갈 때 즘, 난 김민철 박사에게 한 가지 검사 방법을 제안했다.

내가 혜윤이를 죽이려는 찰나 한서경이 깨어났다. 난 그때 당시 한서경이 깨어났던 것을 절대 우연이라 생각하지 않았다. 혜윤이의 위기에 잠이든 한서경이 반응을 보인 것이다. 그 말은 혜윤이의 위기에 한서경의 기억을 관장하는 해마가 반응을 보였다는 말과도 같은 것이다.

"김박사님, 내안의 다른 인격이 사랑하는 사람이 있습니다. 그녀의 목소리를 들려준다면 분명 녀석의 기억을 관장하는 해마가 반응을 보이지 않을 까요?" 난 거두절미하고 김박사에게 그렇게 제안을 했다.

"깨어있는 상태가 아닌 휴식상태로 있는 해마가 반응할지.....?" 김민철 박사가 부정적인 견해를 보였다.

"밑져야 본전 아니겠습니까? 일단 한 번 진행해 보시죠." 김민철박사의 부정적 견해에 불구하고 난 밀어붙였다. 난 혜윤이의 목소리가 담긴 동영상을 찾았다. 다행이 지우지 않은 동영상이 클라우드에 남아있었다. 그 영상을 다운받아 김민철 박사에게 넘겼다.

"검사 결과 기존 검사와 별다른 차이가 없었습니다. 다른 방법을 생각해봐야 할 것 같습니다." 검사를 받고 나온 나에게 김박사가 말했다.

"어쩔 수 없죠." 나 역시 그렇게 지쳐만 가고 있었다.

그런데 김박사가 지금까지 검사를 했던 결과물을 재확인 하는 과정에서 미세한 변화를 발견한 것이다. 마지막 검사인 혜윤이 목소리를 들려주며 했던 검사에서 말이다. 발견하기 힘들 정도의 아주 미세한 변화였다고 했다. 어찌되었건 이제 희망이 생긴 순간이었다.

"한두 번 방식을 바꿔서 검사를 더 진행한다면 각각의 인격이 관장하는 해마가 명확해 질 것 같습니다. 그리고 날짜를 잡아서 수술을 진행하면 될 것 같습니다. 최대한 빨리 시간 내셔서 병원으로 오십시오." 김민철 박사는 그렇게 말하고는 전화를 끊었다.

모든 것들이 술술 진행되어가고 있었다. 한서경을 죽인 후 오지게 꼬여가던 내 인생이 이제야 길이 보이게 된 것이다.

그런 생각들로 다시 기분이 좋아진 난 녀석이 쓴 건방지기 짝이 없는 편지를 깡통에 집어넣고는 불을 붙였다. 불꽃에 휘감겨 연기가 되어 사라져가는 편지지가 마치 녀석처럼 느껴졌다. 조금만 참으면 한 줌에 재가 되어버린 저 종이 쪼가리처럼 녀석도 내 안에서 영원히 연기처럼 사라질 것이다.

그런 부푼 기대감이 내 가슴에 풍만하게 젖어들고 있을 그때 나회장만이 연락 할 수 있는 휴대폰이 울렸다.

"네, 회장님" 난 최대한 공손하게 전화를 받았다.

"준비는 되 블었쟈? 시간은 오후 2시, 장소는 유변 사무실이께, 고 앞에서 기다리고 있어, 그람 나가 신호를 줄라니게. 실수 하덜 말고" 나회장은 그렇게 말하고는 전화를 끊었다.

난 시간을 확인했다. 시간은 8시 30분을 넘어가고 있었다. 아직 시간이 남아있었지만, 난 완벽함을 위해 다시 한 번 그 들을 죽일 칼을 점검했다. 그리고 비상시 사용하기 위해 장롱 깊숙이 숨겨놓은 총을 찾았다. 하지만 총이 없었다. 분명 장롱 깊숙이 항상 숨겨둔 곳에 있어야 될 총이 감쪽같이 사라졌다.

'한서경 이 개자식!' 한서경의 짓이 분명할 것이라 난 생각했다. 한서경이 아니고서야 누가 감히 내 집에 들어와 총을 훔쳐가겠는가? 어차피 비상용으로 챙기려 했던 총이었기에 없더라도 문제 될 것은 없었다. 총이 없더라도 일은 계획대로 진행 될 것이다. 난 준비한 칼을 속주머니에 찔러 넣고는 집을 나섰다.

병원을 들러 김박사를 만난 난 곧바로 유한성 변호사 사무실 근처로 이동했다. 그 곳에 도착하니 시간이 2시가 다 되어 가고 있었다. 난 유한성 변호사 사무실에 최대한 가까운 카페에 자리를 잡고 나총수의 지시를 기다렸다.

시간은 조금씩 흘러 약속 한 시간을 지나가고 있었다. 하지만 나총수는 아직 까지 아무런 연락이 없었다. 나총수의 연락을 받은 건 약속시간이 20분이나 지난 후였다.

난 속주머니에 넣어놓은 칼이 잘 있는지 다시 한 번 점검하고는 자리에서 일어났다. 그리고 카페를 빠져나와 곧바로 유한성 변호사 사무실로 향했다. 차가 겨우 들어갈 만한 조그만 골목을 지나자 그의 사무실이 자리한 5층짜리 조그만 건물이 눈에 들어왔다. 그 건물에 '유한성 변호사사무실'이라고 적힌 간판이 걸려있었고, 그 글자 밑에는 자그맣게 '4F'라고 적혀있었다.

난 곧바로 계단을 통해 4층으로 올라갔다. 4층에 다다를수록 내 심장이 터질 듯이 요동을 쳐댔다. 항상 그랬듯 오늘도 죽여야 할 대상자를 만나기 직전까지 엄청난 긴장감이 내 온몸을 휘감았다. 하지만 막상 그 대상자를 만나면 긴장감은 감쪽같이 사라져 버리고 오직 목표를 향해 폭주하는 망아지처럼 난 칼을 휘둘러 댔고, 그 대상자가 죽고 나면 알 수 없는 희열을 느꼈다. 난 그런 희열감을 느낄 때면 내가 혹여 반사회성 인격 장애 즉, 사이코패스가 아닌가하는 의심도 해봤다. 하지만 사이코패스는 아닌 것 같다. 그들과 나의 공통점이라고 한다면 사람을 죽이고 난 다음 희열을 느낀다는 것이었지만, 그들은 오로지 그런 희열을 위해 사람을 죽이는 것이었고, 난 희열을 느끼고자 사람을 죽이지는 않는다는 점은 그들과 내가 다른 점이었다. 난 오로지 돈을 위해 사람을 죽였고, 내 임무가 끝나면 많은 돈을 받을 수 있다는 것에서 희열을 느끼는 것이다.

그런 생각 속에 난 4층에 다다랐다. 사무실 입구문은 통유리로 되어있었다. 난 내부를 보려 했지만 통유리에는 법에 관련된 문구가 가득한, 보기만 해도 머리가 어질 거리는 전단지들이 더덕더덕 붙어있어 내부는 보이지 않았다.

난 문을 서서히 열고 들어갔다. 문 위에 달려있는 종이 '누가 왔으니 내다 봐라!'고 말하는 듯 땡그랑 거렸다. 안으로 들어선 난 뭐가 잘 못되었다는 것을 순간 느낄 수 있었다. 아직까지 내 눈은 내부의 상황을 훑고 있었다. 사물에 반사된 빛이 내 눈에 닿고 그 사물을 뇌가 인식하기도 전, 몸은 이미 본능적으로 위험을 알리고 있었던 것이다.

사무실 내부는 이미 한바탕 전쟁이라도 일어난 것처럼 난장판 그 자체였다. 책상과 의자는 자신의 위치로 추정되는 곳에서 한참을 떨어져 나뒹굴고 있었고, 그 위에 있어야할 사무 집기와 서류들은 바닥에서 서로 뒤엉켜 난투극을 벌이고 있는 듯 보였다. 벽면 곳곳에는 아직 굳지 않은 끈끈한 피가 피비린내를 온 사방에 흩트리며 흘러내리고 있었고, 혈투에 사용된 흉기에도 아직 마르지 않은 피가 진득이 묻어있었다.

난 바닥에 흐트러진 잡동사니와 피를 피해 조심스레 한발 한발 내 디디며 사무실 안으로 조금 더 들어갔다. 혈투의 흔적들은 이곳에서 살인 사건이 발생했다는 것을 알리고 있었지만, 정작 혈투의 당사자들은 보이지 않았다. 피가 마르기도 전에 혈투의 승리자가 시체부터 치웠단 말인가? 하지만 킬러인 내가 봤을 때 이해가 가지 않는 부분들이 이 사건 현장에는 많았다. 정작 치워야할 증거품들은 모두 두고 시체를 치웠다는 것이다. 물론 시체를 경찰이 찾지 못하는 곳에 꽁꽁 숨긴다면 더할 나위 없이 좋겠지만, 문제는 부피로 봤을 때 시체는 경찰이 찾지 못하는 곳에 숨기기가 그만큼 힘들다는 것이었다. 이런 경우에는 통상적으로 증거를 인멸하는 것이 우선이다. 내가 추정컨대 이렇게 사무실이 난장판인 경우는 피해자가 상당히 저항을 했다는 것이다. 저항을 많이 하면 할수록 증거물들은 쏟아져 나오기 마련이다. 그런데 증거품과 증거가 될 지문, 머리카락 등은 모두 그대로였다. 특히 살해도구인 칼을 그대로 두고 갔다는 점은 살인자가 초보이거나, 아니면 우발적으로 살인했을 가능성이 커보였다.

그런데 누가 누구를 죽였을까? 나회장은 유한성사무실에 유한성과 주연우가 함께 있으니 지금 바로 들어가 둘을 처리하라고 말했다. 미끼가 둘이 같이 있는 것을 확인하고 내가 투입되기까지의 짧은 시간 동안 도대체 무슨 일이 벌어진 것이란 말인가?

유한성과 주연우가 미끼에 대해 눈치를 채고 실랑이를 벌이다 결국 난투극까지 가게 되었고, 결국은 그 미끼를 죽였을 가능성도 있다. 아니 그게 더 현실적인 것 같다. 둘은 미끼와 난투극을 벌이다 우발적으로 살인을 저질렀고, 미끼라는 사람이 죽자, 당연히 사람을 단 한 번도 죽여본적이 없는 그들은 당황했을 것이다. 당황한 그들은 사리판단을 제대로 할 턱이 없었다. 그렇게 그들은 시체부터 치우기로 결정했을 것이다. 자신의 사무실이니 누가 들어올 것이라 생각하지 않았고, 나중에 증거물을 치우겠다는 판단으로 말이다. 마지막으로 문이 열려 있었던 것은 당황한 그들이 시체를 치우는데 정신이 팔려 잠그는 것을 깜빡했을 것이다. 살인을 저질러 보지 않는 사람들은 첫 살인에 그런 실수를 할 수밖에 없었다.

그렇게 생각하니 모든 게 맞아떨어졌다. 그렇다면 난 여기서 유한성과 주연우를 기다리면 된다. 둘은 시체를 대충 숨겨놓고 최대한 빨리 증거물을 처리하려 할 것이다. 그 말은 즉 오래 기다리지 않아도 된다는 뜻이었다.

예상치 못했던 셋의 난투극으로 의외로 쉽게 그들을 제거 할 수 있을 것 같았다. 난 누워있는 의자 하나를 똑바로 세우고는 그 의자에 앉았다. 그리고 생각했다. 지금 상황에 걸맞은 시나리오를 말이다.

지금 상황에 맞는 시나리오는 단 하나뿐이다.

'유한성과 주연우가 찾아온 손님을 우발적으로 죽였다. 손님을 죽인 둘은 시체를 유기하고 다시 돌아와 증거를 은닉하는 과정에서 말다툼을 하게 된다. 말다툼 끝에 화를 참지 못한 유한성이 주연우를 죽이게 된다. 또는 주연우가 유한성을 죽이게 된다. 그리고 유한성은 또는 주연우는 자신의 절친이자 동료를 죽였다는 자책감을 이지지 못하고 끝내 목을 매고 삶을 마감하게 된다. 또는 4층에서 뛰어내려 삶을 마감하게 된다.'

기가 막히는 시나리오였다. 내가 생각해 냈지만, 누군가에게 자랑해서 칭찬받고 싶을 정도로 완벽한 시나리오였다. 다만 이런 완벽한 시나리오를 누군가에게 자랑할 수 없다는 것이 너무나 아쉬울 따름이었다.

그렇게 살해 계획을 정리하고 있을 때, 입구 문이 열리며 몇몇의 건장한 남자들이 들이닥쳤다. 사무실로 들이닥친 그들은 내가 생각할 겨를도 없이, 반항할 겨를도 없이 순식간에 나를 제압해 버렸다.

"니들 뭐야?" 갑자기 들이닥친 그들이 날 덮치자 난 몹시 당황스러웠다.

"강민석! 당신을 유한성과 주연우를 살인한 현행범으로 긴급 체포한다. 당신은 변명할 기회가 있고, 변호사를 선임할 권리가 있다." 그는 미란다의 원칙을 내게 고지하면서 뒤로 꺾은 팔에 수갑을 채웠다. 그리고 서는 날 일으켜 세웠다.

"끌고 가!" 날 일으켜 세운 그가 그와 같이 온 다른 놈들에게 명령했다. 그러자 두 명이 내게 다가와 내 양쪽 팔을 잡았다. 뭐가 뭔지 어안이 벙벙한 난 무슨 말도 할 수가 없었다. 살인이 일어난 듯 보이는 현장에서 갑자기 들이닥친 경찰에게 붙잡혔다. 천천히 생각해보자. 호랑이 굴에 들어가도 정신만 바짝 차리면 살아난다고 하지 않았던가. 뭐가 어떻게 돌아가는 지 냉정히 생각해 봐야 한다.

난 경찰차를 타고 가면서 생각하고 또 생각했다. 먼저 의문점들을 집어봐야 했다. 유한성의 사무실이 난장판인 이유는 나름 정리했다. 그러니 그 의문은 일단 넘어가자. 그럼 경찰이 어떻게 알고 덮친 것인가? 가만, 경찰이 날 체포한 이유를 '유한성과 주연우를 살해한 현행범'이라고 했다. 그럼 죽은 사람이 미끼로 이용된 사람이 아닌 유한성과 주연우란 말인가? 그럼 그를 죽인 자는 도대체 누구란 말인가? 분명 혼자가 아니다. 벽에 묻어있는 피의 상태로 보아 최소 2시간정도로 보였다. 그 시간에 혼자서 둘의 시체를 치우기에는 불가능한 시간이다. 즉 혼자가 아닌 최소 2명에서 3명이다. 하지만 떨어져 있는 칼은 하나였다. 그럼 이렇게 정리할 수 있다. 혼자 들어와 유한성과 주연우를 죽이고, 조력자의 도움을 받아 시체를 치웠다.

그럼 경찰은 도대체 살인이 일어난 지 2시간 만에 어떻게 알 수 있었을까? 또한 유한성과 주연우의 시체도 없는 장소에서 그들을 내가 죽였다고 경찰은 단정한 이유는 무엇인가? 그리고 그들이 죽었다고 단정하는 이유는 또 무엇인가? 의문은 꼬리에 꼬리를 물고 계속해서 이어져 갈뿐 전혀 해소될 기미는 보이지 않았다. 그런 와중에도 차는 계속해서 달렸고 이윽고 경찰서에 도착했다.

날 끌어내린 경찰은 곧바로 날 끌고 취조실로 보이는 장소로 이동했다. 바깥보다는 약간은 어두운 조명이 취조실을 스산하게 비추고 있었고 가운데 테이블은 영화 속에서 익히 봤던 모습으로 놓여있었다. 천장 네 모퉁이에는 카메라가 있었는데, 아마 실시간으로 내 모습을 담아 녹화하고 있을 것이다.

난 그들의 손에 의해 취조실에 놓인 자리에 강제적으로 앉혀졌다. 날 앉혀놓고 그들은 모두 밖으로 나갔다. 난 한참을 스산한 취조실에 홀로 앉아 있어야만했다. 한참을 지난 후에서야 내게 수갑을 채웠던 경찰이 서류 뭉치와 노트북을 들고 들어와 내 맞은 편에 앉았다.

"강민석! 나이 33, 직업 무직, 사는 곳은 용문동 반지하 원룸. 맞나?" 그는 노트북을 펴면서 물었다. 난 대답은 하지 않고 그냥 고개만 살짝 끄덕였다.

경찰은 한동안 내 신상에 대해 묻고는 노트북에 적어 넣는 것을 반복했다.

"시체 어디다 치웠어?" 그가 펴놓은 노트북을 옆으로 밀어 놓더니 내 눈을 똑 바로 응시한 체 물었다.

"무슨 시체 말입니까?" 유한성과 주연우의 시체를 말하고 있는 것이라 생각했지만 난 그냥 모른 체 그에게 되물었다.

"아.... 이 자식이.... 몰라서 물어? 유한성과 주연우 시체 어디에 유기 했냐고?" 그가 강한 어조로 물었다. 아마 처음부터 내 기를 제압하고 자 함일 것이다.

"먼저 형사님께 한 가지만 물어보죠. 유한성과 주연우 시체가 없는 상황에서 왜 그들이 죽었다고 생각하시는 거죠? 그들이 죽었는지 형사님이 두 눈으로 보셨나요? 그리고 그들이 죽었다면 제가 죽였다는 증거는 또 뭐죠?" 난 형사가 앉아있는 쪽으로 몸을 바짝 들이밀고는 그의 기에 눌리지 않겠다는 듯 그의 눈을 똑바로 쳐다보며 말했다. 하지만 그의 입가에는 나를 향한 비웃음이 묻어나고 있었다. 그리고는 서류봉투에서 무언가를 꺼내들고는 내 눈앞에 들이댔다. 그 봉투에는 피가 묻은 칼이 들어있었다. 그 칼은 유한성 사무실에 떨어져 있던 그 칼이었다.

"이 칼 본적 있지? 널 이 자리에 놓아두고 내가 왜 늦었는지 알아? 바로 이 칼 손잡이에 잔득 묻어있는 지문이 누구 것인지 알아본다고 늦었어! 거기서 잔득 묻어 나온 지문이 누굴 것 같나? 음?" 그는 내가 가소롭다는 표정이었다.

"......." 난 아무 말도 할 수가 없었다. 지문을 이미 대조했다면 결과가 나왔을 것이고 그 결과를 토대로 형사는 큰소리를 치고 있는 거 아니겠는가? 그런 불안감이 내 전신을 휘감았다.

"몰라? 알려줘? 강민석, 당신 지문과 일치한 지문만 수두룩하니 나왔어. 칼에 묻은 혈흔이 유한성과 주연우 거라는 것은 내일이면 밝혀질 거야. 이래도 잡아 뗄 거야?" 그가 책상을 손바닥으로 내려쳤다.

단 한 번도 본적 없는 칼에서 어떻게 내 지문이 나왔다는 말인가? 특히나 저런 칼은 살인용으로는 적당하지 않는 칼이다. 즉, 단 한 번에 사람을 죽일 수 없는 칼인 것이다. 그런 칼을 킬러인 내가 가지고 다닌 다는 것은 말이 되지 않는다. 이건 모함이다. 그런데 누가 모함을 하고 있다는 것인가? 난 되도록 말을 아끼는 것이 낫다고 생각했다. 누군가 모함을 하고 있다면 그리고 그 모함의 함정에 빠졌다면 그 걸 알아내기 전까지는 어떤 말을 하건 나에게 불리하게 작용할 수도 있을 것이다.

"변호사를 불러주세요. 변호사를 통해서 말하겠습니다. 그 전에는 단 한마디도 하지 않겠습니다." 난 등받이에 몸을 기대고서는 단 한마디도 하지 않겠다는 의지를 표명했다.

"미친놈, 어느 미친 변호사가 변호사를 죽인 자를 변호하려 하겠니? 안 그래? 네가 변호사라면 그러겠어? 나 같아도 당신 같은 사람 변호 안하지. 솔직히 당신 같은 사람은 국선변호사도 아까워! 알아? 국선변호사 불러봐야 별 도움은 안 될 거야. 그러니 우리 빨리 끝내자. 시체 어디다 유기했어?" 그는 더욱 노골적으로 날 몰아붙였다.

"모릅니다. 국선변호사라도 불러주세요." 적극성이 떨어지는 국선변호사라 할지라도 내 결백함을 증명한다면 날 적극적으로 도울 것이다. 그러니 변호사와 먼저 얘기해야 된다.

"아! 이 새끼 답답하네. 국선 와봐야 별 도움 안 된다니까. 묵비권이 때론 형량만 늘릴 뿐이야. 그러니 솔직히 자백하고 선처 받는 것으로 가자고. 내말 못 알아듣겠어." 그가 답답하다는 듯 말했다.

"어차피 형사님에게는 기소권이 없지 않습니까? 그런 기소권도 없으면서 재판 과정에서 바랄 수 있는 선처를 얘기하는 것은 아니 것 같은데요." 내가 그를 향해 비웃음을 날렸다.

"기소권을 가진 사람이 필요해? 걱정 마 이제 곧 그 기소권을 가진 사람이 올 테니까." 그렇게 말한 그는 시계를 봤다.

"검찰로 이첩 된다는 말씀이십니까?" 내가 물었다.

"변호사 없이는 말 안하겠다는 놈이 잘도 말하네. 지금 이 사안이 얼마나 심각한지 넌 모르지? 네가 누굴 죽인지나 알고 있냐? 네가 죽인 사람이 민변회원에, 참여연대 간부라고. 알아들어? 하긴 너 같은 놈이 뭘 알겠냐? 성질나면 사람 죽이고, 죽인 사람 땅에 묻는 것이나 잘하겠지. 검찰로 넘어가서 술술 불지 말고, 기소권도 없고, 수사권 밖에 없는, 그 마저도 검찰 지휘나 받는 불쌍한 우리들을 위해서라도 유한성, 주연우 시체 어디 있는 지만 불어라." 검찰에 이첩된다고 하니 다급한 쪽은 경찰이 된 것 같았다.

"다급한 쪽은 형사님인 것 같습니다. 저야 뭐 경찰에서 조사를 받든, 검찰에서 조사를 받든 뭐 달라질 게 있겠습니까?" 난 차라리 검찰로 넘어가는 것이 나을 것이라 판단했다. 그럼 나회장의 입김이 어느 정도 통할 지도 모른다. 그렇다면 만일 시체를 찾지 못했을 땐 증거 불충분으로 풀려 날 수도 있으리라.

그때 취조실의 문이 열리며 검은색 정장을 말끔히 차려입은 사람이 들어왔다. 난 바로 앉은 체 그 사람 얼굴을 보려 하지 않았다. 취조실에 누가 들어오고 나가는 것을 일일이 확인 한 다는 것은 이미 취조 분위기를 이겨 내지 못하고 겁에 질렸다는 것을 외면으로 보여주는 것이라 생각했기 때문이었다.

"이제 제가 맡을 테니까 형사님은 그만 나가 보세요." 들어온 그가 형사에게 말했다.

"예, 알겠습니다." 형사는 노트북을 챙겨서 취조실을 빠져 나갔다.

형사가 나가는 것까지 확인한 그는 형사가 앉았던 자리에 앉았다. 그가 앉자 그의 얼굴이 내 눈에 들어왔다. 그는 총수그룹 회장실에서 본 김영준 검사였다. 굳어져 있던 내 표정이 반가움에 미소가 번지고 있었다. '역시 나회장님이 벌써 손을 쓰셨구나.' 나회장에 대한 나의 믿음이 더욱 곤고해 지는 순간이었다.

자리에 앉은 김검사는 테이블 아래에 있는 무언가를 조작했다. 그러자 빨간 불빛을 깜빡거리고 있던 카메라가 일제히 그 깜빡임을 멈추었다. 그는 카메라를 끈 것이다. 단 둘이 비밀스러운 얘기를 해야 할 때이니 카메라를 끄는 것은 당연할 것이다.

"자..... 본격적으로 얘기해봅시다." 고개를 숙이고 서류를 훑어보고 있는 그의 말투는 죄인을 대하는 일선 검사들의 지극히 상투적인 말투였다.

"검사님, 혹시 저 모르겠습니까?" 그의 상투적이 말투에 혹시 그가 날 알아보지 못할 수도 있다는 생각이 들었다. 하긴 총수그룹 회장실에서 아주 잠깐 봤는데 날 알아보길 기대하는 것은 내 욕심일 것이다. 특히나 검사라면 하루에도 무수히 많은 범죄자들을 취조 할 것인데 말이다.

"왜 모르겠습니까. 총수그룹 강전무 아니십니까? 엊그제 우리 봤지요. 아마" 그가 날 기억하고 있다는 것은 반가운 일이었지만 그의 말투가 여전히 상투적인 것이 날 불안하게 만들었다.

"기억하고 계시네요. 전 혹시나 해서요....하하하" 내가 멋쩍게 웃었다. 내 웃음소리에 그가 날 보더니 함께 웃었다. 우린 아주 잠시 서로를 보며 웃었다. 그 웃음에 긴장한 내 몸이 일순간 그 긴장이 풀리는 것을 난 느낄 수 있었다.

"웃기냐? 대한민국 검사가 아주 좆같이 보이지?" 언제 웃고 있었냐는 듯 웃음기를 싹 감춘 그가 180도 달라진 모습으로 말했다.

"예?" 갑작스런 그의 모습에 난 몹시 당황스러워 했다.

"너도 잔머리가 참 대단하다. 어떻게 그 짧은 시간에 시체를 숨길 생각을 다했냐? 그 들을 죽이고 경찰이 들이 닥치는 그 짧은 시간에 시체를 숨긴 것도 대단하지만 말이야, 아무리 생각해도 네 머리로 시체를 숨길 생각을 했다는 것이 더 대단한 것 같단 말이지." 김검사는 지금의 상황을 누구보다 잘 알고 있다는 뉘앙스를 진하게 풍기고 있었다.

"무슨 말입니까?" 난 김검사가 알고 있는 그 무언가를 알고 싶었다. 그 걸 안다면 모든 의문이 풀릴 것만 같았다.

"모르는 척 한다고 해결 될 일이 아니야. 그러니 시체가 어디 있는지, 또 시체를 같이 옮긴 사람이 누구인지 말해. 유한성과 주연우를 죽이고 경찰이 들이닥칠 때까지 30분도 채 되지 않는 시간에 시체를 혼자 옮기지는 못했을 거 아냐?" 확실히 그는 뭔가를 알고 있었다.

"30분요? 그들이 죽고 30분 만에 경찰이 들이닥쳤다고 확신하시는 근거는 무엇이 죠?" 30분이면 내가 그 사무실에 들어간 뒤 경찰이 들이 닥친 시간이었다. 하지만 난 그들을 죽이지 않았으므로 내가 들어간 뒤 30분이 맞을 것이다. 그럼 내가 들어간 시간이 그들이 죽은 시간이라고 김검사는 확신하고 있는 것이다. 그럼 김검사는 내가 유한성의 사무실에 들어간 시간을 어떻게 알고 있는 것일까? 난 그 사실을 알고 싶었다.

"이건 똑똑한 거야, 아님 멍청한 거야? 어떻게 네가 유한성과 주연우를 죽였다는 걸 경찰이 알고 거기를 들이 닥쳤을 것 같아? 네가 아직도 나회장에게 토끼를 잡아다 줄 사냥개인줄 아나 보지? 멍청한 자식!" 그가 한껏 날 비웃었다.

"이런 개자식!" 난 차오르는 분노를 억누르지 못하고 테이블을 넘어 그에게 달려들었다. 하지만 그는 내 이런 반응을 예상했다는 듯 재빨리 뒤로 물러났다. 그가 뒤로 물러나며 의자의 다리와 바닥이 만들어낸 거친 마찰음이 좁은 취조실을 가득 채웠다.

"어허…. 진정하라고, 이럴수록 너만 손해야. 알아들어? 검찰을 폭행한 것 까지 모두 합하면 형이 얼마나 나올까? 그러니 진정하고 좀 더 진지하게 얘기해 보자고." 그는 이미 나회장에게 모든 것을 들어 알고 있음이리라. 난 뒤로 물러나 테이블에서 내려와 자리에 앉았다. 피가 거꾸로 치솟을 것처럼 분했지만, 그럴 수 록 냉정해 져야 했다. 흥분하면 할수록 저 놈에게 야금야금 잡아먹힐 것이다.

"좆까!" 난 수갑이 채워져 있는 양손을 테이블에 올려놓고 가운데 손가락을 펴서 그에게 보여줬다.

"에이 씨팔! 좀 진지하게 얘기 좀 하자고, 아니, 아니다. 넌 일단 듣기만 해. 내 얘기를 듣고 나면 진지해 질 수밖에 없을 거니까." 그는 길게 숨을 들이마셨다가 내뱉고는 다시 입을 열었다.

"자. 일단 생각해봐. 넌 어차피 유한성과 주연우를 죽였어. 칼에 네 지문이 더덕더덕 묻어 있잖아. 이건 말이지 빼도 박도 못하는 거야. 어차피 칼에 묻은 혈흔은 검사하나마나 아니겠어. 그러니 시체가 있는 곳이랑, 시체를 같이 옮긴 놈이 누구인지만 말해. 그럼 내가 우발적 살인으로 형량을 최소치로 잡아 줄 테니까. 이거 어때 '세 명이 다투다 유한성이 분에 못 이겨 칼을 가지고 나와 강민석을 죽이려 하자, 격투 끝에 강민석은 그 칼을 빼앗았고, 자신의 목숨을 지키려 어쩔 수 없이 유한성과 주연우를 죽였,' 이정도로 말만 맞춘다면 말이지 정당방위는 아니어도, 한 5년 정도는 맞출 수도 있겠단 말이지. 안 그럼 나도 어쩔 수 없이 계획적 살인으로 몰고 갈 수밖에는 없다고. 그럼 알지? 최고 무기징역정도는 나올 수 있다는 거. 감방에서 평생 썩을래? 아님, 5년으로 갈래? 내가 책임지고 5년 받아 줄게. 그러니 우리 쉽게, 쉽게 가자!" 그가 날 구슬리려 애를 썼다.

"좆까!" 난 이번에는 양손의 가운데 손가락을 들어 그에게 보였다.

"아! 씨발! 이 새끼 좆나 말귀 못 알아듣네. 어차피 내일이면 혈흔검사결과가 나올 것이고, 그럼 네가 유한성과 주연우를 죽였다는 것은 명백히 밝혀 질 거야. 뭐 지금 나온 지문 대조만으로도 충분하지 만 말이야. 시체가 나오지 않았다고 무죄가 나올 거라 생각하고 있는 것 같은데, 이렇게 명확한 증거면 말이지 최소 중형이야. 알아들어? 그러니 그런 생각 버리고, 시체 있는 곳 말해!" 그는 아까와는 조금 달리 억압적인 말투였다.

"아! 씨발! 몇 번을 말해야 되냐? 좆. 까. 시. 라. 구. 요!" 난 마지막 말을 한자 한자 큰소리로 또박또박 말했다.

"이 새끼 이거 완전 꼴통 새끼네. 그래 좋아. 내일 혈흔 검사 나오면 보자, 지금처럼 큰소리 칠 수 있는지." 그렇게 말한 그는 테이블 아래에 있는 스위치를 조작했다. 꺼져 있던 카메라에 다시 빨간 불빛이 깜빡거렸다.

"이 자식 유치장에 집어넣고 오늘 밥도 주지 마세요. 꼴도 보기 싫으니까 빨리 데리고 가세요." 김검사가 카메라를 보며 외쳤다. 그러자 밖에서 대기 중이었는지 두 명의 남자가 김검사 말이 끝나기가 무섭게 들어와 내 양팔을 잡아끌고 나갔다.

유치장으로 들어온 난 생각에 잠겼다. 한서경의 말이 옳았다. 나회장을 그 만큼 잘 알고 있는 한서경은 이미 나에게 수차례 경고를 했었다. 토사구팽을 조심하라고. 하지만 끝내 난 욕심을 버리지 못하고 한서경의 말을 무시해 버렸다. 그리고 결국에는 유치장신세에 유한성과 주연우를 죽인 살인자가 되어버렸다. 하지만 아무리 생각해도 맞추어지지 않는 퍼즐이 있었다. 도대체 유한성과 주연우는 누가 죽였단 말인가? 그 의문이 머릿속을 떠나지 않고 있었다.

'에이 씨발! 모르겠다.' 난 지금의 머리 아픈 상황은 한서경에게 넘겨 버리자고 마음먹었다. 분명 머리 좋은 한서경은 어떤 수를 낼 수도 있을지 모르니 말이다. 이럴 때 써먹지 언제 써먹겠는가.

27. 한서경

마룻바닥의 딱딱함이 아무런 제약 없이 내 등에 그대로 전달되어 몸의 뻐근함을 가중 시키고 있었다. 몸을 옆으로 돌려도, 다시 반대로 돌려도 그 딱딱하게 전달해 오는 뻐근함은 가시질 않았다. 난 그 딱딱함에 어쩔 수 없이 눈을 뜰 수밖에 없었다. 그 순간 여기가 집이 아닌 다른 곳임을 눈에 비친 모든 것이 말해주고 있음을 난 깨달을 수 있었다.

옆에서는 일면식도 없는 사람이 코를 심하게 골고 있었고, 나와 그는 쇠 철창으로 막힌 한 공간 안에 외부와 철저히 차단되어 있었다. 철창이 있다는 것은 유치장이라는 장소 단 한 곳밖에는 없었다. 난 유치장에 있는 것이고, 그 말은 기어코 강민석이 유한성과 주연우를 죽이려 했다는 것이다. 내가 알 수 있는 것은 지금으로서는 그 것이 전부였다. 유치장 안에서 더 이상 알 수 있는 것은 아무것도 없었다. 누군가 날 끌고 나가 취조실에 앉히기 전까지는 말이다.

새벽녘에 깨어나 다시 잠을 잘 수가 없었다. 불편하기 그지없는 딱딱한 바닥이 다시 잠들게 하지 못하는 원인 중 하나였지만, 무엇보다도 강민석이 유한성과 주연우를 진짜 죽인 것은 아닌지 불안한 마음이 계속해서 밀려왔기 때문이었다.

불안한 마음을 가누지 못하고 이리 뒤척이고 저리 뒤척거림에도 시간은 흘러갔다. 평소보다는 더디었지만, 분명 햇빛을 볼 수 없는 세상과 분리된 장소임에도 불구하고도 날이 밝아 옴을 난 느낄 수 있었다.

날 취조실로 부른 것은 오전 10시가 지나서였다. 5시간 동안 뒤척였더니 피곤함이 몰려왔지만 동시에 긴장감이 높아지면서 그 긴장감이 피곤함을 밀어내고 있었다.

취조실에 앉아 꽤 오랜 시간을 보내고 있으니 오지 않는 누군가를 기다린다는 기분이 들었다. 누가 들어올까? 형사일 것이다. 그럼 내가 아는 형사일까? 그럴 수도 있을 것이다. 서울에서 총수그룹의 손이 안 뻗친 경찰서는 없다고 봐도 무방했다. 총수그룹의 사업체가 있는 관할 구역이 아니라 해도 난 꾸준히 선물 세트를 보내었다. 그 곳에서도 언젠가는 사업을 진행 할 수 도 있었거니와 그들이 총수그룹 사업체가 있는 구역으로 발령을 받아 올 수도 있다는 생각으로 말이다. 그러니 웬만한 경찰 간부급들은 날 알고 있었고, 나 역시 그들을 알고 지냈다.

그런 생각에 젖어 있을 때 문이 열리고 검은색 정상을 말끔히 차려입은 약간은 통통한 남자가 들어왔다. 난 그를 바로 알아볼 수 있었다. 김영준 검사. 그는 총수 그룹 장학생 검사 중 한명이었다. 바로 내가 장학금을 줘가며, 지금의 자리까지 올 수 있게 만든 것이다. 물론 그 돈이 내 호주머니에서 나가는 돈은 아니었지만, 내가 장학생으로 선발했으니 내가 만든 검사라고 해도 과언은 아니었다. 김검사가 들어온 것으로 봤을 때 사건은 이미 검찰에 이첩 되었다는 말일 것이다. 총수그룹이 검찰조직에 뿌린 돈을 생각하면 불가능한 것은 아니다. 스폰서부터 장학생까지 실로 검찰은 총수그룹의 한 조직이라 생각해도 과언이 아닐 정도였으니 말이다. 총수그룹은 이 사건을 강민석 선에서 끝내고 싶을 것이고, 총수그룹의 내부자들이 많이 포진된 검찰에서 처리해 주기를 바랐을 것이다. 검찰은 총수그룹의 입맛에 맞게끔 수사하기 위해 사건이 터지자마자 검찰로 이첩하라고 지시했을 것이고, 사건은 바로 검찰에 이첩되어 지금 김검사가 내 앞에 앉아 있는 것이리라.

들어온 그는 내 앞에 앉았다. 그와 나 사이에는 테이블 하나가 전부였다. 그는 서류뭉치를 테이블에 올려놓고는 테이블 아래에 손을 넣더니 무언가를 조작했다. 그러자 취조실 네 모퉁이에서 연신 빨간 불빛을 깜박거리던 카메라들이 일제히 그 깜빡임을 멈추었다.

"강민석! 푹 잤어? 어째 생각은 좀 해봤고?" 그가 말했다. 난 그가 하는 말의 의미를 정확히 알 수는 없었지만 대충은 짐작할 수 있었다. 그야 뻔한 거 아니겠는가. '순순히 자백해라, 그럼 내가 정상참작해서 형을 최대한 줄여주겠다.'라고 말이다.

"바로 골아 떨어져서 생각을 못했습니다. 요즘 제가 워낙에 피곤해서 말이죠." 난 구렁이 담 넘어가 듯 어물쩍거렸다.

"그래? 그렇게 나오시겠다. 좋아. 조금 있으면 혈흔 검사가 나오거든, 검사 나오면 난 널 예정대로 기소 할 거니까 그때 가서 딴 말하지 말자고." 그렇게 말한 그는 다시 테이블에 손을 넣어 카메라 스위치를 조작했다. 그러자 천장모퉁이에 있는 카메라가 다시 좀 전처럼 빨간 불빛을 깜빡거렸다.

"뭐, 좋으실 대로" 난 약간은 비아냥대 듯 말했다.

"강민석! 유한성과 주연우 시체 어디에 숨겼어? 시체 유기도 중범죄야! 알아들어?"
그의 말투에 짜증이 한 것 묻어나고 있었다.

 그는 분명 시체를 어디에 숨겼는지를 내게 묻고 있었다. 그 말은 유한성과 주연우의 시체를 찾지 못한 체 날 현행범으로 체포했다는 말이 될 것이다. 잘 한다면 모든 것이 술술 풀릴 수도 있다는 생각이 들었다.

"시체도 없는데 이제 그만 풀어주시죠. 그들이 죽었다는 증거도 없는데 이렇게 날 잡아가둬도 됩니까? 이거 공권력 남용 아닌 가요?" 난 강하게 나가기로 마음먹었다. 시체도 없는데 지가 검사라도 어쩔 수는 없을 것이다.

"공권력 남용? 이게 어디서 들은 것은 있나보네. 공권력 남용이 뭔지 진짜 보여줘?" 그가 테이블을 손바닥으로 내려쳤다. 난 그의 행동에 눈 하나 깜짝하지 않고 그를 노려보았다.

"보여주시던지 마시던지, 알아서 하시구요. 일단은 풀어주시죠."

"이런 개새끼가!" 그가 일어나더니 내게 다가왔다.

"왜요? 때리시게요. 카메라 먼저 꺼야죠." 난 카메라로 시선을 돌렸다. 그러자 그도 내 시선을 따라 카메라로 시선을 돌렸다.

"야. 내말 잘 들어. 이제 조금 있으면 칼에 묻어있는 혈흔 검사가 나올 거야. 칼 손잡이에 지문은 네 것 밖에는 없었고, 혈흔이 유한성과 주연우 것이라는 검사 결과가 나오면 난 널 유한성과 주연우를 살해했다고 보고, 특수살인죄와 사체유기죄로 널 기소 할 거야. 그럼 최소 무기징역 또는 사형이 되겠지. 그러니 시체를 같이 옮긴 사람에 대해서는 묻지 않을 거니까 시체가 어디있는지만 말해. 그럼 정상참작해서 최소 형량으로 내가 맞춰줄 테니까." 그가 카메라를 의식한 듯 흥분을 가라앉히고 자리로 돌아가 앉으며 말했다.

"검사님?" 내가 그를 부르자 그는 '어서 말해봐.'란 눈빛으로 그윽하게 날 바라봤다.

"상식적으로 말입니다. 유한성과 주연우가 죽었다는 것은 시체가 있어야지 증명이 가능하겠죠? 시체가 없으면 그들이 죽었는지 살아있는지 어떻게 알 수 있냐 이 말입니다. 칼에 묻은 혈흔이 그들이 죽었다는 것을 모두 증명해 주지는 않겠죠? 즉, 그들이 살아 있을 수도 있다는 전제하에 수사해야 되는 거 아닙니까? 검사라면 그 정도는 알고 있을 줄 알았는데, 이거 법 공부 다시 하셔야 될 듯싶습니다. 아니지, 상식 공부부터 먼저 하셔야겠네. 법에 무지렁이인 나도 그 정도 상식은 있는데, 이거 검사님이 그런 상식도 없을 줄이야, 그저 놀라울 따름입니다. 아! 총수그룹에서 학자금을 대주었다고 하든데, 그 흔히 말하는 검사님이 장학 검사라면서요? 근데 이거 총수그룹이 사람 보는 눈은 없네. 그렇지 않습니까? 이렇게 기본적인 상식도 없는 사람을 장학금을 줘가며 키웠다는 게, 전 도저히 이해가 가질 않아서 말이죠." 난 그에게 가까이 얼굴을 바짝 들이밀고 그에게 최대한 비아냥거릴 수 있는 만큼 비아냥거렸다.

"이런 미친 새끼가. 누가 누굴 가르치려 해! 네가 아직도 주제파악을 못한 모양인데, 오늘 네놈 주제부터 파악할 수 있게 해주지." 그가 팔을 걷어붙이면서 일어났다. 그리고는 테이블을 돌아 내게 다가 왔다. 그는 이미 이성을 잃은 듯 보였고 그의 손은 주먹이 쥐어진 상태였다.

내게 다가온 그는 내 멱살을 잡아 일으켰다. 그리고 주먹 쥔 손을 자신의 뒤통수보다 더 뒤로 빼더니 내 얼굴을 향해 날렸다. '퍽' 둔탁한 소리와 함께 얼굴에 쓰라린 통증이 전해져 왔다. 그는 내 멱살을 잡은 체 내 얼굴을 향해 주먹을 몇 차례 더 날렸다. 내 코에서 뜨거운 액체가 흐르는 것을 느낄 수 있었지만 뒤로 채워진 수갑 때문에 그 액체를 닦을 수가 없었다.

그렇게 몇 번에 주먹을 날린 그는 힘에 겨웠던지 거친 숨을 몰아쉬었다. 분해서 내쉬는 더러운 숨과 힘겨움에 내쉬는 더러운 숨이 뒤섞여 그의 입을 통해 밖으로 뿜어져 나오고 있었다.

"씨발! 꿀 주먹! ㅋㅋㅋ" 내가 씩씩거리고 있는 그를 향해 다시 한 번 비아냥거렸다.

"아직 정신 못 차리지!" 이번에 그는 쓰러져 있는 내게 발길질을 퍼부어 댔다.

난 본능적으로 몸을 움츠렸지만 그의 발길질은 옆구리와 허벅지, 얼굴, 배를 가리지 않고 구석구석 파고 들어왔다. 숨쉬기도 힘들 정도로 고통이 밀려왔다.

그때 누군가 취조실로 들어왔다. 누군가 들어오자 그는 들었던 발을 땅에 다시 내려놨다. 둘은 작은 목소리로 무언가 잠깐 대화를 나누었다. 그 소리는 내가 있는 곳 까지는 들리지는 않을 정도로 작았다. 들어온 사람이 수사관일 것이란 것만 짐작 할 수 있었다.

"이 새끼 자리에 똑 바로 앉혀놔!" 김검사는 수사관에게 그렇게 지시를 하더니 마지막으로 내 배를 걷어차고는 밖으로 나갔다.

김검사가 나가자 수사관은 날 일으켜 세운 후 의자에 앉혔다. 머리와 코에서 뜨거운 액체가 흘러내려 앞을 가렸고, 온몸은 가누기 힘들 만큼 만신창이가 되어 앉아 있기도 버거울 정도였다. 난 간신히 정신을 붙들고 의자에 앉아 있으려 했다. 하지만 자꾸만 몸이 옆으로 기울어졌다. 그때마다 수사관은 내 몸을 잡아주었다.

조금의 시간이 지나고 김영준 검사가 다시 들어왔다. 내 앞에 앉은 그의 표정에는 미소가 가득 차 있었고, 행동은 여유가 넘쳐 보였다. 아마도 좋은 소식을 접하고 왔을 것이다. 가령 혈흔 검사결과 유한성과 주연우의 혈흔과 일치하다는 검사 결과를 말이다.

"너 좆 됐다. 혈흔이 유한성과 주연우 것과 일치 하단다. 어쩌냐? 이제 넌 감방에서 평생 썩어야 될 것 같다." 내 예상대로 그는 혈흔 검사결과를 받아들고 들어온 것이었다.

"난......." 입 주변이 통통 부어 말이 제대로 나오질 않았다. 더군다나 말을 할 때마다 통증이 밀려와 말하기가 너무 힘이 들었다.

"그래 넌 뭐?" 그가 내가 하려는 말이 궁금한 모양이었다.

"난, 네가.... 좆.... 된 것.... 같은데......" 난 그 말을 겨우 할 수 있었다.

"크크크, 그래 누가 좆 된 건지 두고 보면 알 것 같고, 수사관님, 칼 손잡이에 지문이 강민석 지문과 일치한 것과 칼에서 나온 혈흔이 유한성과 주연우 혈흔과 일치한 점으로 해서 강민석 살인 및 사체 유기로 구속영장 신청하세요." 김검사가 대기하고 있던 수사관에게 말했다. 수사관이 김검사가 준 종이를 들고 밖으로 나갔다.

"네가.... 뭐.... 때문....에.... 좆....된지....알아?" 수사관이 나가고 문이 닫히는 소리가 나고서야 내가 그에게 물었다.

"그래 어디 한 번 들어나 보자. 내가 뭐 때문에 좆 된 거냐?" 그의 비아냥거림이 느껴졌다.

"첫째.. 피.....피의자를... 좆나... 패서..... 반...송장을...만들어 놓은 점! 둘..째는... 아, 씨발....좆나...아파서....말을.....못....하겠네." 난 잠시 쉬었다.

"그래 씨발! 그 둘째는 뭔데?" 그의 입에 날 향한 비웃음이 가득했다.

"둘째....는... 유한성....이랑....주...연우가....죽었다...고... 결론....짓고...무리한....수사를...한 점" 난 통증을 때문에 겨우 말을 이어갈 수 있었다.

"겨우 그거냐? 내가 좆 됐다는 게? 그럼 네가 뭐 때문에 좆 된지도 알려줄까?" 그가 말했다. 하지만 그는 내가 왜 좆 된지는 말 할 수 없었다. 방금 나갔던 수사관이 다급하게 뛰어 들어왔기 때문이었다.

"뭡니까?" 그가 수사관에게 다그치듯 말했다.

"씨발..... 타이밍.....진짜... 죽이네...." 네가 다급함이 느껴지는 수사관을 보며 말했다.

"검사님! 유한성과 주연우가 지금.......지금......." 수사관이 당황스러움에 말을 잊지 못하고 있었다.

"유한성과 주연우가 뭐요? 찾았어요?" 김영준 검사의 답답함이 느껴졌다.

"네.... 찾았습니다. 그런데요....... 그런데요......" 수사관은 계속해서 말을 더듬고 있었다.

"아...답답하네. 그런데 뭐요. 토막이라도 났어요?" 김영준이 재촉했다.

"멀쩡히 제 발로 찾아왔습니다." 수사관의 말은 아주 간결했다.

"아니, 죽은 사람이 어떻게 제 발로 찾아옵니까? 그게 지금 말이 되요?" 김영준 검사는 유한성과 주연우가 살아있다는 것을 인정하고 싶지 않은 모양이었다.

"유한성과 주연우가 강력반으로 들어가는 것을 제 두 눈으로 똑똑히 확인 했습니다." 김영준 검사가 믿어주지 않음에 수사관이 답답해했다.

"에이..... 확실해요? 수사관님이 잘못 봤겠지. 그래, 잘 못 봤을 거야. 헛것을 봤던 가. 그러니까 내가 술 좀 작작 먹고 다니라고 했어요? 안했어요? 거 제발 내말 좀 들으세요! 검사 말 들어서 나쁠 거 하나 없으니까." 김영준 검사는 자신이 한 말과 는 다르게 안절부절 하지 못하고 있었다.

"그래, 그럼 되겠네. 강력계 성반장 지금 당장 이리 오라고 하세요. 성반장에게 확 인하면 되잖아. 지금 빨리. 당장!" 김영준 검사의 불안증은 더욱 심해지고 있었다.

수사관이 김검사의 지시에 불이 낳게 뛰어 나갔다.

"어쩌나? 죽은... 사람이.... 살...아 돌아....와서. 아! 씨발..... 좆나 아프네... 이거....이제 어쩔 겁니....까?" 난 내 얼굴을 그에게 들이 밀며 말했다.

"야이 시팔놈아! 그 새끼들이 살아있다 해도 내 눈에는 넌 쓰레기고, 쓰레기인 널 검사인 내가 개조시키기 위해 손 좀 댄 것뿐이야. 알겠어?" 그의 이성을 잃어가는 모습이 안쓰럽게 까지 느껴졌다.

"뭐, 그렇게라도 자위하세요." 난 의도적으로 더욱 비아냥 거렸다.

"이 개새끼가!" 그는 또다시 주먹을 쥐고 내 얼굴을 향해 날리려 했다. 하지만 그 때 취조실 문이 열리며 수사관과 함께 형사로 보이는 사람이 들어왔다.

"성반장! 유한성과 주진우가 멀쩡히 살아있는 게 사실인가요? 아니죠? 우리 수사 관이 잘 못 본거죠?" 김영준 검사는 내 얼굴에 날리려는 주먹을 거둬들이고 수사 관과 함께 들어온 형사를 향해 말했다. 마치 그 말이 '아니라고 말해줘'라며 애걸 하는 모습처럼 느껴졌다.

"맞습니다. 검사님. 유한성과 주진우는 멀쩡히 살아있습니다." 형사가 고개를 숙이 며 말했다.

그 말을 들은 김영준 검사의 얼굴이 '좆 됐다'는 표정이 되어가고 있었다. 그 모 습이 얼마나 통쾌했는지 얼굴과 온몸의 통증이 한 순간에 사라지는 것 같았다. 난 몸을 간신히 일으켜 세우고서는 성반장에게 다가갔다. 그리고 성반장을 등지고 선 다음 그에게 말했다.

"이제.... 풀어....주시죠."

"안 돼!" 성반장이 내 수갑을 풀려고 하는 찰라 김영준 검사가 성반장의 손을 잡았다.

"살인미수, 그래 살인미수로 엮으면 되겠네. 어차피 유한성과 주진우를 죽이려고 칼을 품고 유한성 사무실에 들어갔잖아. 안 그래?" 김영준 검사가 성반장을 애처롭게 바라봤다.

"유한성과 주연우, 강민석 셋이 어제 유한성 변호사 사무실에서 만나기로 미리 약속이 되 있었다고 합니다. 그들의 증언에 의하면 셋은 친분이 가까운 사이로, 유한성과 주연우는 강민석에게 몰래카메라를 찍으려 했었고, 그 장난이 이렇게 크게 될 줄은 몰랐다고 합니다." 성반장은 그렇게 말하고는 내 손에 채워진 수갑을 풀었다.

"그럼 씨발! 칼에 있는 피는 뭔데? 그 피는 뭐냐고? 그리고 사무실 바닥이랑 벽에 묻어있는 그 많은 피는 대체 뭐냐고?" 김영준검사가 흥분을 감추지 못하고 성반장에게 소리를 질러댔다.

"칼에 있는 피는 유한성과 주연우가 손끝을 살짝 그어서 묻힌 것이고, 벽과 바닥에는 묻히려니 너무 많은 양이 필요할 것 같아 돼지 피를 사용했다고 합니다. 칼에 묻은 혈은 검사결과가 나온 후 벽이랑 바닥에 있는 혈흔 검사도 곧바로 나왔는데 그 피는 동물의 피라고....." 성반장이 끝내 말을 잊지 못했다.

"뭐야? 그러니까 나를 엿 먹이려고 셋이 짜고 고스톱 쳤다는 거네." 김영준 검사가 말했다.

"뭐, 그거야.... 알아서.. 생각...하시고, 나... 걸어서.. 못..... 가겠...으니까 구급차...나 불러...주시죠." 난 그 자리에 주저앉아 버렸다. 김영준 검사에게 얼마나 얻어터졌는지 사실 난 서있는 것조차 힘에 겨웠지만 김영준 검사의 약을 바짝 올리고자 일부러 서있으면서 문제없는 척 하고 있었던 것이다. 내 생각대로 약이 바짝 오른 김영준 검사가 주저앉은 날 노려보았고, 성반장 뒤에 멀뚱히 서있던 형사는 구급차를 불러야 할지말지 성반장의 눈치를 보고 있었다.

"불러줘!" 성반장이 눈치를 보고 있던 형사에게 말했다.

10여분이 지나자 구급대원이 들것을 가지고 취조실로 들어왔다. 구급대원은 날 들것에 눕혔다. 난 살벌하기 그지없었던 취조실을 그때서야 빠져 나올 수 있었다.

들것에 실려 경찰서 본관을 빠져 나오자 주연우 기자가 불러놓은 기자들이 몰려들었다. 들것에 누워 구급차에 실리는 와중에도 그들은 내게 질문세례를 퍼부어댔다.

"강민석씨, 취조 중에 폭행이 있었나요?" "폭행한 사람은 누구인가요?" "살인 현행범으로 들어왔다고 들었는데 풀려난 배경은 무엇인가요?"

난 구급대원들에게 기사들의 질문에 잠시 대답할 시간을 달라고 양해를 구했다. 날 구급차에 실으려던 구급대원이 하는 일을 잠깐 멈추었다.

"왜 그랬는지 모르겠지만 검찰은 제 죄를 결론지어놓고 그 결론에 맞추어 수사를 하려 했습니다. 멀쩡히 살아있는 사람을 죽였다고 말이죠. 보다시피 그들은 멀쩡히 살아있습니다. 어디하나 다친 곳도 없이 말이죠. 전 그들을 죽이지 않았다고 항변했지만, 검찰은 제 말을 믿어주지 않았습니다. 그리고 자신들이 원하는 방향의 진술이 나오지 않자 절 이렇게 폭행했습니다. 무엇보다도 법을 수호해야할 의무를 가진 검찰이 그것도 21세기에 버젓이 자행되었다는 사실에 저는 폭행을 당했다는 사실보다 더 큰 참담함을 느꼈습니다. 더욱 확실한 것은 서울중앙지검 형사1부 김영준 검사를 찾아가면 더 자세한 사항을 들으실 수 있을 것이라 생각되며, 취조실 카메라를 통해 모든 사실이 낫낫이 녹화 되어 있으니 그 녹화된 영상을 참고하시면 될 것 같습니다." 마치 바늘 가는데 실이 따라가는 것처럼 말을 할 때 마다 고통이 뒤따랐다. 하지만 난 그 고통을 참아가며 말을 똑바로 하려 무던히 애를 썼다. 입 주위가 퉁퉁 부어서 발음이 자꾸만 새어나왔지만 기자들은 내 말을 잘 알아듣는 듯 보였다. 내 말이 끝나자 구급대원들이 날 구급차에 올렸다. 기자들은 구급차에 실려지는 순간까지도 계속해서 질문을 던져댔다. 구급차의 문이 닫히고 나서야 구급차 앞에 몰려있던 기자들이 선착순 집합 명령이 떨어진 것처럼 경찰서 안으로 몰려 들어갔다.

병원에 도착한 난 검사와 치료를 받은 후 바로 입원실로 들어갔다. 입원실에 누워있으니 몸에 긴장이 풀려왔다. 긴장이 풀리니 아프지 않았던 곳까지 고통이 밀려왔다. 가만히 누워 고통을 느끼고 있는 것보다 TV나 보는 게 더 나을 것 같다는 생각에 난 리모컨을 들어 TV를 켰다. TV에서는 바로 속보란 문구와 함께 뉴스가 나오고 있었다.

『검사가 피의자를 폭행한 영상이 저희 HBS가 단독 입수했습니다. 21세기 수사기관에서 버젓이 벌어진 일이어서 충격을 더하고 있습니다. 김성현 기자가 단독 취재했습니다.』

앵커의 말에 화면이 바뀌면서 취조실 CCTV영상과 함께 기자가 그 영상을 설명했다.

『양복을 입은 한 남자가 뒤로 수갑을 찬 피의자의 멱살을 잡습니다. 그리고는 주먹을 쥐어 피의자의 얼굴을 사정없이 때리기 시작합니다. 피의자는 아무런 반항도 할 수 없는 상태였지만 아랑곳 하지 않고 피의자의 얼굴을 계속해서 때립니다. 피의자가 쓰러지자 다시 발로 피의자를 짓밟기 시작합니다. 그런 비인간적인 구타는 한동안 이어졌습니다. 누구하나 말리는 사람도 없었습니다. 피의자가 죽지 않은 것이 다행일 정도로 심하게 구타를 당했고, 구타를 자행한 사람은 누구보다 법을 지키고 수호해야할 의무를 가진 검사였습니다.』

『21세기 민주주의 국가인 대한민국에서 그것도 법을 수호할 의무를 가진 검사가 저런 일을 벌였다는 것이 믿기지가 않군요. 그런데 피의자를 수사하는 방법에도 문제가 있었다고요?』앵커가 질문했다. 그렇게 앵커가 질문하면 기자가 답하는 식의로 보도가 한동안 이어져갔다.

기자 : 『네, 그렇습니다. 경찰은 A씨를 살인 현행범으로 체포하는데요. 죽은 사람 즉, 시신이 없는데도 불구하고 A씨를 살해 현행범으로 체포했습니다. 일각에서는 A씨를 살인자라는 결론을 지어놓고 체포한 것 아니냐? 검경이 무리한 체포와 수사를 했다는 비난이 일고 있습니다.』

앵커 : 『아니 시신이 없는데 살인혐의로 체포했다고요. 이런 경우가 있습니까?』

기자 : 『과거 피해자가 실종이 된 상태가 오래 이고, 피해자의 사체 일부가 발견된 경우에 한해서 피의자를 체포 또는 기소가 이루어지긴 했지만 지금처럼 피해자가 실종이 된 상태도 아니었고, 살인으로 추정되는 사건이 일어난 후 단 하루 만에 체포된 경우는 매우 이례적이라 할 수 있겠습니다.』

앵커 : 『그럼 피해자가 2명이라고 하던데요. 그 피해자 시신은 찾았습니까?』

기자 : 『찾긴 찾았는데, 피해자를 찾고 보니 매우 황당한 일이 벌어졌습니다. 바로 피해자가 버젓이 자기발로 경찰서로 향한 겁니다. 피해자 모두 상처하나 입지 않은 아주 멀쩡한 상태였다고 합니다.』

앵커 : 『아니 그럼 피해자가 살아있었다는 거 아닙니까? 그것도 상처하나 입지 않은 체요. 그런데 어떻게 체포까지 간 겁니까?』

기자 : 『경찰이 현장에 도착했을 때 바닥에는 피가 묻어있는 흉기가 떨어져 있었고, 벽과 바닥에 다량에 피가 묻어있는 것으로 그 곳에서 살인이 벌어졌을 것이라 판단했었고, 당시 그 현장에는 A씨가 혼자 있었는데 경찰은 그 A씨를 살해 현행범으로 보고 바로 긴급 체포했다는 것이 경찰 측의 설명입니다.』

앵커 : 『아니, 아무리 그래도 그렇죠. 그럼 혹시 A씨는 만나 봤습니까?』

기자 : 『혼자 걷기도 힘들 만큼, 말 그대로 만신창이가 된 A씨는 경찰서에서 풀려난 직후 119의 들것에 실려 경찰서를 빠져 나왔는데요. 잠시 기자들을 향해 억울

함을 호소하기도 했습니다. 한 번 들어 보시죠』

TV에 모자이크와 음성변조가 된 내 얼굴이 나왔다.

『왜 그랬는지 모르겠지만 검찰은 제 죄를 결론지어놓고 그 결론에 맞추어 수사를 하려 했습니다. 멀쩡히 살아있는 사람을 죽였다고 말이죠. 보다시피 그들은 멀쩡히 살아있습니다. 어디하나 다친 곳도 없이 말이죠. 전 그들을 죽이지 않았다고 했지만 검찰은 제 말을 믿어주지 않았습니다. 그리고 자신들이 원하는 방향의 진술이 나오지 않자 절 이렇게 폭행했습니다. 무엇보다도 법을 수호해야할 의무를 가진 검찰이 그것도 21세기에 버젓이 자행되었다는 사실에 저는 폭행을 당했다는 사실 보다 더 큰 참담함을 느꼈습니다........』

앵커 : 『김성현기자. 그럼 한순간 시신이 될 뻔했던 2명의 피해자로 알려진 그분들은 만나 봤습니까?』

기자 : 『예, 제가 그 분 중 한 분을 만나서 입장을 들어봤습니다. 들어보시죠.』

모자이크와 음성변조가 되었지만 난 그 사람이 유한성 변호사임을 단번에 알 수 있었다.

『아니, 세상에 이런 경우가 어디 있습니까? 친구가 세상사는 거를 되게 따분해 하고, 재미없어하고 그러 길래 좀 놀래 키려고 벽과 바닥에 돼지피를 뿌려서 그런 일을 꾸몄는데, 그 걸 어떻게 경찰이 알고 들이 쳤는지 이해할 수가 없습니다. 뭐, 어떻게 알고 그럴 수 있다고 쳐도, 그 장소를 관리하고 있는 사람에게 단 한 번이라도 연락을 시도해 봤다면 이런 일은 발생하지 않았을 거 아닙니까? 이게 21세기에 대한민국 경찰과 검찰이 저지를 수 있는 일이라 생각하십니까?』

기자 : 『그러니까 피해자로 둔갑될 뻔 했던 B씨와 C씨 그리고 A씨는 모두 아는 지인이었고, A씨가 삶에 낙을 찾지 못하고 방황을 하자 B씨와 C씨가 A씨에게 추억을 만들어 주고자 자신의 사무실 바닥에 돼지 피를 뿌리고 A씨를 불러서 놀래 키려고 했다고 합니다.』

앵커 : 『장난이 좀 심했긴 했네요. 그렇다면 그냥 어른들의 단순한 장난 같은데 경찰은 어떻게 알고 현장으로 출동한 건가요? 혹시 근처 주민이 잠깐 들렀다가 신고한 건 아닌가요?』

기자 : 『그래서 당시 그 시간대에 현장에서 5Km 반경으로 112신고 접수 건에 대해 살펴봤는데요. 그런 신고는 없었습니다. 그래서 어떻게 출동하게 된 건지를 경찰에게 직접 물어봤더니, 경찰은 검찰의 지시로 출동하게 됐다고 합니다. 그래서 검찰에도 확인 했더니 검찰은 외부 정보망에서 입수 한 정보에 의해 경찰에 출동 지시를 내렸다고 말할 뿐, 정보의 출처는 기밀상 말할 수 없다는 입장을 전달해

왔습니다.』

앵커 :『정보의 출처를 말할 수 없다? 검찰 얘기가 나와서 말인데요. 사건이 발생하고 경찰이 수사를 하고 있는 사건인데 검사가 그 자리에 있었던 이유는 뭡니까?』

기자 :『피의자가 검거가 되고 몇 시간 지나지 않은 시점에 검찰은 중대한 사건이라는 이유로, 경찰은 수사를 중단하고 검찰로 이첩하라는 매우 이례적인 지시가 떨어집니다. 그래서 피의자를 신문하는 자리에 검사가 있었던 것으로 이해 할 수 있겠습니다.』

앵커 :『검찰의 이해 할 수 없는 행동들이 계속 되네요. 그런데 그 폭행한 검사는 뭐라고 합니까?』

기자 :『몇 번에 걸쳐 그 검사와 연락을 시도 해 봤지만 연락이 닿지 않았고요. 그 검사가 서울 중앙지검 형사1부에 근무 중이라는 사실을 알아내 직접 중앙지검으로 찾아갔습니다. 관련된 사람에게 그 검사를 만나고 싶다는 의사를 전달했더니 오늘 사직서를 제출하고 집으로 돌아갔다는 답변을 받았습니다. 대검에 확인한 결과 사직서를 제출한 사실은 맞고, 오늘 그 사직서를 처리했다는 답변을 받을 수 있었습니다.』

앵커 :『아니 자체 감찰도 받지 않고 사직서를 처리했다고요?』

기자 :『네, 그렇습니다. 폭행 검사에 제 식구 감싸기, 이번에도 검찰은 그 비난의 화살을 피하기 어려워 보입니다.』

앵커 :『비난의 화살을 맨몸으로 받고도 그 화살을 애써 무시하며 변하지 않았던 검찰. 검찰은 이번에도 그 비난에 화살을 맨몸으로 받을 생각이 것 같습니다. 김성현기자 잘 들었습니다.』

난 TV를 신경질 적으로 꺼버렸다. 감찰도 받지 않고 제출한 사직서를 처리했다는 것은 김영준 검사가 변호사로 활동할 수 있는 길은 열어 줬다는 말 일 것이다. 썩을 대로 썩은 대한민국 검찰에 대한 분노와 한때 그 부패에 한 몫 일조한 나에 대한 분노가 뒤섞여 날 괴롭혔다.

물론 검찰이라는 조직 전체가 썩은 것은 아닐 것이라 생각한다. 일부의 검사의 부패가 검찰조직 전체가 섞었다는 인식을 심어 주었을 뿐. 하지만 그런 썩은 일부를 도려낼 의지가 없는 검찰은 같이 썩겠다는 의지로 밖에는 보이질 않았다.

그때 병원 문이 열리고 유한성 변호사와 주연우 기자가 병실 안으로 들어왔다. 난 그들이 들어오는 것을 보고 몸을 일으키려 했지만, 마음처럼 쉬이 몸은 움직여

지지 않았다.

"그냥 그대로 계세요. 몸은 좀 괜찮으세요?" 유한성이 일어나려는 날 제지하고서는 물었다.

"뭐, 살만합니다." 내가 웃으며 대답했다.

"병원에서는 뭐라고 합니까?" 주연우가 내 몸 상태를 살피며 물었다.

"뭐, 갈비뼈가 금이 살짝 가긴 했지만, 대체적으로 괜찮다고 합니다. 이만한 게 몸 주인이 워낙 운동으로 몸을 다져났기 때문이 아닐까 생각되네요." 내가 다시 웃으며 말했다.

"아이고, 이 와중에 웃음이 나옵니까?" 주연우가 안쓰럽게 날 바라봤다.

"뭐, 이만하면 계획대로 잘 됐으니 웃어야죠." 내가 말했다.

"아휴! 그래도 그만하길 다행입니다. 근데 김검사가 폭행을 행사할 걸 어떻게 예상한 겁니까?" 주연우가 기자다운 질문을 했다. 아마 그렇게 질문을 하는 것도 직업병일 것이라 난 생각했다.

"김영준 검사는 제가 만든 악마였죠. 내가 총수그룹 총괄로 있으면서 모든 학자금을 지급하며 총수그룹의 사람으로 키웠어요. 그만큼 전 김검사의 성격을 잘 파악하고 있었습니다. 그의 성격이 매우 불같아서 자신의 자존심을 뭉개는 발언을 하면 이성을 잃어 버렸죠. 그게 총수그룹의 시각으로 봤을 때는 나쁘지 않았어요. 내칠 때도 큰 이점이 될 수 있으니까. 그래서 그 자존심을 건드렸더니 아니나 다를까 바로 이성을 잃어버리더군요. 사실 검사를 자극해서 폭행을 당할 생각은 애초에 없었는데, 김영준 검사가 취조실로 들어오니 잘만하면 일을 좀 키울 수도 있을 거란 생각이 들더군요." 내가 대답했다.

"아하!" 유한성과 주연우가 동시에 탄성을 질렀다.

"그러면, 나회장이 강민석을 토사구팽 할 것이라 생각한 이유는요?" 이번에도 주연우가 물었다.

"제가 총수그룹 총괄로 있을 때 블랙리스트 1위와 2위가 누군지 아십니까? 바로 두 분 이었습니다. 총수그룹의 비리를 저 다음으로 가장 많이 알고 있는 사람이 두 분이니까요. 두 분을 제거 하라고 했을 때 나총수가 이제 정치를 하려고 하려한다는 것을 알았습니다. 나회장이 정계에 뛰어들면 두 분이 가만히 있을 리가 없겠죠. 그래서 두 분의 입을 막는 것이 가장 우선 돼야 했던 거지요. 하지만 두 분이 사라지면 세상은 나회장을 유력한 용의자로 지목 할 겁니다. 물론 검찰은 나회장을 용의 선상에서 제외하겠지만요. 그러나 경쟁 후보는 이를 계속해서 이용할 것이고 결국은 나회장이 당선 되는 것이 어려워 질 수도 있을 겁니다. 나회장은 두 분을 제거 하고 자신이 두 분을 죽인 용의자 선상에서 완전 깨끗이 벗어날 수 있는 방법을 생각했을 것이고, 그 방법이 바로 확실한 범인이 잡히면 되는 것입니다. 강민석이 두 분을 죽인 현장에서 현행범으로 잡히는 것만큼 확실한 것이 어디 있겠습니까? 전 강혜윤과 김희진을 놔두고 두 분을 죽여라는 지시가 떨어진 사실을 알았을 때 강민석은 토사구팽의 대상이 될 것이란 것을 확신 할 수 있었죠."

진통제의 효과 때 문인지 경찰서에 있을 때 보다 고통이 덜해 말하기가 훨씬 수월했다.

"하하!" 유한성과 주연우의 탄식이 또다시 들려왔다.

"이제 어떻게 하실 겁니까? 나회장이 이를 갈 것인데요." 유한성이 걱정스러운 눈빛으로 물었다.

"아시다 시피 나회장을 감방에 보낼 수는 없습니다. 그 만큼 나회장이 정계와 법조계에 미치는 영향은 대단합니다. 이번 사건을 봐도 검찰, 경찰을 주무르는 힘이 대단함을 느꼈을 겁니다. 그러니 그를 감방에 보낸다는 목표는 잊으셔야 합니다. 이 게임은 이제 누가 먼저 죽느냐의 문제입니다. 나회장이 먼저 죽느냐? 아니면 두 분과 제가 먼저 죽느냐?"

"우리가 살기위해서는 나회장을 죽여야 한다?" 주연우가 말했다.

"아무리 죄를 많이 진 사람이라고는 하지만 사람을 죽이는 것이 과연 온당한 일일까요?" 한때 정의롭게 법을 수호했고, 자신이 지키려는 그 정의가 무너지자 그 조직을 박차고 나온 유한성이 법은 지켜야 한다는 의미로 말했다.

"유변호사님이 무엇을 말하려 하는지 잘 알고 있습니다. 그렇지만 정의라는 건물이 무너졌다고 했을 때, 무너진 부분부터 세우는 것 보다는 때론 다 허물고 다시 세우는 것이 더 튼튼한 정의란 건물이 될 수 있을 것입니다. 그게 더 큰 비용이 들더라 하더라도 또 다시 무너질 건물을 이어 붙이는 것 보다는 낫지 않겠습니까?" 내가 과연 정의를 말할 자격이 있는지 이 말을 하면서도 내게 되묻고 있었다.

"허물고 다시 지을 수 있다면 그렇게 해야겠죠. 하지만 단순한 비용이 문제가 아니지 않겠습니까? 제가 알기로는 나회장 경호가 거의 국가의전 급 경호라고 알고 있습니다. 그런데 우리 셋이 어떻게 나회장을 죽일 수 있겠습니까?" 주연우가 물었다.

"정확히는 넷이죠. 내안에 그 놈이 나회장에게 분노를 품은 이상 우리에게도 승산은 분명 있습니다." 내가 결연하게 말했다.

4장. 일심(一心)

28. 강민석

　내가 다시 깨어났을 때 철창안의 딱딱한 마루가 날 떠받히고 있을 것이란 내 생각은 보기 좋게 빗나갔다. 아무리 서울대를 나와 날고 기는 머리를 가졌다고 해도 살인현행범으로 몰린 그 상황에서 뭘 어쩌겠는가? 한편으로는 녀석에게 이 상황을 해결할 수 있을 거라는 기대를 걸었지만, 한편으로는 녀석에게 이 상황을 떠넘기려했던 것이 내 정확한 심정이었다. 그걸 구지 퍼센트로 말한다면 녀석에게 건 기대는 1% 정도일 것이고, 녀석에게 상황을 떠넘기려했던 것이 98%, 나머지 1%는 '애라 모르겠다.'이었다.

　하지만 만신창이가 된 내 모습을 확인하고서여야 지금 상황이 과연 나에게 좋은 상황으로 흘러가고 있을까 라는 생각이 들었다. 어쩌다가 이렇게 만신창이 모습이 되었을까? 분명 녀석이 나에게 남긴 메시지가 있을 것이라 생각한 난 병실 침대며 서랍장을 뒤졌다.

녀석의 편지는 베개 밑에서 발견되었다.

『먼저 자네에게 용서를 구해야겠네. 깨어나서 바로 알았겠지만 자네의 잘 생긴 얼굴을 그렇게 만들었으니 당연히 자네의 용서를 구하는 것이 먼저이겠지. 정말 미안하네. 용서해 주시게. 그리고 그 상황에서는 어쩔 수 없었다는 점 또한 이해해 주시게.

하지만 자네 역시 나에게 사과를 해야 하지 않겠나. 자네의 욕심이 비저 낸 이 사단으로 인해 모든 고통은 내가 감내했으니 말이야. 김검사에게 무자비한 폭력을 당했을 땐 정말이지 울고 싶을 정도로 고통스러웠다네. 그렇다고 울지는 않았으니 날 찌질이 정도로 취급하지는 말게나. 그렇다고 너무 자책은 하지 말고. 나 역시 나회장의 성격을 몰랐다면 자네와 같은 선택을 했을 것이네. 아니, 난 이미 자네보다 더 빨리 자네와 같은 선택했었지. 그리고 15년간 나회장의 토끼를 물어다 주는 사냥개 역할을 했으니 말이야. 어찌 되었건 이미 겪은 사람의 경고를 무시한 대가가 지금의 몹쓸 얼굴을 만들었다 생각한다면 한결 자네의 얼굴을 받아들이기가 쉬울 것이네.

난 자네가 내 경고를 쉽게 무시할 것이라 생각지 않았네. 자네를 믿은 것이지. 그래도 혹시나 자네가 내 경고를 무시하고 자네가 생각한 길을 가지 않을까 싶은 걱정도 된 것도 사실이라네. 그렇게 본다면 내가 자네를 완전히 믿었다고 말 할 수는 없겠지. 그렇지만 준비해서 나쁠 것은 없지 않겠나. 어쩌면 그 걱정이 준비를 만들었고, 다행이도 그 준비덕분에 모두가 살 수 있는 결과를 낳았으니, 내가 일정부분 자네를 믿지 못했던 것이 좋은 결과를 가져왔다고도 볼 수 있겠군.

어쨌든 그렇게 자네를 못미더워 하는 부분 때문에 난 자네가 유한성과 주연우를 죽이려 생각한 전날 그들을 찾아갔네. 그리고 모든 사실을 그들에게 털어놨지. 자네가 킬러이며, 난 한서경이고, 자네와 내가 한 몸에서 공존하는 사실 까지 말이야. 그들은 믿지 않았지만 난 모든 방법을 동원해 그들을 믿게 만들었지. 그들은 결국 내 말을 믿을 수밖에 없었고, 난 그들과 함께 혹시 모를 자네의 어긋난 선택을 준비했다네.

좋지 않은 생각은 늘 현실이 되곤 하지. 그런 우려는 현실이 되었고, 자네는 그들을 죽이려 유한성의 사무실로 칼을 품고 찾아가게 되지. 그때 유한성 사무실에 들어갔을 때 자네가 무슨 생각을 했는지 난 실로 궁금하기만 하네. 나중에 자네가 내킨다면 그 생각 말해줄 수 있으면 좋겠다는 생각이 드네. 아무튼 우린 살인이 벌어진 것처럼 사무실 책상과 의자, 사무집기를 바닥에 내팽개쳐놓고 돼지피를 어렵게 구해 바닥과 벽면에 뿌려 놓았네. 그리고 내 지문, 아니 자네 지문이겠지. 그 지문이 가득 묻은 칼에 유한성과 주연우의 손끝을 베어 나온 피를 발라 바닥에 놓아두었지.

누군가 죽었지만 정작 죽은 사람이 없는 살인 현장. 자네가 그 현장을 보고 무슨 생각을 했을까? 난 거기서 위험한 베팅을 할 수밖에 없었지. 자네는 킬러답게 그 현장을 보며 무수히 많은 생각을 했을 거야. 그 많은 생각 중 자네는 유한성과 주연우를 기다리기로 한다는 것에 난 과감히 배팅을 했네. 일반사람이 그런 현장의 모습을 본다면 아마 다들 줄행랑을 쳤겠지만 자네는 킬러답게 기다릴 것이라고 말이지. 만약 거기서 자네가 그냥 나갔다면 달라졌을까? 답은 그렇지 않다네. 검찰은 자네를 체포하기 전부터 자네가 유한성과 주연우를 죽였다고 결론을 내렸네. 그리고 검찰이 내린 결론에 따라 수사를 했겠지. 자네는 얼마가지 않아 붙잡히고 말았을 걸세. 그리고 칼 손잡이에서 발견된 자네의 지문과 칼날에 묻은 주연우와 유한성의 혈흔이 쐐기를 박는 증거물이 되어 주었겠지. 즉, 시간이 문제였지 결과는 바뀌지는 않았을 거야.

난 나회장의 비열한 생각과 자네의 생각을 정확하게 간파했어. 나회장은 검찰을 이용해 자네를 현행범으로 체포해 다시는 사회의 빛을 못 보게 할 생각이었네. 그렇게 된다면 나회장은 자신이 정계로 진출하는데 있어서 가장 걸림돌인 유한성과 주연우를 제거하는 동시에, 자네가 그들을 살해한 현행범으로 체포되면서 나회장은 유한성과 주연우를 살해한 용의자에서 완전 벗어날 수 있는 방법이었을 테니까.

하지만 유한성과 주연우의 시신이 없는 그야말로 죽은 사람은 있는데 죽인 자가 없는 일반적인 상황과는 반대로 죽인사람은 있는데 죽은 사람은 없는 이상한 상황이 되는 것이지. 나회장은 분명 자네를 의심할 수밖에 없었을 거야. 자네가 빠져나갈 구멍을 만들려 시신을 숨겼다고 말이지. 나회장의 그런 생각은 그대로 김영준 검사에게 전해지고 김영준 검사는 시신을 찾는대만 주력하며 정작 죽은 사람이 있는지에 대해서는 아무런 관심도 가지지 않았던 거야. 그냥 자네가 유한성과 주연우를 죽였어야만 했던 거지. 참고로 김영준 검사는 내가 총수그룹 총괄로 있으면서 키워온 검사이기에 그의 성격도 잘 알고 있었네. 그가 자네의 얼굴을 이처럼 못쓰게 만든 장본이기도 하지. 뭐, 솔직히 말한다면 내가 맞으려 그의 자존심을 심하게 건드리기는 했지만....

 어쨌든 김영준 검사는 자네에게 구속영장을 청구하지만, 때마침 유한성과 주연우가 멀쩡한 상태로 나타나며 우린 계획적인 반전을 맞이하지. 난 그들에게 일러두었어. 숨어 있다 강민석이 체포된 그 다음날 나타나라고 말이지. 그들은 그렇게 했고, 우린 살아남을 수 있었네.

 이 정도 설명했으면 자네가 충분히 이해했을 것이라 생각하고, 문제는 지금 부터야. 나회장쪽은 김영준 검사만이 사표를 쓰는 것으로 이번 사건을 마무리 시켰네. 나회장은 아무런 타격도 없었다는 것이지. 나회장은 검사 하나야 또 키우면 그만이라고 생각할 것이네. 일개 검사도 나회장에게는 소모품에 불과한 것이지.

 그만큼 나회장의 힘은 자네가 상상한 그 이상이며, 그의 비열함은 그 누구도 따라 올 수 없을 정도이네. 그는 그 모든 힘을 동원하여 수단과 방법을 가리지 않고 자네를 죽이려 할 것이네. 이제는 누군가가 죽어야 끝나는 게임이 되 버리고 만 것이지. 그런데 자네와 나는 그동안 어땠었나? 물리적으론 한배를 탔다지만, 과연 정신적인 것까지 한배를 탔다고 말 할 수가 있었던가. 지금과 같은 상태라면 한 두 번의 전투에서 이길지는 모르겠지만 결국 전쟁은 지고 말겠지. 뭐, 그렇게 된다 해도 나쁘지는 않겠군. 저승 가는 길, 길동무는 있으니 말이야. 하지만 자네는 그렇게 생각하지 않겠지. 그렇다면 자네와 나, 이제는 정신까지 하나가 돼야 한다는 말이네. 그렇지 않으면 결국 나회장에게 죽을 수밖에는 없을 걸세.

 쓰다 보니 편지가 너무 길었군. 아무튼 이제 자네와 난 완벽한 하나가 됨을 믿어 의심치 않겠네. 몸조리 잘하시고, 혹시 나회장에 대한 배신감을 못 이겨 홀로 어찌 할 생각은 안했으면 좋겠네. 일단은 몸이 회복하는 것이 우선 아니겠는가? 그 다음 나회장과 맞설 방법을 생각해 보세.』

 난 편지를 잘게 찢어 변기에 넣고는 물을 내렸다. 잘게 찢긴 종이 쪼가리가 된 편지가 변기통 물과 함께 시원하게 하수구로 빨려 들어갔다. 난 거울에 비친 내 얼굴을 확인했다. 퉁퉁 부은 얼굴이 내 얼굴이 아닌 듯 보였다. 한쪽 볼에 멍이 시퍼렇게 올라있었고, 입술은 터져서 피딱지가 앉아있었다. 내 얼굴을 이렇게 만든 놈을 당장이라도 죽이고 싶은 분노가 솟구쳐 올라왔다. 사직서를 제출한 그는 대형로펌에 들어가 고액의 연봉을 받으며, 좋은 집과 외제차를 끌고 다니며 목에 힘을 주고 다닐 것이다. 그런 상상의 하니 더욱 화가 치솟았다.

 병실 침대로 올라온 난 이정도의 사건이라면 기사가 있을 것이라 생각하고는 스마트폰을 켜고 기사를 검색했다. 생각보다 많은 양의 기사가 검색이 되었다.

난 어제 날짜의 기사를 찾아 봤다. 그의 말은 대부분이 사실이었다. 폭행한 김영준 검사는 그날 바로 사표를 제출했다. 체포, 수사과정의 의혹을 다루는 기사도 있었다. 나회장이 확실히 날 이용하고 버리려 했다는 그의 말이 옳았다는 것이 여러 기사들을 통해 들어나고 있었다.

그가 그렇게 경고했음에도 불구하고 어떻게 멍청하기 그지없는 나회장에게 당할 수 있는지, 내 자신이 너무나도 원망스러웠다.

난 나회장과 통화를 할 수 있는 대포폰을 찾아 그에게 전화를 걸었다. 확실히 그의 얘기를 들어보고 싶었다. 그의 얘기를 듣고 난다면 그를 죽여야 할지에 대한 판단이 더욱 확실히 설 것 같아서였다.

"오호! 강전무, 대단해, 대단해! 사람만 죽일 줄 아는 아주 멍청한 놈 인줄만 알았는디. 그게 아니구만." 전화를 받은 나회장의 첫 마디였다.

"회장님만 하겠습니까?" 내가 비아냥거림으로 받아 쳤다.

"아따! 먼말을 그리도 섭하게 한당가? 그려도 내가 자네보다는 낫제잉. 나가 자네보다 못한 것이 머시당가? 돈이 없당가, 권력이 없당가, 무엇보다도 자네보다 내가 머리 하나는 훨씬 좋아븐 것 같당께. 그러니께 자네가 머리 좀 굴렸는디도 난 암시랑토 않차네. 안 그런가?"

"뭐, 인정하겠습니다. 근데 그런 돈과 권력, 저승까지 가지고 갈 수 없어서 어쩐답니까?"

"하하하하, 그니께 요로코롬 좋은 시상 겁나 오래 살아브러야젱"

"얼마나 오래 사실지 한 번 지켜보도록 하죠."

"자네나 오래살라믄 몸조심혀, 엄어지며 댕기지나 말고, 병원이 한샘병원 306호라고 혔재잉. 꽃바구니라도 하나 보낼틴께, 그거 보고 쾌차하소. 글고 조만간 볼 수 있을 거여. 하하하하" 그렇게 말한 그는 그대로 전화를 끊어버렸다.

이가 부들부들 떨려왔다. 괜히 전화했나 싶으면서도, 확실히 나회장을 죽여야겠다는 사실을 확인했다는 점에서는 전혀 득이 없는 전화는 아니었다. 내가 어디 입원해 있는지 알고 있으니 조만간 날 죽이려 사람을 보낼 수도 있을 것이다. 그런 점에서 아무나 들어올 수 있는 병원은 불리했다. 난 퇴원수속을 밟았다. 담당의사가 아직 퇴원은 무리라 했지만, 결국 내 고집을 꺾지는 못했다.

병원을 나온 난 집으로 향하지 않았다. 지금은 집도 위험했다. 막상 병원을 나왔지만 위험하지 않는 곳은 없었다. 내 주위에 나회장의 눈이 촘촘히 박혀있을 것이기 때문이었다. 난 그 눈들을 피해 돌고 돌아 모텔로 들어갔다. 지금 까지 누군가를 쫓는 입장에서 이제 쫓기는 입장이 되었다. 그런 입장이 되고 보니 기분이 정말이지 더러웠다. 이런 기분에서 빨리 벗어나기 위한 방법은 나회장의 목을 치는 것 밖에는 없을 것이란 사실을 난 잘고 있다. 문제는 그 촘촘한 경호를 뚫고 나회장을 어떻게 죽이냐는 것이었다.

29. 한서경

또 다시 장소가 변해있었다. 도대체 이번에는 무엇 때문인가? 치료가 우선이니 치료부터 받아야 된다고 했지만 이번에도 녀석은 내말을 듣지 않았다. 녀석이 써놓은 편지에 그 이유가 있을 것이다. 난 침대테이블에 놓인 편지를 집어 들어 읽기 시작했다.

『구지 따지자면 이번 일에 대해 전부 내 책임이라고만 하다는 것에는 전적으로 동의하지 못하오. 물론 평생 교도소 신세를 면하게 해준 점에서는 고맙소. 내가 유한성과 주연우를 죽이려 하지 않았어도 누군가는 그들을 죽였을 것이고, 내가 그 청부를 거부했다면, 나회장은 날 죽이려 했을 것이니 엄연히 상황은 같은 것 아니겠소. 그러니 구지 따지자면 나회장이 지금 날 죽이려 하는 것은 내 책임은 아니란 말이오.

일단 누구에 잘 못을 따지는 것 보다 시급한 것은 나회장을 어떻게 죽일 것이냐이오. 당시 말대로 나회장을 먼저 죽이지 못한다면 난 죽을 것이고, 당신 또한 그렇게 되겠지요. 당신 말대로 이제 당신을 전적으로 따르겠소. 물론 나회장이 죽을 때 까지만 이란 전제하에서 말이오.

사실 어제 당신이 써놓은 편지를 읽을 때만해도 나회장이 날 속였는지, 이용하고 버리려 했는지에 대해 확신이 서질 않았소. 그래서 그 확신을 위해 난 나회장에게 전화를 했소. 내 마음을 확고히 정하는 것이 필요하기도 했기에 나회장과의 전화는 어쩔 수 없었던 점 이해해 주시오.

확실히 나회장은 날 이용하고 버리려 했음을 확신했다는 점과, 이제 나회장이 날 죽이려 준비하고 있음을 어제 통화로 알았으니 결국은 득이 전혀 없었던 전화는 아니었소.

그는 내가 입원한 병원이름과 호수를 정확히 알고 있었소. 그래서 병원을 나올 수밖에 없었고, 그들의 눈을 피할 수 있을 만한 지금의 모텔로 들어 올 수밖에 없었소.

당신이 이 편지를 읽고 있다면 아마 나회장의 눈을 완벽히 피해 숨었다는 것이 되겠지요. 하지만 언제까지나 나회장을 피해 숨어있을 수는 없을 것이오. 또한 나회장이 조만간 볼 수 있을 것이라 말한 것으로 봤을 때 뭔가 꾸미고 있는 것 같소. 나회장의 성격을 잘 아는 당신이 그가 무슨 꿍꿍이를 부리려 하는지 알 수 있으면 좋겠소. 그리고 검찰이나 경찰에 나회장 사람이 있다면 추적당하는 것은 시간문제일 거라 생각되어 휴대폰은 모두 버렸소. 참고하시길 바라며 혹시 집에 갈 생각도 마시오. 이미 나회장 부하들이 깔려있을 것이니 말이오.』

나회장이 무슨 일을 꾸미고 있을까 생각해봤지만 딱히 떠오르는 것이 없었다. 그의 비열함은 상상이상이었기에 그가 뭔가 꾸미고 있다면 비열하기 짝이 없을 것이란 추측만 될 뿐 지금으로서는 아무것도 떠오르지가 않았다. 혜윤이는 이미 그들이 알 수 없는 장소에 숨겨둔 상태였고, 고아출신인 강민석에게는 인질로 삼을 만한 가족이 없었다.

난 녀석의 편지를 처리한 다음 나갈 준비를 했다. 혜윤이와 김희진 팀장을 너무 오랫동안 놔두었던 것이 마음에 걸렸다. 이미 먹을 것이 동이 나고 굶고 있지는 않을지 걱정이 되었다. 이왕 병원을 퇴원했으니 그녀에게 먹을 것을 사들고 갈 생각이었다.

모텔을 나온 난 집근처에 세워둔 오토바이를 타고 갈까 생각했다가 이내 마음을 접었다. 강민석이 말한 대로 이미 나회장 사람들이 감시하고 있을 지도 모르기 때문이었다. 거기다 오토바이 키는 집 안에 있었기 때문에 키를 가지러 집에 들어가는 경우 매우 위험한 상황에 처할 수도 있었다.

난 지나가는 택시를 잡아탔다. 오랜만에 혜윤이를 볼 수 있다는 마음이 내 가슴을 한 것 부풀게 했다.

강민석이 나회장의 눈을 피해 서울 외각까지 나온 이유로 택시는 꽤 오랫동안 이동해서야 혜윤이가 있는 은신처에 도착할 수 있었다. 난 택시비를 지불하고 근처 편의점에서 먹을 것을 잔뜩 사들고 은신처로 향했다. 은신처에 가까워질수록 콩닥거리는 마음을 주체할 수가 없었다. 내 나이 마흔을 훌쩍 넘겨 이런 감정을 느끼는 자체가 신기하기도 했고 부끄럽기도 했다. 난 진하게 선팅이 되어있는 주차된 자동유리에 내 모습을 비춰보았다. 형편없이 되어버린 얼굴이 유리에 비춰져 날 슬프게 만들었다. 은신처에 TV가 있기 때문에 그녀도 대충 사정은 알고 있을 것이지만, 괜스레 그녀를 마주할 용기가 사그라져만 갔다. 만신창이가 된 얼굴이라도 진정 볼품없던 한서경 얼굴 보다는 낫다는 것이 한편으로는 위안이 되었다. 먹을 것만 얼른 전해주고 나올 것이라 생각하며 난 바삐 걸음을 옮겼다.

은신처 입구에 도착한 난 그냥 비밀번호를 누르고 들어갈까 하다 초인종을 눌렀다. 여자들만이 있는 곳에, 온다는 기별도 없이 나타난다면 놀랄 것이 분명했기 때문이었다. 더군다나 지금 그녀는 살기위해 숨어있는 것이라 솥뚜껑에도 놀랄 수 있었다.

난 초인종을 눌렀다. 안쪽에서 울리는 초인종 소리가 바깥까지 들려왔다. 두 번에 걸쳐서 울린 초인종 소리가 끝났지만 안에서는 아무런 반응이 없었다. 자고 있을 수도 있다는 생각으로 난 다시 한 번 벨을 눌렀다. 다시 두 번의 반복되는 벨소리가 끝나도록 여전히 안에서는 아무런 반응이 없었다. 어디 나가지 말라고 그렇게 신신당부를 했건만..... 난 익숙하게 잠금장치 비밀번호를 눌러 대문을 열고 안으로 들어간 다음 현관으로 곧바로 향했다. 현관에서 잠금장치의 비밀번호를 누르자 잠금이 해제되었다는 기계적인 음성이 흘러나왔다.

난 안으로 들어가 혜윤이를 불렀다. 하지만 들려오는 대답은 없었다. 거실로 들어서자 한바탕 소동이라도 일어난 것처럼 거실은 난장판이었다. 불길한 마음이 온몸을 서늘하게 만들어갔다. 거실을 지나쳐 곧장 안방으로 간 나는 안방 문을 열었다. 역시나 아무도 없었다. 작은방도 확인했지만 마찬가지였다. 난장판이 된 거실이 이곳에서 좋지 않은 일이 발생했다는 것을 증명해주고 있었다. 하지만 그 것 하나만으로는 어떤 일이 벌어졌는지 알 수가 없었다.

난 난장판이 된 거실로 가면 어떤 단서가 있지는 않을까 생각하고는 다시 거실로 나왔다. 거실장 위에 조그만 쪽지가 눈에 들어왔다. 난 그 쪽지를 집어 들어 읽었다.

『혜윤이를 찾고 싶나. 아래 번호로 연락혀. 안 그럼 여잔 뒤져.

010-XXXX-XXXX　　　　　　　　　　』

난 전화기를 집어 들고는 바로 쪽지에 적혀있는 번호를 눌렀다. 손이 심하게 떨려와 번호를 누르는 것조차 힘에 겨웠다. 자꾸만 번호가 잘 못 눌러졌고 전화를 끊고 다시 번호를 누르기를 수 번 한 끝에 겨우 전화를 걸 수 있었다. 짧은 신호음이 끊기고 상대방이 전화를 받았다.

"뉘귀여?" 나회장의 목소리였다. 분명 나회장이었다. 그럼 나회장의 소행이었단 말인가.

"강민석이오." 일단 혜윤이를 찾는 것이 무엇보다 우선이기에 그 외적인 생각은 버려야 했다.

"아따! 강전무 전화 기둘리다가 눈깔이가 뽑혀분 줄 알았구만. 머땀시 전화가 이리도 늦어불었당가? 쪼게 늦었으믄 가시나 디질 뻔 말았당께. 아슬아슬혔으야."

"혜윤이는?" 난 혜윤이가 걱정이 되었다.

"니 깔따구? 니 깔따구였는지 꿈에 몰라브렀어야. 알고 본께 니 깔따구등마. 아따! 시상이 차말로 좁아븐 걸 이번에 느껴블었시야." 그는 혜윤이에 대해 답하지 않고 말을 돌리고 있었다.

"혜윤이는 어디 있습니까?" 내가 다시 물었다.

"니 깔따구 걱정은 겁나 된갑다잉? 내 옆에 잘 있응께 걱정 하덜 말고, 니 깔따구 걱정되믄 시방 일로 오인나."

"먼저 혜윤이 목소리부터 듣고 싶습니다." 내가 말했다.

"니가 시방 똥인지 된장인지 구분을 못하는 가 본디, 니 깔따구 뒤지는 거 보기 싫음 시키는 대로 혀라잉!" 그가 말했다.

"지금 바로 가죠. 어디로 갈까요?" 나총수의 성격을 잘 알기에 난 더 이상 혜윤이에 대해 묻지 않았다. 계속해서 혜윤이 목소리를 들려 달라하면 나총수는 혜윤이에게 몹쓸 짓을 할 인물이었기 때문이었다.

"이화동에 보믄 총수건설에서 하는 아파트 공사현장이 있어. 글로 오인나. 30분 안에 와라잉! 안 그럼 가시나 뒤진께."

"30분 만에....." 난 끝까지 말을 하지 못했다. 나총수가 전화를 끊어 버렸기 때문이었다. 지금 내가 있는 곳에서 그 곳까지는 거리상 30분 만에 절대 도달할 수 없는 거리였기에 난 30분 만에 도착하기는 불가능하다는 말을 하려했었다.

우물쭈물할 시간이 없었기에 난 전화를 내려놓고 숨겨둔 총을 찾아 허리춤에 차고는 바로 집을 빠져 나오려 했다. 그때 혜윤이와 김희진 팀장을 죽이려 했던 지하에 가둬놓은 녀석이 생각났다. 이대로 나둔다면 녀석은 지하에서 굶어 죽을 것이다. 풀어주기에는 위험했으니 일단 사들고 온 먹을 것과 물을 좀 넣어주기로 마음먹었다.

욕조의 수도를 위로 꺾어 올렸다. 잠금장치가 해지 되는 소리가 들려왔다. 욕조를 살짝만 재끼고 물과 먹을 것이 잔뜩 든 봉투를 아래로 떨어뜨렸다.

"씨발! 죽이라믄 죽이고, 이게 뭐하는 짓이고?" 어둠속에서 녀석의 목소리가 지하라는 고유의 공간에서 하울링이 되어 울려 퍼졌다.

"미안하다. 이렇게 해야 다 살수가 있어. 조금만 참으면 꺼내줄게, 며칠은 버틸 수 있을 거야." 난 그렇게 말하고는 욕조를 덮어버렸다. 녀석을 어떻게 처리해야할지 방법이 딱히 떠오르지 않았지만 난 그렇게 말 할 수밖에 없었다.

은신처를 빠져나온 난 택시를 바로 잡았다. 다행이 택시는 빨리 잡혔다. 난 행선지를 말하고 요금을 3배로 준다면서 최대한 빨리 가달라는 말도 빼먹지 않았다. 요금이 3배로 뻥튀기 되니 택시는 총알처럼 도심을 지나쳐 이화동으로 향했다.

나총수가 말한 30분이 조금 지나서야 택시는 목적지에 도착했다. 난 택시요금을 지불하고 택시에서 내렸다. 공사차량이 출입하는 큰 문 옆에 사람이 출입하는 작은 문이 있었다. 그 작은 문은 반쯤 열려있었고, 문을 지키고 있어야할 경비는 보이지 않았다. 난 그 문을 통해 공사현장을 들어갔다.

공사현장을 들어서자 반쯤 올라간 흙빛 아파트들이 질서정연하게 들어서 있었고, 그 주위로는 수많은 자제들이 질서정연한 아파트와는 상반되게 아무렇게나 나뒹굴고 있었다. 이런 무질서함속에 사고가 발생했고 3명의 안타까운 목숨이 희생된 것이다. 어떻게 보면 사고가 나지 않는 것이 이상할 정도로 공사현장에서의 질서는 찾아 볼 수가 없었다. 이런 무질서함 속에 안전은 항상 뒷전이었고, 생산성이 우선되는 기업의 풍토가 결국은 사고를 불러온 것이다. 어디 기업의 풍토만 탓 할 수만 있겠는가? 그동안 안전사고가 발대한 기업에 대한 정부당국의 관대한 처벌과 당국과의 불법 커넥션은 사고를 부추겼다 해도 과언은 아닐 것이다. 그런 커넥션을 만들어온 내게도 그동안 일어났던 안전사고에 대한 큰 책임이 있었음을 난 인정하지 않을 수 없었다.

지금에서야 돌아보면 그렇게 안전을 무시하고 생산성만을 부르짖었음이 결국에는 생산성을 하락시키는 결과를 낳았다는 것을 난 애써 무시하면서 기업을 운영했었다. 잦은 안전사고가 결국 생산성을 하락시킨다는 사실은 이미 산업국가의 시초였던 유럽에서 그동안 증명 되 왔던 것이다. 그 사실을 대학을 다니면서 무수히 배워왔지만 난 그 사실을 보지 않으려 했는지도 모르겠다. 그리고 막상 그 자리에서 내려오니 내가 보지 못했던 것들이 보였고, 깨달았다. 모든 일이 잘 풀리고 나면 총수그룹을 위해 현장의 이슬로 사라진 모든 분들을 찾아가 쓰디쓴 소주 한잔 부어 주며 용서를 빌어야겠다는 생각을 하며 바삐 걸음을 옮겼다.

공사현장은 공사현장 답지 않게 매우 한산하고 조용했다. 분주히 자재를 나르는 사람도 보이질 않았고 무거운 짐을 아파트 상부 층까지 올려 주는 크레인도 멈춰 움직이지 않고 있었다. 마치 이 공간만 시간이 멈춰버린 것 같았다. 사람하나 죽이자고 공사현장 인부들을 모두 퇴근시켜버리는 나총수의 무모함 하나는 정말이지 인정하지 않을 수 없었다.

택시에서 내린 직 후 전력을 다해 뛰었지만 나총수가 말한 장소까지 꽤나 많은 시간이 지났다. 그만큼 이 아파트공사장은 사람이 통행하는 통로가 통로라 말하기가 낯 뜨거울 정도였다.

난 그 곳에 도착해 한 숨 돌릴 겨를도 없이 한창 건설 중인 지하주차장이 될 공간으로 들어갔다. 지하주차장의 난잡함도 1층과 다를 바가 없었다. 아니 더하면 더했지 덜하지 않은 것 같았다. 더욱이 작업등이 켜져는 있었지만, 어두운 조명등은 속 시원히 지하주차장을 밝히는 데 턱없이 부족해 발을 디딜 때마다 온갖 위험한 자재들이 어둠에 숨어있다 내 발길을 막아섰다.

작업등이 꺼져있는 어둠속으로 들어서자 멀리 사람처럼 보이는 실루엣이 보였다. 어둠속에 쌓여있는 건설 자재들과 구분이 힘들만도 했지만, 난 그 실루엣이 사람임을 직감할 수 있었다. 세 사람이 의자에 앉아있었고, 세 사람이 그 뒤에 서있었다. 총 6명이 있었다. 난 그 실루엣으로 조금 더 가까이 다가갔다. 서있는 사람은 아마도 나총수와 그의 오른팔, 왼팔인 망치와 도끼일 것이고, 앉아있는 사람 중 두 명은 혜윤이와 김희진 팀장일 것이라 난 추측했다. 그럼 나머지 한사람은 누구일까? 지금으로서는 알 수는 없지만 지금 그 사람이 누구냐는 중요치 않았다. 중요한 것은 혜윤이가 무사한지와 그녀를 구할 방법이었다. 난 허리춤에 찬 총이 뛰면서 혹시나 빠지지 않았는지 손으로 만져 보았다. 총은 그대로 내 허리춤에 꼽혀있었다.

"강전무, 아따! 약속헌 시간보다 10분이나 늦어부렀어. 나가 인내심이 좋아서 망정이지 딴 놈이었음 가시나 진즉에 뒤져부렀당께." 어둠 속에서 나총수의 목소리가 들려왔다.

난 대꾸하지 않고 조금씩 그 방향으로 걸음을 옮겼다. 총이 있으니 그에게 가까워질수록 내게는 더 유리할 것이란 판단에서였다. 하지만 나총수는 내가 더 가까이 오는 것이 달갑지 않은 모양이었다.

"거그서 스탑! 아그들아 불 켜라!" 나총수가 소리쳤다. 그러자 수많은 작업등에 불이 켜지며 어둠을 밀어내고 주위를 밝혔다. 그러면서 자연히 의자에 앉아있는 사람과 그 뒤에 있는 사람의 모습이 보였다. 내 생각대로 뒤에 서있는 사람은 나총수와 그의 졸개인 망치와 도끼였다. 의자에는 혜윤이와 김희진 팀장이 의자에 묶여있었고, 입은 테이프로 막아놓은 상태였다. 그 옆에 있는 다른 한 사람은 총수건설 노동조합위원장이었다. 3명이 죽은 안전사고로 노동조합이 설립되고, 그 설립된 노동조합이 강하게 반발하자, 그 행위를 맘에 들어 하지 않았던 나총수는 노동조합 위원장까지 죽이려는 심산인 모양이었다.

세상이 아무리 썩었다 하더라도 최소한 이 건 아니었다. 한마디로 나총수는 사람이길 완전히 포기한 자 같아보였다. 자신의 눈에 가시 같은 사람이라고 모두 죽이려함에 세상은 절대 보고만 있지는 않을 것이다. 그런 기본적인 사실도 망각한 체 그는 자신의 돈을 받은 몇몇의 고위공직자들이 자신을 보호해 줄 것이라 철석같이 믿고 있는 것이다.

"이제 내가 왔으니 여자는 풀어주시죠." 내가 단호히 말했다.

"움마 무시라. 가시나들을 풀어주라고야? 니가 댈로 왔응께 할 수 있으믄 대리고 가봐! ㅋㅋㅋ" 나총수가 사악하게 웃었다.

"제가 들어보니 여자들은 별 잘못이 없어 보이던데, 저만 붙잡으시면 되지 않습니까?" 난 나총수를 설득해 보려했다. 나총수에게 그런 말이 통하지 않을 것을 잘 알지만 뭐든지 해봐야 했다.

"요년들이 잘못한 게 없다고? 한서경이랑 붙어먹고 날 엿맥일려고 했는디, 잘못한 게 없진 않지? 요년들이 아주 백여시 중에 백여시랑께. 니도 요 백여시들 한티 당한 거 알고는 있냐?" 그는 내가 딱해 보인다는 표정으로 물었다. 난 아무런 대답도 하지 않았다.

"나가 우츠게 요년들을 숨겨놓은 것을 알았거냐? 바로 요년이여 요 쌍년!" 나총수가 김희진 팀장을 머리카락을 잡아 뒤로 당겼다. 그러자 김희진 팀장의 목이 힘없이 뒤로 꺾이며 그녀의 입에서 단말의 신음소리가 터져 나왔다.

"나가 말이여 요년한티 '니는 살려 줄 틴께 어딘지 말혀라'고 문자를 보내놨지. 언젠가는 폰을 켤 것이고, 그럼 자연히 볼 수밖에 없을 거니께 말이여. 아니나 다를까, 요년이 순순히 어딘지 싹 다 부는 거여. 요년이 말여. 요즘 것들은 폰을 하루라도 안 보믄 눈깔이에 가시라도 돋는 모양이여. 근디 요년이 나가 진짜 살려 줄지 알았는 모양이란 말이여. 요 순진한 년이" 그렇게 말한 그는 잡아당긴 그녀의 머리를 앞으로 팽개쳤다. 그러자 그녀의 힘없는 머리가 앞으로 꺾였다.

나총수가 내 은신처를 어떻게 찾았는지에 대한 그 궁금증이 풀렸다. 그녀를 숨기고 나총수를 절대 믿어서는 안 된다며 그리도 신신당부를 했었는데, 결국은 살려준다는 그 한마디에 김희진 팀장은 너무도 쉽게 넘어가 버리고 만 것이다. 어떻게 해서든 살아야겠다는 욕망은 인간의 기본욕구 중 가장 강한 욕구일 것이다. 그러니 김희진 팀장을 탓할 수만도 없는 것이었다. 어찌 되었건 이 모든 사태는 나로 인해 발생되었고 김희진 팀장이 저렇게 고초를 겪고 있는 것 또한 정확히 말하자면 내 책임이지 않겠는가.

"그렇다고 다 죽일 생각이십니까? 그 여자들을 죽이고 절 죽인다면 분명 유한성과 주연우가 가만히 있지는 않을 것입니다." 내가 약간은 협박조로 말했다.

"고것들도 조만간 니들 따라 보내 줄 거여. 그런 걱정은 하덜 말어!" 나총수는 아무렇지 않다는 듯 대답했다.

"유한성과 주연우 그리고 저까지 포함한다면 모두 여섯을 죽이는 겁니다. 세상이 아무리 회장님 편이어도 이번에는 쉽게 넘어가질 않을 겁니다." 그와 계속되는 말싸움이 시간낭비임을 잘 알고 있었지만, 지금은 어떤 방법이라도 찾기 위해서라도 시간을 벌어야 했다. 하지만 머릿속은 그녀를 구할 방법은커녕 아무 생각도 들지가 않았다.

"하하하하! 세상이 가만히 있지 않음 우짤것인디? 세상은 어차피 돈으로 굴러가는 거여. 돈이 있음 그 돈이 권력이 되고, 그 권력은 유죄도 덮어 준당께. 그려서 니도 사람을 죽이고 댕긴 거 아니냔 말이여? 돈이 주는 축복을 받을라고."

'돈이 주는 축복'은 축복일까? 나 역시 얼마 전 까지만 해도 돈은 내게 축복을 준다 생각했었고 그 무한한 축복 속에서 살았다. 난 그 축복에 만족하지 못하고 더욱 큰 축복을 받고자 나회장을 협박했고 결국은 지금 이 지경까지 오게 된 것이다. 돈은 축복을 줄 것 같이 사람을 끊임없이 유혹하지만 결국 마지막에는 저주만 남는 것이다. 나회장도 지금 이 순간 축복의 길을 걸어왔고 걷는 것 같다고 생각하겠지만, 내가 느끼기에는 이미 저주의 길로 빠진 것 같았다. 그 저주의 길은 빠져 나올 수 없는 늪이 되어 결국은 나회장을 집어 삼킬 것이다. 난 그 모습을 보고 싶었다. 그래야 죽어서라도 눈을 감을 수 있을 것 같았다. 과연 그럴 수 있을지는 모르겠지만, 지금으로서는 불가능 할 것 같다는 생각이 깊이 든다.

"예전의 저는 그랬었죠. 하지만 지금은 아닙니다. 그러니 여자는 풀어주세요. 마지막 부탁입니다." 난 손을 살짝 뒤로 돌려 총을 잡았다. 총의 손잡이가 내 손에 딱 맞게 들어왔다. 난 더 좋은 기회를 얻기 위해 아주 작은 걸음으로 조금씩 그를 향해 다가갔다.

"개가 똥을 마다하겠어. 나가 말이여 마지막으로 니한티 기회를 줄 것이여. 왜냐믄 말이여. 난 관대하니께. 고 세 년, 놈을 모두 죽여브러. 그럼 니는 살 수 있을 것이여. 안 그믄 니도 여그서 뒤지는 것이고. 난 바빠서 이만 갈라니께, 생각 잘 해불드라고. 흐흐흐흐" 나총수는 그렇게 사악한 웃음을 남기고 뒤돌아 어둠속으로 사라져버렸다. 망치와 도끼도 나회장을 뒤따라 사라졌다.

난 여기 있는 그 누구도 죽일 마음이 없었다. 행여 내가 죽는 한이 있더라도 말이다. 나총수 역시 내가 그들을 죽이지 않을 것을 알고 있을 것이기에 뭔가 준비를 해놨을 것이다. 난 총을 꺼내 쥐고는 나총수의 악랄한 계략에 맞설 준비를 하고서는 묶여있는 혜윤에게 다가갔다.

난 혜윤에게 다가가 그녀에게 묶인 밧줄을 풀기 시작했다. 한손으로 총을 쥔 체 다른 한손으로는 혜윤이 입에 붙은 테이프를 뜯었다. 그리고 그녀 뒤로 돌아가 묶인 밧줄을 풀기 시작했다. 한손으로 총을 쥔 상태에서 한손으로 묶인 밧줄을 풀려 하니 생각처럼 밧줄은 풀리지가 않았다. 난 총을 다시 허리춤에 끼워 넣고서는 밧줄을 풀었다. 밧줄은 단단히 묶여있어 쉽게 풀리지가 않았다. 끙끙거리며 밧줄과 사투를 벌이고서야 겨우 밧줄을 풀 수 있었다. 그 바람에 많은 시간이 허비되고 있었다.

묶여있는 밧줄이 풀린 순간 멀리서 몇몇의 사람이 뛰어 오는 소리가 들렸다. 소리의 크기가 점점 더 커지는 것으로 봐서는 분명 이 쪽으로 다가오는 소리였을 뿐 아니라, 한 두 명이 뛰는 소리가 아니었다. 난 혜윤이에게 그대로 앉아있으라는 손짓을 하고는 허리춤에 찬 총을 빼서 들었다. 그리고 소리가 나는 방향을 향해 총을 겨누었다.

뛰는 소리가 점차 잦아들자 그들의 모습이 보였다. 한눈에 봐도 10명은 넘어 보이는 인원이었다. 그들의 손에는 한 결 같이 쇠파이프를 들고 있었고, 그 쇠파이프를 어깨에 걸치거나 땅에 끄집고 있었다. 쇠파이프가 땅에 끌리며 만들어내는 쇳소리가 음산하게 들려왔다.

그들이 어느 정도 일정부분 가까워지자 난 그들 중 가장 선두에 선 놈을 정조준하고는 외쳤다.

"이 총이 진짜인지 가짜인지 몸소 확인하고 싶은 놈은 계속 다가와 봐!" 난 하늘을 향해 총을 한 발 쏘아서 그들을 겁줄까도 생각해 봤지만, 제대로 작동이 될지 모르는 상황에서 위험한 모험을 즐기고 싶지는 않았다. 단순히 위협용으로 가져왔기에 위협만 하는 것으로 이 총이 할 수 있는 역할은 다였다. 그 위협이 통했는지 그들은 다가오는 걸음을 멈춘 체 쉽게 앞으로 나서질 못하고 있었다. 내가 들고 있는 총이 진짜 총인지 가짜인지 구분이 가진 않겠지만, 내가 킬러라는 사실을 그들은 알고 있을 것이고, 킬러가 가짜 총을 들고 다니지는 않을 것이란 생각이 그들의 발걸음을 멈추게 했을 지도 모른다. 그런 그들은 서로 눈치만 보며 쇠파이프를 치켜든 체 망설이고 있었다.

"이 총에 든 총알은 모두 여섯 발! 그 말은 내 놈들 중 여섯은 이 총에 죽는 다는 말과도 같지. 자! 먼저 뒤질 놈들은 앞으로 나와!" 그들의 머뭇거림에 난 더욱 의기양양해져 소리를 쳤다. 그렇게 녀석들의 발을 묶어놓고서는 혜윤이에게는 다른 사람들의 밧줄을 풀어줘라 말했다. 혜윤이는 내말을 듣고는 일어나 김희진 팀장을 묶어놓은 밧줄을 풀기 시작했다. 하지만 남자의 힘으로도 풀리지 않는 매듭은 옴 짝달싹하지 않는 듯 혜윤이는 연신 끙끙대는 소리를 내고만 있었다. 난 두 손으로 움켜쥐고 있던 총을 한손으로만 잡아들었다. 총구는 그들을 향한 채로 난 밧줄 푸는 것을 도왔다. 자연스레 내 시선은 그들과 밧줄을 오가게 되었고, 내 시선이 밧줄에 잠깐 머무는 그 짧은 순간, 그들 중 한명이 전속력으로 나를 향해 돌진해 왔다.

그들 중 한명이 나를 향해 돌진해 온다는 사실을 내가 깨달았을 때는 그와 나의 거리는 상당히 가까워져 있었고, 난 그에게 경고를 할 시간이 없다고 판단하고 그의 다리를 겨냥하고 방아쇠를 당겼다. 작동이 될지 안 될지 알 수는 없으나, 내가 선택할 수 있는 것 또한 없었다.

'틱' 굉음을 토해내며 총알이 말 그대로 총알처럼 빠르게 총구를 빠져나가 녀석의 다리에 냅다 꼽히며 피가 사방으로 튀어야 된다는 내 생각은 그 소리와 함께 어김없이 허물고지 말았다. 당황한 난 다시 한 번 방아쇠를 당겼다. 이번에도 여지없이 '틱' 소리만 났다. 지푸라기라도 잡는 심정으로 난 다시 한 번 방아쇠를 당겼다. 그렇지만 또다시 '틱' 소리만 났고, 그 소리는 지푸라기라도 잡고 싶은 내 간절한 마음을 산산이 무너뜨리고 말았다.

다시 '틱'거리는 소리가 들려왔고 그렇게 내가 4번의 방아쇠를 당기는 동안 그는 거의 내 앞에 도달해 있었고, 들고 있던 쇠파이프를 나를 향해 치켜 올리고 있었다. 그 순식간의 모든 동작들이 슬로우모션 같았지만, 내 몸은 그보다 더 느려터진 듯 난 그 파이프를 피할 수가 없었다. 그가 휘두른 쇠파이프는 내 머리에 정통으로 맞았고, 난 옆으로 그대로 쓰러지고 말았다.

정신을 붙들려 무던히도 노력했지만 쇠파이프의 위력은 정말이지 가공할 만 했는지 자꾸만 눈이 감겼다. 머리에서 흐르는 피가 귀를 따뜻하게 적시고 있는 느낌이 들었다. 아마 두개골이 깨졌을 지도 모른 다는 생각을 하면서도 난 온힘을 다해 발사되지도 않은 땅에 떨어져 있는 개지랄 맞은 총을 다시 잡으려고 손을 뻗었다. 발사도 되지 않는 그 총을 왜 또다시 잡으려 하는지 내 마음을 이해 할 수 없었지만 아마 이성보다는 본능일 수도 있고, 지푸라기라도 잡는 심정일 수도 있을 것이다. 하지만 그 총을 집을 수는 없었다. 뒤따라온 나머지 녀석들의 발길질이 시작되어 난 몸을 움츠릴 수밖에 없었다.

30. 강민석

'빵!' 총이 발사될 때 탄피 속 화약이 폭발하는 소리가 날 깨웠다. 깜짝 놀라 몸을 벌떡 일으킬 만도 했건만, 내 몸은 정신과 따로 놀고 있는 듯 정신이 내리는 지시를 항명하고 있었다. 하지만 몸은 정신이 내린 지시를 항명하면서도, 실시간 동기화는 멈추지 않고, 그 동기화를 컴플리트하고 있는 지 몸의 고통은 내 정신까지 고통스럽게 만들었다.

난 살며시 눈을 떴다. 눈을 떴지만 거칠한 시멘트 바닥과 그 바닥을 우왕좌왕하며 이리 갔다, 저리 갔다하는 여러 사람의 발 밖에는 보이는 것이 없었다. 한서경 이자식이 큰 사고를 쳤음이 분명했다. 그 게 무엇인지 정확히 알기 전까지는 아침에 침대에서 일어나듯 그렇게 일어나서는 안 된다는 것을 난 동물적 감각으로 직감할 수 있었다. 난 정신을 집중해 주위에서 들려오는 웅성거림에 귀를 기울였다.

"컥! 컥!" 총소리가 난 반대편에서 누군가 토악질을 하는 소리가 들려왔다. 아마도 방금 발사된 총이 누군가의 폐나 위, 식도나 기도에 구멍을 뚫었을 것이고, 그로인해 피가 역류하여 입으로 쏟아져 나오는 것이리라고 난 생각했다. 내 시선에 그 모습이 보이지 않기 때문에 난 소리로 추측할 수밖에 없었다.

"아이 씨발! 이게 왜 발사되고 지랄이야."

"야 이 미친 새끼야. 네가 방아쇠를 당겼으니까 발사가 되지, 병신아!"

"아 씨발! 저 새끼가 당겼을 땐 나가지 않았었다고, 너도 봤잖아! 그래서 난 장난감인 줄 알았지."

"그렇다고 사람을 조준해서 당기냐? 병신새끼!"

"아 씨발! 몰랐다고 했잖아!"

"좆도 모르면 만지지를 말았어야지, 병신새끼야!"

"이런 씨발놈이, 자꾸 병신이라고 할래?"

"그래 병신새끼야!"

"이런 미친 새끼가"

말다툼하는 소리가 일시에 끊기고 곧이어 치고 박는 소리가 들려왔다. 주위에 다른 사람들은 그 싸움을 구경하는 듯 일제히 싸움소리가 나는 쪽으로 이동했다. 세상에서 가장 재미있는 구경이 불구경 다음으로 싸움구경이라 하지 않았던가. 그들은 세상에서 가장 재미있는 구경을 놓치기라도 할 듯 그 쪽으로 모여들었다. 난 슬며시 싸움소리가 나는 쪽으로 고개를 돌렸다. 모두들 싸움구경에 정신이 팔렸는지 내 움직임을 알아차리지 못했다. 싸움이 일어난 곳을 그들은 에워싸고 있었고, 그 옆으로는 총에 맞은 사람이 벽에 긴댄 체 날 보고 있었다. 그의 목과 입에서는 계속해서 피가 흘러내리고 있었고, 그의 눈은 날 보고는 있었지만 이미 초점을 잃어 보였다.

그 초점을 잃고 피를 흘리고 있는 남자 옆으로는 여자둘이 벽에 웅크린 채 고개를 무릎에 쳐 박고는 사시나무 떨 듯 떨고만 있었다. 비록 얼굴은 보이지 않았지만 난 그녀가 혜윤이와 김희진이란 여자일 것이라 직감할 수 있었다. 그 앞으로는 한 남자가 의자에 묶여 있었고, 입은 테이프로 막혀 있었다.

그때 내 얼굴 앞으로 뭔가가 떨어졌다. 그건 총이었다. 그것도 최근에 잃어버리고 찾지 못한 내 총이었다. 한서경 이 자식이 숨겨놨다가 여기에 가져온 모양이었다. 그런데 어째서 써보지도 못하고 저들에게 총을 빼앗겼단 말인가. 한서경 그 녀석이 내 앞에 있다면 실컷 욕을 해주고 싶은 충동을 느꼈다.

난 손을 내밀어 총을 집고는 일어나려 했다. 하지만 정신과 몸은 아직 혼연일체가 되지 않았는지 몸은 내 말을 잘 듣지 않았다. 온몸이 집단구타라도 당한 것처럼 뻐근했다. 집단구타를 당하며 주로 머리를 맞았는지 한쪽 머리에 통증이 심하게 전달되며 어지러움까지 느껴졌다. 난 고통이 감지되는 머리 부분을 만졌다. 굳어가는 끈끈한 피가 손에 묻어났다. 피가 묻은 손을 옷에 쓱 닦아 내고는 일어난 난 총열을 옆으로 밀어 뺀 다음 총알을 확인했다. 총알이 모두 5발이 장전이 되어 있었다. 총 6발 중 방금 한발이 발사되었다면 한서경은 이 총을 단 한 발도 쏘지도 못하고 당한 것이라 난 생각했다. 난 총열을 다시 총에 끼워 넣었다. 그런 순간에도 싸움구경에 푹 빠져 있는 녀석들은 날 전혀 신경 쓰지 않았다.

"야이 새끼들아! 지금 니들 친구가 죽어 가는데 쌈박 질이나 하고, 자알~~하는 짓이다." 간신히 일어난 난 그들을 향해 소리쳤다.

싸움구경에 푹 빠져있던 그들이 약속이라도 한 것처럼 일시에 시선을 내게로 돌렸다. 싸움에 열중 중인 두 놈도 싸움을 일시정지하고 나를 바라봤다. 다들 하나같이 우락부락하게 생겨먹은 놈들이었다. 내 말이 그들의 심기를 건드렸는지 그 우락부락한 얼굴이 더욱 우락부락하게 변해갔다. 난 그들의 숫자를 세었다. 모두 13명이었다. 난 머리를 빨리 회전시켜 13명을 모두 제압할 방법을 생각했다. 13명을 모두 맨손으로 상대하기에는 버거운 것은 사실이었다. 그렇다면 13명중 5명을 총으로 제압한다면 8명이 남는다. 평소의 몸 상태라면 조무래기 8명 정도면 문제 없을 것이다. 하지만 지금의 몸 상태라면 장담할 수 없을 지도 모른다. 하지만 이미 활시위는 당겨졌고, 그들은 날 잡아먹을 듯이 노려보고 있는 일촉즉발의 상황에서 할 수 있는 것은 없었다.

"저 새끼 안 뒈졌네. 뒈진 줄 알았는데." 그들 중 한명이 말했다.

"저 새끼는 제대로 나가지도 않은 총을 들고 또 지랄이냐?" 그들 중 한명이 그들 중 한명에게 말했다. 난 그의 말뜻을 이해 할 수가 없었다. 방금 총이 발사가 되었기 때문에 저들 중 한명이 그 총에 맞아 죽어가고 있는 것인데, 나가지 않는 총이라니....

"생각해보자고, 네 총에는 총 6발의 총알이 있고, 네 놈이 좀 전에 4번 방아쇠를 당겼어. 그 말은 4발은 불발탄이고, 방금 한발이 발사가 되었으니 이제 남은 총알은 발사가 될지 안 될지 알 수 없는 단 한발만 남은 것이지." 그들 중 한명이 피가 묻은 쇠파이프를 바닥에 끌며 천천히 다가왔다. 난 그가 하는 말의 의미를 알 수는 없었지만 크게 개의치 않았다.

"한발이면 충분하지!" 난 다가오는 그의 머리를 향해 총구를 겨누었다.

"씨발! 모험이네, 당겨 이 씨발놈아!" 그가 갑자기 뛰었다. 난 한 치의 망설임 없이 방아쇠를 당겼다. 순간 굉음이 총에서 토해져 나왔고, 그 동시에 다가오는 놈의 머리에 구멍이 뚫리며 뒤따라오는 놈들의 얼굴에 놈의 뇌수와 피가 섞여 튀었다. 머리에 구멍이 뚫린 놈이 뛰는 반동력에 의해 앞으로 고꾸라지며 내 앞까지 미끄러져 왔다. 뒤따라오는 놈들이 앞선 놈이 쓰러지자 그 순간 멈칫 거렸다. 난 멈칫하는 가장 앞서 있는 놈을 향해 총구를 겨누었고, 한 치의 망설임이 없이 다시 방아쇠를 당겼다. 하지만 이번에는 전과 다른 소리가 들려왔고, 총알은 발사가 되지 않았다. 다시 한 번 방아쇠를 당겼지만 이번에도 마찬가지였다. 또 한 번 당겼지만 이번에도 총알은 발사가 되지 않았다. 내 앞에 쓰러진 놈이 말한 나가지 않는 네발의 총알이 바로 이 총알을 말하는 것임을 난 그때서야 깨달았다.

당황한 사람과 의기양양한 사람이 바뀌는 순간이었다. 난 당황했고, 당황했던 그들이 다시 의기양양한 순간이 된 것이다. 그들은 그 순간을 놓치지 않고 맹렬히 날 향해 뛰어 들어왔다. 난 들고 있던 총을 가장 앞선 놈의 머리를 조준하고 던졌다. 내 손을 떠난 총이 가장 앞선 놈의 이마 정 중앙을 정확히 맞추었다. 총을 맞은 놈도 반동에 의해 앞으로 고꾸라지면서 내 앞까지 미끄러져 왔다. 녀석이 이마를 잡고 다시 일어설 찰나 난 녀석의 얼굴을 온힘을 다해 걷어 차버렸다. 녀석의 목이 뒤로 획 꺾이며 뒤로 고꾸라지더니 이번에는 일어나지 못했다.

그런 순간 다른 놈이 쇠파이프를 내 머리를 향해 휘둘렀다. 난 머리를 숙여 그가 휘두른 쇠파이프를 피했다. 녀석이 힘껏 휘두른 쇠파이프는 그 특유의 무게 때문에 조준했던 내 머리를 지나 한참을 더 진행했고, 뒤따라오던 다른 녀석의 얼굴과 맞닿고서야 멈춰다. 난데없는 팀킬을 당한 놈은 자신이 팀킬을 당했다는 사실도 인지하지 못한 체 뒤로 나가 떨어졌다. 난 그 순간을 놓치지 않고 팀킬을 한 녀석의 목젖을 주먹으로 가격했다. 녀석은 치명적인 내 공격에 주저앉더니 숨을 쉬지 못하고 '켁켁' 거리며 시멘트 바닥을 나뒹굴었다. 난 녀석이 가진 쇠파이프를 집어 들었다. 쇠파이프의 무게가 상당했다. 이 무거운 것으로 상대방을 정확히 맞춘다면 상대방에게 치명적일 수 있겠지만 잘못 휘둘러 상대방을 맞추지 못한다면 자칫 허점만 많이 노출할 수 있는 무기였다. 다시 말한다면 휘두를 때 마다 정확히 놈들을 맞춰야만 한다는 것이었다.

내가 쇠파이프를 집는 순간 놈들은 날 중심에 두고 둥그렇게 둘러쌓았다. 날 둘러쌓은 녀석들의 수는 9명이었다. 녀석들은 날 둘러쌓았지만 쉽게 공격을 하지 못하고 주춤거리고 있었다. 나 역시 그들의 수가 많았기에 쉽게 공격을 하지 못했고, 아주 잠시 동안 그들과 난 대치를 하며 기회를 엿보았다. 아주 잠시의 평행상태가 무너지고 그들 중 한명이 쇠파이프를 머리위로 치켜들고는 날 향해 쏜살같이 내달렸다. 그는 쇠파이프에 온 힘을 모아 내 머리를 향해 위에서 아래로 쇠파이프를 내려 쳤다. 하지만 무거운 쇠파이프는 파괴의 위력은 매우 높은 반면 그만큼 민첩성은 현저히 떨어질 수밖에 없다. 난 몸을 옆으로 살짝 움직여 그가 내려친 쇠파이프를 피했다. 그가 휘두른 쇠파이프가 시멘트 바닥에 내려찍히며 시멘트 바닥에서 파편가루가 사방으로 튀었다. 난 그 순간을 놓치지 않고 내가 들고 있던 쇠파이프를 그의 얼굴을 향해 날렸다. 큰 동작으로 몸에 균형을 잃은 그는 내가 휘두른 쇠파이프를 피할 수 없었고, 얼굴로 받아들일 수밖에 없었다. 내가 휘두른 쇠파이프가 그의 턱을 정통으로 가격했다. 그의 턱이 함몰되는 느낌이 파이프를 통해 내게 전달되었다. 앞으로 저 녀석은 평생 음식을 질질 흘리며 먹어야 할 것이며, 더욱 심할 경우 미음만 먹어야 할 수도 있을 것이다. 녀석이 턱을 감싸 쥐고 땅에 주저앉으며 비명을 질러댔지만 턱이 함몰된 그의 입에서는 비명이라고 할 수 없는 소리가 나오고 있었다.

그 찰나 다른 놈이 날 공격해 들어왔다. 그는 내 옆구리를 노리고 쇠파이프를 휘둘렀다. 난 녀석이 휘두른 파이프를 피할 수 없을 것이란 걸 동물적 본능으로 알 수 있었다. 아니 알았다고 하기 보다는 몸이 먼저 반응했다고 할 수 있을 것이다. 녀석이 휘두른 쇠파이프가 내 옆구리에 파고들어오기 바로 직전 난 내가 들고 있는 쇠파이프로 녀석의 쇠파이프를 막았던 것이다. 두 쇠파이프가 부딪치며 만들어 낸 강렬한 파열음과 함께 그 충돌이 만들어낸 충격파가 쇠파이프를 타고 내 손에 그대로 전달되었다. 손이 얼얼할 정도의 강한 진동이었다. 난 그 진동을 참아내었

지만 막상 쇠파이프를 휘두른 놈은 그 진동을 이겨내지 못하고 쇠파이프를 놓고서
는 아픈 두 손을 각각 반대편 겨드랑이에 집어넣고는 고통스런 표정으로 날 바라
봤다. 놈의 표정이 '너는 안 아프냐?'라고 묻고 있는 것 같았다. 난 그 물음의 대답
대신 쇠파이프를 그대로 놈의 사타구니로 올려 쳤다. 내 파이프는 그의 중심부위
를 정확히 가격했다. 그는 비명도 지르지 못한 체 그대로 주저앉더니 거친 시멘트
바닥을 나뒹굴었다. 아마 저 녀석은 평생토록 남자구실을 하지 못하며 살 것이다.

그 순간 또 다른 놈이 날 공격해 들어왔다. 녀석은 내 머리를 노리고 파이프를
가로 방향으로 휘둘렀다. 난 몸을 숙여 그 파이프를 가볍게 피하는 동시에 내가
들고 있던 파이프로 녀석의 정강이를 가볍게 때렸다. 사타구니를 맞은 놈보다는
고통이 덜 하겠지만, 그래도 엄청난 고통이 있는 부분이었다. 녀석은 고통을 참지
못하고는 그대로 무릎을 꿇었다. 그의 자세가 낮아지자 난 그의 뒷덜미를 다시 파
이프로 가격했다. 녀석이 시멘트바닥에 얼굴을 그대로 쳐 박았다. 아마 목뼈가 부
러졌을 것이다. 그 부러진 목뼈가 기도를 파고들었거나 기도를 압박해서 숨통이
막힌다면 죽을 것이요. 그렇지 않다고 해도 평생 불구로 살아야 될 것이다.

이번에는 두 놈이 동시에 치고 들어왔다. 한 놈은 내 앞쪽에서 좌에서 우로 내
허리 부근을, 다른 한 놈은 내 뒤쪽에서 우에서 좌로 내 머리 부분을 노리고 파이
프를 휘둘렀다. 피하기가 어려운 공격이었다. 머리는 피할 수 없을 것이라 말하고
있었지만 몸은 동물적 본능으로 그 파이프를 피하려 움직였다. 난 허리로 들어오
는 파이프를 손으로 받아들이며 놈의 팔을 잡아 내 앞으로 당겼다. 놈이 휘두른
파이프를 비스듬히 충격이 완화될 수 있도록 받아들였지만, 팔에 충격이 전혀 없
었던 것은 아니었다. 그래도 팔을 못 쓸 정도의 충격은 아니었다. 난 비스듬히 녀
석의 파이프를 받아들이며 녀석의 파이프를 잡은 손을 잡아 내게로 끌어 들이며
난 녀석의 뒤쪽으로 빠져 나갔다. 뒤쪽에서 공격해 들어오는 파이프가 앞쪽 녀석
의 얼굴에 그대로 부딪쳤다. 두개골이 깨지는 소리가 내 귀에까지 들려왔다.

동시에 난 앞으로 치고 나가며 내 앞에 있는 다른 놈의 배를 발로 밀어 찼다. 녀
석이 순식간의 찰나에 일어난 내 공격을 피하지 못하고 뒤로 나뒹굴었다. 난 그가
넘어진 그 옆을 지나가면서 들고 있던 쇠파이프를 넘어져있는 녀석의 가슴에 내리
꽂았다. 녀석이 가슴을 움켜쥐며 고통스러운 비명을 토해냈다. 아마 갈비뼈가 부러
지고 그 부러진 갈비뼈가 내부 장기를 파고들었을 것이다. 그 것을 증명하듯 녀석
의 입에서 검붉은 피가 쏟아져 나왔다.

난 녀석을 처리한 다음 재빨리 뒤로 돌아서 놈들의 공격을 대비했다. 하지만 공
격해 들어온 놈들은 없었다. 그저 내 뒤로 일정부분 다가와 파이프를 들고 위협하

는 수준이었다. 그들의 얼굴에는 순식간에 5명이 바닥에 내동댕이쳐진 지금의 상황이 믿기지 않는다는 표정과 두려움이 섞여있었다. 이제 남은 인원은 4명이었다. 무게감이 있는 쇠파이프가 제 몫을 톡톡히 해주고 있었다. 놈들은 내가 휘두른 파이프 한 번에 추풍낙엽처럼 나가 떨어져 갔다.

이렇게 무거운 파이프를 무기로 사용할 때에는 먼저 공격하는 것은 금물임을 난 잘 알고 있었다. 완벽한 기회가 왔을 때 휘둘러야 제대로 적을 맞출 수 있고, 그만큼 내게 다가오는 위험은 적어지는 것이다. 녀석들은 그 기본적 사실도 모르는 오합지졸이었다. 나회장이 어디서 급하게 끌어 모은 녀석들인지는 모르겠지만, 이런 오합지졸들을 모아놓은 것으로 봤을 때 나회장도 별거 아닌 것처럼 느껴졌다.

나머지 4명과 난 잠시 동안 대치상태를 이어갔다. 난 먼저 공격할 생각이 없었고, 녀석들은 겁을 단단히 먹은 듯 쉽사리 공격해 들어오지 못했다. 그때 머리에 통증이 다시 시작되었다. 아니 긴장감에 통증을 잊고 있었는지도 모르겠다. 통증과 함께 어지러움까지 느껴지며, 헛구역질 까지 나오고 있었다. 잠깐 비틀거리는 사이 녀석들이 내 몸에 이상함을 알아차린 듯 한꺼번에 달려들었다.

4명을 한꺼번에 상대하는 것은 무리라 생각한 난 뒤로 물러섰다. 빠른 걸음으로 물러서며 들고 있던 파이프를 가장 앞선 녀석에게 가로방향으로 회전하도록 던졌다. 세로 방향으로 회전하게 던지면 공격면적이 작아져 피하기 쉬운 반면 가로방향으로 회전하게 던진 것은 그만큼 면적이 커져 피하기가 어려울 것이란 생각에서였다. 내 그런 생각은 적중했다. 가장 앞선 녀석은 내가 파이프를 던지려는 동작을 감지하고 나름 준비를 하였기에 내가 던진 파이프를 몸을 숙여 피할 수 있었지만 뒤쪽에 따라오는 녀석은 날아오는 파이프를 보고는 옆으로 피하려 했지만, 가로방향으로 공격면적이 넓게 회전하는 파이프를 완전히 피하지는 못했다. 던져지는 힘과 회전하는 힘이 합해져 그 힘이 더욱 크게 가중이 된 파이프의 끝이 녀석의 볼을 짓이겨 났다. 녀석은 뒤로 나뒹굴면서 볼을 움켜쥐었지만 손가락 사이로 피가 쏟아져 나왔다.

4명 중 한 놈이 쓰러지고 3명은 계속해서 날 향해 돌진해 들어왔다. 난 녀석들 중 가장 약해보이는 놈에게 달려들었다. 도망갈 줄 알았던 내가 뒷걸음질을 멈추고 자신에게 달려들자 놈은 순간 움찔거렸다. 녀석이 들고 있는 파이프를 휘두르려 했지만, 내 움직임이 더 빨랐다. 난 녀석의 몸으로 파고 들어가 녀석의 파이프를 들고 있는 손을 왼손으로 붙들고는 내 앞으로 당겼다. 그러면서 녀석과 내가 서있는 위치가 바뀌었다. 내가 녀석에게 달려드는 것을 본 다른 한 놈이 녀석을 붙잡는 순간 파이프를 내 등을 향해 휘둘렀지만, 난 이미 녀석과 자리를 바꾸고 있는 중이었고, 다른 녀석이 날 노리고 휘두른 파이프는 정확히 내가 있는 공간을 향해 날아들었지만, 이미 자리가 바뀌어 그 파이프는 뜻하지 않는 팀킬이 되어버리고 말았다.

뒤이어 또 다른 한 녀석이 이번에는 위에서 아래로 내 머리를 노리고 파이프를 후려쳤다. 난 내 손에 붙들려 있는 놈의 팔을 들어 올려 그 파이프를 막았다. 등에 커다란 충격을 받은 녀석의 팔은 큰 힘을 들이지 않았는데도 불구 내가 원하는 데로 움직였다. 본의 아니게 나를 향하는 파이프를 막아준 놈의 팔이 부러지는 느낌이 들었다. 팔이 두 동강이 난 녀석이 비명을 질렀다.

난 방패로 요긴하게 써먹은 녀석의 파이프를 잡고서는 얼굴을 그대로 밀어 차버렸다. 녀석은 이미 파이프를 굳건히 지킬 힘도 의지도 잃어버렸는지 파이프를 내 손에 맡겨둔 체 그대로 뒤로 나뒹굴었다.

뜻하지 않게 팀킬을 자행한 두 녀석이 다시금 파이프를 치켜들고 날 공격해 들어왔다. 난 뒤로 한 바퀴를 굴러 두 녀석의 공격을 피했다. 다시 일어서 자세를 잡으려 할 때 둘은 또 다시 날 공격해 들어왔다. 난 이번에는 왼쪽 편으로 구르며 왼쪽 편에서 공격해 들어오는 녀석의 무릎 뒤편을 파이프로 때렸다. 녀석이 한쪽 무릎을 꿇었다. 난 일어나면서 녀석의 뒤통수를 파이프로 올려쳤다. 무릎을 꿇은 녀석이 앞으로 고꾸라지면 면상을 그대로 시멘트 바닥에 쳐 박았다.

시멘트 바닥에 얼굴을 쳐 박고 있는 녀석을 사이로 마지막 남은 녀석과 내가 파이프를 들고 섰다. 최후의 결전답게 난 파이프를 다시 움켜쥐어 결전의 의지를 다지며 그가 공격해 오기를 기다렸다. 하지만 홀로 남은 녀석은 겁을 잔뜩 집어먹은 표정이었다. 파이프를 들고 공격 자세를 취하고는 있었지만, 어딘지 모르게 어설픈 자세는 그가 금방이라도 도망칠 자세 같아 보이기도 했다. 난 공격을 할 것처럼 기압소리를 내며 그를 위협했다. 그러자 녀석은 기다렸다는 듯이 파이프를 내던지고 삼십육계를 발동했다. 하지만 난 그 누구도 멀쩡히 보내줄 생각이 없었기에 들고 있는 파이프를 삼십육계중인 그를 향해 있는 힘껏 던졌다. 파이프는 그의 뒤통수를 향해 날아들었고, 뒤통수에 눈이 달리지 않은 녀석은 그 파이프를 그대로 뒤통수로 받아들일 수밖에 없었다. 뒤통수에 커다란 충격을 받은 그는 그대로 바닥에 나뒹굴었다.

마지막 한 놈까지 바닥에 눕힌 난 주위를 둘러봤다. 녀석들이 내 뱉는 신음소리가 하나의 하모니가 되어 지하주차장을 가득 메우고 있었다. 지하주차장 한 쪽 구석 편에는 혜윤이와 김희진이 겁에 잔뜩 질린 표정으로 멍하니 날 바라보고 있었다.

"아무도 찾을 수 없는 곳으로 가서 숨어라. 아주 외딴 시골이든, 섬이든, 외국이든 나총수가 찾을 수 없는 곳으로 가서 숨어" 난 떨고 있는 그녀를 향해 말하고는 떨어져있는 쇠파이프를 들었다. 나총수를 피해 더 이상 도망 다니기도, 숨기도 싫었다. 이제 끝을 봐야할 때인 것이다. 내가 죽든 나총수가 죽든.

난 파이프를 들고 걸음을 옮기려 했다. 하지만 내 머리가 내리는 지시를 몸이 다시금 항명하고 있었다. 긴장이 풀려서 일까? 머리에 고통과 함께 어지러움도 다시 몰려왔다. 토할 것처럼 속이 좋지 않았다. 한 순간 마비가 된 듯 다리에 힘이 풀리며 난 그 자리에 주저 앉아버렸다. 바닥이 빙글빙글 돌며 내 눈으로 가까이 다가옴을 느꼈다.

31. 한서경

난 이미 죽었었다. 하지만 죽음이 어떤 건지 모른다. 죽었지만 죽음이 어떤 식으로 다가오는 지, 내 영혼은 어디로 가는지 조차도 모른다. 영혼이 존재하는 지도 솔직히 모르겠다. 죽으면 알 수 있는 것들을 난 죽었지만 모른다. 그 이유는 난 죽었지만 살아있기 때문이다.

죽기를 원했지만, 살고 싶었다. 살기를 원했지만 죽어도 좋았다. 뭐가 나를 이토록 죽기를 원하게 만들고, 뭐가 이토록 내게 살기를 원하도록 만드는 것인지, 때론 혼돈 속에 난 원치 않는 삶을 지금 또다시 연명해 가고 있다.

차라리 죽었으면 좋았을 것이란 생각이 내 뇌를 파먹는 아메바가 된다. 하지만 난 또다시 살아있다. 살아있다? 누가 살아있는 것일까? 강민석이? 아님 내가? 그것도 아니면 둘 다? 머리에 벗겨지지 않는 가면을 쓰고 내가 아닌 나로 살고 있는 것은 과연 살아있다고 말할 수 있는 것일까? 살아있다고 말할 수 없다면 죽었다는 것일 것이고, 죽어있다고 말할 수 없다면 살아있다는 것인데, 왜 자꾸만 난 살고 싶은 것일까? 왜 자꾸만 난 죽고 싶은 것일까?

한 가지 확실한 것은 내가 이 몸속에서라도 계속해서 살고 싶다는 욕구를 불어넣은 것은, 지금 내 옆에서 내손을 잡은 체 잠들어있는 그녀 때문이다. 하지만 그 마음에도 의심이 깃들어있다. 난 온전한 내 마음으로만 그녀를 사랑하는 것 일까? 아니면 내 해마가 강민석의 뇌에 존재하는 뉴런과 시냅스의 감정적 신호들을 일정부분 받아들이고 있어 그녀를 사랑하게 된 것일까? 도대체 어떤 것일까? 강민석은 혜윤을 죽이려 할 정도로 그녀를 싫어했지만. 난 그녀를 처음 본 순간 마음을 빼앗겨 버렸다. 강민석이 혜윤을 죽을 만큼 싫어한다고 했어도 녀석은 한때 혜윤을 사랑했었다. 확실치는 않지만 그랬을 가능성이 크다. 반면 난, 내 몸을 온전히 가지고 있을 적, 혜윤을 수없이 봤을 테지만 단 한 번도 그녀에게 마음을 뺏기지 않았다. 심지어 그녀가 있는 줄도 모르고 살았었다. 그렇게 봤을 때 난 강민석 뇌의 신경세포들의 영향을 받았다는 명제가 맞을 것이다.

그런데 내가 왜 이런 비생산적인 생각에 빠져 있는 것일까? 지금 내 곁에서 내가 깨어나길 바라는 혜윤 때문이리라. 그녀가 깨어나길 바라는, 그녀가 진정 사랑하는 사람이 강민석이 아닐까하는 내 생각은 '난 혜윤을 좋아하지 않아! 이런 내 감정에는 강민석의 감정이 섞여있는 것이야!' 라는 지극히 자의적인 의식 만들었고, 그 의식을 내 마음에 강제 주입시키므로 나만의 위안을 얻어내며, 상처받지 않으려는 방어적 심리 때문일 것이다.

내가 깨어났을 때, 내가 있는 병실에는 혜윤과 유한성, 주연우가 있었다. 유한성과, 주연우는 내 소식을 듣고 아침 일찍부터 병원으로 찾아왔던 것이다. 난 일어나 그들을 반겨주려고 했지만 그녀가 하는 단 한마디 때문에 내 마음은 일어나기를 거부하고 있었다.

"오빠가 절 구하려다가....." 그녀가 부르는 '오빠'는 날 지칭하지 않는 다는 것을 난 잘 알고 있었다. 내가 아는 한 그녀가 오빠라고 부르는 이는 강민석밖에는 없었다.

난 그녀를 구하러 갔지만 그녀를 구해내지 못했고 정작 그녀를 구한 사람은 강민석이었다. 그 사실을 알았을 때, 난 내 무능함에 저주라도 퍼 붓고 싶은 심정이었다. 그녀도 자신을 구한 사람이 강민석이라는 사실을 잘 알고 있을 것이고, 그녀가 이 병원까지 데리고 온 사람도 강민석이었다. 그녀와 그들이 나누는 대화를 통해 난 상황을 어느 정도 파악할 수 있었다.

"혹시 경찰에 알리셨나요?" 유한성 목소리였다. 아마 혜윤에게 물어보는 것이리라. 난 눈을 감은 채 그들의 대화를 엿듣고 있었다.

"아뇨. 오빠가 잘 못될 수도 있다는 생각에 알릴 수가 없었어요." 그녀의 대답이었다.

"잘하셨어요. 제가 알아본 바로는 오늘 새벽에 총수건설 노동조합 측에서 경찰에 신고했나 봐요. 바로 경찰 쪽에서 사건현장으로 갔는데 아무런 흔적도 없었다고 합니다. 싸움 흔적이라든지, 그런 피 자국도 없어서 그냥 철수 했다고 하네요." 주연우가 말했다.

"그런데 그 김희진이란 사람은 어디로 갔는지 아시나요." 유한성이 물었다.

"전 오빠가 쓰러지자 바로 병원으로 데리고 오느라 김희진 팀장이 어디로 갔는지는 모르겠어요. 김희진 팀장은 왜요?" 그녀가 말했다.

"나총수를 고발한다면 한 사람의 증인이라도 더 있다면 도움이 되겠죠." 유한성이 대답했다.

"나총수 회장을 고발하시려고요?" 그녀가 물었다.

"고발한다고 크게 달라지는 것은 없을 것 같아요. 하지만 뭐든지 해봐야겠죠. 이렇게 앉아서 당할 수만은 없으니까요. 그 문제는 한서경씨가 깨어나거든 다시 얘기해보기로 하고, 혜윤씨는 계속 여기 있을 건가요?" 유한성이 말했다.

"전 오빠가 깨어날 때 까지 만이라도 옆에 있으려고요." 그녀가 대답했다.

"알겠습니다. 한서경씨 깨어나거든 꼭 좀 연락 부탁할게요. 나총수 이사람 또다시 어떻게 나올지 모르니까 몸조심 하시구요." 유한성이 말했다.

"네. 그렇게 할게요." 그녀의 대답을 끝으로 유한성과 주연우가 병실을 나가는 소리가 들렸다.

그런 대화 속에 그녀는 '오빠'라는 지칭을 계속해서 사용했고, 그녀 입에서 그 지칭이 나올 때 마다 내 마음속에서 그녀가 급속도로 빠져나가는 것 같았다. 그녀가 빠져나간 그 공한한 마음을 난 더욱 폐쇄적인 생각들로 채워나갔다.

지금 그녀는 내 손위에 자신의 손을 올려놓은 체 병실침대에 엎드려 잠이 들어있었다. 난 조심히 손을 빼냈다. 그녀의 따뜻한 손이 왠지 차갑게 느껴진다는 내 마음 때문이다. 그리고는 몸을 천천히 일으켜 세웠다.

나의 몸동작이 컸기 때문인지, 아니면 그녀가 예민해져 있기 때문인지, 내가 몸을 일으켜 세우자 그녀가 잠에서 깼다.

"괜찮아요? 정신이 좀 들어요?" 그녀가 걱정스러운 눈빛으로 날 보며 물었다.

"어, 괜찮아." 난 그냥 무성의하게 대답했다.

"뇌진탕 증상이래요. 의사선생님이 조금만 쉬면 괜찮아 질 거래요." 그녀가 해맑게 웃었다. 그 웃음이 뭘 의미하고 있는지, 난 혼란스러웠다. 마음 같아서는 '그렇게 웃고 있지 말고, 가! 어디든 가서 숨으란 말이야! 죽고 싶어 지금 여기 이러고 있는 거야?' 라고 그녀에게 소리 치고 싶지만 입이 떨어지지 않았다. 그녀가 병실을 지키고 있는 것에 대해 내가 과연 참견할 입장일까? 어디까지 난 강민석과 정혜윤이란 두 사람 사이에 끼어버린 불청객일 뿐이었다. 뜻하지 않았지만 말이다.

"의사선생님 부를까요?" 내가 아무 말도 하지 않자 그녀가 약간은 불안한 표정을 지으며 물었다.

"아니, 유변하고 주기자 좀 불러줘" 난 최대한 퉁명스럽게 말했다.

"네" 그녀는 시무룩한 표정으로 대답하고는 전화기를 들어 유한성에게 전화를 걸었다. 유한성과 통화를 끝으로 혜윤이와 난 그 어떠한 대화도 나누지 않았고 어색한 침묵이 병실을 가득 채워나갔다. 서먹함이 길어지자 괜스레 퉁명스럽게 굴었나 싶은 생각마저 들 정도로 병실의 분위기는 차갑게 얼어붙어 가고 있었다.

그런 어색한 시간이 흐르고 유한성과 주연우가 병실로 들어왔다.

"몸은 좀 어때요? 괜찮아요?" 병실로 들어온 주연우가 물었다. 난 그들이 병실로 들어오는 것을 보고 몸을 일으켜 세웠다.

"그냥 누워있으세요" 몸을 일으켜 세우는 날 붙들며 혜윤이 말했다.

"아냐, 괜찮아" 내가 혜윤을 보며 말했다. 그렇게 하는 말도 왠지 어색함이 묻어나고 있었다.

"이제 어떻게 하실 작정이십니까?" 유한성이 바로 물어왔다. 안부 인사를 오래 나눌 만큼 우리에게는 시간이 없었다. 그 사실은 유한성도 잘 알고 있기에 그는 바로 계획이 있는 지를 묻고 있었다.

"정공법으로 갑시다." 내가 말했다.

"정공법이라면?" 유한성과 주연우가 동시에 물었다.

"총수건설 쪽 노동조합과 연대해서 고발할 수 있는 것들은 모두 고발합시다." 내 말 뜻을 이해하지 못할 만큼 이해력이 부족하지 않는 그들이었지만 난 쉽게 대답해 주었다.

"그걸 생각 안 해 본 것은 아니지만, 이미 싹 다 틀어막았습니다. 나총수 이 자식이 벌써 손을 다 써놨어요. 싸움이 일어난 장소도 다 치워놓고, 검찰 쪽도 이미 손을 써놓은 듯싶습니다." 주연우가 분개하며 말했다.

"혜윤아, 내가 준 USB 아직 가지고 있지?" 난 혜윤을 돌아보며 말했다.

"그게 그 집에 숨겨 두었는데……" 그 집이라면 혜윤을 숨겨두었던 은신처를 말하고 있는 것이다. 혜윤을 납치할 당시 그들은 거실 외에는 뒤지 지는 않았었다. 그러니 잘하면 있을 수도 있을 것이다.

"주기자님, 지금 혜윤이를 데리고 그 집으로 가서 USB를 가져 오실 수 있나요?" 내가 주연우를 보며 물었다.

"뭐, 그럴 수는 있는데…. 그 USB가 도대체 뭐죠?" 주연우가 물었다.

"총수그룹 총괄사장으로 있으면서 보험을 하나 들었었죠. 그 USB에는 나회장의 불법 비자금을 어떻게 만들었는지에 관한 것들, 뇌물을 준 사람들 명단과 금액 등등 각종 불법적 행위들이 모두 들어있습니다. 제가 말하는 것보다 주기자님이 한 번

보신다면 더 잘 이해할 수 있을 것입니다." 내가 말했다.

"그걸 왜 이제야 말합니까? 그런 게 있었으면 진작 터트렸어야죠." 주연우 기자는 흥분한 모습을 감추지 못하고 있었다.

"주기자, 진정하라고. 그걸 터트려 봐야 뻔하지 않겠어. 5년 전 어땠는지 기억 안 나? 우리 둘이 거의 1년을 나총수만 추적한 끝에 불법비자금에 대한 거의 모든 증거까지 확보했었잖아? 그런데 어떻게 됐냐고? 결국 위에서는 수사중단지시에, 그 지시를 거부하는 바람에 난 옷을 벗어야했고, 주기자는 기사 터트렸다가 명예훼손으로 고발당해서 2년 동안 법원만 쫓아 다녔잖아. 결국 아무것도 얻지 못하고 우린 이 모양 이 꼴이 되었고!" 유한성이 그 때의 기억이 떠오르는 지 얼굴을 붉히며 말했다.

"에이 시발!" 주연우가 분을 이기지 못하고 거친 욕을 내 뱉었다.

"주연우 기자님 말씀도 일리가 있습니다. 제가 욕심을 부리지 않고 이걸 터트렸다면 아마도 파장이 상당했을 겁니다. 당시 전 총수그룹 총괄사장이었으니까요. 내부자가 이런 폭로를 했다면 검찰도 무혐의로 끝내지는 못했겠죠. 그 점은 제가 지금도 후회하고 있고, 깊이 반성하고 있습니다. 일단은 어떻게든 터트려 보죠. 그럼 나총수도 당분간 저희를 어쩌지 못할 겁니다." 내가 고개를 숙였다.

"뭐, 과거일로 연연할 때가 아닙니다. 지금으로서는 이걸 터트렸을 때 파장이 가장 큰 방법을 찾아야 합니다. 나총수를 막다른 골목에 몰아넣을 수는 없을지 몰라도 서경씨가 말한 대로 충분한 시간을 벌 수 있을 테니까요." 유한성이 말했다.

"그러니까 그 방법이 내부자가 아니면 파장이 작을 거라는 거 아닙니까? 그런데 목숨을 걸고 폭로를 도와줄 총수그룹 내부자가 있을까요?" 주연우가 말했다.

"제가 할게요. 엄연히 저도 내부자이니까요." 혜윤이 나섰다.

"그래요. 혜윤씨도 총수그룹에서 근무했으니 엄연히 내부자가 맞겠군요." 주연우가 검지와 엄지를 튕기며 말했다.

그때 병실 문이 열었다. 다들 긴장한 체 숨을 죽이며 들어오는 이를 주시했다.

"팀원 보다는 팀장이 파급력이 더 크겠죠. 그러니 내부폭로 자로는 팀원이었던 혜윤씨보다 팀장인 제가 더 나을 것 같아요. 그러니 저로 해주세요." 병실 문을 열고 들어오는 사람은 김희진 팀장이었다. 그녀가 병실로 들어오며 말했다. 혜윤과 나는 어이가 없는 듯 그녀를 노려보았고, 유한성과 주연우는 우리를 번갈아 보며 누구인지 눈빛으로 묻고 있었다. 김희진 팀장은 혜윤이와 나의 따가운 시선에도 아랑곳 하지 않고 우리 곁으로 다가왔다.

"미안해요. 정말 미안해요." 김희진 팀장은 그 말과 함께 울음을 터트려 버렸다. 그 모습이 왠지 처량하게 느껴졌다. 어떻게 보면 이 모든 사건의 시작은 나로 인해 발생 되었으니 김희진 팀장도 엄연한 피해자였다. 내가 아니었다면 그녀는 지금 즘 평화로운 회사생활을 만끽 하고 있었을 것이다.

난 혜윤을 바라봤다. 내 그런 마음 때문에 난 그녀를 용서하고 싶었지만 혜윤은 그녀에 대한 배신감을 클 것이고 용서 또한 쉽게 할 수 없을 지도 모른다는 생각이 들었다.

"혜윤아, 미안해 정말 미안해. 언니가 용서 되지 않는다는 거 잘 알아. 나, 너한테 용서 같은 거 바라지 않을게. 그 치만 이번 한 번만 믿어줘. 그리고 그 다음에 널 배신한 대가 치를게" 김희진이 울먹이는 목소리로 혜윤의 팔을 잡고서는 무릎을 꿇었다.

"언니, 일어나요. 나였어도 아마 언니처럼 했을지도 모르잖아요. 이제 서로 배신하지 말고 우리 끝까지 싸워요." 혜윤이 김희진을 일으켜 세웠다. 김희진이 더 큰소리로 울었다.

"자자, 한가하게 포옹하며 울 시간이 없으니까 곧 바로 움직입시다." 혜윤이와 김희진이 서로 부둥키려하자 내가 그 사이에 끼어들며 말했다.

"먼저 주기자님이 혜윤이와 김희진 팀장을 데리고 그 집으로 가서 USB를 챙기세요. 그리고 바로 터트리시고, 그리고 이건 지하실에 있는 녀석에게 쓴 편지니까 지하실에 넣어주고, 문은 잠그지 말고 곧장 나와. 알아서 나올 수 있게만 해줘." 난 유한성과 주연우를 기다리며 쓴 편지를 혜윤에게 전해줬다.

"풀어줘도 괜찮을까요?" 혜윤이 걱정스럽게 물었다.

"거기서 죽게 금 놔둘 수는 없잖아. 지금으로서는 우리도 한명이라도 더 필요하고. 알아듣게 금 편지를 썼으니까 괜찮을 거야." 내가 말했다.

"네, 그럼 가볼 게요. 아저씨." 혜윤이 밝게 대답했다.

"아저씨?" 김희진이 아리송한 표정으로 물었다.

"혜윤아! 김희진 팀장도 이제 알아야 되니까, 가면서 잘 설명해줘" 내가 말했다.

"네" 혜윤의 대답을 끝으로 셋은 병실을 나섰다.

"저는 뭐하면 되죠?" 혼자 남은 유한성이 물었다.

"총수그룹 17개 계열사에 총 6개의 노동조합이 있습니다. 지금부터 그 조합에 위원장들을 만나세요. 무슨 수가 있어도 그들의 분노를 이끌어 내야합니다. 먼저 총수건설 노동조합 위원장을 만나세요. 나총수에게 죽을 뻔 했으니 지금 즘 나총수를 죽이고 싶어 할 겁니다. 그러니 적극적으로 도와 줄 겁니다." 내가 말했다.

"그들이 분노할까요?" 유한성이 미심적은 듯 말했다.

"총수그룹 계열사 노동자들은 알게 모르게 열악한 환경에서 일하고 있습니다. 근무여건, 급여조건도 아주 열악합니다. 그런 환경 속에서 죽자 살자 일하는 데 회장이라는 사람은 수천억에 비자금을 쌓았다고 한다면 쉽게 분노를 이끌어 낼 수 있을 겁니다." 내가 말했다.

"그 다음은요?" 유한성이 물었다.

"먼저 분노를 이끌어 내는 것이 우선입니다. 충분히 그들이 분노하게 되면 그 때 가서 어떻게 할 건지를 말씀 드리겠습니다."

"네, 시간이 다급하니 바로 가보겠습니다. 몸조리 잘하고 계세요." 유한성이 말하고는 병실을 곧바로 나갔다.

난 병실테이블에 있는 볼펜과 메모지를 집어 들었다. 온 몸에서 뻐근한 고통이 느껴졌지만, 아프다는 핑계로 쉴 수만은 없었다. 이제 부터는 강민석과 정말이지 한 몸처럼 움직여야만 했다. 그러기 위해 내 생각을 정확하고 빠짐없이 기록해서 그에게 넘겨야만했다.

32. 강민석

"아침 식사요." 아침 식단을 놓고 가는 아주머니의 무미건조한 목소리에 잠에서 깼다. 팔에는 주사바늘이 꼽혀있었고, 그 바늘에 달린 줄은 링거 고리에 달린 링거 주머니까지 연결되어 있었다. 그 링거 주머니에서는 링거액이 빨리 흘러가는 세월에 저항이라도 하는 듯 천천히, 그렇지만 흘러가는 세월은 막지는 못하는 듯 연신 물방울을 흘려보내고 있었다.

난 병원 복에 쓰여 있는 병원 이름을 봤다. 병원 복에는 '서울대학교병원' 이라는 글자가 반복적으로, 그리고 온통 쓰여 있었다. 서울대병원이면 한서경을 제거하기 위해 다니는, 김민철 박사가 있는 병원이 아니던가. 불길한 예감이 온 몸을 휘감았다. 난 몇 가지 궁금한 사항이 있어서 간호사 호출버튼을 눌렀다. 조금 있으니 간호사가 병실로 들어왔다.

"어디 불편하세요?" 들어오는 간호사가 물었다.

"그게 아니고, 뭐 좀 궁금한 게 있었어요." 내가 대답했다.

"네, 말씀하세요. 아는 만큼은 대답해 드리고, 제가 모르는 건 의사선생님께 물어볼

게요." 그녀가 친절하게 응대해 주었다.

"혹시 제가 입원한 과가 무슨 과죠?" 내 질문에 간호사가 이상한 사람을 대하는 표정으로 변했다.

"신경외과입니다." 얼굴표정과는 다르게 그녀의 말투는 아직 친절함을 유지하고 있었다.

"그럼, 뭐 때문에 입원해 있죠?" 내가 물었다.

"뇌진탕으로 병원응급실로 오셨어요. 기억안나세요?" 그녀의 눈빛이 걱정스런 눈빛으로 변해가고 있었다.

"담당의사는요? 담당의사는 누구죠?"

"환자분, 정말 아무것도 기억이 안 나세요? 침대 앞 환자 표식에 다 쓰여 있네요." 내가 지금 장난을 치고 있는 것처럼 느끼고 있는지 그녀의 말투에 짜증이 섞여나기 시작했다.

난 침대 앞에 걸려있는 환자 표식을 확인했다. '담당의사 : 이동영' 이란 글자가 눈에 들어왔다. 난 안도에 한 숨을 내쉬었다.

"하나만 더 물을게요." 돌아서 나가려는 그녀를 내가 잡아 세웠다.

"네. 그러세요." 그녀가 돌아서며 영혼 없는 대답을 하고 있었다.

"김민철 박사님 아시죠?"

"네, 우리나라에서 가장 권위 있는 뇌 전문의이고 이 병원에 근무하시는데 모를 리가 있겠어요." 그녀는 계속해서 영혼 없는 대답을 이어갔다.

"혹시 그분이 제가 입원해 있는 사실을 아시나요?" 내가 질문을 던져놓고도 바보 같은 질문을 한 것 같은 기분에 속으로 날 자책했다.

"그분은 어~엄~청 바쁘신 분이세요. 단순 뇌진탕으로 입원하신 분에게 관심 둘 만큼 한가하지 않으세요. 혹시 김민철 박사님께 진료를 받고 싶으셔서 그러시다면 최소 3달 전에는 예약하셔야 됩니다. 이제 됐죠? 제가 바빠서 환자분 장난 받아주고 있을 시간이 없네요." 그렇게 말한 그녀는 병실을 나가버렸다.

그녀의 성의 없는 대답에 기분이 나쁠 만도 했지만, 그녀의 대답 속에는 김민철 박사가 내가 입원해 있는 사실을 모르고 있다는 것을 알 수 있어서 그렇게 기분이 나쁘지만은 않았다. 지금은 절대 한서경이 김민철 박사를 만나면 안 되었다. 김민철 박사가 내가 입원해 있는 사실을 알 경우 그가 찾아올 수 있었고, 만약 그가 찾아 왔을 땐 자칫 타이밍이 맞지 않는다면 한서경과 김민철 박사가 만날 수도 있기에 난 간호사에게 그 사실을 물었던 것이다. 간호사의 말대로라면 김민철 박사와 한서경이 만날 가능성은 지금으로서는 지극히 적어보인다고 난 판단했다. 그 걱정이 조금은 덜어 지자 난 한서경이 남긴 메시지가 있을 것이라 생각하고 베개 밑을 뒤졌다. 베개 밑에는 예상대로 그가 남겨놓은 편지가 있었다.

『저번에 자네가 내게 졌던 빚은 이것으로 갚았다고 하면 되겠네. 자네에게 고맙다는 말은 따로 하지는 않겠네. 왜냐고? 그야 자네는 날 죽인 사람인데, 어찌 내가 자네에게 고맙다는 말을 할 수 있겠는가. 뭐 어찌 되었든 자네 덕분에 아직까지 나총수에게 복수할 기회가 남아있다는 점에서는 참으로 다행이라 생각되네.

아! 그리고 머리에 붕대가 감겨있다고 너무 놀라지는 말게나. 가벼운 뇌진탕이라고 하니 이 얼마나 다행스러운 일이겠는가. 며칠 쉬면 툴툴 털고 일어날 수 있을 것일세. 그동안 몸조리에 각별히 신경 써야 할 걸세.

자네가 일어날 때 즘이면 나총수는 아마도 머리끝까지 화가 나있을 것이네. 내가 나총수에게 줄 빅 엿을 몇 개 준비했거든.

일단 자네가 날 죽이며 가져갔던 USB의 사본이 내게 하나가 더 있었네. 그 걸 온 세상에 터트릴 걸세. 이미 터트려 졌는지도 모르겠군. 그 USB에는 나총수의 불법적 행위들이 모두 들어있네. 물론 그 USB하나로 나총수를 나락으로 떨어뜨릴 수 없을 것일세. 하지만 우리에게 그만큼 시간을 벌어 줄 수는 있을 거야. 나총수 역시 세상 이목이 자신에게로 집중되어있는데도 불구하고 허튼 수작을 부리지는 못하겠지. 긴 시간을 번 것은 아니지만 나총수에게 복수를 할 충분한 시간은 된다고 생각되네. 자네는 그 시간동안 가장먼저 몸을 최상의 상태로 만들어야 되네. 다음 단계로 가게 되면 자네가 몸 쓸 일이 좀 생길 것이니 말일세.

아! 그리고 말일세. 자네 킬러친구 있지 않는가? 혜윤이와 김희진을 죽이려 했던 그 친구 말일세. 내가 말은 안했지만 자네가 고용한 킬러라는 것을 난 알고 있었다네. 아무튼 그 친구는 그동안 내가 잘 데리고 있었다네. 그리고 어제서야 풀어주었지. 그대로 나두면 굶어죽을 것 같아서 풀어 주었네. 그 친구는 아마 자네를 단단히 벼르고 있을 지도 모른다네. 그 얘기를 하다보면 편지가 많이 길어질 것 같아 생략하고, 아무튼 그 친구는 자네에게 배신을 당했다고 생각할 거야. 그렇다고 꼭 그렇지만은 않을 수도 있다네. 왜냐하면 내가 어제 풀어주기 직전 그에게 편지를 보냈었거든. 그 편지 내용을 자네도 알고 있어야 할 것 같아서 그 편지와 같은 내용의 편지를 함께 도봉했으니 꼭 읽어보시길 바라겠네.

이제 종점에 거의 도달해 가는 것 같군. 나총수와 우리의 질긴 악연이 말일세. 이제 난 최후의 칼을 뽑았네. 그 칼에 자네와 내가 죽든 나총수가 죽든, 이제 둘 중 한명은 죽어야 될 것일세. 자네역시 나 못지않게 나총수를 죽이고 싶어 한다는 사실 잘 알고 있네. 그러니 나총수가 죽는 그 날까지만 내가 이끄는 방향대로 잘 따라와 주었으면 하는 바람을 다시 한 번 강조 하고 싶군. 그래줄 것이라 믿으며 이만 편지를 줄이겠네. 그리고 자네가 일어났을 때 즘이면 김희진 팀장이 폭로 기자회견을 하고 있을지 모르니 TV를 켜고 꼭 보시게나. 자네도 알고 있는 것이 나을 테니 말일세.』

난 TV를 켠 다음 채널을 뉴스를 전문으로 하는 채널로 변경했다.

『속보 : 총수그룹 미래전략실 팀장 나총수 회장 불법비자금 등 불법행위 폭로 기자회견』

TV하단에는 속보를 알리는 문구가 있었다. 아직 기자회견을 준비 중인지 화면에는 기자회견장의 어수선함만이 보이고 있었고, 앵커가 시청자들이 지겹지 않도록 여러 말들을 하고 있었다.
난 아직 기자회견이 시작 전이라 생각하고는 한서경이 규식에게 보낸 편지를 펴서 읽기 시작했다.

『친구. 정말 미안하다. 하지만 너를 기절시키고 그 지하실에 감금 시켜놓을 만한 이유가 내게도 있었다는 것을 믿어줬음 싶다. 물론 네가 날 믿기 힘들다는 사실 잘 알고 있어. 그래도 내 얘기는 한번 즘은 들어봐 줬음 한다. 내 편지를 모두 읽고 난 다음에도 내가 널 그렇게 감금시켜놓은 것이 분통하다면 지금 당장 날 죽이러 온다 해도 난 널 원망하지 않을 거다.
난 정혜윤과 김희진을 죽여 달라는 의뢰를 받았었지. 이 사실은 너도 잘 알거야. 그리고 정혜윤이 내 전 여자 친구였다는 사실도 알고 있을 것이고, 사실 이 둘을 죽여 달라 의뢰를 한 사람은 그녀가 다니는 회사의 회장이야. 이름만 들어도 알 수 있는 그런 큰 기업의 회장이지. 아마 너도 그 이름을 말한 다면 알 수 있을 거야. 이 청부를 의뢰한 사람은 총수그룹 나총수 회장이야.
자 문제는 여기부터 시작 되. 나 역시 단순한 청부로 생각하고 이 의뢰를 받아들이지. 하지만 너도 알다시피 난 그녀를 죽일 수가 없었고, 그 의뢰를 너에게 맡겨 버리지. 그런데 나총수란 사람은 엄청 주도면밀한 사람이라는 사실을 난 너무 간과하고 있었던 거야. 나중에 알았던 사실이지만 그는 정혜윤과 김희진을 죽이고 나면 날 죽일 생각이었던 것이지. 그게 가장 깔끔한 방법일 수도 있으니까.

내가 그녀를 죽이고 나면 바로 죽이려 생각하고 내게 사람을 붙여놨었던 나총수에게 한 가지 문제점이 생기고 말지. 바로 내가 너에게 이중의뢰를 맡겨 버린 것이야. 나총수는 날 불러 그 사실을 캐물었어. 날 미행했던 사람이 있는 줄 그때서야 알았던 난 사실대로 말할 수밖에 없었지. 그러자 나총수는 너 마저도 죽이라는 지시를 내게 내렸어. 네가 그때 네게 말했던 그녀가 숨기고 있는 것을 찾아서 의뢰인에게 전해 줘야 한다는 말은 사실 거짓말이었던 것이지. 어찌되었든 난 도저히 그럴 수가 없었지. 옛 여자 친구를 죽이고, 또 친구마저 죽일 수는 없었으니까. 문제는 거기서 끝나는 것이 아니었어. 나총수는 너를 포함 그녀들을 모두 죽이고 난 후 나를 죽일 것이란 사실을 난 알고 말았지. 그러니 너희들을 더욱 죽일 수가 없었던 거야.

당시 이 사실을 네게 알리고 싶었지만, 넌 믿어주지 않을 것 같아서 말 할 수가 없었지. 그래서 네게 거짓말을 하고, 네가 방심한 순간을 틈타 널 기절 시킨 후에 그 지하실에 널 가둬 놓을 수밖에는 내게 다른 방법은 떠오르지가 않더라. 그 것이야 말로 모두를 살릴 수 있는 유일한길이라고 난 믿었던 거지. 어찌 되었건 널 그리 오랫동안 가둬놓은 점은 정말 미안하다. 넌 믿지 않겠지만 그게 널 위하고 날 위한 외길이었다는 사실 이해해 줬음 한다. 그리고 지금에서야 널 풀어 줄 수밖에 없었다는 것도 이해해 주길 바란다.

사실 난 이틀 전 나총수에게 죽을 뻔 했어. 나 총수는 끝내 날 죽이려고 했던 것이지. 그에게 잡혀갔지만 천운으로 도망칠 수 있었고, 지금은 그 때문에 병원에 입원해 있는 중이지. 네가 날 믿지 못할 것 같아 병원 이름과 호실을 따로 기재해놓을 테니 확인해 봐도 돼. 정녕 내게 믿음이 가지 않는 다면 지금 당지 이곳으로 찾아와 날 죽이고 가도 괜찮다.

아무튼 그 일로 난 이제 나총수와 결전을 치르려한다. 주도면밀한 그는 아마 끝까지 날 죽이려 할 것이니까. 네가 나총수를 죽일 수 있다면 너 역시 나총수를 피해 다니면서 살 필요는 없겠지만, 내가 만일 그를 죽이지 못한다면 그는 네가 살아있다는 사실을 언젠가는 알 것이고, 그 사실을 안 그는 너 역시 죽이려 들것이니 일단은 잘 숨어 지내길 바란다. 몸조심하고 다시 만날 날이 있다면 네게 꼭 사과를 하고 싶구나. 이런 편지보다는 네 눈을 보며 사과를 한다면 그 진심을 네가 가벼이 생각하지는 않을 테니 말이다. 살아서 보자.』

정말 서울대 출신답게 기가막힌 거짓말이었다. 서울대 출신이 거짓말을 잘한다는 것이 아니라, 각본이 군더더기 없는 깔끔함을 말하는 것이다. 나 같아도 깜박 속아 넘어갈 수밖에는 없을 것인데, 순진한 면이 없지 않는 규식이 이 편지를 본다면 아마 펑펑 눈물을 쏟았을 지도 모른다는 생각이 들었다. 그렇듯 규식은 잘 속아 넘어갔다. 나에게도 속아 넘어갈 정도면 규식의 순진함은 더 이상 말로 설명할 필요가 없는 것이다. 이정도면 규식은 나총수를 죽일 수 있게 돕겠다고 나설 수밖에는 없을 것이다. 한서경은 규식이 그런 선택을 할 수밖에 없도록 거짓에 교묘한 길까지 만들어 놨던 것이다. 규식이 합류할지 어쩔지는 지금으로서는 단정할 수는 없지만, 합류한다는 가정을 한다면 진정 어벤져스가 되는 것이 아니겠는가 말이다.

난 편지를 잘게 잘랐다. 자른 편지지를 변기통에 버리기 위해 몸을 일으키려는 그때 기자회견이 시작 된다는 진행자의 목소리가 들려왔다. 난 얼른 갈기갈기 찢긴 종이를 변기에 넣고 물을 내린 후 다시 침대로 돌아와 TV에 귀를 기울였다. TV속에는 한 여자가 기자들 앞에 서 있었다. 난 그녀가 김희진임을 단번에 알 수 있었다.

『저는 오늘 목숨을 걸고 불의를 국민여러분께 폭로 하고자 이 자리에 섰습니다. 그 전에 저에 대해 말씀을 드려야 함이 마땅할 것 같아 저에 대해 말씀 드리겠습니다. 저는 총수그룹 미래전략실 온라인마케팅팀의 팀장을 맡고 있는 김희진이라 합니다. 총수그룹의 미래전략실은 미래를 위한 기업의 전략을 세운다는 그 이름과는 다르게 총수그룹의 모든 불법을 도맡아 자행해 왔습니다. 저 또한 그 불법적 행위의 주체 였으며, 정의를 외면한 채 그 들의 불법을 숨겨주고, 그들의 불법을 도와줬다는 것을 부정할 수 없는 위치에 있었습니다.

돈이 권력이 되고, 그 권력이 곧 정의가 되어 가는 과정을 8년간 지켜보며 저는 무력함과 극심한 자괴감에 시달려야 했습니다. 하지만 그런 무력함과 자괴감은 죽음이라는 공포 앞에서는 그저 배부른 투정밖에는 되지 못했습니다. 그 죽음의 공포는 한서경 사장이 죽으면서 더욱 심해져 갔습니다. 하지만 그가 죽으면서, 한 가지 분명한 사실을 저는 깨달을 수 있었습니다. 그것은 바로 '그들이 원하는 데로, 시키는 대로 한다고 해서 그들이 날 살려 두지는 않겠구나.' 라는 것을 말이죠.

한서경 사장은 수 년 전부터 자신이 죽을 수도 있다는 것을 예지하곤 했습니다. 물론 그 사실을 저에게만 조용히 말하고는 했었죠. 전 그때 만해도 그가 장난을 치는 것이라 생각했습니다. 하지만 그는 그가 예지한데로 죽고야 말았습니다. 한 번 태어난 인간은 죽는다지만 그는 그 말처럼 자연히 죽음을 맞이 한 것이 아닙니다. 그가 예지한 것처럼 살해를 당한 것입니다. 그가 살해를 당했음을 온 천하가 알고 있지만, 아직까지 경찰과 검찰은 그 어떠한 단서도 찾지 못하고 있습니다. 아주 쉬운 곳에, 아주 가까운 곳에 그 범인이 있는데도 말이죠. 이는 검찰과 경찰이 수사를 할 의지가 없다는 것을 보여주는 것입니다. 왜 그런 의지가 없는 것인지 저는 잘 알고 있습니다. 그리고 그 이유가 바로 이 USB에 있습니다.

한서경 총수그룹 총괄사장은 자신이 죽을 수도 있다는 사실을 알고 이 USB를 만들었습니다. 그리고 그는 이 USB를 전하며 내게 이렇게 말했습니다.

'내가 불시에 죽고, 검찰과 경찰이 내 죽음에 관해 밝히지 못한다면 이 USB를 공개해 주세요.' 라고 말입니다. 그리고 그는 이 USB를 가장먼저 시사포커스 주연우 기자님을 통해 공개해주길 당부했습니다.

제가 이 USB를 받고, 얼마 지나지 않아 한서경 사장은 죽었습니다. 전 한서경 사장이 죽은 뒤 수많은 고민을 했습니다. '나도 한서경 사장처럼 언젠가는 그렇게 길바닥에서 죽겠지', '그들은 언젠가 날 죽일 거야' 라는 심정으로 살면서 막상 한서경 사장의 죽음을 내 마음이 받아들이자, 죽음이 내 코앞에 걸쳐있는 것 같아 난 고민할 수밖에 없었습니다.

하지만 전 더 큰 용기를 내었습니다. 이렇게 죽을 바에야 한서경 사장처럼 죽을 수는 없다고 내 마음을 다잡고 다잡았습니다. 저는 이 기자회견장을 나서서 오늘 밤 집에서 죽을 수도 있을 것입니다. 아니면 이 사건이 잠잠해 지고 난 뒤 죽을 수도 있을 것입니다. 그게 1년이 될 수도 1개월이 될 수도 있을 것입니다. 그동안 난 죽음의 공포와 싸워야만 합니다. 하지만 더 이상 그 죽음의 공포에 무너지지 않을 것입니다. 전 당당히 그들의 불법을 만천하에 고발하고자 합니다.

이 USB에는 나총수 총수그룹회장의 모든 불법 행위들이 담겨있습니다. 이미 전 이 USB사본을 한서경사장의 유지를 받들어 시사포커스 주연우 기자님께 전달했으며 그가 오늘 새벽에 타전한 기사는 이 USB를 바탕으로 작성된 것이므로 모두 사실입니다.

그리고 이 USB를 검찰에 넘길 것이며, 그와 더불어 나총수 회장을 불법비자금 조성, 뇌물공여, 살인교사, 배임, 횡령 등으로 검찰에 고발할 것입니다. 그와 더불어 나총수에게 뇌물을 받아 총수그룹의 불법적 행위들을 눈감아주거나 무마시켜준 이들 역시 같이 고발하고자 합니다. 그들이 받은 돈, 그들이 총수그룹에 준 이권, 그리고 불법을 눈감아준 실태까지 그 모든 것들이 이 USB에 담겨있습니다.

실체가 없는 검은 세력들이 나총수 회장의 수사를 방해할 것이라는 사실 잘 알고 있습니다. 그들은 나총수 회장과 한 몸통이기에 수단과 방법을 가리지 않고 수사를 방해할 것입니다. 한서경 사장의 죽음에 관해 수사하는 것처럼 검찰은 차일피일 미루며 수사를 하지 않을 수도 있습니다. 그렇다고 그들이 하는 부정을 이제는 지켜만 볼 수 없다는 제 생각이 절 이 자리까지 이끌었습니다. 정의는 작고 가난하지만 반드시 승리할 것입니다. 이상입니다.』

그녀의 말이 끝나자 여기저기서 카메라 셔터를 누르는 소리와 함께 그녀가 있는 단상이 반짝 거렸다. 동시에 기자들의 질문이 쏟아지기 시작했다. 하지만 그녀는 기자들의 질문에 답하지 않고 그대로 기자회견장을 바쁜 걸음으로 빠져나갔다.

난 한편으로는 나총수에게 제대로 한방 먹인 점에 대해서는 나름 통쾌한 기분을 느꼈다. 하지만 가슴 한쪽에서는 돈이 곧 권력이라는 내 가치관이 그 통쾌한 감정을 억누르고 있었다.

'저래 봤자, 나총수는 눈 하나 깜짝하지 않을 것이야. 조만간 기사는 사라지고 검찰은 수사하는 척 하다 끝내겠지. 돈이 그렇게 만들어 줄 거니까.'

난 식어빠진 아침식사를 먹기 시작했다. 대한민국 최고의 병원에서 나온 밥이었지만, 다른 병원에서 먹는 밥과 마찬가지로 맛은 없었다. 간이 덜 된 국과 반찬은 밍밍하기 그지없었고, 그 사이를 내 젓가락이 우왕좌왕 하고 있었다.

먹어야지 힘을 내서 싸울 것이란 생각에 간신히 아침식사를 마치고 잠시 생각에 빠졌다. 한서경의 생각이 궁금했다. 계란으로 바위를 친들 바위가 깨질 리는 없다. 그건 삼척동자도 아는 사실이었다. 그런데 한서경은 바위를 치겠다고 나섰고, 결국 애꿎은 계란만 허비하는 결과만 지금 것 발생했다. 그런데도 불구하고 한서경은 계속해서 바위를 치겠다며 그러고 있는 것이다.

한서경 자신이 계란인 줄 모르고 있는 것은 아닌지 의심이 들었다. 아니면 강철로 만든 계란이라도 품고 있는 것이든가. 그렇지 않고서야 어찌 계속해서 바위를 깨려 계란을 던지고 있단 말인가. 한서경이 가진 강철계란이 난 궁금했다. 그의 비상한 머릿속에 품은 그 강철계란이 말이다.

그는 나와 같은 머리를 쓰고 있음에도 왜 이렇게 다른지 이해가 가질 않았다. 김박사의 말대로라면 해마만 분리되어있고, 내 뇌 세포는 서로 공유를 하고 있다고 했다. 그런데 어떻게 이렇게 다르냔 말이다. 생각도, 의식도, 가치관도 모든 것이 말이다.

병원 침대에 비스듬히 누워 그런 생각들에 빠져들고 있는 순간 병실 문이 열렸다. 난 의례 간호사나 의사의 회진이라 생각했다. 하지만 병실 문을 열고 들어온 사람은 남규식이었다. 막상 규식이 찾아오니 내 몸에는 온통 긴장감이 흘렀다.

'그는 날 죽이러 온 것일까? 아님 그냥 확인하러 온 것일까? 이것저것 물어보면 어쩌지?' 그런 수많은 생각들이 내 머릿속을 어지럽게 하고 있었다.

"천하의 강민석을 이 지경으로 만든 놈들이 도대체 누꼬?" 내 앞으로 다가온 그가 내 상태를 보며 말했다.

"몰라서 묻냐? 그래도 나정도 되니까 이만했지, 다른 놈들 같았으면 시체가 돼서 나왔겠지." 난 최대한 덤덤함을 유지하며 말하려 애썼다.

"고 입은 아작까장 멀쩡한 갑네. 내 몇 가지 확인 할라꼬 왔다. 니 말을 믿을 수가 없다 아이가. 이미 니한티 크게 한 번 속았는디 또 속을 수는 없지 않겠나?" 난 그의 말에 올 것이 왔구나 싶었다.

"말해봐라." 내 긴장감이 최고조에 이르렀다.

"니, 와 그때 말 안 했노? 그건 니가 날 못 믿었다는 증거 아이겠나? 근데 니는 나보고 닐 믿어라 카는데 내가 닐 믿을 수 있었냐 이 말이다 내말은" 규식이 말했다.

"미안하다. 그 말에 대해서는 내 입이 열 개라도 할 말이 없다. 하지만 당시 내가 그 말을 했었다고 치자. 그럼 넌 내가 널 죽이지 않을 것이라고 날 믿어 줬겠냐? 아마 그때는 믿는다고 할 수 있겠지만, 넌 평생 날 의심하며 살 수밖에는 없었을 걸" 막상 닥치니 내입에서는 거짓말이 술술 나왔다. 난 이 모든 게 한서경의 영향인 것 같다는 생각이 들었다. 그는 내 말에 일리가 있다는 듯 고개를 가볍게 끄덕이고 있었다.

"하믄 지금에서야 말하는 이유는 뭐꼬? 지금이라고 내가 니를 믿어 줄지는 모르는 거 아이가?"

"이제 난 나회장이랑 결판을 지으려고 한다. 네가 봤을 때 그 결판에서 내가 이길 확률이 얼마나 될 것 같냐?" 내가 되물었다.

"한 5프로?" 규식이 대답했다.

"너도 그렇게 생각하지. 그럼 내가 죽을 확률이 95% 인데, 내가 죽고 나면 넌 아마도 그 지하실에서 굶어 죽겠지. 널 살리려고 그 지하실에 가뒀는데, 결국은 널 죽이게 되면 안 되지 않겠냐?" 난 또다시 그럴 듯 거짓말을 꾸며댔다.

"니 내 눈을 보고 말해라! 진심이가?" 그가 내 눈을 빤히 쳐다보며 물었다.

"너 속주머니에 칼 품고 있지? 자, 아직도 날 못 믿겠으면 그 칼 꺼내서 찔러라!" 난 병원 복 상의에 있는 단추를 풀고 녀석에게 내 배를 보이며 말했다. 녀석이 내 말에 속주머니에 손을 넣었다. 난 눈을 감고 녀석의 선택을 기다렸다. 녀석이 칼을 꺼내 찌르면 어떻게 하나라는 생각과 동시에 어차피 병원이니 찔려도 죽겠나 싶은 마음도 들었다.

"하하하하. 역시, 강민석 깡다구 하나는 대단해! 나, 간다. 몸조리 잘해라" 그가 돌아서며 말했다.

"넌 앞으로 어쩔 건데?" 내가 돌아서서 병실을 나가려는 그에게 말했다.

"나? 잠잠해 질 때까지는 숨어 지내야 되야 안 컸나. 내 말해두겠는데, 니도 그냥 잠잠해 질 때까징 숨어 지내라. 골리앗이다. 골리앗! 니가 날고 기는 킬러라케도 니는 계란이고, 그 노마들은 바위인 기라. 그라니 나 죽었다 하고 딱 2년만 숨어 있으라. 그기 사는 방법 아이겠나. 아! 글고 내한티 연락하는 방법이니까, 혹시나 살아 남으믄 전화 한 번 주그라. 그때 소주나 한잔 하자! 살 수 있을지는 모르겠지 만." 그는 보호자 테이블에 쪽지를 한 장 남겨놓고 병실을 나가버렸다. 그가 나가 자 난 안도의 한숨을 내쉬었다. 한편으로는 그가 나와 함께하지 않음에 내심 아쉬 운 마음도 들었다.

33. 한서경(7일 후)

김희진 팀장이 총수그룹 불법행위들을 폭로하는 기자회견을 한지 일주일이란 시 간이 흘렀다. 김희진 팀장은 기자회견을 한 뒤 바로 검찰에 고발장을 접수했고, 그 후 이 사건의 양상은 총수그룹게이트로 확대되는 듯 했다. 하지만 3일째 되는 날 총수그룹게이트 사건은 몇몇 연예인들의 세금탈루와 마약을 투여했다는 기사로 금 세 묻히고 말았다. 조금 지나니 더 큰 사건이 줄줄이 터지기 시작하며 이제는 총 수그룹게이트 사건은 국민들 관심사에서 멀어지고 있었다. 이게 다 나총수의 돈의 힘이란 것을 난 알고 있었다. 그렇게 국민들의 관심에서 멀어진 시간이 겨우 일주 일 밖에 지나지 않았다는 점에서 난 큰 상실감을 느낄 수밖에 없었다.

언젠가 나총수가 내게 한 말이 있었다. 당시 총수그룹은 중견그룹으로 성장하고 있었을 때였으며, 더 성장하기 위해서는 권력자들의 도움이 절실한 상황일 때였다. 그러기 위해 난 권력을 가진 몇몇 사람들과 친분을 쌓기 위해 무던히도 노력하고 있던 상황이었다.

"한두 놈 엮어서 갈라믄 허들 마. 돈이 들더라도 많이 엮으란 말이여. 그래야제 그 누구도 건들지 못하는 절대 권력이 되는 거여. 알아 듣겠냐?"

그 말은 사업을 하는데 있어서 권력을 가진 몇 명의 사람만 끼고 있어도 성장하 는 데 문제는 없겠지만, 더 큰 문제는 그 유착이 사회에 폭로되었을 그 파장을 막을 수는 없다는 말이었다. 다시 말해 비리를 저지르고 차 후 그 비리가 사회적 문제가 되었을 때 그 파장을 단 번에 차단 할 수 있는 그런 힘을 가진 사람과의 은밀한 관계를 가져야 한다는 의미였다. 하지만 그렇게 큰 힘을 가진 사람은 없었다. 대통령도 탄핵당하는 마당에 그런 큰 힘을 한두 사람이 가지고 있다는 것은 말이 되지 않는 것이다. 하지만 수많은 권력자들이 뭉치면 그런 권력이 생기는 것이다. 난 그 말을 충실히 시행해 수많은 권력자들에게 수많은 돈을 상납을 하면 은밀한 관계를 유지했던 것이다. 당시 난 그들에게 큰돈을 주면서도 그 분산된 권력이 하나로 뭉칠 수 있을까 하는 의문을 가졌었다. 왜냐하면 그들은 지극히 자기중심적으로 움직이는 사람들이었기 때문이었다. 즉, 자신들에게 단 하나의 이득도 없다면 그들은 절대로 움직이지 않는다는 것이다. 하지만 지금 그들은 움직이고 있었고, 이제는 그 것이 내게 부메랑이 되어 돌아오고 있다는 것을 난 느낄 수가 있었다.

어떻게 보면 내가 분산된 권력을 하나로 뭉치게 하여 거대 권력이 될 수 있는 길을 만들었다고 해도 과언이 아닐 것이다. 그들은 총수그룹게이트가 폭로된 시점부터 누가 시키지 않았는데도 불구, 뭉쳐야할 중심점이 없는데도 불구하고 한마음 한뜻이 되어 뭉쳤다. 그리고는 총수그룹게이트라는 초대형 사건을 단 일주일 만에 흐지부지 만들어 버리는 그야말로 거대 권력이 되고야 만 것이다.

전쟁을 할 때면 적장의 목을 베면 그 전쟁을 쉽게 이길 수 있는 법이다. 하지만 그 거대권력은 그 중심도, 그 머리도 없었다. 그러니 실체도 없었다. 그런 실체도 없는 적과 싸워 어떻게 이길 수가 있겠는가. 한 가지 내 예상을 벗어나지 않는 점은 나회장이 우리를 죽이려 움직이지 않고 있다는 점이다. 즉, 시간은 번 셈인데, 이것 역시 그 기한이 얼마 남지 않은 듯싶었다. 사건의 국면이 예상외로 빠른 시간에 국민관심 밖으로 밀려나 버려 나총수가 우리를 죽이려 곧 움직일 수도 있다는 것이다. 난 USB를 폭로한 것만으로 나총수를 잡을 수 없을 것이란 예상은 했었지만, 시간은 꽤 많이 벌 수 있을 것이라 생각했다. 하지만 그 역시도 내 오판이었다. 실체가 없는 그들이 자신들의 이해관계가 맞아 떨어져 빠른 속도로 뭉쳤고, 이제 그 힘은 가히 상상을 초월할 만했다. 보이진 않았지만 난 그 힘을 느낄 수 있었다.

그런 생각들로 인해 내 폐부 속에 잠겨있던 한숨이 수많은 걱정들을 품고 입 밖으로 길게 뿜어져 나왔다. 그때 새로 구한 대포폰이 울렸다. 난 아무런 의욕도 없는 사람처럼 천천히 전화기를 들어 전화를 받았다.

"유한성입니다. 지금 바로 사무실로 와 줘야겠습니다." 그의 목소리만으로도 다급함을 예측할 수 있었다.

"바로 가겠습니다." 난 그렇게 대답하고는 전화를 끊었다.

최대한 서둘러 그의 사무실에 도착했을 때 이미 주기자와 혜윤이 도착해 있었다.

"희진씨는 아직 인가요?" 내가 소파에 앉으며 가볍게 물었다. 내 물음에는 김희진 팀장은 불렀는지, 불렀는데 아직 도착을 안 했는지를 동시에 묻고 있었다.

"김희진씨가 검찰에 의해 어제 긴급체포 되었다고 합니다." 주연우가 침통한 표정으로 말했다.

"뭐..... 뭐...라구요. 그....그게 사....사...실입니까?" 내 목소리가 떨리고 있었지만 그 사실을 나만 모르고 있었던 듯싶었다.

고발을 당한 자는 아직 멀쩡한데, 고발을 한 사람이 체포가 되었다니 아무리 권력이 거대하다해도 이건 상식적인 사회에서는 일어날 수 없는 일이었다.

"일단 진정하시고, 물 한잔 드시면서 천천히 얘기해요." 내가 걱정이 되었던지 혜윤이 물통을 들어 컵에 물을 가득 채웠다. 난 그녀가 따라준 물을 단숨에 마셔버렸다.

"자세히 좀 얘기해 보세요!" 시원한 물을 한잔 마시고 나니 떨림이 조금은 잦아 진 듯 했다.

"어제 검찰이 총수그룹 전략기획실 온라인 마케팅 팀을 압수수색 한 것은 알고 있으시죠?" 유한성이 말했다.

"네, 알고 있습니다. 오랜만에 검찰이 일을 하나 생각했었죠." 내가 대답했다.

"다들 서경씨와 같은 생각을 했었죠. 오랜만에 검찰이 정의를 찾아 일을 한다고요. 그런데 우리가 몰랐던 사실이 있었습니다." 유한성이 말했다.

"그게 뭐죠?" 내가 빨리 말하라는 듯 재촉하는 투로 말했다.

"같은 시간 김희진씨와 관련된 다른 곳들이 대대적으로 압수수색을 당했던 것입니다. 김희진씨의 집부터 부모님의 집, 부모님이 운영하는 가게까지 말이죠." 유한성이 내 재촉에 못 이긴 듯 빠른 속도로 말했다.

"그럼 총수그룹을 압수수색 한 건 김희진씨를 노리고 했다는 겁니까? 그런데 우린 왜 그걸 몰랐던 것이죠? 언론은 왜 그런 목소리를 내지 않았냐는 말입니다." 내 분노가 언론인이란 단 한 이유로 주연우 기자에게 튀고 있었다. 그런 내 목소리가 다시 떨리고 있었고, 그걸 느낀 혜윤이 내 컵에 다시 물을 채워 놓고 있었다. 혜윤이의 무언의 행동 속에는 진정하라는 의미가 담겨있음을 알고 있기에 난 다시 물 컵을 단숨에 비워버렸다.

"검찰이 총수그룹을 압수수색한 것에는 두 가지 이유가 있었습니다. 첫 번째는 김희진씨의 불법적 행위들에 대한 증거를 찾고자 함입니다. 아무래도 팀장으로 있었고, 총수그룹의 불법적 행위들이 그 곳에서 일어나니 엮기가 참 쉬울 것입니다. 둘째는 기자들의 눈을 총수그룹 압수수색으로 돌려놓는 것입니다. 기자들이 총수그룹만 보고 있는 틈을 타 극비밀리에 김희진씨와 관련된 곳들을 압수수색한 것이죠. 압수수색 영장과 김희진 체포영장을 동시에 발급받아 압수수색과 동시에 체포했다고 합니다. 아직까지 언론이 아무런 언급도 없는 것으로 봐서 검찰에서는 극비에 붙여 놓은 것이 분명한 듯싶습니다. 우리도 김희진씨 부모에게 연락이 와서 알았습니다. 아마도 김희진씨가 자신에게 무슨 일이 생겼을 때 연락할 번호를 부모님께 남겨놓았던 것 같습니다." 주연우가 말했다.

"아니, 검찰은 희진씨에게 도대체 무슨 죄를 갖다 붙여 길래 단 한 번의 소환통보도 없이 체포를 한답니까? 그게 말이나 되냐고요. 소환 통보도 없었는데 그 체포영장을 발부해준 법원도은 또 뭡니까? 도대체!" 내 목소리가 커지고 있었다.

"진정 좀 하세요. 여기서 화낸다고 달라질 건 없잖아요." 혜윤이 부들부들 떠는 내 손을 꼭 잡아주었다.

"체포영장의 죄명은 뭐라고 하는지는 알아 본 게 있습니까?" 혜윤이 덕분에 조금은 진정을 할 수 있었던 내가 유한성을 보며 물었다.

"제가 오늘 김희진씨 법률대리인으로 등록하고 왔습니다. 지금으로 서는 체포영장에 이유는 경제가중처벌법상 배임이라고 합니다. 저도 서경씨가 지적한 소환통보도 하지 않았으니 소환에 응하지 않은 것이 아니다. 그러니 긴급체포는 부당하다고 강력하게 항의를 하고 있는 중입니다 만은 제가 봤을 때 제 말은 무시하고 조만간 검찰이 구속영장을 신청할 듯싶습니다." 유한성이 말했다.

"검찰이 이제는 대놓고 나총수 비리를 덮어주고 있어요. 그리고 그 칼을 엉뚱한 방향으로 휘두르고 있습니다. 검찰이 이렇게 나온 이상 방법이 없습니다. 방법이!" 주연우가 분함을 참지 못하고 그대로 표출하고 있었다.

"유한성 변호사님은 김희진 변호에서 빠지시고, 다른 민변으로 변호사를 꾸려주세요. 지금은 총수그룹 노동조합의 힘이 필요합니다. 그 일에 최대한 집중해 주세요." 내가 말했다.

"다른 변호사를 붙여주는 것은 일도 아니지만, 총수그룹 노동조합이 생각처럼 움직여지지가 않습니다. 총수건설 노동조합 위원장도 겁을 먹었는지 나서려 하지 않고 있고요." 유한성이 표정이 어두워졌다.

"이유가 뭡니까?" 내가 물었다.

"건설 노동조합 위원장은 아시다 시피 경찰에까지 신고했지만 모두 무마되었잖습니까. 그래서 더욱 나서려 하지 않는 것 같고요. 다른 조합 위원장들은 그동안 총수그룹차원에서 노동조합에 탄압이 장난이 아니었던 것 같습니다. 마찬가지로 누구하나 나서려는 사람이 없습니다. 한마디로 무늬만 노동조합이지, 노동조합의 역할을 전혀 하지 못하고 있는 상황이며, 조합에 가입된 인원도 와해되지 않는 것이 이상할 정도로 극소수였습니다. 그도 대부분 사측 근로자들로 이루어져 있었고요. 한마디로 어용입니다." 유한성의 표정도 어두워져만 갔다.

노동조합을 탄압하고 와해시킨 장본인이 바로 나였고, 법의 테두리 안에서 최악의 근로조건을 만든 것도 나였다. 사측의 불법을 마주하고도 방조해버리는 그들을 탓할 수는 없었다. 모든 것이 내가 만든 것들이니 어찌 그들을 탓할 수 있겠는가. 난 종이에 뭔가를 적어 유한성에게 넘겼다.

"그럴 것입니다. 모두 제가 만든 화입니다. 총수그룹 내 계열사별 초창기 노동조합 설립을 추진했던 사람들이 있습니다. 하지만 모두 제가 막은 바람에 그들 뜻대로 노동조합이 설립되지 못했죠. 대신 난 회사에 우호적인 사람을 조합위원장으로 해서 허수아비 노동조합을 설립하게 했습니다. 그리고는 대부분 사무직 사람들을 강압적으로 조합에 가입하게 했죠. 이들은 초창기 노동조합을 설립하려 했던 사람들입니다. 찾아 가 보신다면 분명 도움이 될 것입니다. 노동조합 위원장도 계속해서 만나보세요. 사측에 우호적인 사람들이었다고는 하지만 총수그룹의 조합에 대한 탄압정책에는 상당한 불만들이 있을 것입니다." 난 이름과 소속이 적힌 종이를 유한성에게 넘겼다.

"일단은 찾아가 보긴 하겠습니다. 노동조합 위원장들도 계속해서 만나 보겠습니다. 하지만 제가 봤을 때 큰 기대를 하긴 힘들어 보입니다." 유한성은 어두운 표정을 풀지 못하고 있었다.

"최대한 노력해 주셔야 합니다. 지금 검찰과 언론이 움직이는 상황으로 봤을 때 우리에게 남은 시간은 별로 없어 보입니다. 조만간 여론이 완전히 잠잠해 진다면 나총수가 우릴 죽이려 들 것입니다." 내가 말했다.

"알겠습니다. 최대한 서두르겠습니다." 유한성이 대답했다.

"기자님은 계속해서 총수그룹에 관련된 기사를 내보내 주세요." 내가 주연우를 보며 말했다.

"그렇게 하겠지만, 아무래도 윗선에서 압력이 상당한 모양입니다. 국장이 말은 안 하지만 눈치가 그래 보입니다." 주연우의 표정이 더욱 어두워지고 있었다.

그때 주연우의 핸드폰이 울렸다. 주연우는 우리들에게 잠시 양해를 구하는 제스처를 보이고는 전화를 받았다. 전화를 받은 주연우의 표정이 어두움을 넘어 심각해지고 있음을 나를 포함한 그 자리에 있는 모두가 느끼고 있었다.

"네, 지금 바로 가겠습니다." 주연우는 그 말과 함께 전화를 끊고는 자신의 소지품을 주머니에 챙겨 넣기 시작했다.

"사무실에 들어가 봐야 할 것 같습니다." 주연우가 심각한 표정으로 말했다. 그의 표정 속에서 큰일이 일어났음을 난 직감할 수 있었다.

"무슨 일이야? 주기자, 무슨 일인데 그러냐고?" 부랴부랴 소지품을 챙겨 넣는 그를 향해 유한성이 물었다.

"검찰이 편집국장실, 그리고 제 사무실 모두 압수수색 중이랍니다. 이미 제 물품은 모두 쓸어갔다고 합니다." 주연우가 대답했다.

"아니, 어떤 근거로 압수수색을 한단 말입니까?" 유한성이 분을 참지 못하고 소리를 쳤다.

"자세한 것은 가봐야 알 것 같습니다. 연락드릴 게요." 주연우는 그렇게 말하고는 바쁜 걸음으로 유변사무실을 빠져 나갔다.

"개새끼들! 아마도 검찰은 총수그룹 비리를 폭로한 배후가 있다고 생각하는 모양입니다. USB 속 뇌물을 받은 명단에 검찰 측 관료들도 상당히 있습니다. 그 것 때문에 이참에 그 씨를 말리겠다는 의도겠죠. 자신들에게 건들지 말라는 의미도 있을 것 이구요. 한마디로 언론에 재갈을 물리겠다는 것이죠." 유한성이 말했다.

"그러겠죠. 무소불위, 자신들 집단의 이익을 위해서라면 뭐든 하는 놈들이니까요." 내가 대답했다.

"이제 어떻게 하실 생각입니까?" 유한성이 대비책이 있는지를 묻고 있었다.

"노동조합이 지금 깨어나야 합니다. 노동조합이 침묵하면 솔직히 방법이 없습니다. 그러니 어떻게 해서든 그들을 일깨우셔야 합니다. 유변호사님의 어깨에 모든 게 달렸다고 해도 과언이 아닙니다." 내가 일부러 그에게 부담을 쥐어주었다.

"노동조합의 힘이 그렇게 큰 도움이 되겠습니까?" 유한성이 의아한 표정으로 물었다.

"지금으로서는 필요하다는 말씀 밖에는 드릴 수 있는 게 없습니다." 내가 대답했다.

"알겠습니다." 유한성은 더는 묻지 않았다.

"혜윤씨는 어떤 수를 쓰던지 해서 나총수의 일정을 알아봐줘. 세세한 건 말고, 큰 일정들만" 내가 혜윤을 보며 말했다.

"네. 무슨 수를 써서든 알아볼게요." 그녀가 대답했다.

"시간이 없습니다. 이제 다들 일어나시죠. 나총수가 언제 움직일지 모르는 상황이니 최대한 몸조심하면서 움직이자고요. 성과가 있으면 바로 연락 주시구요." 내가 일어나며 말하자 모두들 일어났다.

5일 후......

　검찰이 시사포커스를 압수수색한지 5일이 지나고 있었다. 그 긴 시간동안 많은 일들이 있었다. 주연우 기자는 총수그룹차원에서 명예훼손으로 고발을 당했고, 김희진은 구속영장이 발부가 되어 구속이 되었다. 시사포커스가 압수수색 당한 다음 날 유한성 변호사의 사무실도 압수수색을 당했다. 이유는 주연우 기자가 자주 머물렀던 장소였다는 이유였다. 명예훼손으로 이처럼 수 군데를 압수수색하는 경우는 세상천지 대한민국이 최초일 것이다. 최초이건, 최고이건, 최대이건, 마지막이건, 막나가는 대한민국 검찰의 폭주를 견제할 만한 장치도, 그 폭주를 저지할 만한 장치도 대한민국 그 어디에도 없었다.

　한 가지 다행이라면 다행이라고 할 점은 검찰아 아직까지는 날 건드리지는 않고 있었다. 정확히 말하자면 한서경을 죽인 강민석은 가만히 놔두고 있다는 점이다. 검찰이 그런 강민석을 가만히 놔두는 이유는 간단히 설명될 수 있다. 나총수가 강민석을 통해 한서경을 죽이게 했다는 사실을 검찰에 말할 경우 나총수는 검찰에 큰 약점을 잡힐 수 있기에 그런 말을 검찰에 할 일이 없었던 것이다. 그런 점이 좋은 점이라 할 수 있을 지도 모르겠지만, 나총수가 날 반드시 죽이려 하는 이유이기도 한 것이다.

　김희진 팀장이 나총수를 고발한지 13일이 지나가고 있는 지금 이 시점에서 검찰은 나총수 고발 건에 대해서는 아직까지도 배당조차도 하지 않고 있었다. 반면 고발 주체가 되는 사람들은 지금까지 먼지 털이 수사를 진행하며 망나니 칼날을 휘둘러 댔다. 소위 그들이 말하는 법과 원칙이 아닌 선택적 수사, 선택적 정의였다. 이런데도 불구하고 언론은 계속해서 침묵으로 일관하고, 나총수의 비리에 대해서는 입을 닫았다. 어느 언론도 나총수의 비리에 대해 수사를 하지 않는 검찰을 비판하는 기사를 쓰지 않았다. 대신 김희진의 불법가담 행위를 개인의 일탈로 치부하는 검찰 발 뉴스를 단독이란 거창한 이름표를 달아 서로 경쟁하듯 보도하고 있었다. 이도 선택적 취재이고, 선택적 보도였다.

　내게도 그 시간동안 한 가지 희소식은 있었다. 바로 혜윤이가 어렵게 나총수의 대외 일정을 알아낸 것이다. 그 대외 일정 중 한 가지 내 눈에 들어오는 것이 있었다.

　바로 4일 뒤 해외 투자를 위해 나총수가 베트남으로 떠나는 것이었다. 나회장의 전용 비행기가 공항을 출발하는 시간은 오후 13시경이었다. 이제 남은 4일 동안 유한성이 노동조합을 잘 이끌어 준다면 우리에게도 승산은 있었다. 그때 휴대폰이 울렸다. 유한성 변호사였다. 난 기대감에 이끌려 전화를 빛의 속도로 받았다.

"좋은 소식이 있나요?" 전화를 받자마자 모든 안부 인사는 생략한 체 내가 물었다.

"있습니다. 있어요!" 유한성의 흥분된 목소리가 내게 그대로 전달되었다.

"움직여 준다고 합니까?" 나 역시 흥분을 감추지 못하고 있었다.

"네, 다는 아니지만 6개의 노동조합 중 5군데가 함께 하기로 했습니다." 그의 흥분한 목소리가 극에 달했다.

"수고 하셨습니다. 정말 수고 하셨습니다. 그럼 집회는 4일 뒤로 하시고, 장소는 총수그룹 본사사옥입니다. 그렇게 추진할 수 있겠습니까?" 내가 물었다.

"그렇게 해야죠." 그가 대답했다.

"인원이 많으면 많을수록 좋습니다. 본사사옥을 완전 포위시킬 정도로요. 그리고 집회 장소는 여의도 광장으로 신고 하시고, 실제 집회는 총수본사 사옥에서 할 것이니 이 사항은 극비리에 진행해 주세요."

"네, 최대한 많이 갈 수 있도록 하겠습니다. 그럼 그때 뵙겠습니다."

"네, 아무튼 수고 좀 더해 주세요." 난 그렇게 말하고는 전화를 끊었다. 이제 나총수를 단 한방의 역습으로 끝장내야만 했다.

34. 강민석 (4일 후)

시끄럽게 울려대는 알람 소리에 눈을 살며시 떠 그 알람을 울려대는 근원지를 손으로 더듬었다. 그 범인은 핸드폰이었다. 난 터치스크린을 옆으로 밀어 그 알람을 끄고는 다시 달콤한 잠속으로 빠져들었다. 하지만 그도 잠시 그 놈은 날 반드시 깨우고 말겠다는 의지를 다지 듯 다른 음악으로 내 잠을 방해했다.

오늘 따라 유난히도 울려대는 그놈에게 뭔가가 있을 것이라는 생각에 난 눈을 떠 그놈을 쳐다봤다. 그놈의 액정에는 이런 문구가 있었다.

'결전의 날, 준비하시게'

한서경이 오늘 뭔가를 준비했다는 생각에 난 얼른 일어나 녀석이 써놓은 편지를 찾았다. 편지는 항상 있던 그 자리인 컴퓨터 책상에 올려 져 있었다.

『좋은 아침! 달콤한 자네의 아침잠을 깨워서 정말 미안하군. 하지만 더 잘 시간이 없으니 이제 일어나서 준비하시게. 오늘 드디어 나총수를 잡을 수 있는 단 한번 뿐인 처음이자 마지막일 수도 있는 기회가 왔으니까. 그러니 잠이 좀 부족했더라도 이해하시고 그를 잡을 준비를 해줬으면 하네.

바로 본론으로 얘기하지.

7년 전 여의도 총수그룹본사사옥이 건설될 당시, 설계상 지상 32층 지하 8층 규모였지. 하지만 막상 준공된 건물은 지상 32층, 지하 7층이 전부였다네. 난 항상 이 부분에 대해 의문을 품고 살았었어. 당시 총수그룹 총괄사장인 나조차도 모르는 무언가가 있다는 그 느낌은 화장실을 다녀온 후 뒤처리를 제대로 하지 않은 느낌이었다고나 할까. 아무튼 난 그래서 그 부분에 대해 나름 내 정보력을 토대로 알아볼 수 있었지. 하지만 사라진 지하 8층의 용도에 대해서는 확실히 알 수는 없었어. 그렇지만 알아낸 점도 있었다네.

당시 총수그룹본사사옥은 지하 1층만 빼고 모두 주차장으로 이용할 계획이었어. 하지만 준공직전 지하 7층에서 8층으로 내려가는 입, 출구를 콘크리트로 막아버린 것을 어렵지 않게 알 수 있었다네. 바로 차가 진입할 수 있는 입구와, 비상시 사람이 출입할 수 있는 계단을 모두 막아버린 거야. 처음부터 지하 8층은 없었던 것처럼. 하지만 그 곳은 분명 존재한다는 것이지. 아무도 그 사실을 몰랐지만 분명 존재하는 공간이라는 것이지. 단, 나총수와 그의 오른팔과 왼팔 격인 망치와 도끼를 빼곤 말이지.

난 그곳을 들어갈 수 있는 방법을 우여곡절 끝에 알아낼 수 있었다네. 바로 회장 전용 엘리베이터에 그 비밀이 숨겨져 있었지. 난 그 비밀을 풀려고 갖은 노력을 했지만 엘리베이터에서 그 장소로 진입하는 방법은 끝내 알 수가 없었네. 대신 그 장소와 통하는 다른 통로가 있다는 것을 알 수 있었지.

그 장소는 바로 총수그룹본사사옥에서 세 블록 정도 떨어진 곳에 있는 여의도햇살쉼터라는 공원이네. 공원 부지는 그리 크지는 않지만 그 공원은 총수그룹이 본사사옥을 세우며 함께 만들어 시민들에게 개방한 공원이라네. 그 곳에는 이상한 공중전화 부스가 있어. 모르는 사람이 본다면 공원의 미를 살린 작품 쯤으로 여기는 소품이지. 그런데 그 공중전화 부스는 일반적 공중전화 부스와는 좀 다르다네. 안에서는 밖을 볼 수 있게 되었지만 밖에서는 안을 볼 수 없게 만들어 져있지. 바로 그 공중전화 부스가 총수그룹본사사옥의 지하 8층과 연결된 사실을 난 어렵게 알 수 있었네. 그리고 그 곳으로 해서 지하 8층으로 들어가는 방법도 알아냈지.

그 통로는 바로 나총수가 비상 탈출구로 만들어 놓은 것이었어. 물론 나는 한 번도 그 곳에 들어가 보지는 못했지만 말이야. 당시에 들어가기가 매우 겁이 났던 것도 사실이었지만, 그럼에도 불구하고 내가 그렇게 추정할 만한 사건이 더러 있었기 때문에 그 추정은 팩트일 가능성이 매우 높다고 할 수 있다네. 자 그럼 내가 왜 이토록 그 장소에 대해 자네에게 깊이 설명하는 지 이제부터 그 이유에 대해 말해주겠네.

오늘 총수그룹본사사옥에서 총수그룹 계열사 노동자들이 대규모 집회를 열 것일세. 집회 인원은 대략 천 명 정도이며, 이들은 총수그룹본사사옥을 둘러쌀 것이지. 개미새끼 한 마리 빠져나갈 수 없도록 말이지. 지금 즘이며 시위대가 모여 들고 있을 것 같군.

그런데 오늘 나총수는 해외투자건 때문에 반드시 베트남으로 가야하는 날이라네. 그렇지만 나총수는 시위대에 막혀서 정상적으로 본사사옥을 나올 수 없을 거야. 베트남으로 반드시 출국해야 할 나총수로서는 이 통로를 이용할 수밖에 없을 것이네.

그 누구도 그 통로에 대해서는 알면 안 된다고 생각한 나총수는 경호 인력들을 다른 곳에 배치한 채 망치와 도끼만을 대동시킬 가능성이 크겠지. 자! 나총수 경호 인력이 대부분이 나총수 곁에서 빠져 나간 상태는 바로 그 시간 밖에 없는 것이네. 자네는 그 통로를 이용해 지하 8층으로 가서 나총수를 기다렸다 죽이면 되는 것이네.

63862#26836* 이 숫자를 잘 기억해 두게나. 그 공중전화부스를 통해 그 곳으로 들어갈 수 있는 비밀번호이니까. 기억했다면 이제 그 방법을 말하겠네. 공중전화부스로 들어가거든 수화기를 들게나. 물론 모형 전화이니 어디로 전화를 거는 것은 아니라네. 전화기를 들었다면 방금 숫자대로 수화기를 들었다 놨다가 하면 되는 것일세. 물론 6만 번을 넘게 수화기를 들었다 놔라는 말은 아닐세. 쉽게 설명하자면 수화기를 들었다 놓는 것을 연속으로 6번, 2초를 쉬고 2번, 다시 2초를 쉬고 8번, 이런 식으로 하면 된다네. 그리고 처음 5개의 숫자를 했다면 다이얼에 # 버튼을 누르고 다시 뒤에 있는 숫자를 반복하고 난 다음 *버튼을 누르면 문이 열릴 것일세. 중간에 숫자가 틀릴 경우에 처음으로 초기화 할 수 있는 방법은 나도 알 수가 없으니 단 한 번에 성공시켜야 한다는 점 잊지 마시게.

마지막으로 망치와 도끼 이둘, 나이가 많다고 무시해서는 절대 안 된다는 것 잊지 말게나. 그럼 부디 자네에게 신의 가호가 있기를 기도하겠네. 살아서 보세나.』

『살아서 보세나.』 살아도 서로 마주 볼 수 없는 사이 아니었던가. 흠! 거울로 자신의 얼굴을 보면서 흡족해 하시겠다. 며칠은 그렇겠지. 하지만 나총수의 뒤를 이어 바로 지옥으로 보내 줄게.'

난 편지에 불을 붙이고서는 나갈 준비를 서둘렀다. 최대한 검은색 옷으로 맞춰 입고 검은색 야구 모자를 눌러쓴 다음 장갑과 마스크를 챙겼다. 그리고 망치를 챙겨 속주머니에 넣었다. 칼을 챙길까 했지만 이번에는 망치를 챙긴 이유는 간단하다. 칼은 약한 자를 죽일 때는 매우 유용한 무기였지만, 강한 자를 공격할 때는 증거를 많이 남길 수 있는 무기였다. 그렇게 봤을 때 강한 자를 상대하기에는 망치만한 것이 없었기 때문이었다. 휘두르기도 편했고, 어떻게 휘두르든 적을 제압하기 쉬웠을 뿐만 아니라 증거도 거의 남지 않았다. 그리고 여벌의 옷을 가방에 챙기는 것도 잊지 않았다.

그렇게 집을 빠져나온 난 택시를 탔다. 택시 기사에게 '여의도 햇살공원'이라고 행선지를 말하니 그 곳을 아는 듯 택시기사는 바로 그 방향으로 달리기 시작했다.

택시는 금세 여의도로 진입했고, 그가 말한 햇살공원에 도달했다. 난 요금을 지불하고 택시에서 내렸다.

"총수그룹은 노동조합탄압 사죄하라!"

"우리도 인간이다. 총수그룹은 노동자의 인간다운 삶을 보장하라!"

"나총수 회장은 당장 모습을 보여라!"

예정대로 총수그룹본사사옥이 있는 쪽에서 총수그룹 노동자들의 구호소리가 연이어 울려 퍼지고 있었다. 신고 된 집회가 아니다 보니 경찰 병력이 싸이렌을 울려대며 급하게 속속들이 집결하고 있는 것 같았다.

난 공중전화부스를 바로 찾기 시작했다. 작은 공원이라 보니 공중전화부스로 보이는 작은 조형물이 눈에 금세 들어왔다. 런던 풍 빨간 공중전화 부스는 찾지 않으려 해도 찾을 수밖에 없을 정도로 눈에 확 띄었다. 난 곧바로 그 곳을 향해 빠른 발걸음을 옮겼다. 그 앞에 도착한 난, 날 보는 눈이 있는지를 살폈다. 주위에 몇몇 사람들이 삼삼오오 모여 있었지만 날 보고 있는 사람은 없었다. 다들 대화의 삼매경에 빠진 듯 웃으며 즐거운 시간을 보내고 있는 듯 보였다.

난 준비한 가죽 장갑을 낀 다음 부스 문을 열고 안으로 들어갔다. 공중전화부스는 밖에서 보는 것과는 다르게 다소 넓어 보였다. 약간은 넓은 공간에 구석에는 낡은 공중전화가 한 대 놓여있었고, 전화기 위에는 '모형'이라는 팻말이 붙어있었다. 난 밖을 내다 봤다. 밖의 모습이 환이 보여서 누가 날 보고 있는지 쉽게 알 수 있었다. 즐거운 얘기에 빠져든 사람들은 이 공중전화부스에는 전혀 신경을 쓰지 않고 있었다. 난 주머니에 챙겨온 조그만 쪽지에 적힌 숫자를 보며 크게 숨을 들이키고는 수화기를 들었다.

단 한 번에 성공시켜야 된다는 것이 압박감으로 다가왔는지 긴장이 되었다. 다시 한 번 크게 숨을 들이 쉰 다음 난 쪽지에 적힌 숫자를 보며 수화기를 들었다 놓는 것을 반복했다.

여섯 번을 들었다 놓는 것이 끝나고 정확히 숫자 이를 마음속으로 센 다음, 다시 세 번을 수화기를 들었다 놓고서는 다시 마음속으로 숫자 이를 세었다. 그렇게 다섯 번을 반복한 후 다이얼에 #버튼을 누르고 다시 반복했다. 중간에 틀리지 않았을지 하는 마음이 내 마음을 옥죄여 왔다. 모든 반복된 행동이 끝나고 이제 *버튼을 누르는 것만이 남았다. 난 아주 천천히 *버튼으로 손을 가져다 댔다. 긴장감에 흐르는 땀과 무더위에 흐르는 땀이 뒤 섞여 내 등을 적셔나갔다.

*버튼을 힘을 주어 눌렀다. 하지만 아무 일도 일어나지 않았다. 뭐가 잘못 된 것이라 생각한 난 다시 한 번 *버튼을 눌렀다. 이번에도 마찬가지였다. 전화 부스 안에서는 아무 일도 일어나지 않았다.

"젠장! 멍청한 자식!" 분명 난 한서경이 시키는 대로 정확히 수화기를 들었다 놓는 것을 했기에 잘못은 녀석에게 있는 것이라 생각하며 그가 들을 수 없는 욕설을 퍼부었다.

그때 내 발밑을 받히고 있는 바닥이 움직이기 시작했다. 난 깜짝 놀라 하마터면 부스의 문을 열고 뛰쳐나갈 뻔 했다. 다행이 문을 열고 나가지는 않고 문에 바짝 붙어 움직이는 바닥을 멍하니 주시했다. 바닥이 열리고 있었다. 열린 바닥 아래로는 끝없어 보이는 원형 계단이 눈에 들어왔다. 난 주저 없이 계단을 타고 아래로 내려갔다. 계단을 타고 아래로 내려가기 시작하자 듬성듬성 달린 센서등이 내 몸을 인식하고는 켜졌다. 한결 밝아지니 계단을 타고 내려가는 것도 한결 쉬워졌다.

한서경의 말에 의하면 총수그룹본사사옥의 지하8층과 연결 돼 있다고 했으니 내가 계단을 타고 내려가야 할 높이는 지하8층 정도의 높이가 될 것이다. 그렇게 한참 계단을 타고 내려오니 끝이 없이 이어질 듯 깊은 계단도 어느덧 끝이 났다.

계단을 내려오니 좁은 통로가 다시금 끝없이 이어지고 있었다. 그 끝이 없어 보이는 통로는 겨우 한 사람 만이 지날 수 있는 넓이였고 높이는 허리를 약간 구부려야지 지나갈 수 있을 만큼 낮았다. 난 숨을 한 번 크게 고른 후 그 좁은 통로를 걷기 시작했다.

세 블록 정도라고 하니, 좁은 통로는 금세 끝이 나고 보기에도 꽤나 두꺼워 보이는 철문이 마지막 관문처럼 내 앞을 막아섰다. 난 철문을 힘 것 밀었다. 철문이 그 특유의 거친 음을 내며 열리기 시작했다. 지하 8층에 도달한 것이다. 아무도 모르는 공간, 세상에 없는 공간, 나총수만이 알고 있는 그 공간에서 음습함이 밀려나왔다. 공기는 매우 차가웠고, 습했다. 지하의 특유의 냄새와 다른 냄새가 섞여있는 것 같았지만 그 냄새가 무슨 냄새인지는 구분이 되질 않았다. 왠지 고기가 탄 냄새 같기도 했고, 플라스틱이 탄 냄새 같기도 했다. 그런 야릇한 냄새가 숨쉬기 힘들 만큼 내 코를 자극했다. 난 핸드폰의 라이트를 켜고 지하8층으로 들어섰다. 이제 여기서 기다리면 나총수가 그 똘만이 둘을 대리고 내려올 것이다.

난 나름 계획을 세웠다. 둘을 상대하는 동안 나총수가 도망갈 수도 있기에 먼저 망치로 엘리베이터 버튼을 짓뭉겨 버릴 것이라 생각하며 핸드폰에 달린 작은 라이트에 의지해 엘리베이터 입구를 찾았다. 한참을 찾아서야 엘리베이터를 찾은 난 바로 망치를 꺼내 그 엘리베이터 버튼을 짓뭉개 버렸다. 이제 엘리베이터로는 도망가지 못할 것이다. 하지만 내가 들어온 철문을 통해 나총수가 도망갈 수 있는 문제는 여전히 남아있었다. 하지만 철문을 막을 방법은 딱히 떠오르지 않았다. 어쩔 수 없이 철문을 막고 결전을 치를 수밖에는 없었다.

난 시간을 확인했다. 시간은 10시가 조금 지나가고 있었다. 나총수 전용 비행기가 출발하는 시간이 1시라고 했으니 나총수와 그 똘만이는 최소 11시경에는 출발할 것이다. 아직은 시간이 남아있다는 말이었다.

난 갑자기 이 지하8층이라는 공간이 궁금해 졌다. 뭐하는 곳일까? 그냥 비상탈출로로 사용하려 만든 공간으로 하기는 이 공간은 아주 넓었다. 지하8층을 통째로 막았다고 하니 그 넓이를 짐작하고도 남을 것이다. 난 핸드폰 라이트에 의지해 주위를 둘러보았다. 많은 면적을 밝힐 수 없는 핸드폰 라이트의 한계로 인해 주위의 사물을 식별하는데 어려움은 컸지만 특이한 점이 많았다.

가장 먼저 찾은 것은 흰색 천으로 덮어놓은 상자들이었다. 난 그 천을 걷어내고 상자를 열었다. 밀봉이 되지 않은 상자 속에는 흰색 가루가 가득 들어있었다.
'마약인가?' 그렇게 생각한 난 손가락으로 그 가루를 아주 조금 찍어 입으로 갖다댔다. 아무 맛이 나질 않았다. 하긴 내가 마약을 맛 본적이 없으니 맛을 봤다고 마약인지 알 수는 없는 것이 당연할 것이다. 하지만 마약 외에는 딱히 떠오르는 가루가 없었다. 밀가루를 숨기려 지하 8층을 통째로 비밀 장소로 만들지는 않았을 것이기 때문이다.

난 다른 통을 열었다. 거기에도 마찬가지로 흰색 가루가 가득 들어있었다. 다른 통도 또 다른 통에도 마찬가지였다. 그런 상자가 자그마치 10개가 넘게 있었다.
'만약 이정도의 마약이라면 시가로 얼마나 될까? 마약 1Kg의 가격이 대충 6억 정도라고 한다면, 통 하나에 대략 5Kg정도 잡고, 통이 12개이니까 총 60Kg 그럼....360억!' 난 갑자기 욕심이 나기 시작했다. 이걸 가지고 나갈 수만 있다면 평생을 놀고먹을 수 있는 그야 말로 인생 역전의 기회가 오는 것이었다.

'헌데 이걸 어떻게 가지고 나갈까? 나총수를 죽이고 기회를 봐서 가지고 나간다?' 좋은 생각이었다. 여기서 나총수를 죽이면 이 공간은 이제 아무도 모르는 공간이 되는 것이다. 나와 한서경 외에는 아무도 알 수 없는 공간인 것이다. 한서경도 조만간 소멸 될 것이기에 엄밀히 따진다면 이제는 나만이 아는 공간이 된다. 당분간 이곳에 이 걸 나두어도 아는 사람이 없으니 괜찮을 것이다. 그다음 한서경을 내 머릿속에서 완전히 소멸시킨 후 천천히 가져가면 된다.

내 생각이 정리되어 갈 즘 지하실에 불이 켜졌다. 난 쏜살 같이 박스 뒤로 납작 엎드려 내 몸을 은폐한 뒤 고개를 살짝 내밀고서는 엘리베이터 쪽을 응시했다. 사람 발자국 소리가 바닥을 통해 내 몸으로 전달되었다.

"흐미, 야이! 새끼들아! 내가 여그 환기 좀 자주자주 시켜라고 했으믄, 말 좀 들어쳐 묵어라! 썩은 내가 진동을 혀서 숨을 못 쉬겠다." 나총수의 목소리가 지하의 벽면을 타고 하울링이 되어 울려 퍼졌다. 그는 엘리베이터 버튼이 뭉게졌는지 눈치를 채지 못한 것 같았다.

"지송합니다. 앞으로는 자주자주 허것습니다." 대답을 한 사람은 망치인지 도끼이지는 알 수가 없었다.

"머더냐? 앞장서라잉!" 나총수의 목소리가 다시 들려왔다.

"야" 그 목소리를 끝으로 여러 사람이 내는 소리가 바닥면을 타고 내게 전달되어 왔다.

난 환해진 주위를 둘러봤다. 여기 있다가는 쉽게 발견 될 수 있는 장소였기에 다른 엄폐물을 찾았다. 더 큰 엄폐물에 숨어 있다가 불시에 공격한다면 놈들을 더욱 쉽게 제압할 수 있을 것이라 생각에서였다. 바로 앞에 큰 기둥이 눈에 들어왔다. 난 몸을 더욱 낮추고는 그 기둥으로 기어가 몸을 숨겼다. 그리고 일어서 나총수의 거리를 가늠했다. 대충 그와의 거리는 50M 정도 남짓 되어 보였다.

몸을 숨기고 그를 기다리는 그 짧은 순간에 지하에 있는 모든 사물들이 내 눈에 들어왔다. 지하의 한쪽 면이 유리 막으로 막혀 있었고, 그 유리 막 반대편에는 알 수 없는 거대한 구조물이 눈에 들어왔다. 난 저 구조물을 어디선가 본적이 있었다. 그 구조물은 화장장에 있는 사람을 화장시키는 구조물과 비슷해 보였다. 내가 죽인 사람을 화장할 때 몇 번 그 장소에 가본 적이 있었기 때문에 난 그 구조물이 화장장이라는 것을 알 수 있었다. 그 옆으로는 분쇄기로 보이는 장비가 있었는데, 아마도 사람의 뼈를 분쇄하는 데 사용하는 듯싶었다. 그렇다면 내 생각대로 그 구조물이 사람을 화장시키는 구조물이고, 저 큰 기계가 사람의 뼈를 분쇄시키는 장비라면, 저기 상자에 들어있는 흰색 가루는 사람의 뼛가루란 말이 될 것이다.

'개새끼들!' 도대체 얼마나 많은 사람들을 저기서 태워버렸을까? 킬러인 내가 생각해도 정말 잔인하다고 생각이들 정도였다. 지금 상자에 들어있는 뼛가루 만해도 대략 12명이었고, 저기다 쌓아놓고만 있지만은 않았을 것이니 그 수를 헤아릴 수가 없을 것이다. 이 정도 사건이 터지면 어떻게 될까? 아마 세상이 발칵 뒤집어질 것이다. 그 어떤 권력도 나총수를 보호해 줄 수 없을 것이며, 그게 바로 나총수를 진정 나락으로 떨어뜨리는 길일 것이다. 그냥 죽여도 되지만, 이승에 존재하는 지옥을 나총수에게 맞보게 해주고 싶었다. 그래서 난 작전을 바꿨다. 나총수를 죽이고 마약을 나 혼자 차지하는 것에서, 어차피 마약도 없으니 딱 죽지 않을 만큼만 패서 여기에 묶어두고, 이 공간을 세상에 공개하는 것으로 말이다.

이제 그들의 발자국 소리가 가까워지고 있었다. 난 그들을 뒤에서 공격하기 위에 그들의 위치에서 보이지 않게 기둥 반대편으로 서서히 돌았다. 그들은 아무것도 모르 체 내가 서있는 기둥을 지나쳐 갔다. 난 힘을 주어 망치를 더욱 세게 잡았다. 그때였다.

"망치야! 뼛가루들 천으로 잘 덮어나라 혔는디. 저게 머시다냐? 뚜껑도 싹 다 열어나 불고, 니는 내말을 똥구멍으로 들어부냐?" 가던 길을 멈추고 나총수가 말했다. 그 말에 내 등골에서 땀이 배어나오는 것 같았다.

"아닌디, 지가 어제 김사장 시체 처리하고 나서 분명히 덮어 놨는디요. 시방 우찌된 것인지, 지도 모르것구만요. 뚜껑도 잘 덮어놨어라. 참 말이랑께요." 망치가 억울함을 강하게 표현했다.

"그럼 씨불놈아. 우리 말고 누가 들어 왔다는 것이여, 머시여?" 도끼가 망치에게 핀잔을 주었다.

"머여? 저 문은 왜 또 열려있는거여?" 나총수가 내가 들어왔던 쇠문을 가리키며 말했다.

난 나총수가 가리킨 살짝 열려있는 쇠문을 보며 오늘 따라 엉성하게 행동하는 나 자신을 책망했다. 그러나 지금은 자책을 하고 있을 때가 아니었다. 자책은 나중으로 미루고 지금은 저 자식들이 준비하기 전 덮쳐야만 했다.

난 최대한 조용히 그리고 빠른 걸음으로 그들에게 다가가려 한발 작을 내밀었다. 하지만 아무리 조용히 걷는 다고해도 지하라는 특유의 공간에서의 소리는 증폭이 되기 마련이었다. '처벅' 그 순간 세 명은 소리가 나는 방향을 향해 몸을 돌렸다. 그렇게 기습공격을 한다는 내 계획은 물거품이 되고야 말았다.

"머여, 저 새끼는 우츠게 들어와붓다냐?" 나총수가 날 보며 말했다.

"어떻게 들어왔기는 거기 앞에 있는 문으로 들어왔지." 내가 엉거주춤한 자세를 바로 고치며 그를 향해 비아냥거렸다.

"아니, 고것은 내가 알것고, 우츠게 여그를 알았냐고?" 나총수가 답답하다는 듯 말했다.

"내가 여기를 알아낸 방법이 뭘까? 우리 회장님이 알려 줬을 리는 없겠고, 그럼 망치나 도끼, 둘 중 하나 아니겠냐고? 여기는 그쪽 세 명밖에 모르는 장소인데, 안 그래?" 난 일부러 여운을 남겼다. 잘한 다면 지들끼리 치고 박고 싸울 수도 있을 것이다. 그렇게 된다면 손대지 않고 코푸는 격이 아니겠는가. 그런 내 말이 통했는지 나총수가 도끼와 망치를 번갈아 노려봤다. 망치와 도끼는 자신이 의심 받지는 않을까 하는 마음에 노심초사하는 눈빛이었다.

"망치야 고맙다!" 난 그 의심에 쐐기를 박았다.

"아니어라. 지는 아니당께요. 저 새끼가 거짓말 하는 거랑께요." 망치가 억울하다는 듯 손 사례를 쳐댔다.

"이런 개새끼! 니는 나중에 보자! 도끼야 저 새끼 잡어서 족쳐 놔라. 죽이지는 말고, 베트남 갔다 와서 내가 죽일틴께." 나총수가 말하며 돌아섰다.

"야, 나총수! 사람이 말을 하고 있는데 어디가려고!" 지들끼리 치고 박고 싸울 수도 있었는데 안타깝게도 녀석들은 그러지 않았다. 일단 나총수가 가는 것을 두고 볼 수만은 없었기에 난 나총수를 향해 뛰기 시작했다. 내가 뛰기 시작하니 망치와 도끼가 날 잡으려는 자세를 동시에 취했다. 힐끔 뒤를 돌아본 나총수가 날 향해 비웃음을 날리더니 다시 가던 걸음을 옮겼다.

지금 둘을 상대하려 한다면 나총수를 놓칠 수도 있다는 생각으로 난 옆으로 우회했다. 내가 정면 돌파를 피하고 우회하자 망치와 도끼도 내가 우회한 방향으로 뛰었다. 먼저 나와 맞닥뜨린 놈은 보기에도 조금 더 날렵해 보이는 도끼였다. 도끼가 뛰어오는 속도 그대로 날 향해 주먹을 뻗었다. 난 달려가는 속도에 의지해 무릎을 꿇고 뒤쪽으로 고개를 젖혀서 그의 주먹을 피해 미끄러지듯 앞으로 나아갔다. 난 다시 일어서 뛰었다. 덩치에 걸맞게 느려터진 망치는 날 따라오지 못했다.

나총수가 무거운 철문을 낑낑대며 열고 있는 모습이 보였다. 난 그대로 나총수에게 뛰어가 발로 나총수의 옆구리를 밀어 차버렸다. 문을 열고 있다가 날벼락을 맞은 나총수가 저만치 나가 떨어졌다.

"씨발! 사람 얘기하고 있는데 가면 안 되지!" 내가 거친 숨을 몰아쉬며 말했다.

"형님! 괜찮으십니까?" 뒤따라온 망치와 도끼가 나총수에게 바로 달려가 엎어져 있는 나총수를 부축하려 했다.

"냅두고 저새끼 잡어!" 나총수가 분에 못 이겨 소리를 쳤다. 그러자 두 놈이 내게 천천히 다가왔다. 말 그대로 덩치가 집체만한 두 놈이 온 시야를 가리며 다가오니 그 위압감이 상당했다. 난 그 위압감에 망치를 더욱 강하게 움켜쥐었다.

망치가 먼저 공격해 들어왔다. 망치는 자신의 무거운 몸을 믿어서 인지 육중한 몸으로 날 뭉개기라도 할 듯 공격해 들어왔다. 난 피하지 않았다. 그 자리에서 망치가 내 공격 반경 내로 들어오자 점프를 한 난, 망치의 머리를 들고 있는 망치로 내려찍었다. 하지만 의외로 망치는 날렵했다. 망치는 손바닥으로 내가 내려치는 망치의 쇠뭉치 부분을 잡아버렸다. 이 장면이 왠지 낯이 익다는 생각이 내 머릿속을 순식간에 스쳐 지나갔다. 바로 영화 속 격투장에서 토르가 헐크의 망치를 들고 헐크를 공격했지만 헐크가 그 망치를 손으로 잡아 버리는 그 장면 말이다.

긴박한 이 순간 싸움에 모든 정신을 집중해도 모자랄 판에 쓸데없는 생각은 그 파급 효과가 훨씬 거셌다. 녀석이 다른 손으로 내 목을 쥐고 들어올렸다. 내 발이 땅에서 떨어지는 것이 느껴졌다. 숨이 막혀오며 정신이 아찔했지만 난 이번에는 정확히 놈의 관자놀이를 겨냥하고 망치를 휘둘렀다. 관자놀이에 망치를 정통으로 맞은 녀석이 관자놀이를 손으로 움켜쥐며 날 놓아주었다. 그에게서 풀려난 난 켁켁 거리며 숨을 쉬려고 노력했다. 하지만 그런 순간도 놈들은 허락해 주지 않았다. 도끼가 달려와 내 배를 올려 찼던 것이다. 덩치만큼 그 파워가 얼마나 대단 했던지 내 몸이 붕 뜨더니 저만치 날아가 바닥에 내동댕이쳐졌다.

정신을 가다듬고 몸을 일으켰다. 만만히 봐서는 안 된다는 생각을 가지고 있었지만, 그들은 만만한 정도가 아니었다. 겨우 몇 합 겨룬 것뿐인데도, 난 그 사실을 알 수 있었다. 방금 헐크를 떠올렸던 것처럼 그런 딴 생각은 금물이었다. 집중 또 집중해야만 했다.

그때 나총수가 다시 문을 열고 나가려고 했다.

"나총수! 내가 할 말이 있다고!" 내 목소리에 나총수가 날 돌아봤다. 난 그 순간을 놓치지 않고 들고 있는 망치를 나총수를 향해 던졌다. 망치는 그대로 나총수의 이마를 맞추고 땅에 떨어졌다. 동시에 나총수의 머리도 땅을 향해 떨어지고 있었다. 당분간 일어나지 못할 것이다. 이제는 저 두 녀석만 집중하면 된다. 난 주먹을 불끈 쥐었다.

쓰러지는 나총수를 본 망치와 도끼가 극한에 분노를 뿜으며 내게 달려들었다. 그 모습이 마치 두 마리 황소가 뛰어오는 것처럼 느껴졌다. 먼저 내게 달려든 도끼는 주먹을 내 얼굴을 향해 내리 뻗었다. 난 몸을 낮추어 그 주먹을 피해 도끼의 뒤로 빠지면서 그의 어깨에 손을 집고서는 높이 점프를 해 뒤따라오던 망치의 얼굴을 그대로 발로 차버렸다. 내 발을 정통으로 맞은 망치가 뒤로 주춤거렸다. 하지만 그게 전부였다. 뒤로 넘어갈 것이라고 생각했지만 그는 뒤로 주춤할 뿐 거의 건재했다. 난 주춤거리는 망치의 얼굴에 다시 한 번 주먹을 날렸다. 근육질의 팔에서 뿜어져 나온 주먹의 힘이 그의 얼굴을 강타했다. 두 번째 공격은 버티지 못할 것이라 생각했지만 녀석은 버티었다. 조금 전 보다 분명 주춤거림이 심했지만 녀석은 분명 쓰러지지 않았다. 난 당황스러움을 감출 수가 없었다. 내 머릿속이 하얗게 변하는 순간이었다. 그러면서 뒤에 있는 도끼를 난 순간적으로 잊어버리고 말았다. 뒤에 있는 도끼가 내 뒷덜미를 잡더니 번쩍 들어 올려 던져버렸던 것이다. 뜻하지 않게 공중부양을 한 난 한참을 비행한 뒤, 결국은 만유인력의 법칙을 거스르지 못하고 땅으로 곤두박질 쳤다.

난 고통스럽게 몸을 일으켜 세웠다. 녀석들은 숨조차 돌릴 시간조차도 주지 않고 일어선 날 공격해 들어왔다. 녀석들의 공격을 간신히 피하고 난 전열을 가다듬었다. 정공법으로 상대하면 분명 질 것이 뻔했다. 녀석들은 덩치와는 다르게 민첩했고, 힘과 기술을 모두 갖추고 있었다. 더군다나 맷집까지 1등급인 최고수준의 전사였던 것이다. 그런 전사 둘을 상대로 정공법은 아니었다. 난 최대한 둘의 거리를 떨어뜨리는 것이 중요하다고 판단했다. 한 놈을 공격하면 그 사이 한 놈이 날 공격해 들어오니 미칠 지경이었다. 둘의 사이를 벌여놓는 방법은 도망 다니면서 공격하는 것이 최선이라 생각하고 촐랑거리는 강아지 마냥 둘 사이를 요리조리 피해 다니며 공격을 했다. 그 공격은 때론 먹힐 때도 있었지만, 모든 공격이 먹혀 들어간 것은 아니었다. 내 공격이 보기 좋게 실패할 때에는 무지막지한 반격이 내 몸을 짓이겼다.

한 가지 반길만한 점은 녀석들이 지쳐가고 있었다는 것이다. 한 가지 슬픈 점은 촐랑거리는 강아지 마냥 뛰어다니니 내 몸은 더욱 빨리 지쳐가고 있는 점이었다.

녀석들을 앞에 두고 숨을 골랐다. 녀석들도 나를 앞에 두고 숨을 골랐다. 지금 이 순간 난 녀석들에게 한 마디 하고 싶었다. '조금만 쉬었다 하자'고 말이다. 그런 맘이 전달이 되었나, 녀석들이 공격해 들어오지 않고 있었다. 그때 녀석들 뒤로 나총수가 일어나고 있었다. 조금 쉴 수 있는 타이밍에 그가 일어나고 있으니 미칠 것만 같았다.

"에잇! 씨발!" 마음속으로 하려는 욕설이 나도 모르게 입 밖으로 튀어나왔다.

망치와 도끼가 자신의 뒤에서 뭔가 일이 벌어지고 있음을 느꼈는지 뒤를 돌아 봤다. 난 그 순간을 놓치지 않고 잽싸게 나총수를 향해 뛰기 시작했다. 내가 뛰는 순간 망치와 도끼가 내가 뛰는 낌새를 눈치체고 나총수에게 향하는 길을 가로막았다. 난 어쩔 수 없이 둘 사이로 빠져나가기 위해 전속력으로 뛰었다. 하지만 난 지쳐있었고, 내가 뛰는 속도는 너무 느렸다. 그렇게 느리게 둘 사이를 빠져나갈 수는 없었다. 내 예상은 정확했고, 둘은 날 붙들고는 다시 던져버렸다. 다시 한 번 난 원하지 않는 공중부양을 할 수밖에 없었고, 바닥은 날 떠나보내지 않겠다는 듯 끌어당겼다.

바닥에 다시 한 번 내동댕이쳐진 난 대자로 누워버렸다. 지금 이 순간 모든 것을 포기하고만 싶었다. 일어나는 것도, 일어나 다시 싸우는 것도 포기하고 싶었다. 아니 일어날 기운이 없었다. 난 가만히 나총수가 있는 쪽을 바라보았다.

이윽고 열리지 않을 것 만 같았던 철문이 열리고 나총수는 유유히 그 문 밖 어둠 속으로 사라져갔다. 보내서는 안 된다고, 떠나는 님을 보낼 수 없다는 듯 내 마음이 울부짖었지만 일어날 힘도 없는 지금 상태에서 그를 뒤따라가 붙잡기에 난 너무 지쳐있었다. 그렇게 떠난 님의 뒷모습을 망연하게 바라보듯 난 나총수가 사라져 버린 문을 멍하니 쳐다만 보고 있었다.

그때였다. 떠난 님이 날 떠나지 못하겠다는 듯 뒤구르기를 하며 다시 들어왔다. 정확히 말하면 뒤로 내동댕이쳐진 것이다.

"영감님, 오델 그리 열심히 가십니꺼? 할 얘기도 있고 하니 쪼메만 있다 가이소."

반가운 목소리, 반가운 사투리가 철문 뒤, 통로에서 들려왔다.

"강민식이! 어데 있노? 아직 안 뒤지고 살아있나? 내가 쪼메 늦었제?" 규식이 두리번거리며 날 찾았다. 난 반가움에 실성한 사람처럼 크게 웃었다.

"하하하하! 씨발! 지금 뒤지기 일보직전이다." 내가 일어나며 말했다.

"아 꼬라지가 이기 뭐꼬? 아이구야 천하의 강민식을 저 꼬라지로 만든 놈이 도대체 누꼬? 그래가 장가는 가겠나?" 그가 넉살스럽게 말했다.

"머여 씨발! 니는 또 어디서 굴러 들어온 개 뼈다구다냐?" 망치가 들어오는 규식을 향해 말했다.

"규식아 졸라 세다!" 내가 규식에게 말했다.

"그래? 그럼 내가 작은 놈!" 그는 그렇게 말하고는 도끼를 향해 공격해 들어갔다. 작은 놈이 더 세다고 말하려 했지만, 이미 규식은 도끼를 공격하고 있었다. 도끼를 공격하는 규식을 다시 망치가 뛰어가 공격을 했고 난 그 망치의 뒤를 공격했다.

이제 4명에서 난투극이 벌어졌다. 규식이 한명을 상대해 주니 이제야 균형이 맞는 것 같았다. 그 균형은 어디까지나 내 주관적 입장이지만 말이다. 도끼는 규식보다 강했다. 규식이 도끼에게 얻어터지고 있는 그 순간 난 망치와 일전을 벌였다.

물론 도망가려는 나회장을 저지하는 것도 내 몫이었다. 규식은 얻어터지느라 바쁘니 그것까지 규식에게 맡길 수는 없지 않겠는가.

망치는 역시 맷집하나는 끝내주게 좋았다. 망치는 보신각에 있는 종처럼 아무리 두들겨도 쓰러질 기미가 보이지 않았다. 망치는 날 잡으려는 공격방법을 펼쳤고, 난 망치의 공격을 피해가며 급소만을 노리고 역공격을 펼쳤다. 그런데 녀석의 급소를 찾는 것이 어려웠다. 목, 녀석에게는 목이 없었다. 명치, 명치는 두꺼운 살가죽이란 쉴드로 보호되고 있었다. 사타구니, 사타구니역시 허벅지와 뱃살에 가려져 공략하기가 쉽지 않은 부위였다. 젠장! 웬만한 급소가 살가죽이란 쉴드로 보호되고 있으니 녀석의 급소가 없다고 해도 과언이 아니었다.

'싸움의 기술 3장 25절, 거구들의 약점은 관절이다. 관절을 집중 공략하라.'라는 말은 내가 방금 만들어낸 말이지만, 괜찮은 생각인 것 같았다. 난 그 생각대로 녀석의 무릎관절만을 집중 공략했다. 그러자 반응이 나타났다. 절대 쓰러질 것 같지 않던 녀석이 몇 번의 내 공격에 무릎을 꿇고 말았다. 녀석이 움직이지 못하자 내 공세는 더욱 거세졌다. 녀석의 좌우앞뒤를 오가며 무지막지하게, 말 그대로 복날 개 패듯 팼다. 녀석이 드디어 쓰러지고, 난 숨고를 틈도 없이 복날 개 맞듯 맞고 있는 규식을 도왔다. 아무리 날고기는 도끼라도 둘을 상대하기는 버거웠을 것이다. 상황은 금세 역전되었고 이제는 복날 개 맞듯 맞는 사람은 규식도 나도 아닌 도끼가 된 것이다.

끈질기게 버티던 도끼가 둘의 파상공세에 드디어 무릎을 꿇고 쓰러졌다. 그가 쓰러지자 나도 규식도 거친 숨을 가다듬었다. 숨을 가다듬으면서 규식의 얼굴을 봤다. 그의 얼굴은 한 마디로 엉망진창 말도 아닌 상태였다. 그는 그런 엉망진창이 된 얼굴로 날 보며 씩 웃었다.

"웃음이 나오냐?" 내가 규식을 보며 안쓰럽게 말했다.

"씨발! 작은놈이 쎄다고 진작 말 좀 해주지!" 규식이 힘겹게 입을 열었다.

"말할 틈을 주지 않는데 어떻게 하나?" 나 역시 말하기가 힘겨웠다.

"그건 그렇고, 전마 저건 우에 할긴데?" 규식이 철문이 있는 곳을 손으로 집으며 말했다.

규식이 가리키는 방향으로 난 고개를 돌렸다. 그 곳에는 나총수가 기어서 문을 나가려 하고 있었다.

"어이, 나회장님! 개처럼 기어서 어디가시나? 우리 할 말이 좀 많을 것 같은데." 내가 나총수를 향해 소리를 질렀다. 그러자 나총수가 기어가던 걸음을 멈추고 날 돌아보며 씩 웃었다.

"그려그려, 우리 강전무 야그 나가 들어봐야제. 연봉을 좀 올려줄까?" 그의 말투에는 비겁함과 비열함이 동시에 묻어나고 있었다.

"에잇! 올려줄 것도 아니면서 왜 그러시나." 내가 그를 향해 다가가며 말했다.

"강전무, 이번엔 진짜랑께. 아! 아니지, 강사장 어때? 낼부터 사장으로 출근 혀. 연봉은 내가 30억, 그래, 그게 좋겠구만, 30억으로 맞춰줄게. 부족혀? 그럼 50억으로 해불자고. 나가 50억까지는 맞춰 줄틴께!" 내가 그의 곁으로 가까이 다가 갈수록 그의 목소리는 다급해져만 갔다.

그런 나총수의 표정이 일순간 변하고 있었다. 갑작스레 비굴한 표정이 비열함으로 바뀌고 있었던 것이다. 그의 표정이 비열하게 바뀌는 이유가 자신의 제안을 내가 받아들일 수밖에 없을 것이란 생각 하에 그렇게 변하는 것이라 난 생각해 버렸다. 하지만 내 그런 생각은 보기 좋게 빗나갔다. 나총수가 속주머니에 손을 넣더니 무언가를 꺼냈다. 그것은 권총이었다. 나총수는 그 권총의 총구를 나에게 겨누었다.

"씨발! 나가 총을 챙겨놨다는 것을 지금까장 깜빡해 브렀시야. 헤헤헤" 그가 사악한 웃음을 지어보였다. 나총수가 총을 겨누자 규식과 난 그 자리에 멈춰 서서 그대로 얼음이 될 수밖에 없었다.

"뭐여? 천하의 강민식이 총 한 자루에 겁먹어 분 것이여. 아이구야 총이 겁나게 좋긴 좋구마잉! 천하에 강민식이를 얼음으로 맹글어 불고. 요 좋은 것을 진즉에 샀어야 됐는디. 뭐, 그려도 자네가 이화동에서 떨어뜨려놓고 가는 바람에 오늘 나가 이렇게 살 수 있는 거 아니겠어. 총알도 네발이나 나두고 말이여. 그랑께 물건 간수를 잘하지 그렸어." 그가 하지 말아야할 말을 해버렸다.

"씨발! 당겨라 미친 새끼야!" 내가 나총수를 향해 비웃음을 날리면서 말했다. 그 말에 나총수보다 규식이 더 놀란 듯 했다.

"니 미칫나? 죽을라고 환장했냔 말이다." 규식이 내 팔을 잡으며 만류했다.

"당겨라고 미친 새끼야! 왜? 당길 자신이 없냐?" 내가 나총수를 향해 걸음을 옮기며 말했다.

"거그 멈춰라잉!" 나총수가 두 손으로 권총을 모아 잡았다.

"당겨!" 난 걸음을 멈추지 않고 그를 향해 계속 다가갔다.

'틱' 나총수가 눈을 찔끔 감으며 방아쇠를 당겼지만 총성은 그의 바람대로 울리지 않았다. 나총수는 실눈을 가만히 뜨더니 총알이 발사 되지 않았다는 사실을 깨닫고는 이내 다시 방아쇠를 당겼다. 다시 '틱' 소리만 날 뿐 총알은 발사가 되지 않았다. 나총수는 미련을 버리지 못하고 다시 방아쇠를 당겼지만 이번에도 마찬가지였다.

나총수가 세 번의 방아쇠를 당기는 동안 난 나총수 바로 코앞까지 다가갔다. 겁먹은 나총수가 살려달라는 눈빛으로 날 바라봤다.

"다 당겼냐?" 난 그 말을 끝으로 난 나총수의 그 비열하고 비겁한 얼굴에 주먹을 날렸다. 나총수가 뒤로 벌러덩 넘어지더니 일어나지를 못했다.

"니, 그기 진짜 총이믄 우얄라고 그랬노?" 뒤따라온 규식이 물었다.

"저거 내 총이었는데, 내가 진짜지 가짠지도 모르겠냐?" 내가 대답했다.

"인자 우에 할기고?" 규식이 내 계획을 물었다.

"주위를 한 번 봐 바라" 내 말에 규식이 그제야 주위를 둘러보았다.

"아따야! 이기다 뭐꼬?" 주위를 둘러본 규식은 놀라움을 감추지 못했다.

"뭐긴? 화장장이다. 여기서 나총수가 사람을 죽이고 그 시신을 태워 없앤단 말이다!" 난 기절한 나총수를 도끼와 망치가 누워있는 곳으로 끌고 가며 말했다.

"나총수 인마이거 완전 미친놈 아이가?! 그래, 우얄라꼬?" 규식이 물었다.

"터트려야지! 넌 끼지마라! 여기에 끼어서 좋을 거 없으니까." 내가 규식을 보며 해맑게 웃었다.

"끼달라고 니가 사정을 해도 안 그랄란다. 볼일 다 봤으니께 그람 난 이만 가볼란다." 규식이 뒤돌아 걸음을 옮기며 말했다.

"규식아!" 난 문을 향해 걸어가는 규식을 불렀다. 내 불음에 규식이 돌아봤다.

"고맙다." 난 마음에서 나온 진심을 담아 말했다. 내 말에 규식이 웃어보였다.

"아이구야, 천하의 강민식이 고맙다는 말을 다 하고, 고마브믄 담에 소주나 한잔 사래이!" 규식이 다시 걸음을 옮기며 말했다. 문을 나서는 그의 뒷모습이 그렇게 멋있어 보일 수가 없었다.

난 규식을 보내고 뼛가루를 덮어놓은 흰 천을 길게 찢어 셋을 한곳에 묶었다. 그리고 바로 주연우에게 전화를 했다.

"네" 주연우는 오늘 깨어있는 사람이 한서경이 아님을 잘 알고 있었다. 그래서인지 그의 달갑지 않은 목소리가 들려왔다.

"지금 당장 기자들을 모을 수 있겠소?" 내가 단도직입적으로 물었다.

"지금 당장이요?" 그가 당황스러운 듯 대답했다.

"그렇소. 지금 당장이요. 당신이 믿을 수 있는 기자들로 말이오."

"해봐야 알겠지만 대충 몇 명 정도인지....?"

"많으면 많을수록 좋소. 할 수 있소, 없소?" 내가 빨리 대답하라고 재촉했다.

"해보겠습니다. 그런데 무슨 일인지 알 수는 없겠습니까?"

"그럼 됐소. 지금 기자를 최대한 많이 모와 놓으시오. 큰 거 터트릴 준비도 하시고, 두어 시간 뒤에 다시 연락하겠소." 난 그렇게 말하고는 전화를 끊었다.

지하실을 나온 난 집근처 뒷산으로 향했다. 나중에 처리하려고 묻어놓은 한서경을 죽일 당시 입었던 우의와 칼을 찾기 위해서였다. 한서경이 내 인생에 끼는 바람에 그 것을 처리하는 것을 잊고 살았었다.

비닐에 꽁꽁 싸놓은 우의와 칼은 흙이 묻지 않은 채 그대로 있었다. 난 그 것을 총수그룹본사사옥 지하8층에 가져다 놓았다. 칼에 나총수의 지문을 묻히는 것도 잊지 않았다.

그리고는 다시 주연우에게 전화를 걸었다. 주연우는 여섯 명의 기자를 모아놓고 내 연락을 기다리고 있었다.

"지금 바로 여의도 햇살공원에서 공중전화부스를 찾으시오. 부스 문을 열고 들어가면 지하로 통하는 통로가 나올 것이오. 그 통로를 따라가면 엄청난 곳을 발견할 수 있을 겁니다. 참고로 그 장소는 총수그룹본사사옥 지하8층이오." 난 그렇게 말한 뒤 전화를 끊었다.

난 그 햇살공원 근처에서 숨어서 그들이 오기를 지켜봤다. 30여분 뒤, 주연우가 이끄는 기자들이 카메라를 들고 공중전화부스 안으로 하나 둘 사라져 가는 것을 지켜봤다. 다시 20여분 뒤 싸이렌을 울리며 수많은 경찰들이 도착하고 그 공중전화부스 둘레로 펜스를 쳤다. 조금 지나니 과학수사대가 도착하고 그들과 형사들이 그 공중전화부스로 들어가는 것을 확인했다. 거기까지 확인한 난 집으로 돌아갔다.

5장. 단 하나

35. 한서경(5일 뒤)

 총수그룹본사사옥에 있는 지하8층이 세상에 공개된 후 세상은 발칵 뒤집어져 버렸다. 실체가 없는 영원할 것만 같았던 거대권력은 그 중심부터 무너져 내리기 시작했다. 그 중심에는 나총수가 있었고, 나총수는 살인, 살인교사, 증거인멸, 사체훼손·유기, 살인미수, 횡령, 배임, 뇌물공여 등의 수많은 죄명으로 구속되었다. 그 중에 가장 통쾌했던 것은 한서경을 살인했다는 죄목이었다.

 그에게 돈을 받고 보호해줄 의무?를 부여받은 정, 검, 경 고위관료들은 그를 모른 체 했지만, 하나의 그물망으로 엮인 그들이 빠져나갈 구멍은 없어보였다. 한 번 끌어올려지기 시작한 하나의 그물망에 걸린 물고기처럼 이제 그들도 하나 둘 끌려 올라올 것이다. 다만 시간이 문제일 뿐이다.

지하8층은 내 상상을 초월한 곳이었다. 나총수는 살인은 절대 안 된다는 내 경고를 무시한 채 나도 모르는 곳에 그런 곳을 만들었었고, 그 곳에서 수많은 사람들을 죽이고 그 시체를 태웠다. 경찰은 그 곳에 있는 뼛가루와 혈흔을 체취해서 국과수에 DNA분석을 의뢰했고, 그 결과는 속속들이 나오고 있었다. 너무 많아 분석이 끝나는 것부터 순서적으로 나오고 있었다. 그렇게 죽은 사람들 중에는 총수그룹의 임직원, 하청업체사장, 실종 된 연예인, 실종 된 경찰관 등등 수많은 사람들이 있었다. 지금까지 DNA분석으로 밝혀진 사람만 8명에 달했다.

그런 나총수의 악마 같은 짓이 세상에 알려지자 나총수게이트가 다시 열리기 시작했다. 그전 검찰은 'USB의 내용이 객관적이지 않다', 'USB를 만든 한서경이 죽었기 때문에 대질 신문이 불가능하다'는 이유만으로 나총수를 기소하지도, 조사하지도 않았었다. 하지만 USB를 만든 장본인인 한서경이 나총수에게 죽은 사실이 밝혀지며, USB 때문에 한서경이 나총수에게 죽었을 것으로 보고 사람들은 USB에 담긴 나총수의 불법행위들을 믿기 시작했다. 언론역시 그 USB에 담긴 내용을 연일 보도하고 있었고, 검찰은 여론을 의식해 울며 겨자 먹기로 그 USB를 최대한 활용하여 수사를 하겠다고 밝혔다. 검찰이 USB에 담긴 내용을 그토록 부정한 이유는 단 하나다. 그 이유는 바로 뇌물을 받은 사람들 중 검사가 다수 포함되어 있기 때문이었다. 그 USB에 있는 검사들 대부분은 내가 돈을 건넨 검사들이었다. 난 그들에게 정기적으로 상납을 했다. 월, 적게는 100만원부터, 많게는 수 백 만원까지. 그리고 주기적으로 골프접대부터 성 접대까지, 그들을 만족시키기 위해 난 끊임없이 노력했었고, 그렇게 난 그들을 총수그룹이라는 테두리에 가두어 키워나갔다.

그 USB에 담긴 사람들은 검사들뿐만이 아니었다. 현직국회의원, 차관급 인사, 고위공무원까지 모두 147명이었다. 그렇게 총수그룹게이트는 소용돌이가 되어 모든 정국을 빨아들이고 있었다. 그런 혼란스러운 정국 속에 국민들은 검찰이 자신의 조직이 벌인 죄에 대해서는 어떤 칼날을 들이댈지 끝까지 지켜보겠다는 듯 서초동 대검찰청을 촛불을 들고 에워쌌다.

구속된 김희진 팀장은 풀려나지 못하고 검찰에 의해 끝내 기소가 되었다. 첫 번째 공판이 며칠 앞으로 다가와 있었고, 유한성이 이끄는 4명의 변호사가 김희진 팀장을 변호하기 위해 고군분투하고 있지만, 그들의 말에 의하면 김희진 팀장이 불법에 가담한 건 사실이기에 실형을 면하지는 못할 것이라고 했다. 난 김희진 팀장에게 무거운 짐을 지어준 것 같아 그녀 앞에서 고개를 들지 못했다. 하지만 그녀는 웃으며 내게 말했다.

"그때 나만 살자고 혜윤이가 있는 곳을 알려준 죗값이라고 생각할게요. 그러니 미안해하지는 마세요. 그런 모습 한서경사장님 모습이 아니잖아요. 호호호" 그녀는 웃고 있는데, 왜 난 더 슬퍼지는 지 그 이유를 알 수가 없었다.

나총수가 이승의 지옥문을 열고 들어가는 순간 난 강민석과 했던 약속대로 그의 생활에는 일체 관여하지도 않았고, 그의 뜻대로 움직여 주었다. 신이 내게 주신 반쪽 자리 인생도 모두 그의 의지대로 살아 주었다. 내 의지와 내 생각은 모두 그의 생각아래 묻어두어야만 했다. 그가 무슨 일은 하든……

36. 강민석(10일 후)

이제는 한서경을 떠나보내야 할 시점이다. 그와 원치 않는 동거를 한지도 벌써 꽤 많은 시간이 흘러갔다. 그때가 한창 더위가 시작될 무렵이었고, 지금은 선선한 바람이 불고 있으니 한 계절을 그와 함께 보냈을 것이다.

한서경은 약속대로 조용히 아주 조용히 지내주었다. 하지만 그가 조용히 지낸다고 해서 사라진 내 반쪽 인생을 내가 가져올 수 있는 것은 아니었기에, 이제 그 반쪽 인생을 찾기 위해서라도 녀석이 사라져 줘야만 했다. 녀석은 아무런 눈치도 채지 못한 것 같다. 왠지 그런 녀석이 가엽다는 생각이 머릿속을 스쳐지나갔지만 난 이내 마음을 굳게 다잡았다.

병원으로 곧장 향하는 내 마음이 가을의 청명한 하늘처럼 오랜만에 시원하게 뚫리는 기분이었다. 얼마 만에 느껴보는 기분이었던가? 곰곰이 생각해보니 이런 기분은 처음인 것 같았다. 녀석이 사라지고 오늘도 내가 깨어나고, 내일도 내가 깨어난다면 그 얼마나 기분이 좋을까. 상상만으로도 기분이 최고조에 달했다.

병원에 도착하니 의료진들이 날 기다리고 있었다. 입원 수속을 마치고, 병원 복으로 갈아입고 병실에서 기다리니 김민철 박사가 들어왔다.

"오늘 기분은 어떠세요?" 병실로 들어온 그가 물었다.

"아주 좋습니다." 난 형식적이 아닌 진심으로 대답했다.

"그렇게 보이네요. 조금 있으면 수술에 들어갈 겁니다. 깨어났을 때는 민석씨 몸속에는 이제 민석씨만 남게 될 것입니다." 김민철 박사의 말이 내 기분을 더욱 더 좋게 만들어 주었다.

"감사합니다." 내가 고개를 숙이며 고마움을 전달했다.

"별말씀을요. 이런 수술을 제게 맡겨 주셔서 제가 고맙죠. 수술에 들어가기 전 마지막으로 할 말이 있으시면 편하게 말씀해 주세요." 그가 말했다.

"없습니다. 그저 잘 부탁드리겠습니다." 내가 말했다.

"네. 그럼 쉬고 계세요. 간호사가 다시 들어올 겁니다."

"네."

김민철 박사가 병실을 나가고 30분 뒤 간호사가 이동식 침대를 끌고 병실로 들어왔다. 그 침대로 옮겨 누우니 긴장이 되었다. 지금 것 살아오면서 단 한 번도 수술을 받아본 적이 없어서 그럴 것이다.

수술실로 들어서니 많은 사람들이 분주하게 뭔가를 하고 있었다. 그 중 한명이 내게 다가오더니 말을 걸었다.

"성암 말씀해 보시겠어요?"

"강민석요."

"네 민석씨 지금 불편하신 데는 없으시죠?" 그녀가 다시 물었다.

"네."

"이제 마취에 들어갈 겁니다. 숨을 천천히 쉬세요."

"네" 수술실의 동그란 조명이 흐릿해 지기 시작했다.

10일 후

"강민석씨 퇴원하시거든 당분간은 한 번씩 오셔서 검사 꼭 받으시고요. 아시겠죠." 회진을 돌던 김민철 박사가 말했다.

"네. 언제 다시 오면 되겠습니까?" 내가 물었다.

"다음 주 중에 한 번 오세요. 시간은 간호사가 올 거니까 그때 잡으시고요." 그가 말했다.

"네." 난 짧게 대답했다.

"어떠세요? 기분이. 계속해서 이상한 기분이 들거나. 일어났는데, 내가 아닌 다른 이라고 생각이 들거나 그러지는 않으세요?" 그가 다시 물었다.

"아뇨. 전혀 그렇지 않습니다." 내가 대답했다.

"좋네요. 이상한 기분이 들거나 그러면 병원으로 꼭 오시구요."

"네"

"머리에 통증도 없으시죠?" 그가 수술부위를 보며 물었다.

"네, 전혀요." 내가 짧게 대답했다.

"알겠습니다. 다른 하실 말씀은 없으시죠?"

"제 경우를 학술지에 싣는다고 그러셨는데......" 내가 조심스레 말했다.

"아! 그건 걱정 안 하셔도 됩니다. 민석씨의 이름은 저희가 익명으로 처리하기로 했습니다. 민석씨가 세상에 알려질 일은 절대 없을 겁니다." 김민철 박사가 내 질문이 끝나기도 전에 대답을 했다. 자신을 믿어도 된다는 것을 더욱 강하게 표현하려 함일 것이다.

"네, 감사합니다."

난 짐을 꾸렸다. 솔직히 짐이랄 것도 없었지만 말이다. 병문안을 찾아오는 사람도 없었으니 당연히 가져갈 음료수 같은 것도 없었다. 달랑 옷 한 벌 입고 왔는데 챙길 것이 있을 리 만무했다. 대충 가져갈 것들을 주머니에 넣고는 난 1층 원무과로 내려가 퇴원 수속을 밟았다.

병원비로 내야할 돈은 없었다. 정확히 있었지만 이미 병원 측에서 모두 계산이 되었다고 했다. 난 터덜터덜 걸음을 옮겨 병원을 나왔다.

택시를 타야겠다는 생각으로 근처 택시 승강장으로 이동했다. 그때 내 앞에 승용차 한 대가 급하게 섰다. 조수석 창문이 열리자 운전석에 앉은 사람이 보였다.

"탈래요?" 그녀가 말했다. 난 말없이 고개를 끄덕이고 차에 올랐다.

"내가 누군지나 알고 태우는 거야?" 내가 그녀를 보며 물었다.

"누구죠?" 그녀가 물었다.

"난......나지!" 내가 대답했다.

"세상에 '나'라고 하는 존재는 70억 명이 있죠. 그 모두가 어떻게 보면 '나'가 될 수 있으니까요. 당신이 누구인지 더욱 명확해야 할 것 같네요." 그녀가 말했다.

"맞아. 세상에는 70억의 '나'라는 존재가 있지. 하지만 당신에게 '나'라는 존재는 단 한사람 밖에는 없어. 바로 나 강민석!"

혜윤이 날 쳐다봤다. 나도 그녀를 봤다. 날 본 혜윤이가 웃었다. 나도 그녀를 따라 웃었다.

한 달 전

"강민석씨, 약속도 없이 웬일입니까?" 퇴원 수속을 밟고 있는데 어디서 많이 본 사람이 날 아는 척을 했다. 그의 복장을 보아하니 이 병원의 의사인 것 같았다.

"아! 예, 이 병원에 입원해 있었다가, 오늘 퇴원합니다." 얼굴은 낯이 익었다. 그런데 누군지 도통 생각이 나질 않았다. 강민석이 아는 사람이 분명할 것인데, 왜 내가 낯이 익지? 라는 생각을 하면서 난 대충 얼버무렸다.

"입원을 했었다고요? 뭐 때문에요?" 그가 걱정스러운 눈빛으로 물었다.

"가벼운 뇌진탕으로 입원했습니다." 내가 대답했다. 빨리 가던 길을 가길 바랐지만 그는 계속해서 말을 걸어왔다.

"뇌진탕요? 그런데 왜 그 사실을 제게 알리지 않았습니까? 자칫 치료하는 데 치명적일 수도 있는데요. 안되겠습니다. 제 사무실로 가서서 조금 더 얘기를 나눠봐야 될 것 같네요. 필요하면 다시 검사도 받아야야겠습니다." 그렇게 말한 그는 옆에 대기 중이던 인턴으로 보이는 의사에게 "강민석씨 차트 좀 챙겨서 제 사무실로 가져와." 라고 말했다.

"제가......좀...." '바빠서 가봐야 된다.'라고 말하려 했지만 그는 그럴 기회조차 주지 않았다.

"이 환자분 제 사무실로 좀 모시고요." 그가 다른 인턴으로 보이는 의사에게 말하고서는 내게 "여기 이분 따라서 사무실에 좀 계세요. 금방 갈게요." 라고 말하고는 바쁜 걸음으로 사라졌다. 난 하는 수 없이 그 인턴을 따라 그의 사무실로 갔다.

소파에 앉아 그를 기다리며 그의 사무실을 둘러봤다. 그의 책상위의 명패가 내 눈에 들어왔다. 그 중 김민철이란 이름이 확 눈에 띄었다. '김민철, 김민철, 김민철' 그의 이름이 익숙한 느낌이 들어 그 이름을 몇 번이나 되뇌어 봤다. 분명 낯이 익은 이름이었다. 그의 이름을 계속해서 되뇌어보니 그의 이름이 봤던 장소가 불현듯 생각이 났다. 강민석의 책상에서 본 명암이 떠오른 것이다. 그 때문에 김민철이란 이름이 익숙하게 느껴졌던 것일 수 있다. 더군다나 흔하디흔한 이름이 아니던가.

그 문제는 떠나서라도, 그를 어디서 본 적이 있는 것 같다는 느낌은 지울 수가 없었다. 어디서 봤을까 아무리 생각해봐도 도통 떠오르지가 않았다. 목소리 역시 친근한 목소리였다. 기억이 날 듯 말 듯 머릿속이 온통 그에 대한 생각들로 가득 차 들어갔다. 그가 대체 뭐라고 말이다.

그를 기억해 내는 것을 지금 이 시점에서는 잠시 미뤄두고 서라도, 문제는 강민석이 지속적로 뇌 전문의인 김민철 박사를 만나고 있었다는 점이다. 분명 날 제거할 방법을 찾고 있을지도 모른다는 불안감이 내 온몸을 휩쓸고 지나갔다. 아니, 이미 찾았을 지도 모를 일이었다. 이미 이곳까지 온 김에 난 그 방법을 알아봐야겠다는 마음을 먹었다.

그때 문이 열리고 김민철이 들어왔다.

"미안해요. 오래 기다리시게 해서" 그가 소파에 앉으며 말했다.

"괜찮습니다." 내가 형식적으로 대답했다.

"차트를 봤는데 가벼운 뇌진탕 증상으로 입원하셨더군요. 혹시 머리에 충격을 받은 후에 달라진 점은 없었습니까? 예를 들자면 민석씨가 활동하던 중 그가 나타난다거나, 아니면 민석씨가 활동할 시점인데 그가 계속해서 활동을 하던가, 뭐 그런 증상이 없었나요?" 그가 내 눈을 들여다보며 물었다.

"네, 전혀 없었습니다." 나도 그를 빤히 쳐다봤다. 이름을 되 뇌이듯 그를 빤히 쳐다보면 기억이 날 수도 있다는 생각으로 말이다.

"다음 주 정도면 수술을 할 수 있을 것으로 보였는데, 다시 한 번 검사를 받아 봐야겠어요. 이번 뇌진탕으로 어떤 영향을 받았는지 정확히 파악한 다음 해마를 제거 하는 것이 맞을 것 같습니다. 매우 어려운 수술이다 보니 가벼운 뇌진탕이었어도 그냥 넘어가서는 안 될 것 같습니다." 그의 말에 난 이제야 강민석이 내 기억을 관장하는 해마를 제거하려는 수술을 함으로서 날 제거하려 했음을 알 수 있었다. 난 덤덤히 그의 말을 들었다. 강민석에 그동안의 행실을 봐왔을 때 그리 놀랄만한 것도 아니었기 때문이었다.

"그럼 수술은 언제 즘 가능하겠습니까?" 내가 사라지는 날짜 정도는 알고는 싶었다.

"음....." 그가 잠시 생각을 하는 듯 보였다. 그러면서 귓불을 만지작거렸다. 생각을 할 때의 습관인 듯 보였다. 습관! 그가 하는 습관적인 모습을 보니 난 그의 얼굴이 왜 낮이 익었는지, 그의 이름과 목소리가 왜 익숙하게 들렸는지 이해가 갔다. 그가 누구인지 내 머릿속에 떠오른 것이다.

"습관!" 나도 모르게 소리를 질러버렸다.

"예?" 김민철이 깜짝 놀라며 날 쳐다봤다.

"생각하실 때 귓불을 만지작거리는 습관이 있으시죠?" 내가 갑자기 흥분한 말투로 물었다.

"아.......예." 그가 갑작스러운 상황에 당황함을 감추지 못하고 대답했다.

"서울대 의과대 96학번 맞으시고요?" 내가 또 물었다.

"네.....예" 그는 상황파악을 하려 애를 쓰는 듯 했지만, 여전히 당황스러운 모습이었다.

"에스엔락(S&락)이란 밴드 동아리에서 드럼을 연주하셨고요?" 내가 계속해서 질문을 퍼부어댔다.

"그걸 어떻게?" 그의 당황스러운 표정이 이제는 놀람으로 점차 변하고 있었다.

"한창 에스엔락을 활동할 당시, 그러니까 박사님이 3학년 때 경영학과 98학번 한서경이란 사람이 밴드에 들어왔는데, 음악에 소질 없다고 그렇게 구박하셨고요?" 내 질문은 계속되었다.

"......" 그는 대답을 하지 않고 그저 고개만 끄덕이고 있었다.

"한서경이란 사람이 동아리에 들어온 지 6개월 뒤 박사님은 미국으로 유학을 가십니다. 맞죠? 그래서 박사님은 한서경이란 사람을 기억할 수 없을지 모르고, 한서경이란 사람도 박사님을 기억하지 못할 수도 있겠죠? 20년이란 세월이 흘렀는데 그럴 수도 있겠죠?"

"민석씨가 한서경이란 사람은 어떻게 아시죠? 그와 밴드동아리에서 함께 생활한 세월이 6개월 남짓이지만 워낙 특이한 후배라서 아직도 기억하고 있습니다. 근데 그걸 어떻게 민석씨가 아시냔 말입니다." 내가 자신의 뒷조사라도 한 것은 아닌지 그는 의심하고 있는 듯 보였다.

"그 한서경이 얼마 전 죽은 건 알고 있습니까?" 내가 물었다.

"혹시 총수그룹총괄 사장이 지금 민석씨가 말하는 한서경이 맞나요? 뉴스를 통해 총수그룹사장인 한서경이 죽었다는 것은 들었는데, 내가 아는 한서경이 그 한서경이였을 거라고는 생각하지 않았는데....." 그가 대답했다.

"박사님, 박사님이 아는 한서경이 죽은 한서경이 맞습니다. 그리고 그 한서경을 죽인 사람이 바로 저입니다." 난 작은 목소리로 말했지만 그 목소리에는 강렬함이 있었다.

"......" 그는 내말에 몸이 굳어 버린 듯 입을 벌린 체 한동안 그 자세 그대로 아무 말도 하지 않고 있었다. 다만 그의 두 손은 가늘게 떨리고 있었다.

"에잇! 농담도!" 그가 가볍게 떨리는 입을 열었다.

"농담이 아닙니다. 지금부터 제가 하는 얘기 잘 들으세요." 내가 그 앞으로 얼굴을 바짝 들이밀고는 말했다.

"......" 그는 대답하지 않고 고개만 끄덕였다.

난 지금까지 내게 일어난 일들을 하나도 빠짐없이 그에게 설명했다. 나총수가 날 죽이기 위해 강민석을 고용한 것부터, 강민석의 뇌로 내 해마가 전이된 사건, 나총수가 다시 강민석을 고용해 정혜윤, 김희진, 유한성, 주연우라는 사람을 죽이려 했던 사건, 그리고 지금 여기까지 오게 된 사연까지 하나도 빠짐없이 말이다.

오랜 시간 동안 그는 내 말에 집중해 주었다. 한서경의 뇌에 있는 해마가 사라진 부분에서는 국과수에 직접 전화를 걸어 확인하기 까지 했다.

"믿을 수가 없습니다. 어떻게 그런 일이....." 내 말을 끝까지 들은 그는 믿을 수 없다는 일관된 표정을 유지하고 있었다.

"선배님, 한 뇌에 해마가 2쌍이 있다는 것은 믿을 수 있습니까?" 수많은 얘기를 그에게 하면서 내 호칭은 자연히 '선배님'이라 바뀌었다.

"그 건.... 내 눈에 보이니까요. 믿을 수 없지만 믿을 수밖에 없었던 것이죠." 김민철이 말했다.

"때론 눈에 보이지 않는 것도 믿어야 할 때가 있다. 그럼 눈에 보이지 않던 해법이 생기곤 한다. 선배님이 과학으로 설명 안 되는 사건이 발생하면 했던 말, 기억나세요?" 내가 말했다.

"그걸 어떻게, 내가 자주 했었던 말을....." 그가 고개를 끄덕이며 말했다. 그의 눈빛에는 의심이 사라지고 있었다.

"그럼 믿어보시죠. 그래야 눈에 보이지 않는 해법이 떠오르지 않겠어요?"

"그럼 그 방법이......?" 그는 그 방법을 알고 있으면서 내게 묻고 있었다.

"강민석 기억을 관장하는 해마를 제거하는 것이 좋은 해법이 될 수도 있겠죠." 내가 대답했다.

그가 한동안 생각에 잠겼다. 복잡한 머릿속을 정리하고 있는 중일 것이라 생각하면 난 그 생각이 정리되기를 기다렸다. 무딘 시간이 흘러가고, 그가 가만히 고개를 끄덕였다. 그리고는 말했다.

"그럼 넌 영원히 강민석으로 살아야 돼, 날 아는 척도 해서도 안 돼! 네 부모, 형제, 네가 아는 모든 사람들을 기억에서 지우고 강민석으로 살 수 있겠어?" 그가 결연하게 물어왔다.

난 고개를 끄덕여 대답을 대신했다.

끝.

백자의 사람

통산 200만부 판매 돌파!!!
이 소설로 인해 일본은
한국을 사랑하게 되었다.
한국의 흙이 된 일본인
전격 영화化 결정!
CJ Entertainment 배급!!
욘사마 배용준을 잇는
한류스타 배수빈 출연!!!
한국영화진흥위원회 선정
제1회 외국 영상물 로케이션 지원사업
대상大賞작 선정

천사의 눈물

저자는 뉴욕 주립대학교에서 경영학을
전공했다. 대기업에서 M&A 등을 담당
하며 사회인으로 활동하는 한편
시나리오, 소설 등의 창작인으로도 왕
성하게 작품 활동을 하고 있다.

본 소설은 영화 [클래식]과 [그레이의
50가지 그림자]가 절묘하게 융합된 듯
하다는 평단의 극찬이 있었다.
방대한 분량에 펼쳐진 장엄한 사랑의
대서사시가 감동적으로 그려져 있다.